四川大学学派培育项目（大文学研究学派）资助

四川大学中国现代文学文献学文丛

# 孙梦雷文存

陈思广 编

中国社会科学出版社

图书在版编目(CIP)数据

孙梦雷文存/陈思广编. —北京：中国社会科学出版社，2021.11
(四川大学中国现代文学文献学文丛)
ISBN 978-7-5203-9129-0

Ⅰ.①孙⋯　Ⅱ.①陈⋯　Ⅲ.①小说集—中国—现代　Ⅳ.①I246

中国版本图书馆 CIP 数据核字(2021)第 187131 号

| | |
|---|---|
| 出 版 人 | 赵剑英 |
| 责任编辑 | 郭晓鸿 |
| 特约编辑 | 杜若佳 |
| 责任校对 | 师敏革 |
| 责任印制 | 戴　宽 |

| | |
|---|---|
| 出　　版 | 中国社会科学出版社 |
| 社　　址 | 北京鼓楼西大街甲 158 号 |
| 邮　　编 | 100720 |
| 网　　址 | http://www.csspw.cn |
| 发 行 部 | 010-84083685 |
| 门 市 部 | 010-84029450 |
| 经　　销 | 新华书店及其他书店 |
| 印　　刷 | 北京君升印刷有限公司 |
| 装　　订 | 廊坊市广阳区广增装订厂 |
| 版　　次 | 2021 年 11 月第 1 版 |
| 印　　次 | 2021 年 11 月第 1 次印刷 |
| 开　　本 | 710×1000　1/16 |
| 印　　张 | 21.5 |
| 插　　页 | 2 |
| 字　　数 | 300 千字 |
| 定　　价 | 118.00 元 |

凡购买中国社会科学出版社图书，如有质量问题请与本社营销中心联系调换
电话：010-84083683
版权所有　侵权必究

# 总　序

## 李　怡　刘福春

作为当代中国高校自主设立的第一个博士学位点，四川大学中国现代文献学学科已经经过了一年多的建设，而作为学科学术的发展则由来已久，今天，这一套"中国现代文献学文丛"的问世具有特别的意义。

中国现代文学学科的奠基人王瑶先生曾经说过："在古典文学的研究中，我们有一套大家所熟知的整理和鉴别文献材料的学问，版本、目录、辨伪、辑佚，都是研究者必须掌握或进行的工作；其实这些工作在现代文学的研究中同样存在，不过还没有引起人们应有的重视罢了。"[①] 早在1935年，文学史家刘大杰便在四川大学开设了必修课"现代文学"，今人皆知刘大杰先生乃古典文学史家，殊不知他一开始就以研治古典学术的方式关注着中国现代文学。1950年，《高等学校文法两学院各系课程草案》将"中国新文学史"规定为大学中文系必修课程，四川大学在当年即建立了现代文学学科，华忱之、林如稷与北京大学的王瑶一起成为新中国现代文学学科的奠基人。与王瑶、单演义等第一代中国现代文学学者相似，华忱之也是从古典文学研究转向现代文学研究的[②]。华忱

---

① 王瑶：《关于中国现代文学研究工作的随想——在中国现代文学研究会学术讨论会上的发言》，《中国现代文学研究丛刊》1980年第4期。
② 康斌：《华忱之的现代文学研究》，《中国现代文学研究丛刊》2015年第9期。

之侧重于对曹禺、田汉、鲁迅等作家的研究，他非常注意打捞和甄别文献材料，例如《〈关于黑字二十八〉和〈编剧术〉——记曹禺抗战时期的一些创作活动》一文厘清了曹禺在抗战初期的部分文学创作活动，《田汉同志与〈抗战日报〉》捋清了田汉在抗战期间的文学活动及其文学史意义，《高歌吐气作长虹——论郭沫若抗战时期的旧体诗》整理了郭沫若在抗战时期所作的散佚旧体诗文等。林如稷是浅草—沉钟社的发起人之一，他在受聘于四川大学中文系期间集中于鲁迅研究，整理出了相当数量的原始文献。

进入新时期以后，在易明善、尹在勤、王锦厚、伍加伦、陈厚诚、曾绍义、毛迅、黎风等学人的持续耕耘下，四川大学学人先后在郭沫若研究、四川作家研究、中国新诗研究等方面取得了重要进展。中国新文学文献史料工作于新时期开始复苏，而四川大学中国现当代文学学者在20世纪80年代所取得的最重要成就是编辑文学研究资料[1]。1979—1990年间陆续出版的《中国当代文学研究资料》，四川大学负责编辑其中五位作家的研究资料：王兴平、刘思久、陆文璧编《曹禺专集》（上下册），陆文璧、王兴平编《胡可专集》，毛文、黄莉如编《艾芜专集》，易明善、陆文璧、潘显一编《何其芳研究专集》，梅子、易明善编《刘以鬯研究专集》。此外，王锦厚、毛迅、钟德慧、伍加伦等编辑了《中国新文学大系1937—1949》中的《文学理论集》。

在新时期，四川大学学人对郭沫若、何其芳、李劼人等四川作家生平资料的搜集与整理，成绩最为突出。郭沫若是20世纪80年代四川大学学术研究热点之一。四川大学郭沫若研究室于1979年成立，不久后完成对《郭沫若全集·文学编》（该全集是郭沫若作品在新时期的第一次结集出版）中部分篇章[2]的注释。以郭沫若研究室为依托，川大相继

---

[1] 程骥：《四川大学与中国现代文学》，见毛迅、李怡主编《现代中国文化与文学》（第5辑），四川出版集团、巴蜀书社2008年版，第5—22页。

[2] 包括第二卷的《蜩螗集》，第十二卷的《我的学生时代》，第十八卷的《盲肠炎》《羽书集》，第十九卷的《沸羹集》，第二十卷的《天地玄黄》。

发表了一系列有关郭沫若的考证文章和研究资料，如易明善的《郭沫若〈洪波曲〉的几处史实误记》和《郭沫若四十年代中期在上海活动纪略》、李保均的《郭沫若学生时代年谱（1892—1923）》和《郭沫若族谱》等论文，以及李保均的专著《郭沫若青年时代评传》，王锦厚、伍加伦、肖斌如编的《郭沫若佚文集（1906—1949）》等。

郭沫若以外的其他四川作家同样受到了关注。尹在勤的《何其芳评传》是新时期第一本详细介绍何其芳生平经历与诗歌创作的专著。四川大学学人还编辑了两辑《四川作家研究》①，收入多篇研究四川作家的论文，其中多为对四川作家资料的收录，如陈厚诚的《沙汀五十年著作年表（一九三一年四月——一九八一年四月）》，伍加伦、王锦厚的《李劼人著译目录》，易明善的《何其芳抗战时期简谱》，其中，还刊登四川大学校友李存光所作的《巴金著译六十年目录》以及《巴金生平及文学活动事略》（李辉、陈思和、李存光）等。

四川大学现代文学学科在 20 世纪 90 年代继续着力于新文学史料工作，其中以新诗史料工作最为引人注目。毛迅的著作《徐志摩论稿》，挖掘和使用了很多第一手材料。王锦厚不仅与陈丽莉合编《饶孟侃诗文集》，还出版专著《闻一多与饶孟侃》，该书第一次系统考察了饶孟侃的人生遭际与创作道路。② 陈厚诚的《死神唇边的微笑——李金发传》是自我国台湾地区杨允达的《李金发评传》问世以后，在大陆公开出版的第一本李金发传记。

除了新诗以外，四川大学学者对小说和散文的资料收集与阐释工作同样用心。黎风的《新时期争鸣小说纵横谈》及时地整理了新时期以来中国小说创作的重要文献。易明善的《刘以鬯传》是"多年阅读作品、搜罗资料、访问传主，然后构思结撰而成的"（黄维樑《〈刘以鬯

---

① 见《四川大学学报丛刊》第十二辑（1982 年）、第十九辑（1983 年）。

② 值得一提的是，王锦厚在 1989 年出版的专著《五四新文学与外国文学》打捞了许多弥足珍贵的资料，而且其中引用的报刊、书籍有不少为珍藏本。

传〉序》），内含大量的一手材料。曾绍义耗时数年主编的《中国散文百家谭》共3册、140万字，编入近百位散文名家的资料，被誉为"一部理论性、欣赏性、知识性、资料性俱有的大书"（《〈中国散文百家谭〉总序》）。张放的《中国新散文源流》以编年史的结构来论述中华人民共和国成立以前的现代散文发展史，对现代散文史料进行了清晰的梳理。

进入21世纪以后，在学者们的不懈努力下，四川大学学人继续在新文学史料方面取得重要突破。姜飞专注于国民党文艺研究，搜集了民族主义作家黄震遐的大量文献，爬梳钩沉，贡献良多，《国民党文学思想研究》一书中使用的许多文献为首次面世。陈思广致力于中国现代小说研究，《中国现代长篇小说编年史（1922—1949）》《审美之维：中国现代经典长篇小说接受史论》《中国现代长篇小说的传播与接受研究》《四川抗战小说史（1931—1949）》《现代长篇小说边缘作家研究》等著作清理出大量稀有文献。李怡以新诗为中心，在多种文学体裁的史料整理和研究中颇有建树，他主编了《中国当代文学编年史·第一卷》《中国现代文学编年史·第九卷》《穆旦研究资料》（与易彬合编）、《中国新诗百年大典·第一卷》等研究资料，还在《现代四川文学的巴蜀文化阐释》《七月派作家评传》《日本体验与中国现代文学的发生》等专著中澄清了诸多史实问题。2018年5月，中国社会科学院研究员、著名的新诗文献学者刘福春受聘为四川大学特聘教授，开始着手于四川大学的史料学科的建设工作与史料文献研究生的培养工作。刘福春先生自1980年代初以后，一直投身于新诗文献的收集、整理和研究，被誉为"中国新诗收藏第一人"。迄今为止，刘福春编选或撰写了《中国现代文学总书目·诗歌卷》《中国现代新诗集编目》《新诗名家手稿》《冯至全集·第一卷》《冯至全集·第二卷》《红卫兵诗选》（与岩佐昌暲合编）、《中国当代新诗编年史（1966—1976）》《中国新诗书刊总目》《牛汉诗文集》《中国新诗编年史》《文革新诗编年史》等多种资料，有学者认为"刘福春先生对中国新诗文献的掌握与整理大概难有人与之比肩"①。

从2012年起，四川大学现代中国文化与文学研究中心联合多个科研机构和出版社，陆续推出《民国文化与文学》和《人民共和国文化与文学》论丛，以及《民国文学史论》《民国历史文化与中国现代文学研究》等大型丛书②，为民国文学史料的整理和阐释做出了重要贡献。自2016年起，台湾的花木兰文化出版社开始发行《民国文学珍稀文献集成》（刘福春、李怡主编）大型系列丛书。四川大学与首都师范大学正在合作教育部研究基地重大项目"中国现代散佚诗集的搜集、整理与研究"，计划出版约100种《影印中国新诗散佚诗集丛刊》（李怡、刘福春主编），目前已经出版了两辑80余种，筹划在未来再出版5—100种。除此之外，四川大学正在筹建新文学史料文献典藏中心，计划建造一个以新诗为龙头、涵盖各种文学体裁的新文学（新诗）博物馆，众多校内外知名学者的个人文献收藏都将陈列其中。

四川大学是中国西部地区最早培养硕士生和博士生的学术机构，在中国现当代文学的研究生培养方面，也十分鼓励文献整理与研究方面的选题。目前已有多篇学位论文发掘和研讨新文学的文献问题，从多个方面填补了学术研究的空白。可以说，致力于新文学文献问题的考察已经在四川大学蔚然成风。

由四川大学学者创办和主编的多种学术刊物，也十分崇尚对新文学史料的保存与解读。2005年，《现代中国文化与文学》创刊，《卷首语》中明确提出把"文化文学的互动关系与稳健扎实的蜀学传统"作为刊物的"双重追求"，期刊为此设立"文学档案"栏目，每期发表新文学

---

① 李怡、罗梅：《从史料还原、文本解读到诗学建构——民国诗歌研究的三个方法论案例》，《四川大学学报》2016年第4期。
② 李怡：《构建中国现代文学研究"川大群落"的雏形——民国文化与文学·四川大学特辑引言》，见李怡、毛迅主编《现代中国文化与文学》（第21辑），巴蜀书社2017年版，第41页。

史料或史料辨析论文。另外,《四川大学学报》《郭沫若学刊》《大文学评论》《民国文学与文化》《阿来研究》《华文文学评论》等学术刊物,自创刊以来均刊发了大量考辨梳理新文学史料的论文。

概览四川大学中国现当代文学学科半个多世纪的发展史,不难发现有一些学术品质始终如一,其中最引人注目之处就是重视史料考证。推崇新文学史料的搜集、整理和研究,可以说是"川大群落"的普遍学术共识,新时期以来中国新文学研究所取得的文献成果,也有四川大学学者的重要贡献。

设置二级学科中国现代文献学一直是学界的共识与愿望,四川大学率先成立二级学科中国现代文献学,学术界多年的愿望得以实现,相信四川大学中国现代文献学将会得到极大发展,带动全国现代文献学乃至中国现代学术的整体发展。

这一套"文献学文丛"反映的是这些年来四川大学学者在搜集、整理新文学相关文献等方面的收获,相信能够对我们的中国现代文学文献工作有所补充,有所贡献。

2020年3月于四川大学江安校区

# 凡　例

　　本书作为四川大学中国现代文学文献学文丛之一种，故所有文字（含标点符号）均遵从原文，未作任何改动。

# 目　录

不该湮没的作家(代序)
　　——孙梦雷和他的小说创作 ……………………… 陈思广（1）

哑叭的一个梦 ……………………………………………（1）
快乐之神 …………………………………………………（3）
死后二十日 ………………………………………………（5）
风雨之下 …………………………………………………（7）
在六岁中发生的一件事
　　——影 …………………………………………（13）
战争罪恶史之一页 ………………………………………（16）
微声 ………………………………………………………（22）
微波 ………………………………………………………（40）
毕业后 ……………………………………………………（61）
学艺 ………………………………………………………（73）
麦秋 ………………………………………………………（84）
磨坊主人 …………………………………………………（94）
懵懂 ………………………………………………………（102）
柳絮 ………………………………………………………（114）
英兰的一生 ………………………………………………（127）

# 不该湮没的作家(代序)

## ——孙梦雷和他的小说创作

### 一

在新文学史上，对于大多数人而言，孙梦雷的名字是一个陌生的存在。这位早在1927年9月就创作出版了优秀长篇小说《英兰的一生》的文学研究会成员，几十年来一直湮没无闻。《英兰的一生》在1930年10月由开明书店印过第3版后再未刊行，直到1993年12月才被上海书店作为中国现代文学史参考资料以文学研究会作品专辑的形式影印出版。但是，孙梦雷生平及其创作依旧不为人知。在1949年后直至今日出版的大大小小的几十种现代文学工具书中，没有一部出现孙梦雷的名字，更不用说对其创作予以评介了。检索中国期刊网和相关的研究资料，也没有一篇关于孙梦雷及其创作的研究文章。的确，由于孙梦雷的创作散见于早期的《东方杂志》《小说月报》《文学周报》等刊物未辑集出版，加之作家后来兴致转向且英年早逝，有关孙梦雷的信息就更显得扑朔迷离了。

为了弄清孙梦雷的生平与创作，我查阅了相关资料，终于解开了这一谜团。这些资料所提供的信息是：

（一）孙梦雷曾在1927年3月21日创刊的无锡《民国日报》担任经理。①

---

① 李惕平：《抗战前无锡的报纸》，见中国人民政治协商会议江苏省无锡市委员会文史资料研究委员会编《无锡县文史资料》（第六辑），[内部资料]，1983年版，第86页。

（二）1927年11月9日的无锡秋收起义时，中共地下党员时任戚墅堰电厂秘书的孙梦雷同志设法造成了停电事故，有力地配合了起义。①

（三）震华电厂无锡办事处电力营业部主任孙梦雷组织工人支援秋收起义。②

（四）震华电厂即是戚墅堰电厂。③

其中，第三条材料还清楚地记载了沈法良、吴俊卿、李月波根据《戚墅堰发电厂工运资料》整理的孙梦雷的生平信息：

### 孙梦雷组织工人支援秋收起义

孙梦雷，1904年9月5日生，江苏无锡人。1922年加入中国共产党。震华电厂无锡办事处电力营业部主任。1937年4月5日病故。

1927年中共中央八七会议后，任中共江苏省委农委书记的王若飞和省委特派员夏霖于11月7日亲自到无锡领导乡区秋收起义。起义日期定于11月9日。这次起义，无锡东北乡13个村镇，三四千农民同时进行暴动，根据王若飞和夏霖的指示商量决定，让震华电厂工人给予支援，设法阻止无锡城区的反动武装到乡区去。

当时任中共无锡县委委员的孙翔风，利用亲戚关系，找到震华电厂无锡办事处电力营业部主任、中共地下党员孙梦雷。两人经过秘密商议，决定由孙梦雷发动组织电厂工人支援东北乡区农民秋

---

① 孙翔风：《回忆王若飞领导无锡秋收起义》，见中共中央党史研究室第一研究部《关山渡若飞》编辑组编《关山渡若飞：王若飞百年诞辰纪念集》，中共党史出版社1996年版，第404页。

② 沈法良、吴俊卿、李月波：《孙梦雷组织工人支援秋收起义》，见常州分卷编委会编《江苏人民革命斗争群英谱：常州分卷》，江苏人民出版社1999年版，第180—181页。

③ 戚墅堰发电厂编史修志办公室：《大革命时期的震华电厂》，见《当代中国的电力工业》编辑室编《中国电业工人革命斗争史选编》，[内部资料]，1986年版，第230页。

收起义。

孙利用工作之便发动工人，于起义当天晚上在无锡城区制造了两起停电事故，每次仅几分钟，但使无锡全城一片黑暗。接着，震华电厂在无锡工人和其他方面的配合下，散发传单，张贴标语，大造声势，配合暴动，当时还能听到密集的枪声，使国民党反动当局惊慌失措，牵制了城区的部分反动武装，支援了无锡东北乡区13个村镇农民的秋收起义。第二天早晨，社会上流言四起，说工人不稳，亦要起义响应农民，吓得全部警察和商团龟缩在布防区内不敢轻易出城。

当然，仅凭上述材料还不能说明此孙梦雷就是作家孙梦雷。一个偶然的机会，我又发现了一则材料，这则材料明白无误地点明供职于戚墅堰电厂的孙梦雷正是创作了《英兰的一生》的孙梦雷。这则信息虽短小却价值连城，它与前四条信息一起准确无误地将全部资讯链接为有效的"证据链"，故原文摘录如下：

### 无锡文人小志

曾发表过长篇小说《英兰的一生》的孙梦雷先生，现在供职于国办戚墅堰电厂，去年住在无锡光复门内，每天除办公（？）外，抽抽烟（非鸦片）打打牌，中南大戏院也时有他的影迹，生活很安适，有人问他：

"孙先生近来为什么不常发表大作？"

"唔！我吗？还好，还好……"他笑笑。[1]

至此，孙梦雷的生平问题彻底廓清。

---

[1] 阿雷：《无锡文人小志》，《十日谈》1934年5月10日第28期。

## 二

就笔者目前所掌握的资料看，孙梦雷小说创作的处女作是1921年6月10日在《东方杂志》第18卷第11号上发表的小小说《哑叭的一个梦》。在这篇不足千字的小说里，作者简略地叙述了哑叭和他的瞎眼母亲痛苦煎熬、相依为命的生存现状，并通过哑叭的梦境表达了底层百姓对美好生活的真切向往。7月10日，他又在《小说月报》第12卷第7号上发表两篇带有寓言性质的小小说《快乐之神》和《死后二十日》，表达了死并不可怕，它是快乐之神的降临，是超脱，在人世反而是痛苦的厌世思想。由于是试笔之作，这几篇小说写得都非常稚嫩，结尾也带有明显的理想色彩，但孙梦雷深切关注与同情底层民众的困苦生活，鞭挞黑暗现实的创作理念已在创作中初露端倪。11月10日，孙梦雷又在《小说月报》第12卷第11期发表小说《风雨之下》，这是《小说月报》的同题征文。在这篇作品里，作者不仅借主人公的口喊出"战争是一种极惨暴的事，无理的事，不是人类应当做的事"，而且让好战者遭到索命的报应。之后，作者又在1922年3月11日《文学旬刊》第31期上发表《战争罪恶史之一页》，延伸了这一反战主题。王英不愿当农民，受同乡张豪的鼓动，怀揣功名富贵梦想的王英抛下妻儿当了兵。十五年后，王英升为营长。他的二个儿子王文、王武长大后也要去当兵，母亲只好又将儿子送上了战场。在一次战斗中，兄弟俩打死了一个连长和营长，升为排长。不料在检查连长和营长的衣袋时，他们发现自己打死的连长竟是张豪，营长竟是父亲。悔恨之下，兄弟俩举枪自杀。在1922—1925年间，孙梦雷先后在《东方杂志》和《小说月报》上发表了《微声》《微波》《毕业后》《学艺》《柳絮》等数十篇小说，进一步展示了他的文学才华，也产生了一定的影响，如《懵懂》入选1925年上海商务印书馆出版的小说集《校长》，《战争罪恶史之一页》入选1923年3月上海小说研究社出版的《小说年鉴》，《毕业后》也获得了读者的共鸣。①

纵观孙梦雷的短篇小说创作，除《麦秋》表现了劳动者丰收的喜悦、《在六岁中发生的一件事——影》具有童话色彩外，主要涉及二类题材：一是控诉战争的残暴与非人道给无辜百姓带来的巨大痛苦。如磨坊主人本来家境殷实，但经过几次兵燹火劫后，妻离子散，家破人亡，只剩下了没有掠夺价值的磨坊陪伴主人苦度余生(《磨坊主人》)；"憔悴的老人"原本经营着一个不大的货栈，过着自在而舒适的生活，战争却打碎了他们全家的平静，不仅货栈烧得精光，一家七口也被迫如柳絮般漂零，生活的迫压逼使他们卖掉了大女儿，忍受着包括店主在内的恶人的敲诈（《柳絮》）。在这类作品中，作者以无比愤怒之情揭露了战争的残暴，抨击了军阀混战不仅使亲人间自相残杀，更使百姓流离失所，陷入无尽的灾难之中这一罪恶行径，虽然其中一些情节有戏剧化之嫌，对产生战争的温床及深层动因缺乏揭示，对题材所蕴含的历史内容意识不足，但以人道主义精神诅咒战争给民众造成的恶果，批判兵匪掠夺的兽行，揭示生存之艰与人性之恶，依然是作者着力表现的文学主题。这也是孙梦雷辉映20世纪20年代初"非战文学"思潮的一个有益尝试。二是揭示底层民众艰难的生存现状。孙梦雷与文学研究会其他成员一样，对社会中普遍关注的社会问题，如城市贫民的生存状况、知识分子的弱者地位，广大妇女的不幸遭遇等，倾注了更多的感情。14岁的宗儿因家境困难，只得听从父亲的安排到城里去学艺。看到师傅如此虐待早他一年来的师兄四儿，他知道明年等待他的是同样的屈辱（《学艺》）；纺纱女工阿细拿了工厂一团乱丝被当作小偷示众三天，不仅被人辱骂耻笑，还被厂里开除，回家后更遭到丈夫的毒打并宣布休妻。羞愤难当的阿细当晚跳井自杀（《微波》）；周信师范毕业后，由于家境贫寒无力继续供给，他只好到雪燕桥小学任教。由于前几任校长得罪了乡绅，没做

---

① 见余虞廷《孙梦雷君的〈毕业后〉》，《小说月报》1923年第7期；建中《孙梦雷君的〈毕业后〉》，《小说月报》1923年第8期。

多久就被迫辞职。现任校长邹绍基告诉他要屈从于环境，否则后果不堪设想，岂料他自己打牌时却得罪了乡绅，后又打了省议员的儿子，丢了饭碗。校长由周信接任。起先觉得无聊苦闷的周信也不觉得烦闷而无精神了（《毕业后》）。这里，妇女儿童地位的低微，人们的愚昧与麻木，社会的丑恶与腐败，尽显笔端。同样，环境的迫压使知识分子唯有屈从才有可能获得生存的机会，知识分子人格精神的羸弱可见一斑。诚然，若就其思想艺术而言，作者对造成人物凄惨命运的社会动因和历史因由缺乏深入的发掘，对事件的表象的揭露大于对人物性格的塑造，一些创作还明显地带有尝试意味，如《微声》试手刻画不同性格的人物，《毕业后》试手景物描写与人物内心的对应等。但我们仍可以清楚地感知，作为文学研究会的成员，孙梦雷在其创作伊始就以真挚的人道主义情怀实践着文学研究会"为人生的艺术"的创作主张，虽然这些作品未能取得更大的突破，艺术手法亦带有试验性质，但他对底层民众疾苦的深切关注与同情，对黑暗社会现实的无情鞭挞，以及由之而奠定的反映"血与泪"的文学的创作基调，依然体现出孙梦雷可贵的现实主义品格。

## 三

1925年秋后，孙梦雷回到家乡无锡。江南缫丝业的发达与耳濡目染的纺织女工的不幸遭遇，特别是那些从农村来的纺织女工的悲惨命运，再次激起他强烈的共鸣。他说："去年我从北边回到故乡，在乡间住了不到三个月，就感到像英兰这般的女子，层出不穷地只和我的耳目接触。因此，我就下了一个决心，要将这个故事写出来。"① 他奋笔疾书，仅用了三个月的时间创作了15万字的长篇小说《英兰的一生》，再次为被侮辱与被损害的劳动妇女发出了泣血的呐喊。它不仅是孙梦雷的代表作，是他实践"为人生的艺术"主张的优秀作品，也是新文学

---

① 孙梦雷：《英兰的一生·自序》，开明书店1927年版，第1页。

1922—1927年间长篇小说的时代性标志与重要收获。

英兰是一个普通的农家姑娘。童年时，父亲重男轻女的思想使她自幼就生活在受歧视与恐惧中。少年时，她给胡家当丫鬟，受尽打骂，是典型的出气筒、受气包，末了还被胡太太冤作偷戒指的小偷赶了出来。回到家中自己企盼的情感又被封建的迷信思想阻断。到吕家去做童养媳时，更是饱受虐待（她整个人生中唯一一段短暂而快乐的时光竟是她在张家的帮佣生活）。青年时，被婆家抢回又险些被卖进妓院，挣扎着逃出后，她在棉纺厂找到了一份自己的工作，却又在寻求自己的爱情时被富家子弟大方抛弃，疯女子成为她人生最后的定格。

作者以英兰从幼年到青年这一人生最美好的时光却不断承受痛苦、屈辱与悲哀的辛酸经历为线索，通过对英兰凄凉而不幸的一生的描写，揭露了所谓权势阶层唯利是图的虚伪本性，暴露了封建礼教吃人的本质，鞭挞了不断吞噬广大劳动妇女美好理想的黑暗社会，表达了作者期盼妇女解放、呼唤自由平等人格独立的时代新声。全书倾注着作者对广大底层劳动妇女的深刻同情，寄寓着她们向往美好生活的无限热望，情真意切，感人至深。英兰善良、真诚的性格，不屈服于命运的安排，勇于抗争，期盼掌握自己命运的现代追求，熠熠闪光。诚然，她的几番挣扎和努力最终以悲剧告终，她不幸成为封建制度的牺牲品，但唯其悲剧的结局才深刻地暴露出封建礼教吃人的罪恶本质，才清醒地昭示出广大妇女迈向现代化道路的漫漫征程。

新文学自1922年2月15日出版张资平的第一部长篇小说《冲积期化石》以来，截至1927年9月，共出版长篇小说10部。[①] 这其中又以1926年为界，1922—1925年间的长篇小说，大多文字稚嫩，艺术平平。1926—1927年间的作品不仅在内容上显出时代的成色，而且人物形象

---

① 关于长篇小说的文体长度，笔者按1927年9月16日创造社发起的长篇小说征文的字数认定，即：6万字以上。共有《冲积期化石》（1922）、《一叶》（1922）、《恋爱的悲惨》（1922）、《洄浪》（1924）、《旅途》（1925）、《飞絮》（1926）、《小雪》（1926）、《苔莉》（1927）、《最后的幸福》（1927）、《英兰的一生》（1927）等10部。

清晰、具有典型性，结构亦均衡、完整，艺术上明显迈上一个新台阶。《英兰的一生》是新文学史上第一部以15万字的篇幅表现一个被封建势力所戕害的女性的长篇力作，堪称新文学初创时期这一时段长篇小说的时代性标志与重要收获。这主要表现在：

（一）就形象的典型性而言，作者以真挚的人道主义情怀和强烈的现实主义精神，真实细腻地表现出英兰朴实、纯真、倔强的性格特点，具体入微地刻画出英兰向往幸福、追求美好生活的心路历程，深入细致地揭示出社会转型过程中新旧思想冲突的悲剧意蕴，使得英兰这一代表无数深受旧时代戕害的农村青年妇女形象，成为不屈服于命运的安排、向旧世界挑战抗争的女性悲剧典型。

（二）在情节叙述上，紧凑有序，跌宕起伏。全书共八章，前二章叙述英兰在自家和胡太太家中做姑娘和丫鬟的辛酸经历，第三、四章写英兰个人爱情理想的破灭和进吕家当童养媳的悲酸历程，第五、六章写在张家短暂的幸福时光以及被吕家捉回痛打被迫再次出逃的苦楚遭遇，第七、八章写英兰在棉纺厂的辛劳与追求个人幸福而不得的悲哀人生，顺序写来却又波澜起伏，特别是第六章对英兰被婆家拖回再逃出的心理描写，真实生动，细腻传神。

（三）在结构上，全书线索清晰明了，结构均衡，完整。丫鬟—童养媳—帮佣—女工是英兰身份的变化，屈辱—悲酸—自足—悲哀是英兰凄苦命运的对应词。无论是归与逃，出与进，还是生与死，作者都紧扣英兰悲苦而不幸的一生这一主线，紧扣英兰挣扎、奋争、追求这一不屈的精神历程，不蔓不枝，均称完整。也因此，小说出版后，反响不错，1929年3月再版，1930年10月3版。1928年9月10日出版的《开明》第1卷第3号还曾为之写下这样的广告词："这部小说写一个可怜女子英兰的一生。她受尽了社会的虐待，做过仆婢，做过女工，做过卖笑生涯。终于为人所弃，寻死不得，变成了疯婆子。悲哀凄恻，极为动人。"简练平实，只可惜没有引起文坛足够的重视。

## 四

综上，关于孙梦雷的生平及其创作简介如下：孙梦雷（1904.9.5—1937.4.5），男，江苏无锡人。1921年6月在《东方杂志》上发表小说处女作《哑叭的一个梦》，1922年加入中国共产党。1921—1925年间，他在北京加入文学研究会，并接连在《小说月报》《东方杂志》《文学周报》等报刊上发表了多篇短篇小说，初步显示了他的文学才华。孙梦雷的创作主要有两类题材：一是控诉战争的残暴与非人道给无辜百姓带来的巨大痛苦，另一类是揭示底层民众艰难的生存现状。这些作品在辉映"五四"新文学思潮的同时，也初步形成了他对底层民众疾苦的深切关注与同情，对黑暗社会现实的无情鞭挞，以及反映"血与泪"的文学的创作个性，体现出孙梦雷可贵的现实主义品格。1925年秋后孙梦雷回家乡无锡工作，1927年9月创作出版了长篇小说《英兰的一生》，为新文学的长篇小说的现代转型做出了有益的贡献。全书倾注着作者对广大底层劳动妇女的深切同情，寄寓着她们向往美好生活的无限热望，它不仅是孙梦雷的代表作，是他实践"为人生的艺术"主张的优秀作品，也是新文学1922—1927年间长篇小说的时代性标志与重要收获。小说描写细腻，寓意深刻，情节紧凑，线索清晰，结构均称完整，形象栩栩如生，英兰堪称那个时代无数农村青年妇女不屈服于命运的安排、向旧世界挑战抗争的悲剧典型。1927年3月21日孙梦雷任创刊的无锡《民国日报》经理（该报于1927年4月12日停刊），随后又任震华电厂（现戚墅堰电厂）无锡办事处电力营业部主任等职，在组织工人支援1927年11月9日的秋收起义行动中，起到了积极的作用。1937年4月5日，孙梦雷因病去世，年仅33岁。

这真是一个历史的遗憾！

# 哑叭的一个梦

这条街上的住民谁都知道他是一个可怜的化子；他不能言语，我们就赐他一个很普通的名字：哑叭。他只有母亲还生存着；她是一个瞎子，她的白发好像马尾巴，她住在破庙里；有时候，她的独子哑叭拉着她一同到我们这条街上来要饭。但是她现在再也没有从城外走到城里来的能力了！可怜的老婆婆，一个人长期在庙里睡着，天天等她的独子归家；因为她是没有要饭的能力了，那末，非得等到她的儿子回来之后，那里有有东西吃的希望？

哑叭是一个神经很敏的人，但是上帝忘记赐他言语的能力；并且他很老实；所以他同我们的情分也很好。他每日早上有挣三个铜子的职业，——我的邻家是一个露天茶馆，他同他们生火，拿汽水装到冰箱里去。——三个铜子只够他们两人的住庙钱，（北京无家的贫民和化子，大多数住在城外的破庙里，每天一人的住钱是一个铜子，）所以他不得不接续他的要饭生活。他的命运很好，或者是他不能说话的原故；他每天要来的饭，足够他一人过活，并且每天还有二三十个铜子的进款，——也是要来的，——所以他母亲的食住也足够了。

天气渐渐的热了，他的恶运也来了！——或者是他的好运。——因为他走路过度，他的腿上就生起一个外症来。有一天，外症漫漫的痛起来了，他就在树下抱着腿哭着。他想起来腿上生个外症，或者就是死亡的预兆，那末，可怜的瞎眼老人呢？——他的母亲——想到这儿，他素来不能发生声音的发音机关,也发起唔呀的声音来了。

看热闹的人愈来愈多,露天茶店主人发言道:"他——哑叭——是一个不能言语的可怜人,他有一个六十多岁的老母靠着他要饭度日子;可怜他现在腿上生了一个外症,一个钱也要不着。"哑叭坐在地下也打起手势来。店主人又接着说道:"他是一个孝子!"这样的报告第二次还没有完,哑叭的破钱袋已经装满了铜子了。

他的希望满足了,他的希望不过要得着铜子罢了;他这时候想:这小小的外症,只要买点药一敷就能好的,有了铜子买不到药么?金钱真是万能!他的希望已竟满足,他就在树荫底下沉沉的睡去。

寂寞的深夜,微明的星照着一座小小的孤庙;庙里住着许多的化子,哑叭同他母亲也是中间的一部份。他母亲睡熟了,他老想着方才在树下做的一个梦:他在梦里能够说话了,他的母亲眼也明了,住的是极好的房子,又有钱,他想去想来,一夜没有睡觉。他经过了这次梦境之后;他一有空就想着那次的梦。最后他自语道:"我但愿我天天做这样的梦,人间的幸福,或者我可以在梦里得到他。"

# 快乐之神

## （一）

一间黑漆漆的小房子。点着一盏将死的小煤油灯。床上睡着一个五十多岁老的男子。他嘴里的呼痛声，和面上的金黄色，是表示他的有病。他的老婆和他的三个孩子，站在一旁哭着，是表示他的无救，呼痛声变咳嗽声了！呼吸漫漫儿的短促了！老人咳得急，他的老婆和孩子哭得急，这是老人将死的表示。快乐之神近老人了！但是悲苦之神更近他的老婆和孩子。最后他老婆说："我知道你是不能好的了！你有什么要说的话没有？"那老人道："我没有什么话可说的，我愿意立刻就死！反正多活一天多受一天罪。快乐之神已经在我面前了！我有一句话你一定要记着；我这三个孩子饿死也不要做苦力者。我可要去了！快乐之神！"老人死了！随着快乐之神去了！但是他的老婆和孩子是不快乐的哭着。

## （二）

一个皇帝穿着礼服，站在大树的旁边：围着的许多兵丁和宫女，全在哭着。那皇帝手里拿着一条带子，满面愁容，好像肚子里有说不出的苦处。面前站着皇太子，手里也拿着一条带子，也在哭着。太子说："父亲咳！时候已经不早了！敌兵可快进来了！"那皇帝道："要做人总是不快乐的！想朕做到皇帝尚是这样结果。咳！我儿！你为什么要投到皇帝家里来？呀！妙呀！快乐之神就在咱们眼前了！快乐之神！"皇帝说完了，他和太子就一块儿的上吊，随着快乐之神去了！但是那兵丁和宫女是不快乐的哭着。

（三）

医生和接生的全进去了。哇的一声，孩子生下来了！接着几声哭，好像说道："可恨的圣母！送我到可恨的世界上来！呀！快乐之神来了！快乐之神！"小孩死了，随着快乐之神去了！但是许多人是不快乐的哭着。

# 死后二十日

不喜欢侈华，不爱热闹，而且很静和和气的贵妇人是极难得的；她是一个难得的贵妇人，她要告别了，她说她的梦快做完了，她立刻要离开她天天静中所思的黑暗凶暴的世界。"上帝既已谪，我们（人类）在黑暗凶暴的世界上，必要改过自新，决不可以因为不爱在这黑暗凶暴的世界上就自杀；倘若自杀，是反抗上帝的命令。"这几句话是她最崇拜的；是他发明的；这就是她不自杀的原故。她说："个人，家庭，社会，国家，没有一样不是黑暗之薮；人的一生，所作为无非凶暴！"所以她不吃肉，因为是杀生；——杀生就是凶暴——不吃能生活时候采的植物，因为也是杀生；但是她因为如此，她得着贫血症；不过她病越重，她越快乐，她说她的罪快消灭了，她将要离开这黑暗凶暴之世界。侥幸！她快要达到她数年所想望的目的地了。

她立刻要达到她的目的地，快了！还有几分钟。她忘了一句顶要紧的话；她要说，但是黑暗的"人语"她已经忘了，她就拿火柴烧她的手，表示她要火葬；但是她的丈夫不领会她的手势。她一分钟也不能多留在这黑暗凶暴的世上，快乐之神立刻导她到快乐之地去。

许多的白蜡烛在冷空气里舞着，表示欢迎她的真身。她已经下棺了，她丈夫替她戴着许多的珠宝，表示他对于她的爱情。……闭棺……下葬。

很漂亮的人，择极黑暗的业。但是他说的："没有一样职业不是黑暗的，不过我的是黑暗里比较的最黑暗一点；因为我的工作在黑暗的半夜，但是尚有电石灯一线的光明。"老实说：他是一个掘墓的漂亮而且侈华的少年。

漂亮少年已经知道某某夫人棺材里有极贵的珠宝，于是他又想试试他的好身手。

她死后二十日，有一个漂亮少年，吃了许多的烧酒，迷了真心，去掘她的墓。

地下的草，树上的鸟，多静静的睡着；云里的月亮射出一线的光明，……光明！……光明！一个幽静的月亮完全的发现；好一个所在！但是他醉醺醺地一点儿的美感多觉不着，他已经达到他的目的地，他要做这事，他怕光明的月亮看见。

黑暗的云，蔽着光明的月亮，他得着机会。掘墓！——开棺！他这时候有一种不可思议的魔力，使他不至于害怕，大约是酒力，或是财魔。

光明的月亮又发现了！照着死尸的头部；这死尸的面上，表现无穷快乐平安的现象。看着光明的月亮，听着幽静的风声，嗅着雅细的香味，吃着清密的露水。咳！他的败体享着如此的快乐。他的魂魄要如何快乐呢？

漂亮少年的酒魔忽然间的醒了，他看见如此的景情，他很有慕他的思想，但是一个人不能自杀。大约他是被捕。

但是他能不能享这种快乐？

# 风雨之下

黄豆大的雨点，泻下来，没有一天功夫，他们的战壕已经成了一尺多深的水沟；西北风吹到树各样东西上，发出一种可恐怖的声来。

他们"兵士们"多在壕沟里静静的站着，等那风雨中的战事发现；他们多知道战事要立刻发生了，在一日之内；因为他们已经得着第一条战壕将要失守的报告。

一点儿声音多没有！除了风雨的声音之外；等了好久，或者可以听见一种庄严的声音："当心！你们的火药和子弹，不要放他碰着了水。"

静极了！风声和雨声合成极大的声音，这声音里面含有极点的凄惨寂寞和恐怖。

上校李志是一个很能干而且勤劳的军人；他的眼既大又黑，猴足也似的手，时时握着他的指挥刀和望远镜；一双眼四面的瞧个不住。他这时站在战壕中间一个放置火药的空木箱上面；泥水在他足下泻过，和风吹到各种东西上所发生的一种可恐怖而且能开发人类愁思的歌声，他一样也不留意；他的目光，注定在对面的荒场那边；有时他或者一看他的兵士们的动作，但是他总是斜着眼，老没有正正的瞧一下子。

一块大荒场，一点儿有生机的东西也没有，只有已死的草，已枯的树，和黑白颜色的石头等等无意的东西罢了。我们可以批评这是一个极平常而无关系的场所；但是老军士家李志，他确实知道，相信，这是含有极秘密而且极有干系的"用武之地。"

风雨比较的小点儿了。李志如旧的站在空木箱上，一动也不动，只注意荒场那边的小河；有时他拿望远镜来窥探他目光所不能达到的地方，他幻想道："那边或者有人和马在行动；他们的大炮或者已经实满了子弹；有船渡过河来么？"他想一次，就拿望远镜来实验一次；并且他想到："或者有"三字，就立刻紧紧的握着他的指挥刀。

荒场那边的小河这边的岸上，忽然发现了一件极可恐怖的东西来；那件东西的魔力大极了，他可以使得李志的兵士们人人发生"听天由命"的危险思想来。这种思想是很不易发生的，我们在极失望或者灰心并要做危险的事情的时候，可以发现在我们的脑里。那件东西在慢慢儿的行动；李志看见了惊异到了不得，好像发见魔鬼似的，即刻拿望远镜来窥探他，到底是一件什么东西？他看明白了，这是一个人骑着马在努力的进行。"那是敌人的探子罢？"李志想着。于是他分付他手下四个骑士去捉他。

那边的人马飞也似的走过来，这边的骑士飞也似的碰过去；好一件危险的事！这好比两辆火车在一条轨道上一望直前的将要相碰；后面所有的生灵，为他们或者要有流血的事发生。

他们的刺刀已经装在枪上；神经过敏的兵士们的枪，已经满实了子弹；放机关枪弹的木箱，已经运到机关枪的一旁，封箱的火漆印也完全的破坏；就是兵士们的脸上，也好像装了刺刀似的，又好像在鼠穴旁的猫子。

只要是这个战争剧场上的角色，谁也知道张勇是李志手下一个最勇敢有胆量的军士。他这时想道："这又是试我的好身手以及升官的机会了！"他握着枪一动也不动，好似一个石像；他的眼光成两条直线，注在对面那个骑士的身上；好似一个虎，发见了一只鹿，预备捉的样儿；他全身的气力多运用在他的手臂和眼光上。他这时候的心专一极了，世界上的什么事他多忘记，他觉得全身命令他若是有机会必得打中那个骑士。他的头发有好几寸长，被风吹得一条条竖起来；头上的雨水从他鼻尖上耳朵上一直泻下来，他都没有觉得，他这时好像世界上除了他手里的枪和对面的敌人之外，没有一件有价值和可注意的事物。他忘了人类是什么东西了！他忘了自己了！

他们两人虽然是表兄弟；但是他们的性情是极点的相反；张勇是勇敢的；李儒是懦弱的；张勇这时是希望这时有危险的事情发生；李儒这时恐怕极了，他想："或者没有战事发生罢！"他站在他的表弟张勇的一旁，他觉得手里的枪比平常重了一半；他实在没力气了，他的两只脚随着他的心跳，好像人力车上的弹弓；他的心跳起来有了声音。他的眼花了，他的八十多岁的老母；一个体面的老婆；三个可爱的小孩儿；时时的在他的眼里走来走去。尖利的风括到他身上，他以为是刺刀；在他眼前荒场上跳舞的雨，也成了血色了；各样的声音一到他的耳朵里，多成了鬼叫，他想到少年时代因为游戏杀了一只猫，于是风声又成了将死的猫叫。他这时觉得什么都是可恐怖的！

那边的骑士愈走愈近，数分钟以后他们看出来那马的颜色了。所以李志知道这是自己所使的探子。他也不紧紧的握着指挥刀了，一脸的凶暴立刻变成了希望的颜色，希望骑士有确实的报告！

他们五个骑士接了头；走得快，好像从瀑布里泻下来的鱼；四面裹着黄土，黄球也似的滚将来。李志想道："他们有紧要的消息报告，或者后面有敌人追来罢？"于是他又紧紧的握着指挥刀，使用他的望远镜。

他们所报告的是一个极好的消息。"第一条战壕有了救兵，所以没有被敌人所破。"这是五个骑士所报告的。

上校李志也不大注意面前的荒场了，他对立在他身旁的少校朱杰道："好险呀！"朱杰答道："是，好险！"李志又道："无事时的惨淡和冷静，是一件最可怕的事，恐怕的思想，不，总之各种不合宜的思想，最易发生在这种时期。"朱杰答道："是的，上官说得对！我们平常在这种时候，或者要有不规则的思想发生。"李志轻轻的接着说道："对！……是的，在战场上于这时候就要想到恐怕和家庭爱美的地方去。我们可以许他们（他的兵士）高声的谈笑和取乐，那末或者可以解这层危险。"

打纸牌谈笑以及各种欢乐的声音，充满了战壕；风雨的声音没有余地可以在这壕沟里和兵士们的耳官里。敌人，枪，指挥刀，望远镜，在他们谈笑里轻轻藏过。这是他们胸中上下的'行乐'两个字罢了。爱吸纸烟的兵士们，从他们的胸口拿出私带的纸烟来吸着谈笑。上校李志也吸着纸烟和朱杰一块儿谈天。他们的面色不像那样凶恶了，多现着平和欢乐之色；但是赌钱的兵士们，有的因为输钱太多的原故，或者再露出凶暴的面色来。

"战争是一件最可怕的事！"李儒说。张勇答道："没有什么可怕的。真是一个胆子小的人，你的胆比老鼠还小得多！"李儒道："不，战争是一件极惨暴的事，无理的事，不是人类应当做的事！好好的一个人身上穿一粒枪子儿，鲜血的血箭似的冒出来，多惨酷无人道呀；我们平常做死了一两件很小的动物，我们的心上还觉得难受；一个人！"张勇道："照你这样说，为什么你要当兵？""你是我的表弟，还不知道我的心事么？为生活问题罢了！"李儒坐在那里一头吸烟一头说着。等了一忽儿，张勇说道："总之我观的战争，不过儿戏罢了，没有什么可怕的。"李儒吐了口大气道："儿戏！人家杀了你的父亲或者儿子，也不过儿戏罢了！"他说完之后，将自己所吸的纸烟送给张勇。张勇接了烟，现着很不快的样儿道："他们（指因战争而死亡的兵士们）多是胆小的鬼！在打仗的时候，他们自己的枪多拿不动了，只受人家的子弹，自己又打不中人家，死得应当！这种没用的东西，留在世上做什么，死得应当的。"

他们两人老坐着不动，在想他们的心事。李儒想：要是我的运气好，这次或者可以没有战事发生；张勇老想：这次战胜还家之时，送什么东西给我的情人？好久好久。张勇去打纸牌了；李儒还想方才的恐怖时候所发生的各种现象。

这时风雨又慢慢儿的大起来了。他们已经吃过了晚饭，他们以为第一条战壕既有了救兵，一定不能被敌人打破的，他们就仍旧取乐；并且破例点了两盏小灯。张勇和李儒又坐在一块儿辩论他们的旧题目。

李儒问道："你想有能果报的鬼么？"张勇答道："不信！……连鬼我多不信！"李儒道："这是或者有的事。"他说话的时候，张大了眼四面里瞧一下子；他的眼儿现出一种神秘的光线来；他这时好像乡下说鬼的巫人；他现出含有无量数哑迷的微笑来。他又接着说道："我讲个关于这种的一件事你听。吴才——你知道么？"他说了半天的吴才，说不下去了；因为他才说了一句吴才，已死的吴才立刻出现在他的眼前。"吴才，我知道的，是一个青果行里的学徒。怎样，他怎么样了？我前年回家的时候我还问他借五块钱哩。"张勇问。李儒答道："怎么样了，死了！"下棺材时的死吴才，又立刻发现在他眼里。张勇道："呀！我记起来了，这事陆方已经告诉过我；这么一回事！"这时两人一声也不响，只在想吴才的一回事。"张方不是说的么，他能要命，他死了能附在杀他的人的身上。真奇怪！——呀，我不是借五块钱还没还他么！"于是他的眼里忽然来了一个要债的吴才，"呸，没有的事，不要信他，心理作用，或者眼花罢了。"张勇自己驳自己，但是他总记着陆方讲的那回事；他又想到他因为战争杀了许多人，于是又有许多满身血泥的兵士在他眼前走来走去。他觉得世界上的事物多是哑迷，就是风雨的声音里面也含着无量数的哑迷。他自言自语道："世界是心意造的，人的心是一件极神秘的东西，全世界上所有的质料混合成功的；总之什么事多是一个哑迷，没有人能猜破的；要有人能够猜破这种哑迷，那末，什么事多没有意味和价值了。"李儒老想着将死时的吴才是怎样的，下材时的吴才以及吴才死后的神秘历史。

方才一个极欢乐而热闹的战壕，如今变成一个凄凉的所在。什么谈笑歌曲的声音，全成了呼痛悲惨的哭声；只有风还括着，雨还落着，好象在讥笑他们壕沟里的人和鬼："一刹那间的变迁！"

他（张勇）受了重创，一转身多不能，他痛苦极了，他想道"中了一粒子弹这样的痛苦?"他又想到先前多次战争中他所打死的敌人,他眼里就发现许多被他自己打死的人来要命;他又想到家中的老母妻子。他在战场上从来没有想到家里,这是第一次破例。他痛极了,他知道他自己活不了了。他极力高声的说道:"战争不是一件好事,凶暴的,惨淡的,不人道的,上帝我悔过了!但是,——人类免不了战争!——咳!这个重大的哑迷被我猜破了!只是这么一回事!"他的口不能言语了,他的眼闭了,他的耳朵听不见什么声音了。只是这么一回事!

# 在六岁中发生的一件事

## ——影

当他出现在地球上的那一天，他的家庭忙到了不得。面白而且洁的医生，在客厅上走来走去。"怎样了，小孩落地了罢，用不着我了罢？"他这样的幻想着。他的父亲呢？在书房里留心着仆人们来报信。——少爷或是小姐。——总之希望母子平安，没有一点儿特别的事故发生。

他的母亲已经很愿意的分她自己的身子一半给他；并且送给他她自己灵魂中的二分之一。他的母亲经过如此，——这样大的苦痛！——他微声说道："世界上又多了一个人了，他们的家庭加了一个可爱的小孩儿了！"但是世界上的人谁又知道有这样的小孩儿？

他落地了。他看见地上的影子，于是他就哭了。

医生听见小孩的哭声，就拿起破皮包提着——回家去。

他的父亲听见了小孩——他——的哭声，忙着问道："少爷还……"他的父亲没有说完，张才已经走到书房里对着他的父亲报告道"恭喜老爷，是一位少爷。"

他现在五岁了。

他爱照镜子玩。

他这五年中的生活，和世界上所有人类一岁到五岁的生活是一样的；完全是活动影戏，并且人人经历过的看见过的。

这是照例要发生的事，没有什么希奇！就是台峨儿的主人呢还是儿子也是很平常的事。五岁的小孩，天然能够有点儿智识了；和别的孩子们一样的能够言语，走路，以及其他……等等。

一天他坐在他妈的身旁。他已经成了一个可爱好玩的——不，总之和旁的孩子们一样的"这么一回事。"

但是要声明：他的思想很发达；他的两只眼大而又圆，好像一个哲学家。这或者是和旁的小孩有点不同的地方。

他坐的好好的。

忽然间看见地上的影子，他哭起来了。

他的妈实在不懂；他为什么哭？

他以后就时时决计想离开这可恐怖的东西；但是老没法子。

他老和影子在一块，这样日子多了，也没有什么恐怖了。但是他发生了一个奇怪的问题："影子能够生活么？"

这个问题他研究了几个月；他才决定影子也能生活的。

他对他妈说道："这影子也能生活的。因为我吃的时候他也在吃；玩的时候他也在玩着；我睡的时候他也在睡着；一件东西能够吃，睡，玩，还不是能生活的么？"

但是他又想："他为什么不能言语？"

"哑叭不能言语的，鱼也不能言语的。"他自己辩着自己。

他又想道："他不过学着我的动作罢了！"

这个问题他研究的了有好几十天。

一天在吃晚饭的时候，他无意的解决了这个问题。

他看见他母亲吃饭是这样吃法，他自己吃饭也是这样吃法；并且想到以前他自己的吃，玩，睡，没有一样不和母亲不同的。他就自语道："我的动作也是从人家学来的，我不过和影子一样的东西。我或者就是妈的影子；妈呢？是妈的妈底影子；妈的妈呢，或者竟是上帝的影子！"

他现在六岁了。他又有两件事能够证明影子能够生活的。

当他大哥结婚的那一天，有许多的人来对大哥和一个女人贺喜；就有许多的影子和二个影子鞠躬。影子也能交际！

大哥和一个美丽的女人结婚的时候；有两个影子也在结婚。

这愈加可以证明黑影能够生活了！

十个月以后：那个与大哥结婚的女人，生产了！生了一个可爱的小人儿；那个天天和那个产妇近在一块儿的影儿，也生了一个小影儿。

"这是一定的！大影儿生小影儿，小影儿再生细影儿；这样的没有定止！"他决断的说。

下雨的那一天，医生宣告他的爸爸死了！但是他说道："爸爸没有死；你们瞧！那个影儿还活着在睡觉呢！"

## 战争罪恶史之一页

王朱华在三天以前，已经得到她丈夫要当兵的消息，她也已经有三个长夜没有好的睡觉。

现在解决"当兵呢？还是仍旧种田？"这个问题的最后时机，将快要到了！这就是她对于她丈夫——王英进最后的忠告的机会。

她本来是一个慈惠而且忠诚的中年妇人；她的年纪虽不过三十多岁，但关于战事的惨剧，在她心目中已竟发现过好几次了。她所看见过的军士，无非是暴凶的，惨酷而无人道的。她还记得小时候有一天；她和她的小同伴在打麦场上玩着，忽然有几个雄纠纠的军士，跑了来；把她小同伴中的一个，提了起来，小鸡般的玩了半天；把她们都骇跑了。一个很热闹的游戏，被几个军士无形的解乱了。这是她记恶军士的第一次。第二次呢？她一个哥哥牺牲在战争手里。

现在她替她丈夫补着袜；因为她的二个儿子和一个女儿，多已上邻家玩去了；这是一日中所难得的空儿。她专等着她的丈夫解决了这个问题回家，并带回她和时常一样安慰而且快乐的魂！

"这是怎样下等而且凶暴的职业！就是那邻家的一个雄壮青年，要当兵，我也要对他发表我忠诚的劝告——何况他是我的丈夫！"

"倘是这双袜是军士穿过的，那末我一定不愿意补他；他或者能表现他主人的凶恶来！一定的！一定有许多的血从这袜底下流过！——并且他当了兵，要战争起来，那是何等样的惨暴！——我决定要诚恳的忠告他不要去当兵!……"她补袜的时候思量着。并且她想:"用怎样一种话,——恳切的话,方在能够说到他——我的丈夫回头?……"

她的丈夫,——王英是一个善良而又无用的农人;先前他也不赞成当兵的,但是现在他被一个年青而好自雄的张豪蛊惑了!

现在他——王英在张豪家里,和许多朋友议论这件事。

"我很愿意当兵!——但是我的夫人不放我去"。王英在众人中发表他的意见。

"你真是懦弱,没有用的人!我想你一定恋着你的夫人,舍不得去,你真是爱情之迷恋者!"他同伴中一个指着他说。

他答道:"我是爱情之迷恋者,我舍不得我夫人,这是的确的。你们现在是光棍,倘是你们有家室,一家也是舍不得的;并且我已三十二岁的中年人了,身体又弱,——不合当兵!……"这些话是王朱华昨天替他预备好的。

他同伴中又一个人愤愤的说道:"你正是没用的人啊!我们是好汉子!不要妻室的!不比你!并且——古人说得好:'老当益壮。'三十岁算什么?你没有听见赵家茶馆里的说书先生说么?'王忠八十岁还吃得十升米,一石肉,还能杀得曹操片甲不回!'呢。"

王英没有话说了。他们静默了片刻。

忽然——王英忽然间想起昨天王朱华告诉他的话了。"并且时今的兵,那里是打外国人的,不过同胞杀同胞罢了!……"王英说。

于是他们也语塞了。

张豪慢慢地站起来说道:"不错;同胞杀同胞!但是人生一世为什么?不过寻点功名富贵快乐快乐。我们当了兵,要是运气好,一升就是师长,旅长;你们看前村胡志,当了四年兵,现在就升到了旅长;出来或回家的时候是多么阔!——将来指不定还要做大总统呢。——"

这一段话说完之后,屋子里幽静了半天。

王英深思了半天,他轻轻地自话道:"功——名——富——贵,——…

旅长，——大总统！—…"这是他解决了这个问题的时候；就是他开和向暴凶如黑暗之道走的时候！

"英哥啊……我劝你不要跟他们一路去当兵！功名富贵是注在命里的。你说前村胡志做到了旅长，怎样快乐，怎样阔；但是你想咱们村里出去当兵的有二百多个，不要说官，就是得着生命——活着还家的，只有一个两个！——英哥我劝你还是在家种田过日子罢！种田虽是苦，到是快乐无烦恼的；当了兵，要是打起仗来是多么不人道呀！我劝你不要听他们的话去当什么兵！　"王朱华很诚恳地劝告她丈夫。

"不！我已竟决定了！我非得去不可！——"王英很决绝地回答她。

"英哥，你不爱我了么？……先前我的话你总很听的，今天你怎样！咳！英哥！你就看孩子的面上罢！武儿才十二岁，文儿才十岁；——你最爱惜芳了（丫）头，难道你不管他们了么？……"

"我爱你的，华妹，我仍旧爱你的！——但是我爱功名富贵比较爱你更利害一点；孩子不要紧的，不过三四年我仍旧可以看见他们的！——我今天晚上——或者明天早上，我一定要走了。"

王朱华很烦恼而愁苦的说道："难道你真的一定要去当兵么？……"

"是的！——真的！——我决定了！——明天我要动身的！华妹；我已竟决定了！——功——名——富——贵……"

自从他当了兵之后：王朱华的生计，愈加艰难了；因为他当了兵已竟十五年，而这十五年中王家的生活，全靠王朱华十个指头。

但是他——王英，现在居然做了营长了！而他对于他家庭早已断绝了关系。

王朱华现在差不多没有一天不以泪洗面的；她想她的丈夫；她没有一时一刻忘了她丈夫；但是她的丈夫□□□两个字多没有带到过家来！

不幸的事，又发生了！她的两个儿子——王武王文，又因为恋念着"功名富贵"要当兵，她怎样劝慰他们二人，但是他们兄弟两人非得要当兵去。

她没有法子禁止他们；她只得破坏了自己的生命和幸福，在便他们去；因为他们两人说："倘是不放我们去当兵，我们就是在家里也不愿意做什么事的。"

"你们在军营里切记打听打听你们父亲的消息。"这是王朱华对着将离别的两个儿子说了好几次的话。

一天早上：两军正打得利害的时候，南军里面忽然跳出来两个勇敢的军人；一刹间把北军里的一营长，和一个连长刺死了！于是北军就大败下来。

太阳将要落下去的时候，两个勇敢的军人，正在荒场上走来走去的谈论着。

"时今咱们因为刺死了两个军官，已竟升到排长了！"那两个勇敢的军人中之一——王武和王文说。

王文道："是的。——咱们走的时候，妈不是叫咱们打听父亲的消息吗？"

王武道："对！但是父亲出去了十五年，咱们也忘了父亲是什么样了！——呀！那儿不是刚才被咱们刺死的两个人么？咱们去看看；衣袋里有什么钱财没有？"

"他们做了咱们的牺牲品了！"王文说。

他们很高兴地走到牺牲品的一旁。

王文指着死尸中的一个老年的道："这样大年纪还当兵？——哥哥，这是你杀死的，你看他的袋子；这个是我的。"

于是他们两人就伏在地下，寻那尸身口袋里有值钱的东西没有。

这是何等的惨酷！两个尸身睡在地上；他们的脸，苍白到和白纸一般；他们的生命和战争的热血，从他们的伤口里慢慢的流着；他们所有的功名富贵，也跟着流了出来，流到那两个勇敢的军士身上去了！而且他们所流的血里，还含着父母之血和妻子之心！

"你看，这张纸上写的是什么？"王文从尸身里拿出来一张名片，给王武看。

王武接着看道:"'张豪,'这是这个死人的名姓。"他也从老人的衣袋里拿出来些东西,另外也有一张名片,他看,——但他看完之后,他说不出话来了;他只哭着道:"爸……爸……"他立刻倒在地上;他的脸也立刻变成青白色。

"什么一回事?哥……哥……"王文很惊骇他问王武。

这时候静默,凄惨,而且寂寞,快乐的境地,立刻变成了悲惨的世界!

王武哭着醒来了!"什么事?"王文恳切地问。王武道:"他是咱们的爸……爸!……"

他们两个人,勇敢的军人,大哭了一场。

"战争是何是的惨暴!……"王武忽然间拿手枪对着自己的脑门打的一下;——他立刻倒在地上了死(死了)!

最后的枪声;就是王文的自杀;当他的知觉还没有死的时候,他大声的说道:"像这种惨事多着呢;不过战争罪恶史之一叶罢了!"

现在地上已竟又加了两个尸身了;尸身里流出的血和功名贵富,不知道到底流到谁的身上去。

一天:凯旋门的两旁,站着许多的兵丁警察和看热闹的人们:他们许多人的目的,在想一瞧那英武威严的将军;并且那血色的凯旋门,也实在美丽而且好看。

当这欢呼热闹的时候;愁苦的王朱华也在人们中。"那凯旋门,……血色的,……死者之血呀!——我丈夫的血!……我两个儿子的血!……我的心血!…许多被害者的血!…父母之血!…国的家血!……血呀!"她大声的说。

"轻一点儿!——将军快过去了!"一个警察说。

"血!…那是我丈夫的血!……儿子的心!血……千万人的血凝结成的。……血呀!"她说。她忽然瞧见警察背着一管枪;她很恐怕地说道:

"管子，…他也有吸人灵魂和心血的管子，…走…我怕。…"

"这是个疯子！"警察说。

将军，——英武威严的将军过来了！她看见将军身上的一带大绶，自语道："红色，…带，这是我丈夫的心血，……我儿子的心血，…千万人的心血凝结成的！"她晕了，于是她倒在地上。

她进疯人院的第一个晚上；她瞧见电灯忽然发生出红色的光，她惊骇极了，她想道："这一定是在燃烧着我儿子的血和我丈夫的血，和千万人的血！……"于是她想打破这个电灯泡子；但挂得极高，她怎样的想法子，总打不着他。

她在房里来回哭着走；或者笑着跳；最后她忽然想到："我在外面瞧见像这种燃烧血的东西多着呢！我打破着一个是没用的；我总得打坏那总机关！"

她想出疯人院去，她表示自己不是疯人；但人家总不信。——最后她在窗户里跳了出去。

这可怜妇人的结果，是谁也不知道的。

十，十一，五·北京

# 微　声

## 一

在一个大杂院里，（大杂院是北京一种住房的名称；就是一个住宅，分居许多的人家；这种，大多是贫民和苦力所居）靠南的二间小屋，是院主李思住着。李思是一个很勤苦的中年人；他虽有这处房屋，但还是在人家拉包车。他有一个老母，二个兄弟，和一妻一子：今天他的主人上天津去了，所以他能回家过一天快乐的日子。

李思抱着他的孩子落儿，坐在门口瞧胡同里往来的车子；在这时候，有个外来的乡人，惶恐而无主意的在他门口一带来回的走着。他——那外来的乡人——是一个年强力壮的青年：他圆而黑的脸，镶着两只笨大的眼；多筋而厚的手，提着一个衣包。他的脑充满了乡村风味，于是，这胡同虽不是北京热闹的地方，而往来的车子，已经很能使他眼忙了。当他看见一辆汽车经过的时候，他惊异的张了眼，一直送到他视线不达的地方。他自语道："这大概是《三国演义》上诸葛亮所造的木牛流马之类了！"

李思看见了那乡人，默想道："那乡人很是面熟，好像在什么地方见过的？……"

乡人看见李思坐着，他想问个讯，就走向李思去。他走到李思身旁，不觉不好意思起来，红了红脸，不问而走过去了。他想："我又不认得人家，我问他用什么称呼呢？……老哥？……不好，……恶……这样罢：用打听；末了道声劳驾。"于是他又走向李思去；走到那里，又不好意思起来，红了红脸，不问而走过。他这样来回走了好几次；最后他硬着头皮，红着脸，吃吃的问李思道："打……听打听，这里这是太平胡同么？"

"听他的口音竟是我们同乡了，"李思这样想着，答道："不错，这里就是太平胡同。你寻谁？"

"太平胡同六十三号，有位姓李……"

李思不等乡人说完，放下了落儿，站了起来道："这里就是六十三号，我就姓李，你莫非是……"

乡人道："怪不得面熟得很，我是朱良，你莫非就是姊……"他迟迟的不敢说下去了。

"呀，原来是良兄弟！我一见你就想有点像，……只一时想不起来；你……"李思捉住了他的手说。

"姊丈……"朱良作了一揖；眼圈微红了。

"你怎么一个人上北京来了？"李思说。"我们且进去。"他就和朱良一同进去。"良兄弟来了！……"他高声告诉他的妻。

李思的妻，正坐着理头；她听见说他的兄弟来了，他的血，立刻胀起来涌到心头，接着快而重的一阵心跳；她站了起来，而她的兄弟，已经发见在她的面前了。

"姊……姊……"朱良呜咽着叫。他的眼泪已经不由自主的流了出来。

李思的妻，拍着朱良的肩说道："兄弟，我在家里的时候，你不过一个十三四岁的小孩；六年不见，长得这……么……高了！……"她也呜咽着哭了。

李思拍着朱良道："到底还是小孩子，要哭呢。——"回头向他的妻道："兄弟来了，不问……到陪着他哭起来了。瑚儿在家么？"

李思的妻道："不在家；你买点儿点心去罢。"李思走了，她对朱良道："家里多好么？你怎么一个人上北京来了？"

朱良擦干了泪答道："家里多好；只因家乡年年荒乱；今年张家二叔进京办货；爸爸说，家里年成又不好，柴，米，又贵；还是进京请姊丈寻个事做做。就请二叔带我进京来了。"

"咳！爸爸不知道，北京就两年也寻不着事呢。——可是，你既然已经来了，我就叫他替你留神寻个事。寻得着呢，也罢了；寻不着，你就好好住在这里玩几天再回家。——你书念到怎样了，有进步没有？"李思的妻问。

"姊姊进了京，我又念了两年书；后来爸爸说，年纪大了，就叫我下田。（种田）"朱良说。"去年冬天，二叔叫我到一个肉铺里去算算账；后来肉铺倒了，我也就还家了。——反正现在写两封平常信，还能够。"

李思的妻道："真的，人家看了你写来的信说：字又写得好，句子又通；……称赞你好几句呢。你姊夫就是吃亏在不识几个字，……"

"现时姊夫做什么事？"朱良问。

李思的妻答道："你姊夫拉了六年车，积了几个钱；就把这所房子买了下来；现在他还拉着车呢。我老和他说：这所房子收下来的房钱，一家子已经足用一月多的了；为什么还要牲口般的拉着车？他老是答道：'我又不识字，除了拉车，还做什么呢？'兄弟，你姊夫真是一个勤苦老实人；你来了，也好学学他。——我也有六年不在家了，家里的事，一点多不知道；爸爸替你说媳妇了没有？"

朱良红着脸道："已经娶了！只是她害人，不多几时就生了一个孩子。从前我们自种自吃，到也过得去了；这时多了两口人，自己田里的粮食，只吃得九个月了！……"

李思的妻笑道："真是，自己有了孩子，还是这样孩子气。娶妻，生子，是大事，难道为了穷就不娶妻了么？——阿弥陀佛！爸爸现在有了孙子了！"

李思提了一块羊肉几根葱，进来道："咱们自己做羊肉饼吃罢。"

他们一边做着饼,一边谈论着。

"现在的事是真不易寻;除了拉车。"李思在一只小白炉旁,烤着饼说。

李思的妻大声道:"他很认得几个字;难道当个把门房还不成么?"

"不是说不成,是没有位置。就说工厂里寻个工做做,还很难呢!在北京吃着白饭想寻事做的,不知有多少啦。"李思用火筷鼓着煤说。

"倘是没事,拉车也好。……"朱良想:"你拉几年车就买房子,我不能么?……"就说:"拉车也好。"

"拉车?"李思觉得奇怪的说。"一,你不认得北京的道路。二,你吃不了这苦。我劝你在这里玩了几天,还是回家种田。"……"或者——"他烤好了一个饼,给朱良道:"你一定饿了,先吃罢。"

朱良吃了一口饼,想道:"我找个什么事呢?……拉车么?……种田么?……"

## 二

一天晚上;院内的人们,大半是睡着了;忽然一阵的打门声,鼓般的响着。"一定是我们的醉鬼回来了。"一个妇人的声音,在一间最小的房里传出来。"来了……"接着开房门的声音;开大门的声音;关大门的声音;杂乱而有轻重的脚步声;……关房门声;不大忽儿,小房里就微微有点光亮射出来。

在这间小房里,除了:一张大床,一张柜子,和一只小炉之外,是一样东西多没有了。在床上是已经躺着两个小孩;醉鬼也睡在床上,吸着燕牌的纸烟;脸上还微微有些醉态。他的妻坐在一旁问道:"今天一天拉着几吊钱?后天就是月半了!……上午面铺和'外国鸡'(北京的车夫呼车主叫'外国鸡')多要钱来了。怎样罢。"

"一共多少钱?"醉鬼迷迷花花的问。

"多少钱？……"醉鬼的妻说。"糊涂！……五块钱车租；三块钱面钱。——你今天到底拉了多少钱？拿出来明天好买面；我们今天还没好好的吃顿饭呢。"说着，她就去探醉鬼的衣袋。醉鬼乘势忽然的吻了他妻一下；接着躺着嬉嬉的笑。"不要脸的狗骨头！说正经的，谁和你——"醉鬼的妻，打了醉鬼一下说："拿钱来，……"

"钱？拉倒拉着十来吊钱啦；可是——"醉鬼用柔声说。

"钱呢？——可是怎样？给相好（相好，就是上海人所说的姘头。）的了。"她用凶狠的目光钉住了醉鬼。

"放你妈的屁！"醉鬼有些发火的骂他妻。"化了，怎样？……给了相好的了，怎样？……"

"倒是怎样化的？"她火到眼多发了光。

"化了就化了，你们管得着么？我马，牛，般的拉了一天车；快乐快乐化几个钱，还不许么？——老实说：喝酒喝了；赌钱输了。"醉鬼从衣袋里拿出来了六七个铜子，一掷道："还有这些；拿去。"

"除了赌钱喝酒就没有什么可玩的了？"她质问他。

"那是：……有钱的，没了事就听戏，瞧电影，上公园，……我们呢？……听戏？瞧电影？……除了赌钱，喝酒，或者化三十铜子上花枝胡同（北京最下等的娼女所在。）——"

"有那一天，你们赌钱被警察捉去了；才是阿……弥……陀……佛！"她无可辩论了，才说这么一句。

"浑蛋，放……屁！"醉鬼用力的说。"他们——警察们——只知捉赌，不知道我们为什么赌。……多是些浑蛋！……"

"你才是浑蛋！……"她指着她的孩子。"你想家里两个孩子多不管；一个钱也不拿家来；浑蛋不浑蛋？"

"我自己多管不了，还管孩子？"醉鬼说。

"拉车的多着呢；没有像你这样的！你——看！李思也是拉车的；他拉了六年车，怎么就把这处房屋多买下来了。他多么勤苦；不要说喝酒赌钱，……连烟多不吸的；就是天桥（在北京前门外，是一个大市场，）多不大去玩的；他现在有了这一处房屋，还一天到晚拉着车。要是你有了这处房子，早赌死，醉死，生梅毒死了！……人家一家子多么和气？这叫天理昭彰：愈爱化钱的，愈不给钱他；愈不爱化钱的，愈多给钱他。要是你有了钱么，早'猴儿穿衣服，烧了毛'的好像有这么回事的，弃了妻子望人头上扒了！……"

"本来，猴儿有了衣服，还要毛做什么？"醉鬼说，"古人说得好：'人生行乐耳；……'有了钱不化，藏着，不是同没有钱一样。再说李思，一个造粪机器和养人机器罢了！——不要烦！我可要睡了。——哈哈！你能说我，我到也要说说你了：你既说我不勤苦；那末你呢？……你看对面屋里的王寡妇；他一天到晚替人家缝衣服；他两个孩子，还靠着她上学呢。你呢？顶好还要我做好了饭送到你嘴边罢？……"醉鬼用指击着床说："你譬如我是死了。"

"你活一天，我就得吃你一天；实在！除非你死了！"她玩着她自己的衣角说。

"我到过不过的时候，就自杀了！随便你去过快活日子。——我死了，我到也快活了！……"醉鬼深思的说。

"你死了，倒也罢了！你就死得了。——孩子们呢？……"她替孩子们盖盖好被说。

"孩子是你生的，我本来不要什么孩子。"

"谁叫你娶我的？……"她冷笑着说。

"我爸爸的主意；不是我自己用四人轿来抬你的。……"

他们两人多没有什么可说了；于是相对默然了半天。

"今天是过去了；明天一家子吃什么？"她起首的问醉鬼。

"先把你的戒指当了再说，"醉鬼无可无不可的说。

"放屁！一定不许你当！……"

"不许当？……"

"不许当！……"

"不许当。那我也没有别的法子；我只得——我只有三条路：一，先把你的戒指当了再说；二，倘是不许，我也不管你们了，我走我的路，反正我一个人终饿不死；三，我现在也活够了，我就死，也没什么。……你说怎样？"醉鬼正经的说。先前，他们不过说着玩的；现在是已经"以假作真"的正当谈判起来了。

"哼！……"他的妻冷笑着说："走，就走；死，就死；你爱怎样办就怎样；我的戒指是无论如何多不能当的。"

"一定？……"

"谁说不一定？——你倒走一个我看看；死一个我看看。"

"哈！这有什么，走，就走。……"醉鬼说着，站了起来就走。

"好哥，我说得玩的；给你戒指罢。……"她没法，只得除下了她的戒指给醉鬼。

"这个节，又能平平安安的过去了！"醉鬼拿着戒指嬉嬉的说。

## 三

王寡妇，一针一针的在缝着一件衣服。"怎样呢？……"她在默想着以后的生活："现在的生活程度是一天高似一天了！什么多贵了几倍；我十个指头，现在是任不住两个小孩的上学了！怎样呢？……"

王寡妇是一个忠诚的妇人；在五年前，她的丈夫就死了！他丈夫死的时候，她的大儿子诚儿才八岁；实儿才六岁；这五年中间，她用十个指头养成了两个孩子，并且还能使他们上学；她是怎样一个有魄力的妇人啊。

现在，各样东西多是贵的；她十指所换来的钱，如何够两人的学费？她在解决这个问题。

"不叫他们上学罢，一点知识没有，将来怎样做事；叫他们上学罢，又没有这些钱财；……"她无从解决的想着。她觉得烦恼起来，就躺着来回她的心思。

在平常，她自起到睡，除了做饭；针和线是一直在她手里的；她虽住在这杂乱的大杂院里，但除了有事，她从没和人家谈论过；他不笑的脸，现出霜雪尊严的样儿；但她一见她两个孩子，就立刻发出她从心底里出来的极甜密（蜜）的笑容了。

诚儿和实儿跳着回来了。王寡妇就替他们擦脸，换衣服；他替诚儿擦脸时，看见脸上还有些泪痕，就问道："今天又是为什么？"

"没什么，——"

"为什么哭？——"她说到哭字，诚儿已经哭了。

"刚才我和哥哥从学堂回家的时候，碰着了宗儿，他打了我一下；哥哥有气，也打了他一下；他就哭着告诉他爸爸，他爸爸就骂我们……"

王寡妇替诚儿擦着眼泪，自己想起丈夫来；一阵心酸，不觉也哭了起来。实儿看见他们哭，也哭起来了。

在我们看来，诚儿们不像是她的儿子，因为诚儿们穿的衣服，非但不破，而且洁净；她自己不过穿着一件破衣罢了。

在晚上，他们就商量上学的问题。

"我晚上卖卖晚报不好么？顶少一天能卖四五十份；我和兄弟的学费已经够了。"诚儿说。

王寡妇想道："好是好的，只怕诚儿吃不了这苦。——古人说得好：'吃尽苦中苦，方为人上人。'我不怕他们现在吃苦，只要他们将来有用。……"她就决然的道："好的，只是你要和兄弟一块儿；一个人晚上怕……"

明天，诚儿们在街上卖晚报；王寡妇在家里缝衣服。自此以后，非但有上学的钱；并且一月可以积蓄多少钱了。

# 四

冬至已经过了,年节是一天近似一天,而大杂院里的人们,也开始忙乱而且忧愁了。

在工人于四的房内,他和他妻子排列着坐在床上。这是一间很小的房,而住着五个人;煮饭的白泥炉,立在地的中心;炉上的水壶里,水气一块块地喷着。

"妈,后天过年了!是不是?今年我得买个大花炮;马雷子(炮竹的一种)是怎样的响啊!——我记起来了!我还没有新衣服呢。"一个八岁大的小孩拉着他娘说。

于四的妻,是一个满面忧愁而且无精神的妇人,穿着一件极破的棉袄,丧气的答道:"新衣服?……宝贝,等你爸爸发了财再做!"

"妈,我过了年可以上学堂了。"较大的一个孩子说。

"什么?"于四的妻说。

"先前我瞧见王家诚哥哥上学堂,我也要去,妈妈不是说明年再去么?再过三天,就是明年了啊!"

于四的妻,用忧愁的眼光,看了他一看;一句话没回答的低下她苦恼的头去。

"妈,给我一个铜子买烧饼去。"最小的孩子说。

忽然的,于四抬起头来骂道:"铜子?一个细钱多没有。走!再上这里来麻烦,我打破你的狗嘴!走!……"

小孩惊惧的狂哭起来了;其余两个小孩,也惊异的偷看着他们的父亲。

"哭?打死你这个小杂种!"于四就是一掌打上去,幸而被他的妻托住,不然,那小孩怎样吃得住这无理的凶暴啊!

"阿保,不哭,爸爸打了!——大保,和他出去好好玩去。"妇人说。

阿保就拉着他两个兄弟，无聊的去了。

"你烦恼，也不用把孩子们出气。"于四的妻说。

"好妹妹，（北京大多称自己的妻叫妹妹）你替我想个法子罢，一忽儿要帐的就快来了啊！"于四悲声的求他妻。

"我也实在没有法子想。——到底外边有多钱帐？我替你打算打算。……"他妻问。

"你也总知道的：吃，穿，嫖，赌，我是一样多不来；——除了去年嫁阿桂借了十块钱，还有十二块钱车租；三块钱米帐；是没有别的了。我一个穷工人，一时那里来的二十五块钱？明天厂里发放十块钱，那里够？车租是年内非还不可了！你想：我自从不拉了车，已经八个月了，还好意思不还他么？——啊！想起来了：那借的十块钱，还得利钱呢！——算罢！一个月八毛，借了他十九个月，利钱多得十五块多钱啦！本利一共二十五块；共总四十块钱：……那里来？卖了我多还不够！……啊！……"于四长叹的说。

"没法，没法！……譬如十块钱给了车主，还有三十块钱呢？……"他妻说。

于四思前想后，总觉得没有妙法。"前世作的孽，这世来受啊！……不得了！还是死了好！……"不知不觉的死的观念，已经跑进他的心了。于是他无聊的默想死的问题。

"本来你这个人太老实，人家嫁女儿，只有赚钱，你到赔起钱来了。"于四的妻说。

"罢了，罢了！……"

"于家伯伯，有人找你。"这是门口一个小孩的声音。

"要帐的来了！咳！咳！……"于四说："好妹妹，你去和他说，我不在家罢。"

"丑媳妇总要见公婆面的，还是你自己去和他说两句好话，让他走。"

于四只得一步一摇，提心吊胆的走出去。

"我说：你借的那笔钱，好还了罢？"一个放印子（就是北京一种利率极大的借债的，）从他一只钱袋拿出了一个折子，接着说道："本钱十元；十九个月利钱，是十五元二毛；广大家的铺保水印；王大的中人。劳驾，你去拿出来了，我好到别处收帐。——本利一共二十五元二毛。"

于四胀大了眼，红了脸，吃吃的答道："现……在没有。——"

放印子的立刻沉下脸来道："没有？……不成！来了三次，老是没有；今天没有，明天也没有，后天反正又是没有；你要知道，今天是二十八了！"

"我实在没有；本来你的钱，我替你预备好了。可巧我媳妇生起病来，把钱化完了！我说：你过了年来拿，行不行？我替你预备好在这里。"

"我不管你媳妇病不病，反正今天是要还钱；你想想，这十块钱借了多少日子了？"放印子的说。

于四哀求道："我实在没有钱，咱们哥儿们交情也是不含糊，大年夜来拿，行不行？"

（"）咱们哥儿们虽说有交情，可是我借钱给人家，非得有交情才肯借啦；倘是人人像你这样说有交情，就不还；那没，我吃谁去，我说还是今天还了我算完事。——你既说有交情，就得顾交情；像你这样有交情，也是白的。"放印子的念书般的说。

"我不是说不还，我实在是没有钱啊；老哥，后天晚上准给还不成么？"于四无法的说。

"不成，不成，一定不成："

于是他们两人就噪闹起来。

院主李思，寻着噪闹的声浪，忙忙的走到于四房里；射出他老实的目光，瞧着放印子的问道："朋友，什么事啊！——"

"你老先生来了，咱们评评理。"放印子的说；"他去年三月，借我十块钱,到今天刚巧已经十九个月了;我问他要,他还是说没有;你想:我们也是卖买交易,要是碰着的人全像他,我们不得赔本么?——今天我要定了,他非给不可!……"

于四悔恨的听着放印子的高谈阔论,脸上一阵红一阵白默立着。他想:"我借了人家的钱不还,本来不好;但这不是我有意不还,实在是没法啊!"

李思指着于四道:"他也是一个可怜人!一家大小五口,指着他一个人吃;厂里呢,一个月才八块钱工饭钱;一家子吃用还不能十足,那里来的多余?可怜他省吃省用的存了十来块钱,可巧,上月他媳妇生了一场大病,多化完了!我说,朋友,你还是等两天来拿罢。——"

放印子的连连摇头道:"不成,不成!照你说,他是一辈子没钱的了;难道我就等他一辈子?今天是非还钱不成,你要知道,我家里连夜饭米多没有啦;倘是不还,我只得在这里吃睡了。"

"你听,我说:后天他厂里发工钱,——"李思说。

"真的么?——"放印子的说。

"真的!——他放了工钱,我先叫他替你留着,还不成么?"

"好是好的,可是后天准得还;——你得担保。"

"那是一定。"李思说。

"那末,……后天见!……"放印子的说着去了。

于四的妻,是上他女儿那里去了;阿保和他的兄弟在门口玩着:阿保忽然想起他的父亲来,就跑家去;他用死力的开门,总开不开。他惊异的想道:"难道爸爸中了煤气了?……"他就用指头在纸窗上划破了往里看去,不觉惊骇而且尖利的叫道:"爸爸上吊了!……"

这惊异的呼声,惊破了全院清早的寂寞。李思和醉鬼,从梦里惊醒;他们知道这一定不是骗人的话,因为贫民世界,过年时自杀的是时常有的事,他们就衣服多顾不及穿,跳下床来,跑到于四的房去;这时全院的人们,已经多惊骇得全身颤抖了!只有老实的李思,和常乐的醉鬼，算有点主意，他们机器般的打开了门。

"天啊！不要紧！还有用，气多没断啦！"醉鬼对天作了一揖，并且念了一声"南无阿弥陀佛。"

幸而觉着早呀！不到十分钟，于四长叹了一声醒来了。

"谢天谢地！……"醉鬼热诚的对天作了无数的揖说。

两点钟以后，于四已复原了。李思安慰于四道："你怎么为了三十块钱就要寻死了？俗话说得好：'有人就有钱。'——不要紧的，他们要帐来，有我在这里。——你好好的养着，我去请大嫂子（指于四的妻）来。"

醉鬼这时觉得快活的对于四说道："于大哥，你这个人真叫死心眼；三十块钱的帐，算什么？就要上吊？我一共有七八十块钱的帐，一天到晚还是快快乐乐的；如今的世界，只得过一天，快活一天，算一天；倘是像你这样量小，有十八个我也早死完了！你就照我这样办得了，等等他们要帐来，你就说明天给；到明天，咱们就逃上澡堂子里去一忽，等到吃过了饺子，（北京的风俗，大年夜吃饺子，吃过了饺子，无论一切帐目，多不许要了）咱们就回家，打他三斤酒，咱们就足喝一顿。过了年，更好办了，作个揖，道声恭喜，什么多完了！（北京风俗，正月十五以内，不许要帐）……"

于四听见醉鬼这样有趣地说，不觉也微微地笑了。

# 五

大年夜的晚上：大杂院里一年只有一次的欢呼和热闹。小孩们一个个跳跳撞撞的放着炮竹玩。忽然间的，醉鬼和于四高高兴兴的回来了。醉鬼手里提着一瓶酒，嘴里呵呵唔唔的唱着《一过年》（戏名），他们听见南房里有玩牌九的声音，他就叫他孩子道："阿狗，把酒提去；告诉你妈，饺子要多做，肉要红烧的。——"醉鬼说："阿猫来，来！替爸爸亲个嘴，我有好东西啊！"说着拿出了一包糖，一大包炮竹，给阿狗道："拿去，和于家伯伯里三个兄弟分。"说着，对于四道："走，咱们瞧他们赌钱去。"

一张四方桌，围着六七个人在赌钱。桌的正面，立着一个肉铺老板；肥大的身体，一张较小的方凳，只坐着他屁股的一角。他大约是胜了，当他拿出两只牌来，看了一看，他微笑的得意的掷在桌上。"天之九！"

无聊而且烦恼的庄家，只得拿出五吊钱来赔给他。

"老朱，手气好啊！"醉鬼在那肥人身后拍了他一下。

老朱吓了一跳，回头看去，原来是醉鬼，他就大笑起来；大而红的嘴，露出一排黑而黄的牙齿；厚而圆的眼，脸，笑到盖没了眼珠，只余一线；他拍着他鼓般的肚皮道："哈，哈！……"他一只手举起三个指头，一只手拉着醉鬼的耳朵，到他嘴边；说道："三元！……哈哈！……"

一个短小的朋友，叫杨良的；是输到一个钱多没了。他就轻轻离开了这里，跑到房里，刚巧他的妻不在房里；他就开了他妻的箱子，偷了他妻一年积蓄成的三块钱，逃到赌场翻本去。

醉鬼和朱四正在大块肉吃，大杯酒喝的时候：

"我赌钱，你管得着么？"杨良的声音。

"你赌钱，我管不了；不过，你为什么把我的钱输了？"妇人的声音。大概是杨良的妻罢。

"输了怎样？——再说，我打你！"

"打我？打罢！你打，你打！……"

接着手和肉相碰所发生的声音，哭声，恨恨声，相劝声；迎接着未来而将到今年的新年；今年的将来。……

# 六

"爸爸这样心凶么？为了一百块钱，叫我做四五十岁老头儿的妻！……"一个十七八岁的女子，质问他的母亲。"妈，这件事，——你愿意不愿意？——难道妈妈以前的爱我。原来是假的？我到如今才知道世上一切的人，多靠不住的；连父母多是靠不住的啊！丈夫更加了，我愿意一辈子不嫁了。……"

她母亲心上说不出的苦楚；泪，水珠般的在抛下来了。"珠儿，不是我不爱你，其实这件事连我多不知道，直到前天，你爸爸和胡老儿说定了，才告诉我的。你想，我是怎样的爱你，我能把你嫁给一个老头儿么？——珠儿，你爸爸的脾气，你是知道的；我想，你还是顺从了罢；婚姻也是天缘，一点儿多差不了的；你想，你爸爸先前是怎样一个荒唐鬼，只是我嫁了他，没法，只得顺从他罢了。——"

"妈妈说得好！妈妈嫁错了人，后悔来不及，妈妈已经尝过了这层苦处，你就不替你女儿想想后来么？……"珠儿含泪的说。

她母亲替他擦干了泪说道："珠儿，不是我不替你想后来；只因你爸爸已经说定了，男家庚帖也留了；没有法子！珠儿，总是你命不好，你就忍了罢。"

"我们不好还胡老儿一百块钱，就问他要还庚帖么？——"珠儿觉得尚有一线希望的说。

无力的脚步声，慢慢的近来；没一忽，珠儿的父亲，提着一根旱烟袋笑嬉嬉的进来。

"珠儿为什么哭？"珠儿的父亲问。

她母亲不敢说实话，只得道："谁知道！"

她父亲坐在床上道："我说几句话，她准乐了！——珠儿，我已经替你说定了一家人家；有钱，有势；一月里面，就要来娶你了！你也得预备预备，你要知道，一个月以后，你就要做太太了！……"

珠儿愈听愈痛苦，不觉大哭起来。她想："他（指她的父亲）竟来开我的玩笑了！……我现在成了一个孤立的人了！世界上再没有了解而爱我的人了！连父亲母亲多不了解而爱我，那胡老儿更不用说，他必定要当我是他情欲的胜利品，看家婆，……我是不能嫁给他的，无论如何！……"

"怎么愈哭得利害起来了？难道你不愿意么？"珠儿的父亲，玩着乱柴式的胡须说。

珠儿决然的答道："是的，我不愿意嫁给一个四十多岁的老头儿！"

"什么话，不愿意？——我到问你，你愿意嫁给谁？"珠儿的父，站了起来，气得胡子一根根发抖的说。

"只要不过三十岁，好好里的人，并且和我性情——"

"放屁！……不要脸的东西！我费了十八年的心力，养出这样一个混蛋东西来！——"

"我愿意当姑子，我愿意死；我不愿意做胡老儿的老婆。"

珠儿父亲气得天昏地黑的骂道："放屁！放屁！……反了，反了！……胡老儿？——你的丈夫！……我年……纪老了，气不过你！"对他妻道："我走。替你说：珠儿有什么死活，我问你；有一个坏事，我回来抽你的老骨头。"说着提了鸟笼，气冲冲一步一颤上东安市场听大鼓去了。

几天以后，两对大金鼓，引导着一顶红轿；新娘还在哭着。过路的人多说道："谁家的女儿？这样舍不得离他的父母啊！……"

## 七

林婆婆房里新来了一个远客。那个远客，就是林婆婆的儿子林武；他当了三年兵，离家也已经三年了！他的妻林妈，在人家做女仆；现在听见他的丈夫回来了，自然是极快乐的回家去探望探望。

林武和他妻相见了，有无数的话，——说不出的话，由感情，精神上传达。

"你出去了三年，回来还是穿着一身军衣!"

林妈等了半天，才说出了这么一句。

林婆婆对林妈道："你先去买三斤面来，我们还没吃饭啦。"

林妈无趣的去了。

林婆婆看见林妈出去了，然后说道："武儿，自从你出了门，我受尽了你媳妇的气了！你出去了三个月，你媳妇就独自一个走了出去，家里是她全然不管；——"

忽然林妈转了出来，问道："我怎么待错了你？……"

林婆婆忽然看见林妈走了出来，到吓了一跳，红着脸说不出什么来了。

林武因为关于他母亲的面子，不得不骂道："闹什么，有话好好说。……"

"我讲给你听：自从你走了，没有三个月，家里的钱多用完了；我没法，只得到人家去当女仆；一月赚三块钱，我自己留一块钱，每月我送给她（指林婆婆）两块钱。到如今，你回家了，她还要说这种话，有良心没有？你以为我欢喜当老妈子？人家吃饭，我站着看；人家躺着，我打扇。——他说家里的事，我全然不管。试问，要不是我每月给她两块钱，她还能活到这时么？你来了，她不说好话，到主使你来拿我出气。我早知道的，不然，我中了她的计了！现在怎么说？……"林妈哭着说。

林武原知道是他母亲的不是，但母亲是不可得罪的；只得硬着头皮骂他的妻道："放屁！走！……"

"走，就走，我早知道有这一天的！你们娘儿俩——"她大哭起来。

同院的人，听见闹得利害起来了；李思的妻，就来劝走了林妈，并且安慰她道:"你是个明白人,你想:就是你婆婆不好,难道你丈夫能骂她么?那有丈夫离家了三年,回来了不痛爱他妻的?他不过假意的骂你给你婆婆听听罢了。……"

林武听见他妻在远处微哭的怨屈声,不觉心上和刀割般的痛。……

# 微　波

　　米灰色的天空，太阳光刚射到礼拜堂的塔尖；跟着朝阳出来的一块块的浮云，渐渐的沉消；而鸡啼声和犬吠声，也开始的喧闹。

　　东城根一块不洁的住地，一条多灰尘的街上；鸽栅似的一处处小而破脏的房屋，慢慢的从晨雾中现出她的半截来，好像月夜河中的屋影。

　　街的东口，朝北的两扇小门，慢慢的开了；而从门内，走出两个体格伟大的工人来。

　　"老于，我们先到东兴居去吃饭，"一个说。他穿着一身青土布的短衫，粗而长的头发，盖在额上；厚而大的手，一只拿着一杆旱烟筒，一只摇着一把大蒲扇；笨重而多力的脚，穿着一双破脏的布鞋；他嘴里是在吹着不成调的曲儿。

　　"也好，"老于说。他的脸非常之大而且黑，红而厚的嘴唇，占了他脸很多的一部分；和他的同伴一样，一只手拿着扇子，一只手拿着旱烟筒，而旱烟筒是在他手指上很巧妙的转。他们年纪很轻，而看上去，已有三十多岁的样儿了。"今天是礼拜三罢？小周。"老于说完后，把他自己的中指，放在嘴里斜着头来咬指甲。

　　"不错，礼拜还有三天啦！"小周走快些说："我饿极了，快些走！"

　　他们走到西口，在尽头处，有一个小小的面店，屋檐上高高的挂着一牌木牌，写着东兴居三字；他们两人走到那里，自然而然的就走了进去。脏极了，二间小小的破屋，有许多的工人是在吃面；香烟，旱烟，和煤炉里的烟,在门的上部,一阵阵云般的涌出;铁匙和铁锅相击的声音,吃面收吸和谈笑的声音,像夏夜山中雷雨和风声。

他们两人进去之后,就坐在墙角的一张小桌旁;一个满身油泥的伙计,笑声的道:"今天吃什么?先生们。"

"白干五百(北京土人一个铜子差不多是多叫一百钱)一杯的两杯,两个子儿落花生米,两块香干,切三百钱的羊头肉。"小周一口气的说。

"仍旧是那些东西!"伙计说。"您只要说'照例拿来,'我也就知道了。吓吓!——我们今天有新烤的大块羊肉,您也少来两块吃?"

"你别来把我们打哈哈(取笑的意思)了,一月也没余钱吃回把羊肉,还是把老例子拿来罢,"小周说。

"去!……"老于微有些憎恶他,"快些拿菜去罢。"

伙计嘴里叫着去了。一个很大的炉旁,许多人在忙乱着;和面的在和面,炒的炒,烧的烧;汗直从他们额上流下来;一群群成队的苍蝇,在屋内团团的飞转,并且有嗡嗡的声音,像远处的雷声。

小周转着头四围看了一看说:"人家有钱的多睡呢,咱们已经起来了半天,要吃饭了。"忽然一群蝇,浮云似的落在他们的身上和桌上。"唷,好多啊!"他提起扇子就乱赶,他这样一赶,全屋子的蝇多波动着而飞起来了,于是一群群,些些杀杀好像夏夜的繁星。"哈……哈哈!"小周笑了。而在屋内的众人,憎恶的目光,立刻比看蝇更注目的看着他。

"哼!……"老于也抬眼瞧了瞧小周。

伙计已经把酒菜拿来了,他们多喝了一口酒;老于筷也不用,提起一块羊头肉就送在嘴里。

在他们桌旁,来了一个工人;速而大的步,抬得很高;红黑而肥的脸,嘻笑着;手里玩弄着一根小柳条。"伙计,来!……"他坐到椅上就叫。

"嗄！喜先生来了！"伙计对那工人嘻皮笑脸的说："吃什么呢？"

"阿四，"喜官拍了伙计的肩膀一下叫他。"我告诉你，昨天输了一块一百钱，可巧今天厂里发了薪工了！"

"不讲这些，怪忙的，吃什么罢？——"伙计说。"您是没有一刻不快乐的。"

"咦！你说不讲这些，你自己到讲了。哈哈！——去罢，快点儿，"喜哥说，"先拿根小竹丝来，——二根两根。"

"你又要——"伙计说着去了。

"要什么？"喜哥说着，自己去拿了根竹丝来，于是他捉住了一个苍蝇，竹丝刺进蝇的粪门，立在桌角叫他玩竹丝。他皱了皱眉头，又笑了；再捉了三个蝇，一只桌角立了一个；于是他拍着手笑。他乐着看看那四个蝇痛苦的在玩竹丝。

"好一个快乐无愁的青年人，"小周看了看喜哥说。

喜哥转过头来看见小周们，一句话也没有，呆呆的喝着闷酒，他就有些不乐意了。"到有些像请门神，"他想，不觉又笑了。

"你父亲到底病到怎样了，小周？"老于问。

"不是他么？"小周皱起眉头说："你和我同院子住，难道还不知道么？"他咬了一口酱干，又喝了口酒，停忽儿说："直截痛快说，是没有用了！"他深思的叹气，"唉！……倘是有个好坏，我是怎样办好，一点儿家产也没有。"

"丧气！今天是丧气！"喜哥斜眼瞧瞧他们，燃着了一根烟，摇摇摆摆的出去了。

"这日子真没法儿过，"老于用眼睛送走了喜哥说。"像这种年轻人，一丝没有挂念，一天到晚吃，做事，睡；喜佛似的，到也不错。——就说我一家六七口，这样的年头，又是各样多贵，——过不了这种日子！"他用筷来击着桌子。

"我们哥俩讲讲不要紧，"小周坐近了老于说，"到不了的时候，也只得请个会了。"

"请会?"老于摇头说："不是这个时候么。谁有多钱来上会？并且……"

他们半天说不出话来。吃饭的人们，愈加多了。伙计们忙得嘴一刻不停的说，脚一刻不停的走，好像穿花的蝴蝶，在客人们的桌旁转。坐在柜上一个肥大的记帐员，他大而圆的毛刺刺的头，得意而且微笑的看他的主顾；而嘴里，不住的喷出浓多的旱烟来。

"再没有法子，也只得赌白棚了，（北京的风俗，凡是死了人没有钱送葬，就请许多亲友来赌钱，但是头钱抽得非常之大，因为要把所得的头钱就来送发死人。）"小周出神的说，一样奇特的想像他好像现在他父亲是已经死了，而他呢，在怎样的去想法子弄钱去发送他父亲。

"赌白棚?"老于摇头说："你不见得有这样靠得住的亲友罢？——"他拿出布袋中的烟丝，装一筒在旱烟斗里，燃着了用力的吸。

"但是？——"小周说。他停一刻接着道："有了，——我舅舅洪清或者能够帮助我罢？……"

"不错，"老于高声的叫。"伙计，来两个十两的炒酱拌面。"他把所有的酒多喝了。

他们吃得很快，不一忽儿已经吃完了面，而工厂放气的声音，长而且凶的叫起来。"上工了，"老于说。

"走！"他们两人脸也不洗，只用手来擦了擦，给了饭钱就走。

天慢慢的夜了，风鸟一群群掠过高大的礼拜堂，飞过城墙去；奇美的云，横行着而且变化；工厂里的大烟筒，火山似的吐出烟来，被风吹成一条长而阔的黑布；粗大的放气声，又发作了；一群一群的工人，蚂蚁般多懒懒的归家去，在人群中，老于和小周也是同样的走出门来。

"嚯！……"老于举起两手升个懒腰说："一天又算过去了！"

"可不是么？"小周抹了抹脸说："做牛做马一天，这叫什么日子？一天到晚，手脚不住的做，直是变成了机器了。——实在，我们比坐在监牢里的罪人也不及；只是心上稍微的安慰些罢了。"

停在门口的一辆红色的汽车，开始的颤动了；一个中年而华丽并且阔绰的男子，衔着一枝吕宋烟，摇摇摆摆的走出门来；门旁的警察，对他行礼，而且指挥工人们。"靠边路走！"他说。立刻，工人们分出一条路来让他，他得意而且走得很快；头抬得非常之高，他的视线，是直的，就是旁边许多的工人，他也好像没有看见；他白中透红的脸，间杂在工人的群队里，好像秋后枯败的桃林里，独留一只鲜红的桃子；一根金镶手杖，在他手里转着飞舞；轻薄的华丝葛长衫，被斜阳照着，一丝丝的放光。这时有一个工人，稍微近了他一些，他微微转过头来，尖锐，凶暴，自大，轻人的目光，立刻对那人的面上射了射；仍旧走他的，愈加快了；鞋底着地的声音，轻而合拍，他一脚踏上了汽车，在车角上一躺，他全身倒着，闭了眼养神。车开足了马力飞一般的去了。

"好个写意的老板！我们何年何日才能——"小周说到这里，不好意思再说，住了。

"哼！……"老于瞟了小周一眼说："再世或者永不，——你倒有好大的志气和希望啊！……"

"你看，——多么威严而且壮丽，"小周说。

"不见得，我说是凶暴而且自大，……"老于说，他多筋而粗大的手，是一条条现出筋的青色来。

"不要谈他，我只觉得他可憎；怎样的自大，一个年轻的人，靠了父亲的福，这样的凶暴而且自大！小周——"他用力的说："我手里没有手枪，不然，——或者也许……罢？"

"低声，老于！"小周迅速的说："无谓的空话。……"

"手枪，——无谓的空话。"一个年青的工人，在他们后面跟来；他庄严而毫无笑容的脸，像夜深的秋月；他走得非常之快，浓而深的眉毛，盖到眼皮；微现些英气；他只几步，就走过了他们；他回头看看老于，仍旧的走。

"这不是住在我们对过的诸深么？"老于问。

"是，"小周点了点头高声的叫："诸大哥。"

诸深回头道："朋友，回头见，"仍旧的走。

"真是我们厂里一个最奇怪的人，"小周对老于说："他是一个独身，既没有父母，又没有妻子，一个人住在吴老太那里。——或者是厂主的亲信人，充做工人来窥探我们罢？——"

"为什么？"老于迅速的问。

"因为上回我们罢工了两次，"小周自信的说。

"吓！……你这个人，——"老于冷笑小周说："上次罢工，谁的举动，你多不知道；你也算是一份子。盲从罢了！——就是他！"

"就是他？——一个阴仔仔的少年，还有这大的魔力？"小周说。"但是，你说我盲从，我以为只要一件事是平正而且对于我自己有益的；我就可以盲从，我自从的事，不是从的人啊！"

"大概是，——可以说是对的，但是，——"老于斜着眼看了看他。

他们走过了三条小路，方才到一个丝厂的煤栈旁。

"丝厂也放工了，我们看看女工人，"小周说："我们只走到这儿，坐汽车的老板，早已到家了罢？"

"不要提他，可憎的！"老于不注意的答。"怎样的凶暴而且自大！"

"放工了！"小周指丝厂说："你看，一群群的出来，快走！"

丝厂是放工了，一群群女工，多提着饭篮出来；在门口站了几个检查者，把女工们一个个的细细检查；可怜的女工们，多低着头，红了脸，让他们随便的去检查；她们的篮子和身上穿的衣服，好像修毛的一只只小羊。

"做女工也不易！"小周说。

"是的，他们的自由和人格，多被抢夺了！"从小周身后发生的声音，是诸深。

"一个女子或妇人，清白的；随便人家搜，并且每天有一次的，为什么?"老于深思的说。

"为金钱,"小周迅速的说到这里,改他的口气,瞧了瞧老于,很慢的道:"或者是罢?……"

"哼!……"诸深瞟了小周一眼道:"为爱,爱金钱,并且爱他自己的生命。"

"是么?"小周注目着诸深,他想:"一个奇怪而且无情的少年!""你或者也爱自己的生命,"他接着问青年。

"是的,我更加爱我的生命,比你们更加利害些;更加,更加,……"诸深答,他的脚尖在地上合调的拍着。"或者,——可以说是罢。已经到了爱的极顶而再已经。——或者是跳出了,——但是,没有的。"

"什么?"小周脸微微的红了道,"我不懂。"

"不懂?"诸深说。"或者也是你的幸福。"

在他人身旁发生了一种反抗的声音。"可厌的,走!"细小的女子的声音。

"我不厌你,"一个男子在调笑他。"我爱你。"

"浑蛋,走!"女子红着脸说。"我叫警察。"

男子从人们中躲跑了。

"他也稍微懂得一点爱,"诸深说。

在他们谈论的时候,工厂门口发生了噪闹了。

"哼!一个不要脸的妇人!"一个检查女工的女检查者,手里提着一球乱丝说。

"怎么样了?"一个问。

"法子愈演愈高妙,丝藏到裤子里去了。"女检查者说。

"哼!——"一个男检查者指站在一旁的一个青年妇人说:"你不是阿细么?你来的时候,我就看出你贼头贼脑,是一个不要脸的妇人。"他高声的说:"你们大家看看阿细,——她是叫阿细,是个女贼,把丝偷了藏在裤子里。"

可怜的阿细脸红到像红沙果，她用手来遮盖她自己的脸；她是要哭了！许多人，多一眼不斜的瞧着她，她是如何的难为情啊！并且人家多已知道她的名字是叫阿细了，她无法，只得哀求道："这是一团乱丝，我以为是没有用的，想带还去给小孩们玩，"她呜咽着。

"一团乱丝？没有用的？别不要脸了！一天这样一团，十天这成了许多了。并且，人人像你这样，丝厂就不用开，还好意思辩啦。我看你脸皮直比城门上的铁皮还厚！"一个检查员说。

"还和她讲理啦。"一个说。"这种不要脸的娘们，（北京下等社会叫妇人的称呼）请帐房里刘先生好好的办她一办就完了，那儿来这么大功夫顾她。"他说着一边在检查旁的女工。"你们大家看看，这是阿细，无论谁偷了丝，多能查出的，"他又对女工们说。

阿细听见要到账房里请刘先生，立刻骇到全身多颤抖起来；她知道他们是把她当偷丝的女工这样办，她早已看见过，有时候她的同伴带丝出去，查着了，非但要开除，并且要在厂门口缚三天；她非常之恐惧，她想哀求他们，但是她知道愈加哀求是愈加受辱；她四围看看，也没有一个人能帮助她的，于是她哭了。

刘先生已经出来了，一个肥大的人，手里托着一支水烟袋，一筒筒里的吸着。"照例办好了，"他随便，而且自然的说："她不是叫阿细么？"

"是的，姓王，"一个检查员恭恭敬敬的答。

"刘先生——"阿细叫。

"什么；"刘先生回头板起了脸问。

终于阿细对他跪下了拜道："刘先生开恩，不过一团乱丝，没用的，您不信，您看，先生，积德修好；先生，开恩，不过一团乱丝。——"

"顶好的丝，什么一团乱丝？——不能的，大家像你，哼！——大家只要说是一团乱丝。——不能的，非照例重办不可。你要知道，现在厂里时常少丝，进出差不少；老板以为是我们帐房里出的花手，其实全是你们这般东西偷的。——非重办不可！"刘先生虎着脸愈说愈凶。

"伙计们，照例办好了，"他说完了，一摇二摆去了。

看的人，愈加多了；一把把摇着的扇子，像夏夜的星；老于和诸深小周也挤着看；诸深的愁怒的脸，渐渐红了，他用力紧握着自己的两拳，并且搂起了衣袖；大的青筋，柳条般鼓起；他抖擞抖擞衣服。"唉！……"他萎顿下了。"可厌而且无用的一群！"

"你觉得怎样？"小周拉拉于老的衣角说。

"或者有些不平而且忿怒，"老于说。"你呢？"他擦自己头上的汗。

"这可怜的女人，明天一定捆在这里门口，"小周说。

"走！——"老于说："我不忍再看了！……"他咬着牙高声的说："走！……"

"那不是我们早上在面店里碰着的叫什么喜哥么？"小周指着喜哥说："他也在乐着看。"

"没有心肺的小孩！"老于说。"走！——"

"是的！"诸深说。"我想，确实的，他（喜哥）现在看着只觉得好看，心上是毫无感觉的。"

诸深也从人们中挤出去了，他很快的走，这时太阳已经落了，天空渐渐罩上米灰色的迷幕，工厂中的烟，还是在不断的吐。

诸深跑到东兴居草草的吃了些面，就大步的走还家去。"她（阿细）就是住在我邻家的妇人，她好像有丈夫，还有孩子；可怜她，今天不能回去了。……"他想。

明天早上，丝厂上工的时候，阿细已经被他们缚在厂门口的一根中柱上，许多看热闹的人，有的在指点而且说笑着。

可怜阿细，同将临死刑的罪人一样，闭着眼等她自己最后的结果；她有时微微张开眼睛来，看见她的同伴，多一群群的进厂工作去了；有的女工，以前和她不对的，在她面前走过的时候，嬉笑而且耻辱她。她想，"我以后还有什么脸见她们？唉！……"她把自己的头低下去，她好像跪在上帝面前的一只小羊，纷乱的头发，一团团的垂着。

"虽然是偷丝贼，而脸面长得还算好，……"两个轻薄少年站在铁栏旁看她而且说。

"天啊！……"阿细叹气而且说。伊想："不如死，死了灵魂安适而且无知了，虽是肉体受着耻辱；现在我净洁的灵魂，也受了无上的耻辱了！"

人们多渐渐的散去，而阿细已经深深印进他们看众的脑中。一个悲哀的女子，低着头，缚在一根柱上，纷乱的头发，一团团垂在她脸旁，微开着眼，一颗颗热而净的泪珠，由她颊上抛下；而近于她身旁，有许多她的同类在看她。

"三天了！……一个被耻辱伤害的妇人，"诸深在他自己的住房里走得很快，转着说。他烦闷的心，郑重的颤动，天是已经黑了，他就点着了一只茶碗大的煤油灯，很光亮的，从一粒火的体质上射出无数的光线来。

他是一个独身者，在他房里，只有他一个人的足印，或许他的房东吴老太在他房里坐过罢；但也很难得的。在他房里，有张小床，一只木箱和些凳桌；其余也只有他一个人所必要用的东西；他从来没有来过一个客人，所以就是茶杯，也只有他自己用的一只。

他仍旧在房里来回的走，很热的天气，人家多在街上乘凉，但他不觉得；礼拜堂的钟，打了九下了。他就吹灭了灯，睡上床去。

在他将近睡着的时候，他听见邻家夹墙的一间房里，有一种极悲哀而且细轻的哭声。

"好不要脸的贱人！你到回来了！唉！——气死我了！……"一个重大的声音，走进去，粗笨的说。

女子的哭声音，于是更加悲痛而且沉闷。

"哭什么？"男子坐在床上说："贱骨头，叫我还有什么脸面去见人，吃饱了饭，闲了偷丝。——"

诸深听到这里，迅速的坐了起来听。

"唉！——"女子答话了。"我并不是偷他的丝，不过拿一团没用的乱丝。——"

"放屁！——"男子立起来说："人家错罚你？"接着一个很重的手掌打到脸皮上的声音。"打你这不要脸的贱人！"

女子大声的哭了。"我在外边受人家的耻辱，你非但不帮助我，并且还要打我，……"哭声中带的语气。

"女子是阿细，男子或者就是她丈夫了，"诸深想。"但是，……"

"还哭？——"男子说。"我打你这不要脸的！"接着连连发生皮肉相击的声音，和求救的哭声。

人声渐渐多了。"保儿，住手！"老妇人的语气。"有话好说，动手做什么？"

"我不要这种不要脸的妇人，贱骨头！是个贼，我不要，这样的妻。——非休她不可！"男子说。

女子还是在很悲苦的哭着。

"保儿，说话想想，不是容易事啊！"老妇人说。

"哥哥，"一个细小女子的声音。"完了罢，俗话说得好：'大事化小，小事化无。'再说嫂子也不是有心偷人家的丝，不过拿一团无用的乱丝罢了；还是厂里待人太凶。你想，人家欺负你媳妇，你非但不想法子出气，到还来把自己的媳妇出起气来了。——"

"三妹，你管不了这事；我只知道有个贼媳妇在家里，叫我怎样出去见人，"男人说："小二，去请你姥姥（舅婆）来。"

"小二，回来，不用听你爸爸话，"三妹说。"哥哥，完了罢。——"

"小二，去！不去我打死你！"男子说。

"要说，叫她（阿细）妈来管教管教，也是实在要的；小二，去罢，"老妇人说。

比较的静寂了，只有阿细悲哀沉痛的哭声。

"一个凶横的男子！"诸深说。他来回的在走着，低着头，搂起了衣袖，露出他粗大的臂，用力的握着拳，自己击了一下自己的手掌。"一个男子，拿自己的妻来出气，哼！——"

半天，又喧闹起来了。诸深蹲在墙角尽心的听。

"亲太太，也不用生气，保儿也就罢了，总是我女儿不成人，——"又一个妇人刚到的言语。

"妈，住了！"阿细说："其实不是我不成人，我并不是要偷他们的丝。——"

"住了！"保儿的怒声。"还不认错，这种不要脸的妇人，我不要；岳妈；你就带她走罢。——"

"住嘴，保儿。——"保儿的母亲的口气。

"住什么嘴？我非休她不可！"保儿凶强的说。"这样的一个偷丝妇女，我是不要；我家从来没有出过贼。"

"好保儿，"阿细的母亲说："阿细来了已经六年，而且生了两个孩子了；总算六年中没有什么错处，这次坐算她不应该；也得看看孩子面上。——"

"什么孩子不孩子！"保儿说。"反正休了她，有我来教养；无论如何说法，这种贼妇人我总归不要。"

双方默然了半天。

"无论怎样，带去的好，"保儿说。"再别麻烦了，我可要睡了。"

"照我说，还是亲太太把阿细先带回去管教管教，等几天保儿气平平，再把她接来，您说怎样？"保儿的母亲说。

"唉！没法也只得这样了，"阿细的母亲说。"走！阿细，只为你这个贱人，贼妇，害我！——"

有几个妇人出去之后，渐渐的寂静了，而诸深也就扒进被褥中去。

在东口一棵极大的槐树，槐树下有一个很广阔的天棚；天棚下就是载哥开的露天茶馆。工人们在放工后，多在这里吃茶的；这是他们唯一的消闲和集会的地方；两百钱一壶茶，或者再来几枝烟，已经可以消他们许多烦闷的时候。

今天是星期日，所以露天的茶馆工人，比别日更加来得多些；老于和小周，也在大树根的一张茶桌旁坐着。

这时差不离只有九点钟光景，顺着城根的一条土路上，笨重的煤车，一辆辆的慢慢地过去，拾煤的小孩，在车后远远的跟着等那煤车上落下的碎煤；每块碎煤落地，就有许多小孩来抢。他们多只穿着条破裤，各人提着只放煤的破篮儿；间或有一两个白发的老婆婆，也在拾煤，并且和小孩们竞争着；在这时，有一辆煤车，载着很多的煤，被轻松的泥沙埋住；一个赶煤车的煤夫，扬起他黑而粗的手来打那拉车的骡子；但是骡子怎样的想努力的往前走，终究因为车轮埋在泥里太深，以至无效；煤夫他满面煤灰的脸上，汗如注的流，他用力握着拳打骡腹；可怜的骡子，高高点着他的头。想努力的走；但是仍旧只能摇动她自己的身子。

"兄弟们，劳驾了！帮点忙，"煤夫扬着鞭对茶棚叫。

立刻有三四个勇壮的工人，从露天茶馆里跑出救那煤车出险。

骡子努力的拉着车走动了，煤夫热诚的道了声劳驾。

"互相帮助，本来是应该的，有什么劳驾。吓吓！"一个青年工人说。

"哥儿们热心。"煤夫说着扬长的去了。

三四个勇壮的工人，也就一同回茶馆来。

"我说，（北京土人在言语之先每说'我说'二字作引）"一个工人模样的人，挥着扇子开口和他同伴说。"昨天我们邻家有个阿细，跳井死了。"

"阿细？"老于迅速的问。但他并不认得那挥扇的工人。"是不是那偷丝，——不，并不是偷，那拿乱丝的阿细？"

挥扇的工人瞟了老于一眼道，"不错，就是那偷丝的阿细，保儿的妻。"

"为什么？"挥扇工人的同伴问。

"真的么？"又一个不相干的茶客问。

"我从头至尾的讲一遍你们听。"挥扇工人燃着了一枝烟，吸了几口接着说："从领回娘家以前的事，大家多知道了，不用我废话，只说阿细跟她妈回家时，一路就被她妈恶毒毒的骂。——你们大家想必多知道的，她父亲王振是一个很寡情的人，她们到家后，王振就把阿细重重的打了一顿；说了些什么家无再嫁之女啊，败坏家声啊，并且说从此以后不要阿细再来见他的面，还叫阿细自己从早去寻死。不知怎样，半夜，阿细心一小，真的去跳井死了；直到早上人家去吊水，看见黑团团一堆；吊上来，一看原来就是阿细。可怜！已经被水泡得像个油胡卢（葫芦）了！最奇怪的，她父亲王振一听见阿细跳井，顶到哈哈的笑了几声。——"

"真的么？"一个旁听人说。

"谁骗你来！"挥扇工人咬牙的答。

"真有这样凶暴的父亲！"老于站了起来。忿怒的击了一下桌子，茶壶多倒了，茶水流了一桌。

"好汉，息怒！"馆主载哥提起了茶壶，用嘲笑的口气。

"后来怎样，"一个旁听者问。

"后来么？听！"挥扇工人接着讲："起先，保儿不是要休她（阿细）么？后来保儿听见说阿细跳井死了，到又问王振要起人来了。"

"保儿真是一个坏透了的坏骨头！"一个说。

"谁说不是！"挥扇工人说。"王振就说阿细已是保儿的休妻了，死不死和保儿没有关系；保儿就问王振要休书，王振没有；现在要在打官司呢。"

"保儿真是个浑蛋！"老于说。

"谁说不是！"挥扇工人说。"他一天到晚一些事也不做，在外边荒唐着；他自己又不赚钱，他用的钱，那儿来的，多是问他媳妇阿细要。非但，就是养家活口，多是由阿细负载；等到阿细稍微有点错，他到要休起来了。——"

"你以为他诚心要休她么？"老于迅速自信的说。"并不是，他不过示威罢了。"

"但是，阿细不好！"一个中年的吃茶人说。

"为什么？"老于注目他问。

"一个贼妇，"中年人说。"吃了人家饭，非但不知恩，到偷起人家来了。"

"你听他的口气，到是厂主的走狗，"老于拍了小周一下说。"被资本家征服的人！……"

"什么叫资本家？"中年人说。他以为"资本家"三字是骂人用的。"你才是资本家的人呢！——我到问你，阿细是你的谁？你这样护她。——总之，一个贼妇，不知三从四德，他（她）犯了七出之一，当然要被休。保儿休他，是应该的。"

"就是偷了丝，也是被困难的生活主使的；非但是一团乱丝。并且，工厂有没有罪罚工人的权力？——"老于站了起来忿怒的说。"你说保儿休她是应该的，但是，我问你：为什么保儿休她是应该的？"

"我刚才说过了。"中年人拉长了嗓音说。"因为她不知三从四德，犯了七出的毛病。"

"保儿靠着她生活，并且这样荒唐，难道是正当的？并且阿细并不是偷厂里的丝。"老于质问他。

"我听你的口气，到有些像我在报上看见过的叫做什么'过激派。'"

"我并不是过激派，并且我不信仰过激派；我信仰我自己，我信仰公理，我信仰我自己所信仰的；随便什么，不能侵犯我自己和我所信仰的；你要知道，过激思想也不能侵犯我自己的思想；人们思想的过激，并不是宣传过激思想的成功，是人们自己思想的发展时代的变迁；即使我的思想类于过激，我也不能信仰过激；我只能信仰我自己。譬如我信仰上帝，我并不信仰基督教，我信仰我所信仰的上帝，不是基督教的上帝。——"老于读书般而且自信的说。

"什么鸡督鸭督，我不懂。"中年人说。"总之，阿细是个贼妇贱人。——"

"住嘴！"诸深站在树旁高声而且庄严的对中年人说。"一个人，毁弃一个可怜而且已死的妇人，是何等的罪恶！"

"是你的谁？"中年人站了起来说："是你家的妇人？并且我们斗嘴，没有你的分，要你来多嘴。"中年人火冲冲走近了诸深一步，提高了嗓声说。

诸深不觉得似的道："无论她与我有什么关系没有，总之你不应该说这种没理的话。"

"天下人管天下事。"老于说。

"我说话你管得着么？"中年人看诸深没用的样子，更逼近了一步说。

"我管得着！"诸深说。他浓厚的眉头，皱了皱。"你不应——"

"什么？"中年人又逼近一步，扬手说。"你管得着，我打你！"一手对诸深脸上打来。

"吓吓！"诸深冷笑一声，手一抬，已经把中年人打倒在地上了。

"打得好！"群众欢呼的说。

"有能力的，在这里等我。"中年人扒起来就走。

"朋友们，再见。"诸深不理会他，独自走得很快去了。

"哈哈！胜三（中年人）输了，"喜哥从街头转到茶棚下。

"喜哥来了！——"有许多人说。

"是的，"喜哥走到茶棚的柜上，拿了一块糖就吃。"先吃一块喜果。"

"走！——"老于拉了拉小周说。

"我以为你今天一定要和胜三打起来，那知道和诸深比了比；看他瘦鸡似的，气力到不小。"小周伸了个懒腰，站了起来说。"是个好朋友！但是，未勉有些奇怪。"

"要听见他说话是很难得的。"老于说。"他也是一个光身汉，但是没有人能知道他以先的历史罢。"

"我听见他房东老太太说过,他从唐山来的。"小周说,"或者就是,——"他忽然的停止拍了拍胸。

"嗄!……"老于深思的说。"但是不能是他。"

老于和小周仍旧坐下。"不能是谁?……"

"他!……"老于答。

这时在茶棚右手转过去一个穿得很有样的中年人,他很大方而且有神气的转到街头,顺着街走。

"那人好像是金源。"载哥对个老茶客说。

"谁说不是?……"他叹气的说。

"啊!……怎么也阔了!你看,穿得顶得样儿的。"载哥对金源远远瞟了一眼说:"我有好久没有看见他了!"

"哼!你真糊涂了。"老茶客把旱烟筒合拍的鼓着桌子说。"人家出外了三年,今是荣归故里,并且要乔迁了呢。"

"嗄!……"载哥提了把开水壶替客人们冲着茶说:"怪不得,……他看见了我连理多不理,原来发上了;先前同我住一院子的时候,是多么亲近,载哥长,载哥短的,现在……见了我,连眼皮多不抬一抬了。可是,——现在他到底在那儿做事啦。"

"那儿?……"老茶客停了停说。"现在X省做督军的听差领班。"

"这小子真交了时运了,先前和我同院住的时候,是一个什么东西;他五十来岁的老娘,每天只吃两顿小米粥。——"载哥说。

"哼!"老茶客接着说。"现在老太太,也不比先前似的了,也穿上的罗纱,戴上了金镯子了!……"

"但是,"载哥深思的说:"我到要问问,他是走谁的门路,发得这样快;我们怎么没有这样好的时运。"

"唉!老年人说得好;'三年河东,三年河西。'(就是说人家生发得快败落得也快的意思)现在是'一年在河东,一年在河西。'"老茶客用手指鼓着桌子幽而且慢的说。"但是也活该这小子交运。本来，——这句话有二年多了罢。——他在天津女学堂当茶房，后来学堂关了，就有个先生介绍他到郑督军的兄弟那里做个二等听差；有一天，这小子交运了！郑督军生日，就叫他送礼物去的；可巧那天郑督军高兴，叫他到面前去问些郑二爷家里的事；大约他也回答得很流利，郑督军就喜欢上他了；当时郑督军正少一个听差领班，于是他就叫他不用回二爷那里去，留在那里就了听差领班的职分。——"

"能赚多少钱一月呢？"载哥急着问。

"最少也有二三百块钱罢。"老茶客答。

"嚯！……比做官的薪水还多！"载哥说。他似乎有点不信。

"谁说不是，"老茶客斜着眼拉长了嗓音说。"你不信么？——我们那里有个叫朱诚的，本来是一个小学教员，后来不做了，到于总长家里做了一个门房听差。——"

"真的么？——"

"谁骗你！——"

"但是那里来这么些钱赚？"载哥又提了水壶取着茶说。

"哼！……"老茶客喝了一杯茶说。"就说打一回牌，听差们顶少可以分百把来块钱头钱。"

"好大的赌局！……"载哥长叹的说。

"走！……"老于说。

"听听。"小周说。

"听什么？……总之，谈些军阀和资本家。……走！"老于拉了小周就走。

他们从茶棚就谈论着回家去。在道上，诸深也在很快的走着。

"诸大哥上那里去？"小周叫。

"进城！——"诸深答他，仍旧走。

"我们也进城。"老于说。"我们一块儿走。——"

"也好。"诸深说。他们三人就一路很快的走。

"但是，你进城有什么事？"小周问。

"无目的的，"诸深迅速的说。"你们呢？"

"差不多也是罢，"老于答。

他们也不谈论，只往前走。不一忽穿过一条肮脏的小街，进了一条顺城的大道。

"饿啊！……"一个化子站在道旁的柳树下，他看见诸深们三人，就跑上去哭声的道："先生们，……饿啊！……"

"饿？——"诸深回头看了看，仍旧走。

化子仍旧叫着饿，跟着要钱，走了有十多步。

"饿？——"诸深说。"可憎的！"他想。他从衣袋里掷出来了两个铜子。

"一个慈悲的工人！"小周想。

走过大道穿进一条马路。

渐渐的热闹了，走过这条马路之后，是一条很狭短而平滑的马路，这是一条最热闹的街，一群群买东西的人们，蝴蝶般的穿行着，各样的车类，好似梭子般的来回。

三个工人旁若无人的冲过去。

"吴哗……"汽车的呼人让路声，接连着响。一辆辆过去，占了街市很大的位置。汽车里坐着一个肥大而且自大的人。哔叽的袍子，加上礼服呢的马褂；一只拿破仑式的帽子，庄严的装在头上；他非常自得的吸着烟，两旁看；只一忽，车和人，已经从人众中钻过去了。

走！他们穿过了大栅栏，（北京一条最热闹的短街）又回过来，穿过了廊房头条，到前门大街，预备进城去。

"靠两边走！"在街心中一个雄纠纠的警察，指挥着说。这时有许多的警察和兵士。密布在车站的两旁；车站的中心，停着一辆黄色的大汽车；并且车的两旁，立着许多的武装兵士。火车到了，人们潮水般的涌出。

诸深们也立住在人们中看。现在街道中，已经不许人们行走了。道的两旁，远十步路，就有二个兵拿着枪站在那里；街中寂静的一个行人和车辆也没有，除了护路的警察；看的人众愈加多了，多一声不响的站在街的两旁。

"今天为什么？""X省的督军进城。"间或发生的话，在看众中。

"呔底……"车站旁发生的军号声音。

看众的目光，多立刻注在黄色汽车的前面。

半天，然后二次的军号响了。再待了十多分钟，然后第三次高壮的军号声响了。由东车站发出的军号声，传到城门洞口，于是城门口的兵士，也吹起军号。……于是接一连二的吹传过去，不一忽传遍了城；于是全城的人们警察和兵士，多知道X省督军要快上汽车了；就大家当心着而且赶开了由车站到X省督军的住宅的街道上的人们和车辆。

黄色汽车动了，载着一个肥胖的军人；黄黑而且光滑的脸，有几根胡须；穿着军服，一颗颗勋章像化子身上的补窟多而且大；慈悲式的头，不斜的抬着。

只一忽，黄色汽车向诸深们跟前电似的奔过，兵士们多诚敬的举枪。

"你的目的达到了么？"老于问诸深。

"不过如此。"诸深说。

他们三人就提起壮健的腿，快而合拍的回家去。

在道中，刚才所看见的化子，又跟在他们后边要钱。"饿呀！……"照旧的说。

"走！"诸深高声的说。

"你也憎恶他么？"老于问诸深。

"是的，"诸深答。"我非但憎恶他，我憎恶一切。"

"为什么？"小周说。

"我自己也不知道，这是一种自然的憎恶。"诸深答。

第二天早上，诸深很早的就起来了；他独自进城，站在道旁，木立着。他尖利的眼睛，好似秋夜的星；高而粗的鼻，流着汗；皱着眉头，阔而大的嘴角，向下落着；青而粗的筋，一条条眠在他的臂上；他两只手放在衣袋里；紧紧的握着。

　　黄色汽车过去的时候，从诸深衣袋里射出三颗可怖的子弹，直钻进黄色汽车去。

　　于是，悲剧发生了！……

十一、十、十三——十二、四．北京

# 毕业后

在周信的同班中，谁都觉得很快乐，因为他们已竟经过毕业试验，并且多已拿到了毕业文凭，可以归家了；而毕业后的进行和希望，层层徘徊在各人的脑筋里。

各人有各人的志愿：有的，要考大学或高等师范；有的，就想立身在教育界。但是，周信，总是不决的烦闷着。他二天前也曾写了封信够他母亲，述他极想考大学，他预算到今天一早，他可以得着他母亲的复书了；所以他起身之后，立刻跑到校门口信橱那里；果然，他母亲寄给他的一封信，高高的立在橱里；他就诚敬的拿了出来，跑到自修室去拆出来看。"这是我毕生命运和事业的关锁！"在未看之前，他想。于是他就默读下去。

"……阿信，你的志气很能使我快乐而且欣慰。但是，——信儿，我实在没有这能力！——"

周信看到这里，捧信的双手，有点颤抖了。

"你要知道，自从你爸爸死后，我们家庭的景况。……现在，你总算在师范学堂毕业了！你也能知道，——唉！阿信。在你这四年学程中，我费了多少心血；这四年中，你所须要的用费，已竟把我二十年前嫁时的旧首饰等类，多卖当完了！——"

周信看到这里，心一酸，泪，雨点般的落下。他哭了一回，擦干了泪，再看下去。

"……做娘的，没有一个不希望伊自己的儿子能得着高深的学问和有远大的志气和作为；并且，你父亲已竟死了，你是我的独子啊！自然，我的希望你，好像枯池里鱼的希望雨；凡是你正当的要求，我只要办得到无论怎样，我多能许可你；但是进大学，我实在没有力量答应你。你想，进大学每年最少要有二百元以上的款项，我如何负载得住，并且你毕业后要是有了一个职业，或者还可赚些钱。——我想你一定能知道的，我们现在的产业，只有我们自己所住的一处房屋，也值不了几百块钱，就是卖了，也不足你大学六年的费用；并且，还有我和你妹妹呢？……我可怜的信儿！我想你实在没有进大学的机遇！——俗话说得好：'行行出状元。'你又何必一定要进大学？鞋匠能做总统，市侩也能成伟人的啊！只要有高尚的志气，真实的学问，什么事多能做成；未必进了大学的人，就有好志气，真学问，你自己三思。"

周信看完了，就伏在书桌上呜咽。他不是哭他自己的命运和不能升学，现在，是哭他慈母的心了。

"你今天为什么起来得这样早？"他的知己好友王文拍了他肩膀一下说。

周信一惊的抬起头来："骇我一跳！"他忽然想到他自己脸上的泪痕，立刻拿手巾来擦了。

"为什么哭？"王文已竟看见周信脸上的泪痕说。

"以后，我——不是，我不能同你一块儿进大学了！"他把他母亲的信，掷够王文，就伏在桌上痛哭。

"何苦？……"王文说着拿过信来看。他承重的读了一遍，放下道："不错，……为这一点，何必这样的痛哭？老伯母所说的，实在不错。只要有志气和真实学问，大学不大学到，不在乎此。——走，我们到操场上去散散步，宽宽心。"他说着携了周信的手，就走。

这时天气还很早，他们就走到操场上寻了一块大青石，坐在上边。

"唉……"周信低着头长叹了一声。

"大成，（周信的号）你身体素来不大好的，现在为这事又发愁；并且，刚考试过，倘是要自己愁出病来，怎样？你对得起谁？"王文正正道道的对周信说。

"并不是，"周信说。"我看了我母亲寄我的这封信，我也就不忍再想进大学了；但是，你看了这封信觉得心酸也不？"

王文知道周信是想起他家庭的苦况来了，就把言语来支开道："我们后天就要分别了！"

"是的！"周信答。"因此我心上总觉得有些不痛快。"

"为什么？"王文迅速的问。

"我们四年的老友，一旦要分别了！"周信非常感叹的说。

"谁说不是！"王文说，"四年不过一忽，已竟箭般的飞过。"

"我进校时，不过一个十五岁大的孩子，现在，已长得大人似的了。"周信微笑的说。

"现在你既已不想进大学，那末，回家后做些什么呢？"王文不觉的问。

"最多也不过做个小学教员；没法，只得瞧着你们进大学，恭喜你们将来做大事业罢了。"周信自然的说。

"不见得，"王文说。"进了大学，难道将来一定就能做大事业？并且，小学教员也是非常尊贵而且光荣的职业。"

"走！"周信说。"因为这封信，我脸多没擦；现在，我们可以去洗脸了。"

周信在忙着整理行李，王文也在帮他打铺盖；这时天还不很热，他们因为是一个最终的考试，所以特别提早，以便毕业生们预备升学的试验。

周信心上觉得异常的纷乱。他很觉烦闷，因为他要和他的好友王文和其余的同学分离了；但同时他又很高兴，因为不久他又能同他亲爱的母亲和妹妹会面了。

在正午时，周信也挤在人群中上火车去。他是无锡人，在他同班毕业生之内，有三个无锡人，而还有许多同学，差不多都是住家在沪宁铁路的两旁；所以他的同伴们很多。从南京到无锡，不过四五个钟头的路程，人多，谈论着，到也不见得寂寞。只一刻，已竟经过了武进，而故乡就在目前了。

愈近故乡，他盼望故乡的心愈切，而故乡愈加发现得慢。半天，才算过了洛社，石塘湾；高桥到了！故乡的车站，已竟远远的立在锡山脚底下！

周信快乐的了不得，他的心摇动的跳跃着，提好了行李，就对同学们点头道别，说了些离别时的口头禅；车已停了，他就跳下车去。

周信已竟到家了好几天，他在他母亲房里写信；他母亲是一个四十来岁的寡妇，额上的皱皮，蚕般的伏着，戴了一副老花眼镜在补缝周信的衣衫。这时周信的妹妹周静到学堂里去了，做事的小丫头小红，坐在门旁戏弄着一只白猫。静寂的初夏，渐渐的躲过。

"你肯就了么？"周信的母亲，放下针线对周信说。"你不要看轻这小事，人们做大事业，总是从做小事时得来的经验和毅力；并且师范毕了业，立刻有个国民小学的教员做做，已竟算不错了。"

周信咬着笔干道："我想，做个小学教员固是不错，但是总觉得毫无生趣；并且课程这样的多法，只有十二块钱薪水，饭钱到要去了七块，其余还够什么用？而雪燕桥又是一处很冷落的地方。——"

"你现在所说的话，更加不对了。"他母亲靠近了他说："古人说：'吃得苦中苦，方为人上人。'古来做大事业的人，那一个不是从刻苦中磨练出来的？苦时，就打好了将来出去做事的根基，练成做大事业的毅力和手腕；你预备将来要快乐的，现在就要耐苦。至于没有生味，我到要问你，做什么事是有生味的？一个人，随便处什么地位，只要放开了胸襟，只要达观，就觉得有生味，而且时常是快乐的。做事总要一步步来，高楼不是一跳就能上去的，非得一步步耐着心走。至于地方冷落，那是最好的；少年处这种境地，正好磨练他的火气和性情，涵养他的身心；这是我求之而不得的。——"

"既然如此，我就去！——"周信没法了说。

"去，很好，你本来应该去。"他母亲说。"这是你舅舅介绍的，你既然愿意去，你就可以写封信够你舅舅；说：你自己现在很愿意去了。"

从此以后，周信又处在时常烦闷的地位了，因为一个半月后，他就要到雪燕桥当小学教员去了。

光阴过得是怎样的快法，一刹间，暑假已竟过去了。周信首途到雪燕桥去的那一天，他母亲一早就起来，替他整理好了行李；周信起来时，船多叫好了，还炒了一大碗的酱，替他放在网篮里，说："学堂里包饭是苦的，雪燕桥离这里也不过三十来里路，要什么，就可以写信来。"

周信答应了一声，就吃他的早饭；他总觉得心上异常的不痛快，他随便怎样动作一下，多带着深思的态度。

"出去做事，第一，对同事们要和气，总不要意气用事。"周信的母亲坐在他一旁说。"现在不能比前起学生时代了，是你做人家的先生，切记不要再像以前的小孩子皮（脾）气；对于学生，要恩威并用，而且要爱护他们，知道不知道？做事要勤，自奉要俭，今天的功课，总不要等到明天做。再要紧的，品行好的同学，多交两个不妨，要是有不正道的同事，总以少亲近为妙。——"

周信吃着饭，一边只是是的答应着；但是，到了他母亲所说的一句也没听明白，他神经好像麻木着，只对着饭碗出神。

"信儿，"他母亲叫。"难道你还有点？——人总不能一辈子生活在家庭里的。——吃完了饭，也就可以动身了。"他回头叫小红道："小红，叫船夫把行李挑上船去罢。"

行李多已挑走了，周信坐了忽儿，也就立起身来要走。

"时候不早，也是可以走了。"他母亲硬硬头皮根说。"刚才我替你说的，好好记着。还有，自己房里总要整理得干干净净，免得同事们笑话。"她送周信到门口道:"过了个把月,尽可回家来玩玩;相离也不算远。——好了,去罢!"

"妈,我去了!……"周信说。他的眼泪,已将挂下来了。

"去罢!——"他母亲也觉心酸。她想:"一个很年小的孩子,要一个人孤孤零零的出门做事了。有他父亲在,也就不至于如此。"

周信一个人上了船,冷冷清清的坐着摇扇子。船夫在唱着山歌摇橹,船很快的往前进,城市慢慢的退去了。

"最可虑的,我到那里,不知能得着几个怎样的同事,好也罢了,要是不三不四的,——唉!"他愁闷着想。

到吃饭时,雪燕桥已远远的立在目前了。

他到了雪燕桥校中,不过一星期,已经觉得极烦闷而且苦恼。当他在吃晚饭的时候,饭菜多放置在桌上,他只是呆坐着出神。

"这种菜!又不洁,又不好吃,我在家里,连看多没看见过。什么东西!"他用筷鼓着碟子,这样想。又用筷把菜和弄了一回,皱皱眉头,又将筷放下。"唉!这是受罪!远不如在南京学堂里,还有几个知己谈论谈论;同学多,也不觉寂寞。这里呢,住在这儿的,只有一个年轻而且可厌的校长,一个五六十岁的聋听差。……"他想到这里,提起筷,糊里糊涂吃了一碗饭,就叫听差收了去。

他愁闷到了极点,就点起灯来,写了一封信够王文。

"我愁闷寂寞到极点了!"这是信上开头的一句。以下如次。

"……我来了将近一星期了,而精神上的痛苦,也已竟达到极点。我现在所处的那里,是什么国民学校,一个儿童的消闲处罢了!现在我把这里一切情形,写在左边,想一定是你欢迎的。"

"这里的校址,是人家一个破败不堪的旧祠堂;在教室里,还有十来个木主,学生们多把他当积木玩的。学生大约有二三十个,教职员有二个,我和一个姓邹的,叫什么绍基,他算是校长兼教员;其余一切会计等任务,多由他一人管理;我的任务,是一天上五点钟课。全校分两班，但是仍旧是合班教授。全校的不洁净固然不用说，本来，只有一个听差，并且还要兼做厨子，替我们两人烧饭。而上课时，还有小学生带来的小听差，或丫头们，服侍差遣着；因为他们是有势力乡绅的子弟，校长是不敢管的。本来邹绍基，也不是做校长和做教员的材料；他以前是县署里一个书记，后来去了职，有一个绅士替他运动了这里的校长，一个卑陋而且毫无知识的人！我的住室，就在他教室的对面；只要他一上课，我就可以听得见许多奇怪的声音，打学生声，和学生的哭闹声；还有一种野蛮的骂学生声。昨天我竟睡了，听见他（绍基）从外边回来；这时已经夜午了，他就用力的鼓门；可巧我们这里的听差，又是有些耳聋，直打了我半个钟头的门，听差方才醒了去开；他进来了，就把听差骂爷骂妈重重的骂了一刻，才算睡；可是睡上了床，还唱了半天的戏；闹到我一夜没有好好儿睡。你想，我们学界怎样好放这样的败类间杂在里面，我今天早上一问听差，方才知道他昨是上绅士人家喝酒去了。……"

"我非常的后悔到这里来，我现在时常是烦闷的，非但我不能得着一个好友，就是可以互相谈论的人都没有。……我们从师范学校毕业后的作为和希望不过这样么？……我不能再写下去了。我写这封信时，腿上已被蚊虫蛟了几十口了；成群的苍蝇，虽已集在天花板上，而蚊子有不知几许在我身旁回转着。……我亲爱的文哥，再见。……"

他写完了信，正在封口时，校长邹绍基托着一根水烟袋，吸着走了进来。他裸着胸脚，只穿一条裤子；一双草鞋，拖在脚上，一身的落拓而可厌。红而黑的脸，肥而且有光，短短胡须，好像猪毛伏在上唇。

"请坐。——"周信看见他进来，只得站了起来说。

"一个人坐在房里写信。"邹绍基说。"写够谁的信？"他说着就要拿信。

周信立刻将信装在衣袋道："朋友的。"他随时瞪了邹绍基一眼。

"今天天气很热，你到不乘凉去？"邹绍基随便的说。

周信很不高兴和他谈论,但也无法,并且不好意思不答他,只得厌烦的答道:"我到不觉得热。"

"夜晚还好。"绍基说。他随手将周信书桌上放置的像片和书画来玩弄。

"我这两天觉得异常烦闷而且无精神。……"周信很厌弃他,将言话来赶他动身。

绍基仍旧不觉得说道:"是的。我在这里已经二年,教员已换过三五个;每个初来,总说烦闷无精神;过了二三个星期,也就好了。大凡青年出来做事,第一次开始几天,心上总觉不痛快的。兄弟,我从十七岁就在外边做事,到现在已有七八年,就是换个地方做事,心上到也不觉得什么了。——"

"你到此地已经二年了?"周信注目着绍基,不觉的说。

绍基得意的答道:"正正有两年了。——人家做这里校长,最久也不过半年;独有我,要算做得顶长久了。——"

"为什么?"周信迅速的问。

"哼!虽说是一个国民小学的校长,到也很难做的。"绍基用手摘着他自己的短胡须说:"教授学生并不难。第一,要迎合乡绅们的心理。我记得上任的校长,是因为打了乡绅子弟的屁股三下去职的;上次的上次的校长,是因为没有听乡绅的话改课程表,被乡绅们赶走的。——"

"有这等事?"周信惊异的说。

"谁说不是,去就之权,多握在一二个乡绅手里呢。"绍基小声的说:"我告诉你,这课堂里有几个人是打骂不得的:第一个,是陆超们兄弟两个,就是他身后老坐着一个小听差的,他们是乡董的儿子;还有李治和于正,这多是万万打骂不得的,你明天点名时,仔细的认认清楚;不要到那时候非但饭碗打碎,一个不好,还要受辱呢。"

"嘎!……"周信深思的说:"岂有此理!真是笑话!……我们对于学生,动力就打,虽是不妙;但是,——"

"不过这些乡下小孩子，也是实在可气，有时候非打不可。"绍基吸了筒烟说。

"时今我才知道乡里小学校的黑暗呢！……"周信叹着气自言自语。

"时候不早，我们也好睡了。"绍基站了起来说："明天见。"

周信点了点头，从新拆开了写够王文的信；把刚才绍基所说的，写在上面。写完后，封好。看了看表，已经快十一点了，就上床睡觉去。

第二天早上，周信刚吃完早饭，绍基就匆匆忙忙的跑来对他道："今天学务委员还来视察呢。老周，请你帮帮忙，把教室和休息室整理整理；再叫听差把各处打扫打扫干净，我到第三国民学校去借两班学生来。——"

"借什么学生？"周信问。

"借学生你多不懂？"绍基说。"现在咱们这里学生太少，学务委员来，未免有点不大好看；等我到第三去借一班人来。"

"教习呢？并且人家肯借么？"周信说。

"学生好借，教员难道就不能借？"绍基答。"不是我们一只学堂借学生，譬如学务委员明天到别一个学堂去视察，人家也许问我们借呢。"

"恶！……"周信点头说："我知道了……"

绍基匆忙的去了。周信没法，只得和听差把全校都整理了一次。不一忽儿，绍基也回来了。

"怎样了？"周信问。

"已经接头好了。"绍基很得意的答。"上课时，你就告诉学生，叫他们好好的不许动，也不许言语。——"

在地（他）们上课时，学务委员也来了。绞起了脚，坐在休息室里。绍基恭恭敬敬的在一旁陪着。

"这里一共有多少学生？"学务委员问。

"五十四个。"绍基答。"全校三个教员，二个听差，还有鄙人。"

"这里教职员到还不多。"学务委员说。"费用不见得大到那里去罢？"

"是的。"绍基答。

这时从他校借来的一个听差，替学务委员倒了碗茶，并且燃着了烟。

他们乱七八糟谈论了半天。绍基把学务委员恭维了十几句。学务委员才算到各教室走了一回；大约不到三分钟，就视察完了全校，再在休息室坐了半天，就走。

绍基恭恭敬敬把他送出了大门，回来笑着自思道："这学期的难关又算过了一个！"

这天放学后，绍基和周信在雪燕桥附近散步。他们靠着河走了不多几步，就走到桥旁一个茶楼前。

"我们进去喝杯茶。"绍基说。

"也好。"周信说。江苏的茶馆店最多了，又其是无锡；无论什么小村落，至少总有一两处的，而这种地方，又可称之为万恶之源。

他们在靠窗坐下了，伙计泡上茶来。周信就靠在窗槛上看夏日的晚景。

这时太阳正在将落的时候，血黄色的晚霞，斜照着惠山，好像皇后戴上了金冠；后边远处的青山，浮着薄薄的轻云；锡山上的龙光塔，被烟吹着时隐时现。苇芦内的水鸟，直着脚时时在水面掠过；两三间水阁，斜立在晚霞之中；远处一个十来岁的小孩，荡着一只小船，拿了一根竹杆，竹杆头上击把破扇，赶着一群鸭上水阁边的河岸；石级上洗米的小孩，脱下裤子，放在水内，把空气管进了一裤子，系住了两头，骑在裤上在水中游戏；洗衣的女郎，无力的挽着衣筐，一只手支着腰，把石级一级一级地来上。

"好景！——正好做首诗来描写描写。"周信不觉脱口赞美。

"老周，"绍基把他拉了一拉，指远处一群走来的人们中一个身长的道："那个这时乡董陆礼全。"

不一忽。一群人已竟走进了茶馆。

"邹先生已经来了。"乡董说。

绍基立刻站了起来，和他们招呼；并且替周信绍介了。

乡董对周信说了些客气话，就叫伙计拿出麻雀牌来；并且拉着绍基和周信入局。绍基也不推辞，周信只说不曾打过；他们没法，就又拉了一个茶馆老板，四人就打起来。

打到第四圈第二付，绍基忽然拿着一付好牌，三对万子，已竟拍出在桌上，只等和了。

乡董知道绍基的是对对和的万一色。于是他要投一张万子，就和旁的二个在局者商量一回；绍基看见他这样，自然觉得有些不自在；只因他是乡董，不敢反脸。后来乡董又要投一张三万，又去和其余两人商量，那两人说：三万险，不要投。乡董就又收了进去。可是，这张三万是绍基和的牌，他到这时再也忍不住了，不管他是乡董不是乡董，就站了起来气冲冲了一拍桌道："打牌能这样没有规矩么？"

乡董忽然听见这样一声，到也骇了一跳；他知道他自己理错，只得也高声的道："做教员的能打牌么？"

"哼！做教育总长的都打牌呢，你就能管我？而且做乡董的，难道就许打牌？"绍基拍着桌子说："至多把我校长除掉，也没大不了事；人家怕你乡董势力，我不怕！"

"好！好！"乡董冷笑了一声，领着一群去了。

绍基和周信也就回校去。

绍基回去吃了饭，心上总有些忧愁；他知道这处的饭碗，这回是一定打碎了；他想想又觉得舍不得。最后，他没法，只得写了一封赔罪的信；把自己写得极卑下，把乡董称得极好听。说：刚才他是喝醉了酒，才敢这样的。写完之后，密密叫听差送去了。

半天，听差方才带了一张回条来。回条上大大的写了"知道了"三个大字，绍基也只得忍受着。

明天一早，绍基带着昨日的余怒来上课；而课堂上的学生，喧闹得了不得。

绍基高声道:"谁要再闹,打一百下屁股!"

学生们多不敢闹了,只有前天来的一个新生,仍旧噪闹着。

绍基怒极了,真的就打了那新生十几下屁股,那新生就哭个不休,直到放饭学,还是一路哭着回家去。

有嘴快的学生,就告诉绍基道:"那被打的,是王省议员的儿子啊!"

绍基心上吃惊了一下,想:"又糟了!……"

到第二天,王省议员带了他被打的儿子,一直到绍基面前,跪着,痛痛的把自己儿子打一顿给绍基看;口也不开,携着儿子去了。

那时绍基红了脸,心上觉得异常不快,而他校长的命运,也就此告终了。校长一缺,就由周信升任;从此周信也不觉得烦闷而且无精神了。

## 学　艺

　　宗儿的父母，因为宗儿的事，已经吵闹了几天；以至这几天内，他母亲怒气冲冲的坐在堂屋里，呆想着；父亲也是一天到晚皱眉蹙眼的叹息，就是在田里工作，也没有精神了；他自己呢，也只是觉得没趣的在隔墙偷听着。今天又到谈判的时候了，宗儿也就一声不响的在隔墙暗暗的偷听。

　　爸爸拿着锄头直眉瞪眼的走进来，将锄头掷在墙角，坐在上首方桌的右边一张椅子上；装了一筒烟，用力的吸着。妈呢，坐在方桌左边；爸爸进来时，她只当没有看见，仍旧呆呆的想着。

　　静寂了半天，终于爸爸首先开口了。他在桌腿上敲去了烟筒里的灰烬，装着笑容道："到底怎么样？为一件小小的事情，何苦一天到晚闷闷的，好像和我结了五千年的怨仇！"

　　"谁替你结怨仇来？"妈一动也不动的说。"谁像你吃了生米饭似的直眉瞪眼？……我说，孩子年纪还轻，……"

　　爸爸接着柔声道："十四岁不算小了，张大家的寿儿，也不过十三四岁。……"

　　"我说年轻，怎么样？"妈抢着说。"我生的孩子，得照我的话办理；我说怎样，就得怎样！"

　　"吓吓！"爸爸冷笑说："不是我的孩子？是你一人的？吓！……"接着冷笑了一阵。板起脸来道："后天寿儿就要进城了，我也不管你允许不允许，反正宗儿是我的孩子，由我调度，我把他带进城就是了。"

"你是有意和我为难？反正我女人家，辩也辩不过你，打也打不过你；明天一早，我回我的娘家，剩你们父子俩，爱怎么办就怎么办。"妈说完了想了想，不觉呜咽了起来。

宗儿蹲在墙角，看见妈哭了，想道："妈要赢了。"这是他从经验上得来的，因为他爸爸和妈吵闹时，妈只要一哭，就能得着最后的胜利。于是他用心听这事的终结。

果然，不忽儿爸爸心软了；就将座椅搬到妈的一旁，轻声哀求似的道："实在不是我的心硬，这是宗儿的终身大事。你想，宗儿一天到晚只是在家里玩闹，年纪倒已经十四岁了，不叫他趁早学些手艺，将来叫他靠什么吃饭？你想，在乡里种田，你又说苦，没有出息；木匠和泥水匠，你又不赞成；叫我也实没有办法；幸而有人介绍他到城里面店做徒弟，并且寿儿学理发就在一条街上，又有个同伴。——你又是不愿意，我也不管了，随便你母子俩爱做什么学什么；省得你呜呜咽咽，哭个不休，好像又是我压制了你……"爸爸说完，叹了口气，往外就走。

"宗儿，"妈紧声的叫："赶快去拉你爸爸回来。"

宗儿立刻跑了出来，轻轻的将爸爸拉了回来。

妈的哭声愈加大了道："随便你爱叫他学什么就学什么，南京北京随便去，我也不管了；省得伤了你我的和气。……"

爸爸也没法，只得安慰她，哀求她。

一夜功夫，他们已经商量妥适了。一早起来，爸爸告诉宗儿说："明天我领你进城学手艺去，将来学好了，就有饭吃，并且还可以发财；只是，须得三年，方才能够成功。……"宗儿只是点头，并且想道："明天我进城去了，城里是怎样的热闹而且好玩？"他想到这里，倒雀跃了半天。妈呢，替他整理着衣服和被褥。该缝补的就立刻拿出针线来缝补；该洗濯的立刻替他洗得干干净净；又将被褥晒在太阳里。她这样忙碌的做着事，还将宗儿拉到身边，安慰而且教导着。

"我的宗儿！"妈靠紧了他说："在外边不比在家里自由，第一要勤劳。早睡早起，师傅的话总得要时时记在心上；衣服和被褥，总得要整理洁净；有什么不称心，和着急的事，在师傅面前，总不要放到脸上去，可以暗暗的请人带信给我，我自有办法；做事要有常心，不要刚做一年半载就灰心；你要知，譬如学了一年这种手艺，要是灰心，再学别种，非但前功尽弃，并且别种手艺仍旧还得学三年。古人说：'吃尽苦中苦，方为人上人。'你好好的学三年，自然就有出头之日。还有你不要厌弃你自己所学的，古人说：'行行出状元。'宗儿，我说的你懂不懂？"

宗儿听说到北京城里去，本来很快乐，现在听见他母亲说了这么一大篇话，就泪水油油然的答应着。

"妈，要学几年才能回家？"宗儿说。

"三年！"妈说。

"我不去了，妈也不用整理了！"宗儿要哭了说："三年是多么长久，就是三个月，我也离不开你。"

"好孩子，"他母亲拍着他说："你只要好好儿的做，三年是很快的；你不知道学别种手艺，时候更长久，至少也要四五年呢。你没有听见亲戚们说？有的人家叫孩子出去念书，顶少得十年八年，方才能够回到家乡来。——好孩子，三年过得很快的。你要知道，学好了手艺，将来自己就可以赚钱；一个人自己能赚钱是多么的快乐！你自己有钱，爱怎样花就怎样花，多么自由！——你不是爱看戏么，你自己能赚了钱，就能天天去看了。……"

宗儿答应着听他母亲说。"我不去！"但是结果他终于摇着头这样说。

"好孩子，去的好！"他母亲柔声看着他说："你不怕爸爸么？爸爸非叫你去不可，你倘说不去，你爸爸又要打你了。"

"十天半个月的，我就去。"宗儿落泪说，"要是三年，就是打死我我也不去。"

他母亲替他擦干了眼泪，安慰了他半天，他方才微微的点了点头。

在平常的日子，宗儿只要一上床，就能睡着的；今晚，他就睡不着了。他想到明天要离开他母亲三年，不觉就抱住了他母亲呜咽起来。母亲自然也是睡不着的了，一面替他擦眼泪，一面想尽法子去安慰他；一只手并且在合拍的拍着他的背。他父亲也觉得没趣，思前想后的睡不着。但他总还有些孩子气，哭了一忽，也就睡着了。

第二天一早起来后，他只坐在床边上呆想，连早饭也吃不下去；他母亲因为希望他将来，也就只得硬着头皮随便他为难去。

爸爸已经将骡车收拾好了，背着一个大衣包，来拉他；于是他看着他母亲，哭了起来，终于母亲也眼泪出了。"我昨天告诉你的，不要忘了，切切的记着，不然自己受苦；好孩子，听见没有？"

"知道了！……"他微微点了点头。

爸爸将他抱上了车子，他愈加哭得利害了；妈也没法，跟着车子走了几步，说了许多安慰的话；最后，心紧紧的一酸，失望烦恼的回家去。

"不要哭了，宗儿。"爸爸说。"不一会儿，就要到你同伴的家门口；哭着，被人家笑话。"他替他擦干了泪痕，他也就不哭了，只呆呆的默想着。

车子走了一程，忽然停止在人家门口。"好好坐着，我就来。"他爸爸说着跳下车去，走进人家去了。

不一刻，他看见跟着爸爸走出来了许多人。一个孩子，和他自己差不多大，哭着不愿意似的走出来；一个妇人，愁眉不转的拉着。"这大概是他母亲？"他想："后边跟着些小孩，是他的兄弟姊妹们了。"

和宗儿的离家一样的景色，爸爸将那十三四岁大的孩子，抱上车，坐在一边，告诉他道："这是你的同伴，一路进城学手艺的。叫寿儿。"

车子便又多载了两个人，寿儿和他爸爸；但是仍旧很快的往前走。寿儿和他也就慢慢的谈论起来。极短的时候过去，他们两个小人物，就已很亲热了。他们知道他们是唯一的伴侣，而且际遇又复相似；真所谓是"同病相怜"呢。

走了半天，正午时，就停在一个村上；下车来吃饭。吃过饭，将骡子溜了一忽，又复喝了一回茶，就再上车赶程。这里离北京已很近，只有二十来里路程了。

进了北京城，他们就觉得热闹的了不得，因为他们两人，出世后也没有梦想到北京过一次啊。他们四围不住的看观时，爸爸已经将车停在一座庙门口了。

他们在庙里吃过了晚饭，寿儿的爸爸道："我们既已到了北京，就不能白回去。并且孩子们明天拜过师傅之后，也没有空儿出门了；最好我们趁今天晚上，出去游逛游逛。"

自然大家是赞成的。"到那里逛去呢？"宗哥儿的爸爸接着问。

"北京最热闹的是天桥。——但是，天桥一到夜晚，就多收了，我们逛游艺场去罢。"寿儿的爸爸说。

"好！"众人就到游艺场去。

游艺场的把戏，什么多演完了，他们方才欢天喜地的回到庙里。

宗儿晚上睡在炕上想："逛游艺园一晚上的快活，大概可以抵过三年的苦楚了！……"

第二天，爸爸领了他到一个面店里去拜师傅。寿哥也由他爸爸领到对过理发馆里去了。

拜师傅，拜祖师，拜师兄，拜了无数次之后；他爸爸和师傅面对面的坐着；他呢，立在他爸爸一旁。他不觉时时抬起眼来偷看师傅，他觉得师傅是一个很可怕的人；长长的头发，黑黑的油脸，斜直立着的眉毛，和眼睛；更是可怕，面上还有深刻的麻纹。穿着一身青衣服，到弄上了半身白面粉。

"这个孩子，"他爸爸指了指他说："全多拜托师傅了！……"

"那里话来！"师傅笑了笑，四片厚厚的眼皮，合成一条说。"我既做了师傅，寒，暖，饥，饱，自然全由我留心。……"

他爸爸立刻站了起来，拱拱手道："谢谢师傅！"

"说那里话来？"师傅回礼说："我们又是同乡，我对于他，总得特别相看待。……"

爸爸要走了，临走时郑重的教训安慰了他几句。他眼圈儿红了，但他不敢哭起来；他斜着眼光偷偷看了看师傅。爸爸走了，他心上怎样的难过，泪接连着流成了条直线；但他不敢哭出声来。

爸爸走了，师傅开口道："宗儿，今天不用做事了，到后面休息休息，明天做事。"师傅板着脸皮说完，就和面去了。

他一人无聊悲哀着，坐在一张小椅上，流着泪想："要学艺做什么？我早知道这样苦，我饿死也不学艺了！……"

他想了半天，不觉睡着在椅上了。忽然一声重大的声音发生。他惊醒时，张开眼来一看，原来是他师傅的同伴王师叔，踢了他所坐的椅脚一下，骂道："这浑蛋小子！来了就睡觉，吃饭自己还不知道，难道还要人家请你不成？我一看你，就知道是一个没用的东西！"

宗儿满身抖着，看见他们在吃饭，还不知道师叔到底为什么骂他。

"睡就随便他睡！"师傅吸着面说。"一定要叫醒他做什么，爱吃不吃，我们到还省些面呢。……"师傅尖凶的目光，注着他的脸。

宗儿这时方才明白是叫他吃饭。但师傅这样说法，他又有些不敢再去吃；他看见师兄在暗暗的摇着手；似乎叫他不要去吃的意思；他虽是肚子已竟觉得很饿了，但只得说道："我来时，已竟吃过了饭；师傅师叔请吃罢。"师父师叔多看了看他，也就不言语了。而这顿饭，他就没有吃着。

幸而他衣袋里藏着他母亲给他的许多钱，就假装着出恭去，偷偷的在街上买了两个烧饼吃；擦净了嘴，又装着系裤子，回到店里。

在这天晚上，他师父将每天要做的事，郑重的告诉了他一遍，并且说："我叫你做什么，你就得做什么。徒弟的规矩，倘是不听师父的话，是要挨打的。"师父坐着，板起面孔对他说。"这里，你年纪最小，早上应该第一个起来；起来不用说，自然是打扫屋子，洗擦椅桌。……晚上是要等待师父师叔们多睡了，方才能够睡觉。……"

宗儿恭恭敬敬的站在师傅面前，听一句，答应一声。他恐惧悲伤至极点，但他终不敢放一点眼泪流出眼睛。师傅说完了，就拿起烟筒装上了一筒烟，宗儿本来是很聪明的，他不等他师傅开口，就替师傅燃着了烟；并且取了一碗茶给师傅。师傅不觉嘻开了红而厚的嘴唇道："好孩子！……"

师傅们多睡了；他方才敢将自己的被褥铺在和面的案桌上。他将灯吹熄了，就上案睡去。他刚睡好，泪就再也守不住的流出来。他又不敢大声的哭，怕惊醒了师傅们；于是他将被紧紧的蒙住了头，流着泪想："爸爸将我送到这里来，说学艺，其实叫我做个小听差。唉！听师傅刚才分付（吩咐）我的，实说，还不如听差呢。……"他又想到刚才吃饭时的景况，又复哭了半天，想："我第一天来就受这种气，妈在家里大概做梦多没做着他儿子在这里受苦。……咳！想起将来，或者更要比今天难受的还多着呢！……我的妈啊！……"他想到这里，好像眼前有一个黑刺刺的地狱。"不成，……"他转了一个身。"明天我还是告诉师傅，说做不了，回家去的好。……"他停了一刻，又转个念想："回去我又怎能见得父母？见了父母我又怎样说法？并且我来时父母是怎样的希望我？我明天忽然又回去，他们必定要不快活。……唉！叫我怎样好？——咳！我来时，我妈对我说：'吃得苦中苦，方为人上人。'我耐着心在这里过，总有出头的一天；并且我只要好好地听师傅的话，没有什么过错，师傅总也不至于打我骂我。……"他这样一想，心里也就舒服些，就沉沉的睡去。

他醒来，在迷迷糊糊时，还以为自己在家里睡在母亲身旁；他开眼一看，原来不是在家里，已经换了一个所在，心一惊，不觉将昨天的事想了起来。他连忙四围一看，幸而天还很早，师傅也还多没有起。于是他就急急忙忙的穿了衣服，脸也不洗，就轻轻的扫好了地，擦好了椅桌，并且将几间屋里的一切，多整理好了；然后收藏好了自己的被褥，洗过了脸，师傅也在起来了。他就替师傅预备脸水，自己站在一旁听他们指挥。

在这一天中，他是忙忙的侍奉着来吃面的客人，而且洗碗，拿面，多是他本分内的事。吃面的客人，是一天到晚有的，而他的工作，也就一天到晚没有休息的时候。

到上灯时，他腿酸到提不起了，而手，也已托不起东西了；眼皮酸得时常要合上；但他终于不敢停他的腿，住他的手，合上他的眼；幸而天夜将下来，吃面的客人，也慢慢的冷落；他们也就吃饭。吃过饭，师傅们多玩去了；只剩他和一个师兄，在家里看门。他来了已是两天，但还没有得着和师兄谈论一刻的机会，现在，师傅们多出去了。

"你贵姓啊？"师兄坐在他一旁问。

"我姓于，叫宗儿。"他答，"师兄，您贵姓？"

"我姓胡，小名叫四儿。"师兄答。"你家里还有什么人，你家住那里？"

"唉！"宗儿叹了口气说："我爸爸和妈多活着，我是杨家堡人。——我说，师兄你来了几年了？""我来了只有一年。"师兄皱着眉头说："还得好好的过两年苦。——唉！讲起来也伤心！我这一年，真吃了不少的苦！我爸爸和妈，前年就死了；后来我叔父将我送到这里来学手艺。师傅知道我没有父母，就百般的给苦事我做。并且只要有一点儿错处，就要打要骂；如今因为我年纪也已大些，待我好多了，你是福气好，父母多在，师傅也不敢怎样的打骂你；并且昨天我听见师傅说，你爸爸和师傅的哥哥，是好朋友呢。——"

"师傅待我这样凶法，还算有面情的？"宗儿想："我想师兄以前所受的苦，必定比我更利害。"他看了看师兄，不觉爱怜起来想："我以为，天下没有比我再命苦的人了，那知师兄的命，比我更苦！我还有一个亲爱的妈，他就是爸爸也没有了。"他想着靠近了师兄一步，亲热的问道："师兄，我们在这三年中，做些什么？"

师兄讲道："第一年，就像你现在这样，侍奉侍奉师父们；擦擦桌椅，扫扫地；有空替师父们洗洗袜子。……我去年还得替师父们洗小布衫，和倒夜壶呢。你有人情，或者不至于叫你做这些事。……"师兄说。"第二年，就托着烧饼油条上街去卖。就像我现在这样。第三年就帮着和面。到了三年，倘是你愿意留在店里，那末每月给你几个钱；不愿意留在店里，就可以回家，或是做买卖去。"

"做徒弟只白替他们做事，没有钱的？"宗儿失望的问。

"没有的！"师兄摇着手说："只是到了过年，每人送两三块钱。"

"嗄！……"宗儿说："其实这种手艺，我们学两个月也会了；他们不过借教徒弟的名，寻几个无工钱而什么都肯做的听差罢了。"

"谁说不是！"师兄接着说。"我来了只有一年，和面和做烧饼等，也多已看会了。——"

"那没你不还辞了这里到别处当伙计去？"宗儿奇怪的问。

"唉，你不知道！非得过三年，师傅方才许走呢。我们来时，父母多和师傅立好契约的。在三年内倘要辞师傅，除非再学别行。……"师兄无力的说。

"唉！这实在是典三年身子。"宗儿说着看见师兄坐着在瞌睡，他就拉了拉师兄的手道："师兄，你就先睡得啦。"

"不能够。"师兄勉强的抬起头来说："师傅还没有回来，就睡，师父知道了，就得打一个半死。"

"不要紧的，"宗儿说。"你就靠在椅背上睡，师傅回来打门时，我叫你。"

"好！"师兄拍拍宗儿说："谢谢你。"

"说那里话来？"宗儿说。"我们多是出外的苦人，好帮助，总得大家帮助。"

"好兄弟！"四儿从他父母死了之后，从没有一人能体谅他；今天听见宗儿这样的和他要好，不觉流下几点泪来。宗儿连忙将自己的一条破手巾替他擦了泪道："师兄，怎样了？"

"唉!"师兄擦了泪说:"我自从父母死后,从来没有一个人能安慰我,到店里来了一年,从来没有一个人好好的和我说过一句话;无论师傅师叔,和我说起话来,总是恶声恶气;我今天听见你待我这样好,不觉刺着我心事,伤起心来了。——你真是我的好兄弟啊!……"

宗儿接着道:"我总看见人家结拜异姓兄弟,我们何不也结拜一个异姓手足?"

四儿忽然的从椅上欢呼的跳了下来道:"好极了!——你几岁?今年我是十五岁。"他说着到师傅的柜里寻了三支香。

"我十四岁。"宗儿说。"你是我哥哥!"

他们燃着了香,结拜了,就亲热的谈论些家里的情景。——夜午过了,师傅们方才回来。

这件事最能使宗儿悲痛而时时刻刻记在心头。——一天晚上,他在替师傅打洗脚水;他的哥哥四儿,托着烧饼从街上卖完了许多回来。师傅看见四儿回来,脚也不洗,就跑了上去用尽力气打了四儿一个嘴巴。"叫你出去卖烧饼的,你在街上做什么?"说着又是一个嘴巴。

四儿被师傅打得摇了两摇,不敢做声,靠在壁上,眼泪泉水般的流出。

"还哭?"师傅说着踢了他一脚。一脚正踢在四儿的腰上,四儿蹲了下去,哭将起来。"还哭?"师傅看见四儿将两手抱着腰,就住了手说:"我等着出门,等回来了再和你算帐。"

宗儿站在一旁呆呆的看,每当师傅打四儿一下,他的心酸痛而且惊骇一下,终于泪也就不觉点点的流将出来。

师傅们洗完了脚,出门游逛去了。师傅刚跑出门,四儿就大声的哭起来。宗儿跑去抱住了四儿,替他擦着泪问道:"到底为什么?"

"唉!"四儿摇了摇头仍旧哭。

"还痛么?"宗儿摩着他腰问。四儿摇了摇头。

半天,他们也就自然的止了哭声。"到底为什么?"宗儿又问。

"唉!"四儿无力怨声的叹了口气。"我们昨天二点睡的,五点就起来。才睡几个钟头?刚才我在隔墙胡同里卖烧饼,不觉伏在青石上睡着了,可巧被师傅碰见,咳!……"又哭将起来。

宗儿想尽方法安慰住了四儿,并且替他铺好了床,叫他睡下,替他盖好了被。他自己坐在床边伴着他。

过了半夜,师傅回来了。"四儿呢?"师傅踏进了门说。

"他肚子痛,我就叫他睡下了。"宗儿颤抖着说。

"放屁?"师傅瞪着眼说:"难道被我打伤了?"

"不是,"宗儿连忙接着说:"他天然是肚子痛;师傅轻轻打他两下,想也不至于打伤。"

师傅无话可说,也就睡了。

愁烦是时常跟着四儿走的。一天师傅们多出去了,四儿一人坐在椅上默想;就是宗儿和他谈论,他也有些不高兴的样子。

"为什么今天你又这样的愁烦?"宗儿问。

"唉!"四儿说。"昨天有个车夫,赊吃了我十个子的烧饼,他不给钱我;我今天给帐时,告诉师傅说,这笔钱他明天准能还我,师傅也没说什么。但是倘若明日车夫不还我,这又怎样办?"

"不要紧的,"宗儿说。"我家带来的钱还没用;给一吊钱你就得了。"

四儿也就放了心。

"哥哥,"宗儿说:"和我同来的寿儿,在理发馆学艺,离这里也不远,我想看看他去。"

"好兄弟,不要去,倘若被师傅知道了,又要打。"四儿说。"而且做学徒多是烦恼的,你去了也不过讲些伤心话罢了!……"

# 麦　秋

　　这是夏初早上：天刚亮，轻薄的朝雾，还在半空徘徊着；漫漫的晨曦，罩住了一个旷野中的孤村，村的四周，一片黄色的麦，无力的垂着头，被晨风吹出微细柔顺的波涛。

　　村中排列着的木板门，开了一扇，跟着走出来了一个农人；一手提着一把链刀，一只手拿着一根旱烟筒；他一边用力的吸着烟，两只眼不住的望麦田瞧；他迟迟的一步步走上麦田去，浓浓的烟，在他嘴里吐出，飞舞着飘向后边去。——他是一个壮硕的中年农人。紫铜色的圆脸上，一条粗厚的鼻子；两只大而薄的耳朵，适当的在他脸旁站着；圆大的眼珠，浓阔的眉毛，粗手，大脚；厚阔的背，微微有些弯，乱草似的头发，一根根矗在他头上。他穿着一身青布裤褂，赤着脚，一条粗大的青筋，深深在他腿上绽着。

　　他走到田间，将烟袋挂在树上，脱了布衫，搂起了裤脚，开始工作起来。他很快的运用镰刀来割麦，每一弯他粗大的手臂，就刈下一把麦来，掷在一旁，便又去刈。他刈得很迅速，不一忽，已割下了一把的麦。他一边刈，嘴里还不住唱着丰年的山歌。

　　村里的农人，大多起来了。门开处，多提着镰刀走了出来。这时太阳已撞破了晨雾，慢慢地升出；柔弱而无力的阳光，斜照着大地。农人各到各的田里去刈麦。一片黄色无涯的麦地里，点缀着几个弯腰曲背的农人，好似黑夜点点的微星。他们每人拿着一把快利的镰刀，像蚕吃桑叶般去刈，看着他们的力气，好像很绵薄；其实却是迅速而且伟大！不过几个农人，只要费几天功夫，就能将一片广博无涯的麦地，都铲除干净。

太阳慢慢升上去，热度也渐渐增加。工作得最早的农人——李三，他的腰微微觉得有些酸，手臂无力，而腿也软下来了。他就将麦捆成了一个座子，坐着；装上一筒烟，吸着，看他的同伴。他看见远远地，他妻和他唯一的儿子杏儿手拉手走向田间来了。他妻是一个能干而壮大的农妇，圆圆的红黑脸，现出自然的美丽；柔顺娇嫩的动作，藏着强毅勇敢的精神。杏儿只七岁大，和他母亲一样的活泼，和他父亲一样勤劳；他走路时，常带着跳跃；他头上戴着他父亲的一顶大草帽，手提着一只小篮，他微笑着唱着《打牙牌》。跳着跑向他爸爸去。

"杏儿，当心篮里的菜泼了一身。"李三家的赶着杏儿喊。

"没有。"杏儿说着已跑到他爸爸身旁，放下篮子道："爸爸，吃饭吧。"他随手将自己头上的帽子，戴在爸爸头上。"我替你戴得好么？"他说着笑嘻嘻地看着他父亲。笑了一回儿，随即将篮里的筷，拿了出来，放在他爸爸手里；又拿了一个玉米饼，送近他爸爸的嘴；李三只是笑着看他的儿子，并且顺着他儿子所要做的；当杏儿将玉米饼送到他口边时，他冷不防将饼咬了一口。杏儿不觉惊呆了一下，接着，父子就大笑起来。杏儿更加大笑着跳舞，来遮盖他的惊骇。

"你们那里像父子，真如一对小兄弟似的。"李三家的走近他们笑着说。她放下了茶壶。忽然道："忘了一样东西了。"

"什么？"杏儿问。"我回去拿。"

"等一刻罢。"李三家的说着，就弯下背，开始将已割下的麦捆起来。"今年麦子比去年好罢？"她看了看麦实。

李三吃着早餐，随即答道："比去年好得多呢！"他说着现出无限快乐的神色。"我们今年最少能多余几十担麦子。——"

"那末我们今年又有戏看了。"杏儿欢呼的说着舞将起来。

"实在。"李三家的仰起了头，掠了掠头发说："刚才我听见胡大伯说：今年又有热闹瞧了，张庄主们已经在城里约好了一班戏，预备酬三天神呢。今年山上庙会，也一定比去年热闹多。"她说完，仍旧弯下腰捆麦子。

"只要年成好，到底大家快活的。"李三嚼着饼说。"就说去年，这样年成，还勉强唱了一台戏啦。"他吃完了饼，对杏儿道："好了，你将篮子提回去，放牛去罢。"

杏儿提着篮子，一摇两摆，走三步退两步的回家去了。

"端节前能将麦子都刈完么？"李三家的问他丈夫。

"问他做什么？"李三喝了口茶燃着了烟说。

"那时刈完了麦，就好快快活活的过个端节。"李三家的期望的说。

"我早已预算好了。"李三微笑着用力的吸了两口烟道："初三我就能下好豆种，初四以后咱们就到了玩乐的时候了。"他击去了烟灰，仍旧勤劳的刈麦。

杏儿骑着牛，摇着扇子，慢慢的来。桂姐也跟在后边。桂姐是杏儿的姊姊，她是一个十六岁大的女孩，但已经长得成人般的高大。红黑色的圆脸，和她母亲一样。美而大的眼珠，聪明而有精神；弯弯的眉毛，小而有趣的嘴。她穿着一身虽破而洁净的青布衫，一条粗长的辫子，随着风飘着几条红绿头线。

他们姊弟两人，慢慢的走到田旁；杏儿自骑着牛走向田野放去了。

"杏儿，"李三仰起头来叫："放了刻就挂了车来。"

杏儿点着头，扒起来站在牛背上唱曲儿。桂姐帮着她母亲捆麦。

东田岸远远来了一个少年，骑着马，后边跟着一个伙计，骑着驴。少年穿着官纱衫，摇着扇子，得意的看两旁的麦田。"小陆，今年麦比去年真好得多。"少年回头对伙计说。

"恭喜少庄主！"骑驴的伙计说。"今年的麦，收成比去年多一倍啦。"

少庄主下了马，将马拴在柳树根上。伙计也下了驴。"老于。少庄主来了！"伙计对着田间喊。

田里一个农人,正在弯着背刈麦,听见有人喊,就仰起头来,四周张看了一下,看见少庄主来了,就叹了口气;掷开了镰刀,走去。见了少庄主,深深一躬道:"少庄主,您来了。您好?庄主爷好?"

少庄主微微点点头,接着道:"今年麦子好?"

"好些!"老于陪笑的说:"托庄主爷和您的福。"

"天气是热了。"少庄主擦去了额上的汗说。

老于连忙接着说:"是,天是热了,少庄主到我家喝杯茶去。"

"亦好。"少庄主用扇子遮着太阳,就走向小村去。伙计拉着驴子,老于牵着马,在后边跟着。

他们走到老于家门口,老于高高的喊了一声:"少庄主来了!"

少庄主一脚踏进门去,就有老于的妻迎将出来。"少庄主,您来了!您好?庄主爷好?您请坐。……"她说着,将少庄主让到堂屋里坐着。

伙计将驴交给老于道:"骑了半天,还没有吃过料。"

老于毒毒的瞪了他一眼,接过了;将马驴都拴在拴马桩上,切了些草料,给他们;转身就到各家去报告说:"少庄主来了,大约还要在这里吃饭啦。"

各家听见了,多叹口气道:"这个东西又来了!于老伯,请您费一点心,陪陪;明天我们帮您刈些麦就好了。"于是有的说:家里还剩些酒,于老伯带去代劳罢。有的说:家里只剩了一只小鸡,没法,只得孝敬少庄主了。有的拿了些鸡蛋出来,有的送来了两碗蚕豆,多说:"只得请于老伯代劳了。"老于没法,只得将这些东西带了回来。叫老娘陪着少庄主。自己跑到厨房里和妻商量。

"这小王八蛋是一定得在这里吃了饭才滚呢。没法,也只得替他预备下饭了。——肉是少不得的,你上街买六两肉来。"老于对他妻说。

"那里来钱?"他妻说:"家里是一个钱也没有了,只等着卖麦子呢。"

老于默然了一刻,跺脚道:"只得将你耳环当了再说。"

"咳,真是业障!"他妻叹了口气,除了耳环说。

"我还得去陪这小杂种,我告诉你:将鸡杀了,是一个菜;一个炒鸡蛋;一个炒蚕豆;我们再加上一个苋菜,就是四个下酒菜。买来肉,做炒酱,好拌面吃。——就叫小六买肉去,趁便带了一匣飞艇牌的香烟来。叫他快去快来。你就赶紧预备饭,请隔壁大姑娘来帮帮忙也好。"他说完,就到堂屋陪着谈论去。他恭恭敬敬地替少庄主倒上一碗茶,又装了筒烟给他,少庄主摇了摇手。老于趁便将烟筒敬给了伙计,又替伙计倒了一碗茶。自己方才不敢坐似的坐在下首板凳上,寻些话恭维了少庄主几句。

　　不一回儿,小六拿了匣烟来,老于就敬了少庄主一支,并且替他燃着了。

　　他们无聊的谈讲半天,少庄主只是不走。老于只得叫他妻开出饭来。饭开好了,老于让少庄主坐在中间正坐。少庄主也居然老实不客气受之不疑的坐下。

　　老于和伙计坐在两边陪着。少庄主和伙计提起筷来,就狼吞虎咽地吃喝起来。老于,只闷闷地坐在一旁举着筷出神。

　　不一回儿,吃完了面。小庄主坐了一刻,喝了一杯茶,就站起身来要走。老于也不留他,送他到门口,替他拉过了马,小庄主上了马,头也不回,扬长的去了。老于只自言自语道:"这个小畜生,将来一定比他老子还刻薄。咳!真是倒霉!佃户多着呢,今天怎么单碰着我,害我荒去半天功夫,不然,麦子刈好了不知多少呢。"他气冲冲,饭也不吃,跑向田里去。

　　在他们吃饭时,小六坐在隔房偷偷看他们吃,看见他们出去了,就跑了出来,扒上椅子。一看,他就失望了。鸡,只剩了一个头,骨头到吃了一桌一凳,连汤多喝空了。鸡蛋,更不用说,没有骨头的,更吃得干净。时新的苋菜头,只剩了一筷;炒酱自然是空了,只有老蚕豆,到剩了半碗。"小贱骨头,只吃了一个碗底向天。到这里本来只想骗顿酒喝!"小六恨极了说。他看看没什么可吃的,就喊道:"妈,来罢!他们都走了。"接着抓过鸡头来就咬。

老于家的托了两大碗面来了。看了看桌上，一言不出的默默吃起面来。

"我看见爸爸只坐着出神，还没有吃饭啦。"

"大概这样。"老于家的说："你就吃，吃完了替爸爸送碗去。"

小六听见他妈这样说。鸡头也不吃了，只一回儿将一大碗面，吃了一个干净，跑到厨房里，托了一碗面，倒上了半碗蚕豆，唱着走向田间去了。他将面给了老于，就跳着跑到李三等工作地方；拉住了杏儿，将刚才的事，一五一十告诉给杏儿听。他愈说愈觉得有气，于是拍拍胸道："将来我也得做个庄主老爷。……"

"吓……"杏儿笑着看看他。小六不觉自愧，红着脸跑回去帮他爸爸捆麦去了。

他们父，子，母，女，四人。是何等的勤劳啊！李三不停的刈；李三家的，两只手机器般的捆着；杏儿和桂姐，只将一捆捆的麦抱上牛车去。装满了一车，杏儿就扬扬鞭，赶牛拉着车到了自己家门口的麦场上，将麦一捆捆的推了下来，又赶着车到田旁去。

李三家的捆着麦，忽然好像想着了心事般的，抬头对李三道："我们幸而苦吃苦用，自己置了些田；不然也得受他们这样的气啦。——我想今年麦子好，我们最少也有些富余；最好，我们再置几亩瓜田，到也很能得些利呢。"

"这到不错。"李三说。"高粱地也好。"

"我说，老于先前和我们差不多困穷，现在我们灵活一点，他们人口又少，怎么仍旧这样？"李三家的说。

李三道："他们到也是苦吃苦用，只是老于稍为犯了点儿好赌的毛病，就弄到这样困穷。"

杏儿扬着鞭子赶着牛车来了，远远的喊道："爸爸，我们还去吃饭罢，饭多做好了。"

"这时有一点钟光景了。"李三停了手说:"正在炎热的时候,我们也好回家休息休息了。"

他们四人将已割下的麦,都搬到牛车上,四人赶着车子回家去。

他们到家,走到厨房里。李三的老娘李嬷嬷,已将面煮好。就各人盛了一大碗,倒上些炒酱,托着到打麦场柳阴下吃去。各人吃完了饭,就照例的多睡觉。因为在晚上,他们还得刈麦去呢。

他们合家的睡,虽则天气很炎热,但因为他们太劳苦的缘故,渐渐的也多睡着了。在他们醒来时,天已微黑,他们吃了些东西,又复上田工作去了。

他们照这样苦做了几天,已经将一片黄澄澄的麦,都收到打麦场去。各样工作,都已完了,这是农家优闲快乐的日子了。

这是一个端阳节。各家的麦子,多已上场。农家趁这个机会,来演戏酬神。李三们也就早吃完了早饭,各人换上了一身新竹布长衫。杏儿更觉得快活,失了心似的跳进跳出,拉着李三们要早些去看。只是看见他妈在给桂姐梳头,梳了半天,还没有梳好,他急得只在房里打转。好容易,桂姐的头梳好了,方才四人手拉手的出门去。

一片荒场上,用板支了一座戏台,用布支了许多篷子。戏台上一个人也没有,而等着看戏的人,已经满满的挤了一场,场的四角,还有许多来做投机生意的小贩,涌了几滩。卖糖果的,卖杏儿桃儿的,以及卖点心酒茶的,一切都有。杏儿走过这里,两只眼,只水油油的看着食物滩,拉着他妈妈的衣服,不肯走。李三没法,骂了几句,就买了些食物给他,他方才跳着跟着走。

台上锣鼓响了,于是无数的目光,都转移到戏台上去。

一幕幕戏,只在喧闹中无精神地躲过。人们虽是因看戏而来的,其实他们的目的,也不过瞧瞧热闹罢了。

天渐渐黑了。闭幕的喇叭声一响,就多尽兴的归去。李三也就拉着妻子挨挤出去。

晚上，李三们多在打麦场上听着刘老伯讲故事。许多人，——差不多可以说满村的人，多围着在听，尤其是小孩，都静着心，挤眉并肩，各人带着一张板凳，坐在四周听。

刘老伯是一个忠实的老年人。在这村上，他的年纪最大；一把雪白的胡子，已垂到胸前了。

"老伯，讲故事罢。"小孩们看老伯坐好了说。

"今天讲什么呢？"老伯捋着胡子想着说。

一个七八岁大的小孩道："还是接着昨天讲《西游记》罢。"小孩们多拍手道："好！"

"昨天讲到那里？我到忘了。"老伯问。

小孩们摇头摆尾的想，忽然一个小孩道："我想着了。昨天讲到孙行者们进小雷音寺。"

"是了！还是宗儿记心好。"老伯按摩宗儿的头讲道："只说孙行者劝唐僧不要上小雷音寺。唐僧不听，师徒四人，就一步一拜的进去。进去之后。师徒四人，就跪倒在如来佛面前。忽然听见天倒地裂般一响，——"小孩们多骇得张开了嘴，看着老伯，老伯接了接力道："忽然一个金钵，对准孙行者飞来；一声响，孙行者就被钵罩住了。——"

"了不得啦，孙行者一死，就完了！唐僧也不用想活了。罪过啊罪过！"一个小孩说。于是许多小孩都纷纷叹息议论起来。半天，小孩们的怒潮，方才渐渐退了。老伯就接着讲下去。等讲到孙行者有了救，立刻就都欢呼起来。

讲了半天，小孩们多瞌睡了，老伯也乏了，就大家散去。小孩们虽多归家睡觉，农人们还多围在一处乘凉。

"我们好久没有斗力了。"一个年青农人，站在场中说着拍了拍胸道："谁来？"

"我们好久没有斗了。"一个站起来，脱了小褂道："孟七，我来。想我力气。又必小了好些。"

两人斗了几个来回，瞿大手一扬，将孟七打倒了。于是大家拍手笑了一阵。"谁还敢来？"瞿大站在场中耀武扬威的说。

"我来试试看，"场边一摇两摆走的来了一个少年。

"小老虎来了！"大众拍手说。

孟七看见小老虎来，穿穿裰子，逃还家去了。

小老虎走到李三面前，问道："今天的戏怎样？好看不？"说着，坐在石阶上。

"一点不好看。"李三摇头说："到把我挤坏了，明天，我是再也不去看了。"

"我也这样想。"小老虎说："明天我到想逛逛庙去。"

"好。"李三赞成说："我们两人同去。"

"最好。"小老虎摇着头慢慢地说："我们明天吃了饭就去，再带上一瓶酒，预备到庙上去喝。——"

"好极了，我家里还有些酒，带瓶去就得了。"李三说。"明天你吃了饭，就到我这里来同去。"

"好。"小老虎站起来说："明天见。"他摇着扇子去了。

明天吃过了饭，小老虎提了些牛肉花生之类，来到李三家里。李三就打了一瓶酒，一块上庙去。

他们一路分花拂柳的谈论着，不觉已走到山脚下。这时山脚下已经很热闹了，娘娘庙在半山立着，有许多游人徘徊着。"我们就在茶棚下喝杯茶再上山。"李三说。"也好，"小老虎答着。两人就走进茶座去。他们将酒瓶酒菜都放在桌子中心，就喝起茶来。

许多男女在那里无目的的挤着。许多浪子只在人们中来回的穿行。

"你看，"小老虎对李三指着一群人说："这一群人，都不是好东西，全从城里来游浪的。"

李三只点了点头，他两只眼不住的对桌上的酒瓶溜。他只觉一阵阵醉心的酒香，在他鼻旁拂过。"小老虎，我们先喝一杯罢。"

"也好。"他答，他们就将茶杯当酒杯，谈论着喝，两人你一杯，我一杯，不觉将一瓶酒多喝空了。"现在我们好上山了！"李三说着，会了茶钱，小老虎提了酒瓶，又在酒店里打了一瓶酒，就上山去。

山道两边有许多的食物玩物摊，中间人们在挤着。李三在担上买了几个李，两人吃着上山。他们到了山上。四周游览了一匝。就坐在庙后大青石上，又喝起来。两人高谈阔论，直喝到五六点钟，将一瓶酒喝完了，方才摇摇摆摆下山。他们都已有三分醉意了。走到山脚下，从酒店经过，看见满满挤着农人，在欢呼的喝。他们已经有三分醉意，闻着这一阵酒气，更醉了五分，两人就手拉手，东倒西摆的回家去。小老虎还醉昏昏的问道："今天喝够了罢？"

"今天喝称心了！……"李三糊糊涂涂答："称心了！……"

# 磨坊主人

　　米灰色的天空，一阵阵漫漫黑白相间的轻云，被微风拂出晓光。远远一声阴幽的鸡啼声，敲破了寂寞的空气；于是，四村的鸡多渐渐响应起来；树间，开始也有一两声鹊噪。

　　四野间，滨河边，一座小小的茅屋，射出一线惨淡的灯光，好似雨夜海中的灯塔。屋内磨声，一直在隆隆响着。

　　这一座围在麦田里的小小磨坊，已有很大的年纪了。凡是附近村上的人们，从他们有知觉后，就能记忆到有这所渺小的磨坊；附近人们所吃的面粉，差不多多是从这磨坊里出来；人们时常可以看见一担担麦，顺着小河挑进磨坊，而成袋的面粉，也时常从磨坊里背出；而磨是日夜在雷声般隆隆地响着。

　　磨坊主于二叔，是一个六十多岁的老人。在人们看起来，他好像是奇怪而不近人情的人。他父母固已老死了，但同时他既没有兄弟，也没有妻子。他不爱和人家谈论，他也没有可以谈谈心的亲友；他偶然和人交易时，也没有几句话说，只板着脸说他所必要说的。他时常捋着花白细长的胡须，深思或是微笑；但他心上同时也没有丝毫可思或者笑的痕迹。他面色黑而带黄；在深思时鼻梁上，每现出王字般的皱纹；他有一个圆滑而童秃的前顶，琥珀般地光亮；他有很强健的筋骨，充足的精神；腰背虽微微湾着，而头仍旧有力地昂得很高。两只厚大的耳朵，一双扁长的眼，一副花白的手，多还很灵全。他天天穿着一身肥大的青布衫，一双粗厚的草鞋，从没见更换过。他虽这样孤单，但有一个伴侣。——唯一的伴侣，是牵着磨的一只老瘦的骡儿。

清凉的早晨，正是他工作的时候。一盏小玻璃煤油灯，在墙上射出几条惨淡的光线；一只老瘦的骡儿，忠诚的在围着磨转；他勤劳而合拍的将麦一勺勺倒进磨口。

"隆……隆……"磨片只是在转着响；老骡在努力的围着磨子走；一勺勺麦进了磨口，磨成微细的面粉；他一只手倒麦，一只手将面扫在桶里。

天色已渐渐晓亮，老人回头将灯吹灭，不一忽，朝阳已平卧在地上。金黄色的阳光，已射进了柴门。他看了看粉桶，约已磨成了两斗；又复看了看太阳，就将骡儿解下，牵到门外食槽旁，加了些草料。

这是他做早饭时了。他将白泥炉搬到门外，拿些木材引上了火，加上了煤；着了，就放上一把水壶；方才走到屋后一个小小菜圃里；到河边取了两桶水，浇了菠菜；然后摘了一小筐苋菜，拿进屋，坐在炉旁，编成一把把。他刚编好，村上油菜店里的小伙计来了。小伙计是知道于二叔皮气的，见了他，只点了点头，随手将菜数了数，说："四十三把，——合二吊一枚半。"小伙计说完，从袋里拿出二十一个铜子来，放在凳上，然后背起菜筐就走。

小伙计走了，他看看炉上的壶水，已是开了，就泡上了一壶茶，再将余水倒在一只小沙锅里，煮上了一勺麦；他方才吃了杯茶，又复装上了筒旱烟，坐在一旁吸着烟看粥。粥只是在滚着响。

他咬着烟嘴，好似在深思；但他空空洞洞的心，毫无挂念地无从着想；于是，他只得回忆了。他抬起他笨重的头，看见屋前老大的柳树，就不觉回忆到幼时，因为捉树上雀巢里的小雀，曾经在树上跌下来，伤了脚；他想到这里，手自然而然在脚上摩摸着。他低头看见小河里长流的绿水，就回忆到七八岁时，他唯一的兄弟，因摸水草溺死在河里。于是妈妈被土匪抢去的悲酸，姊姊不知下落时的痛急，父亲因悲伤成疯病死时的惨状；……等等；就像万马奔驰地冲上心头。他眼所能看到的，多是悲痛的纪念；他想回忆些幼时快乐事，非但快乐事容易忘记，悲酸事是深深刻在心头，并且无丝毫快乐可以回忆。——他虽回忆这悲痛事，但他也不觉得如何感慨；只好似几十年前自己表演的电影，偶然自己一看罢了。——骡儿号叫的声音，将伊思潮打断，心头幻影，立刻潮水般渐渐退尽。他看了看炉上的麦粥，已是熟了；就盛了一婉（碗），拿了两根盐（腌）黄瓜，坐在茅屋门口吃。

他远远看见许多从镇上归去的人们，多提着一大筐菜，而筐上多有一把粽皮；他想了想，微声的自语："——明天又是端阳了？……"他也不管。吃完了粥，牵进骡，系在磨上，又复勤劳的工作起来。

骡儿在努力的围着磨转；磨片转着隆隆地响；他一只手将麦一勺勺倒进磨口，一只手将面粉扫在粉桶里。——他们只是机器般工作着。

太阳落山时，面多已磨成；骡儿也已无力地转得很慢；他看了看太阳，已是照例休息时了，就将骡儿解下，放在门外吃料；自己慢慢地走到后园，摘了些苋菜茄子之类，回到房里做起菜来。菜烧好了，就在墙角酒桶里打了一碗麦酒，将酒菜搬到屋外小河边，大柳树；一人靠在竹椅上独酌。饮到得意时，就击着菜碗，高声唱起山歌来。

这时正是刈麦时，农人们多在田里刈麦。男子在刈麦，妇女将麦一捆捆捆起，小孩们扬着鞭子赶着装满麦的牛车归去。

老人喝得醉醺醺地，看看四围的农人，就摇着头唱起刈麦歌来。他唱着喝酒，将一碗酒喝干了；就装上一筒烟，又复到屋里泡了壶茶来。喝了两杯茶，觉得头重脚轻，脸上醺醺地酒性上来了；就摇摇摆摆回到屋里，门也不关，只将骡儿牵了进来，就倒在床上沉沉的睡着了。

他一觉醒来时，天上微微已经露出晓光；他就扒（爬）了起来，将小玻璃煤油灯燃着，又复隆隆地牵起磨来。

他照平日一样，太阳光射到了柴门，就停了工作，到菜圃摘了半筐苋菜，采了几十个茄子；将苋菜编好时，炉上的水已滚，就泡好茶，煮好麦。但菜店里的小伙计，只是不来取菜；他很觉奇怪。因为无论冬暖，小伙是天天来取菜的，并且每天来到的时候也很准。他想："镇上或者有什么变故？——菜店或者关闭了？着了火？……"他想了想，就抛开了，也不在意。麦饭好了，他托了一碗坐在门外吃。

他看见远远的有许多人们在惶恐急忙的奔逃着。年老些的，扶着壮年人跑；小孩只伏在他们父母肩上惊骇的呜咽；大些的，跟在后边哭着追；男子背上多背着一个大包。有时包里落下些零碎物件，后边跟的亲属替他拾着放在自己袋里；间或被重重的包压得走不动了的人们，多坐在道旁石上，齐在一处，惊惶的谈论；谈论时，时常仰起头四围恐惧的张望，坐一忽，立刻又复站起来努力的走；有些老婆婆，拿着拐杖，摇着手喊着，在后边追。——一群过去又复一群。还有许多狗在后边跟着吠。

"大概土匪又光顾了。"老人想。他吃完了饭，就向镇走去。

"老叔，快别上镇了！土匪就来了！我们多逃进城去呢。"间或有些逃难人碰着他说。

"不要紧。"他摇着头答。"难道他们要我这副老骨头？"

这时，村上多已杂乱了。鸡鸽等，惊飞在屋上；家家的门，多空洞地开着；被褥箱笼等不值钱的物件，和木器铜铁逃难时无法带的东西，多乱卧在地上；有几只忠信的狗，还站在主人门口高声乱叫；间或有一两个年老而逃不动的人们，只盘坐在堂屋里痛哭，或者呆想。

老人反执着手，在镇上转了两个圈；仍旧幽幽慢慢的回家。到家后，匹上了骡，工作了。本村的人差不多全已逃空了，只有他的磨，还是在隆隆地响着。

一天渐渐的躲过了。并没有惊骇的事故发生。他照例喝了碗酒，睡觉去。

过了几天，逃走的人们听见本村很安静，并没发生什么，也就渐渐的归来。

三四天后，小伙计又每天照常取菜来了。他告诉老人说："其实，那天土匪不过在附近走过，去抢东庄；到骇得镇上人们多逃散了！"

"哼！"老人随便说。"当心土匪回来时！总免不了！……"

"不要紧。"小伙计背起菜来陪笑说。"谅来土匪知道我们镇上已经抢过几次，没值钱东西，所以不来了。拜天拜地！但愿侥幸逃过了这次。"

"哼！——"老人哼着，不说了。只扇着炉子，煮麦饭。"明天带两斤酱油来。"

"是了。"小伙计答应一声也就走。

这是一天夜中。老人正睡着时，他在梦中，听见敲门的声音；他翻了一个身，醒了。说："轻些敲，当心门是两片很薄的板，再用力，就要倒了。"

"劳……驾！……让我进来躲避一会。"一个颤抖而惊惧并且无力的声音。

老人扒（爬）了起来，点上了灯，一只手托着灯，一只手开门。说："什么事？半夜三更，大惊小怪地，来敲门！"门开处，一线灯光，直射在敲门者脸上。他看见他也是一个五十来岁有胡须的老人；他身体在惊惶的颤抖着；胡须也在飘飘的抖动；青白的脸，恐怖而且悲惧；他衣裤多没有穿，只披着一件背心；他指着镇上，说："你看，……你……听！"

这时，微微听见镇上像夏夜蚊虫般的喧闹着。四处的狗，围着乱吠；小孩号叫的声音；大人呼救的声音；碗盏等掷在地上破碎的声音；还有一声声重远的枪声。远远看去，闪闪的火亮，重重的黑影；而麦田深处，树林顶上，也有一个个躲避的人影。这晚没有月亮；只有些微细闪闪的星光。土匪们一阵呼喊的声音过去，接着一排枪声；于是，镇上的房屋渐渐着了！几阵微风过去，处处的火，冒穿了屋顶，一股股浓烟冲出，到了半空，发出火来，就像远远几座小小火山；等一刻，方才漫漫火盆里的炭般燃起来。枪声渐渐远了！于是，人们方才大声号哭呼救起来；树上的人影，田中的黑块。这时渐渐移向镇上去；这时火光照耀得全村似白昼般光亮；可以看得见有许多人们，嘴里呼号着，无头的苍蝇般，在四处无目的地乱跑；有些，张开着嘴，及执着手，赤着身，仰着头，呆呆的看着火燃烧。等了半刻，方才看见一个，高举起手来。喊了一声似的；众人就如梦中惊醒般，乱七八糟寻了柴木桶，在河边取了水救火。

于二叔回到屋里，装上了筒烟，靠在门上吸着烟看。他回头看见逃来的老人，只是呆呆的半开着嘴，望镇上。火光在他脸上闪过，他似木刻的偶像，动也不动。半天，他方才哇的一声哭道："了不得！我……的屋子，着……了火了！"他立刻提起脚来，向镇上没命的跑。

老人看了一会，火已渐渐小了，天也快要晓亮，就回到屋里，匜上了骡儿，隆隆牵起磨来。

他工作了半天，天已大亮；就吃了些麦饭，又扣上了门，提了一个酱油瓶，一摇两摆的上镇去。

他到了镇上，看了看。房屋烧去了三分之一；一片瓦砾，还在冒出丝丝的灰色烟；有些人们，坐在地上号哭；有的擦着眼泪，四处寻人；有的人，裤子多没有穿，只围了块布或手巾；有的瞪着两只红厚的再哭也哭不出眼泪了的眼睛，在翻瓦砾，寻尸骨；有的寻着了一副红烂皮肉包着黑灰筋骨，鲜红的眼睛张得大大的，五官多流着浓水的尸首，就细细认明白了，方才坐着将尸骨抱在膝上痛哭；有的烧烂了。一条手或腿，半死不活躺在地上号叫，或是乱滚；有的在替亲属裹着伤；有的尸身半个被房屋压着，半个露在外边；年青些的妇人和女子，是多被土匪抢去了，只余些六七十岁的老婆婆，也一半被烧死或压在屋下；有些男子，惊骇悲痛成了疯病似的，或笑，或哭，在满处跑；小孩们只惶恐的哭着叫妈；但妈终于没有。

城里救护的人们来了。县长摇头摆尾，将手巾护住了鼻子，远远看了看；升轿去了。就有些医院中人和兵，将半死不活的，疯疯痴痴的人们；抬进城去。又有些慈善人，将没有父母了的儿童，收留起来；又抬了些薄板棺材来,将死尸掷在棺里,叫些人埋在镇后。

老人寻了半天酒菜店,方才寻着了一家;里面虽有油桶等,但伙计们多已逃空了;他就自己打了一瓶酱油,放了二十个铜子在柜上,又打了些油,提着回家去。

他在一处烧过的房屋走过,看见昨夜敲门的人,在跟着两人抬的一口棺材号哭。

棺材抬到镇后。不一会,葬下了。老人在上边做了一个记,方才收了哭,四处望望;哀声道:"我唯一的儿子于是死了;我的房屋是烧了;叫我到那里去!……"他想想,又复哭了。

于二拍了拍他的肩道:"跟我走,不妨在我那里住下。"

他擦干了眼泪,嘴里说着感谢的话,跟于二叔到磐(磨)坊去。

"你姓什么啊?"到了磨坊;于二叔捋着胡须问。

"我?"他长叹了一声,道:"我姓李行三,就叫做李三。"

"唔。"于二叔深思着,说:"你就安心住下罢!"

李三点点头问:"土匪怎么不抢你这里?"

"我这里?没有土匪的目的物!"于二燃着了筒烟,说:"我有一个小菜圃,一副磨,一只骡;我每天所余的,每天吃完;我没有妻子牵制着,我这里离镇很远;——"

"唔!"李三张着圆圆眼睛看他,说:"你没有妻子?——你没有受过土匪惊乱过?——"

"我告诉你。"于二叔浓浓吸了两口烟,说:"五十年前的事。那时,你大概只三四岁罢?你今年几岁?"

"四十八。"李三答。

"是不是!你还没有出世呢!"于二叔说:"那时,我家里也很有产业的;我们有很大的房屋,这磨坊,不过专门牵磨的所在罢了。——那时,我有亲爱的父,母,和姊,弟;这是何等快乐!可是,恶运就一步步地追来。"他停了停,接着说:"你大概也听人讲过,五十年前,土匪是和这时一样凶狂的。"

"是的，"李三说："怎么呢？"

"我兄弟跌在河里死了。"于二叔说："这是一个冬天的早上，我妈在桑田里采桑；我们在田里作工；那时，我和父亲听见我妈呼救声，我们跑到桑田时，妈已被土匪们抢去了。——过了不几天，姊姊上舅婆家去了，一直没有归来。我父亲，也就疯疯狂狂病了。不过几天，父亲也就死了！土匪抢过几次，将钱物多抢完了；我一个人。就搬到个磨坊里来；牵牵磨，种种菜，到现在，已是五十年了！——在这五十年中，附近抢过十几次，独有我这里没有丧失丝毫；在附近有妻子和家产的人们，差不多多被妻子家产累死；独我——"他捋捋胡须，"活到七十六了！……"

"实在。"李三赞说。

"你就一直在这里相帮我种菜牵磨，过你的暮年罢。"于二说。"天不早，我们就睡。"

两人，门也不关地，睡在磨下了。

## 懵　懂

朝雾刚被晨风吹散。街上许多忙碌的工人，多一意的向前走去。在街上，这时所发现的，只有：劳动家，挑着食物担的小贩，提着篮子去买菜的厨役，背着家伙或徒步着的工人。有的刚睡醒了起来，脸也没洗，就上工去；有的一路走一路伸着懒腰；有的擦着眼睛；脸上多带着些隔夜色。一半很快的雄纠纠的向前走，一半懒洋洋的微慢的运动他们的脚。

在街的转角，有一担杏仁茶担；一旁放着些油条烧饼之类。一个四十来岁的中年人，在洗人家吃过杏仁茶的碗，因熟练而洗得很快。他脸上有一个很大的油或是火烧坏的瘢痕；一脸的油腻，头发也很纷乱，衣服穿得极破脏。在他身旁，走来了一个工人。穿一身很新洁的青短裤褂，短衫上坠着一条线制的表练，梳着一头光滑的分头。"杏儿茶，来一碗！"工人这样说。

卖杏仁茶的抬起头来道："阿三欠的账，今天得还了罢。"他擢着杏仁茶说。

"一个小钱多没有！"阿三拍了拍衣袋，说着接过了杏仁茶。"瘢二，小胡同里的小四，也娶了一个老婆了！"他随手拣了一条油条放进嘴里去。

卖杏仁茶的放下了抹布，站立定了道："这有什么希奇，天下每个男子，本来多得娶个妻。——应该有个妻！"他正经的对阿三："好伙计，你好好的存储几个钱，将来我替你说一个。——阿三，正经说，你年纪也不小了，别再糊涂了！……"

"你又来取笑。"阿三又拣了一个烧饼说。

"谁取笑来?"卖杏仁茶的板着脸说："你看你的同伴。有了家室的有多少了?"

阿三吃完了，嘻皮笑脸的道："天不早了，要去上工了。……瘢二，记上帐罢。"

"不赊了，一共欠十二吊二百钱。"卖杏仁茶的捉住了阿三的衣服说。

"明儿（明天）给。"阿三哀求似的说。

"吓吓!"卖杏仁茶的放了阿三，无法的笑了一声。"明儿还有一个明儿，明儿总有一个明儿的。咳！买雪花膏送姘头，就有钱了。"

阿三道："屁！谁说来？明儿也不给钱你。"

卖杏仁茶的看阿三走远了，看看往来的行人少起来，就挑起了杏仁茶担，走得很快的回他的家去。

瘢二——卖杏仁茶的将杏仁茶担挑到家里。阿大——他的一个七岁大的孩子，跑上来搂住了他道："爸爸，今天卖买好?"

"好!"瘢二乐着放下了担子，就抱起他心爱的阿大；于是五岁大的阿二也来了。"爸爸，我吃一碗茶底。"他抱住了他父亲的脚。

"宝贝!"瘢二对阿二说："妈呢?"他放下了阿大，盛了两碗杏仁茶底，拣了两个烧饼给他们。

"妈买米去了。"阿二接了茶饼这样说。

两个孩子拿着碗，坐在檐下石上喝着，咬着烧饼。瘢二盛了一筒烟，燃着了坐在阿大们旁边吸着看。他愈看他的孩子愈加觉得快乐，终于他乐了；虽是两个肮脏不漂亮的孩子，但由瘢二看来，他们俩是世界上所少有的好玩，聪敏，美丽的一对。当他接他们两人的空碗，每人吻了吻，并且笑，——从心上吐出自然的笑了几声。

门口的脚步声，是瘢二的妻走进来了。"你又给他们杏仁茶和烧饼吃了！"她对瘢二说："他们俩刚吃过小米粥。你心爱他们，欢喜他们，不是这样欢喜法的。你一天能赚多少钱？给他们油条烧饼吃，我想你赚的钱，还不够给他们吃的呢。"

"剩下来的，给他们吃了就完啦。"瘢二对他妻微笑着说。"还有些，你喝不喝？"

"我不喝。"他妻摇头说着走进房去。"阿大，领着兄弟好好在院子里玩。"

瘢二跟着他妻到房里，躺在床上，对着他妻只是乐。

"乐什么？疯了不成！"他妻说着也就笑了。但她逼住了，板起脸来道："今天卖多少钱？"

"卖多少钱？"瘢二将衣袋里二十来个铜子拿了出来道："拿去，只卖这些钱，其余多是赊帐。"

"哼！……"瘢二的妻，收了钱说："还赊帐，将来多是收不回来的！"

"我要问你！"瘢二坐了起来说："你昨天说今天没钱开火了，但买米又那里来的钱？"

"没心肝的！"他妻指着他说："我娘家带来的箱底钱，多快用完了。我不和你废话，我是要做饭了。"

在窗外的泥地，有一只白炉，和些做饭的家伙；瘢二的妻，就将菜提到窗外，煮上了水，拣起菜来。

"哈哈！……"瘢二一人躺在床上得意的摘着他短短的胡须在笑。"这就是有妻的好处！她能安慰我，在闷烦、寂寞的时候。她又能规劝我。——而且还有两个活泼可爱的孩子，我一见他们小小红白的脸儿，虽是在极烦恼的时候，多可以使我的心发出甜蜜快乐的波纹。——家庭的快乐！……"他又转念想道；"我想这种乐趣，阿三们是永远享不着的！——但是，不！倘是他娶了妻，或者也能享到了。则好说，现在罢。……他们只知荒唐，图些肉体的快乐，我想他们精神是时常苦痛的。……"

　　他这样甜蜜自得的想，愈想愈觉得有乐趣；这样的半天，他妻已将饭做好。他吃了饭，安适的睡了一觉。他醒时，天已有五六点了，而他的妻，已将杏仁茶做好。"时候不早了，工厂也该放工了，早些去罢！"他妻这样的说。

　　"是了！"瘿二答着擦了擦睡眼，挑着杏仁茶担。很轻快的走到他每日停担的老处所去。

　　许多工人，成群结队的从工厂出来，归家去。他们经过了半天劳苦的工作，大多都是很饿的了。因此，有许多的工人，聚到小饭铺和杂食担。有些就走到瘿二担旁喝杏仁茶和吃烧饼。而阿三，也挤在人家中涌到杏仁茶担旁。

　　一个烧饼只够他们三口，他们因为吃这种东西，是很不经济的，各人只吃了些点点饥；只有阿三，是尽量的吃。因为他身上连一个铜子多没有，他想吃瘿二的东西，是可以赊的；除他烧饼，今天还没有东西吃呢。不一忽，瘿二的货物也快完了，人也都散了，阿三吃完了擦了擦嘴道："加上二吊。"他说着就走。

　　"回来，阿三，"瘿二叫。

　　"什么事？"阿三迟疑的问。

　　"不是问你要钱！"瘿二说："明天给钱，就明天。你到工厂，总归要走过我这里的，跑不了我的手。"

　　"那末什么事？"阿三走回来说。

　　"我上半天和你说的怎样？我劝你，记着，是好话，有空到我家里坐坐去。"瘿二亲热的说。"实在我因为同你是多年的老相交。"

　　"是了！"阿三回头就走，走远了，回头看着瘿二道："厕所房的佛爷，假正经。——吓吓！"

　　阿三在归道上，忽然想起了一件事来。"毛二不是约我今天赌钱去么？——还有，老钱的丝袜，今天也是一定要的了。"于是他踌躇了。

他慢慢的走着深思:"去不去呢?……"他站住了,呆呆的看着远处。"没有钱,去什么?"他咬着嘴唇说:"一定不去了!我想老钱也是没有良心的,我这几天不去,或者他已变了心了。至于赌钱,更是送钱;虽说解些无聊,但输了更加些烦恼。"他决然的跺了一脚,眉目一绉道:"什么地方都不去了!"于是他走得很快的回家去。

他和他二个同伴住在一间房子里,一间黑暗肮脏的屋子。湿而滑的泥土上,放着三块板,这是他们的床。每一张床上只有一条破烂的被,床下有几只木箱。一张三只脚的桌子,靠在墙上,没倚的椅子,有两张。当阿三回来时,他的同伴多已出去了。他走进了屋,四围看了看,就坐在自己床上;从衣袋里取出了一支烟,燃着吸。而寂寞,烦闷,充满了他的心。

"咳!……"他长长的叹了口气。躺在床上。不一忽,他又站了起来,低着头满屋的走。"无聊!……这间屋子阴仔仔地,好像是死人之室。"他这样想。实在,一些声音多听不见,他在这间屋子里,冷湿的空气,刺进了他的心骨。这间屋子好像世界以外的,好似地中心的。于是他不耐烦了,他像锅中的蟹,怎样心急的在屋中旋转。"与其这样闷在死室里,还不如出外寻点快乐,就是把生命做代价。——不,忍耐着。"他又转念的想。

但终于他将忍耐不住了,他将衣袋里的表拿了出来。——一只银表,这是他唯一的宝贵的饰品。他时常以此自豪于他的同伴,在工人集会或小茶馆里,他时常不断的拿出他唯一的表来看时候。"这只表,最少也得质三块钱。——买一块钱的袜子,给老钱,二块钱做做赌本。——但是,……"他注目着表想:"可怜,我舍不得同他分离啊!——一定的,人家见我没带表在身上,多要嘲笑我了。"……他踌躇了半天。"质了再说,反正乐一刻是一刻!"他想到这里,关上了门走出去。

他走上了大街,大街是照旧的热闹;而质店的招牌,更加自豪的高高地挂着。店里胖白的朝奉,多用两只小手,支着红白的圆脸,伏在柜上;两只尖利的眼,看着外面,等他的顾客。

它将表细细的看了看,又踌躇了半天,方才走进质店;将表无精打采的给了朝奉。

"当多少?"朝奉看了看表的机器。

"五元。"阿三注目着朝奉的脸答。

"不成!"朝奉将表还给阿三:"二元钱。多一大不要。"他说着,对阿三很不注意的,和他同伴说笑去了。

"二元就写二元!"阿三把表放在柜上说。

"银表一只,不带练,半新,两元!……"朝奉唱着,将表包起,拿了两块钱和一张票给阿三。

阿三将票藏在最靠身的衣袋里,将银元放在外边的衣袋里。银元在衣袋里相碰着发生一种极好听的声音,他就很高兴快步的走向毛二家里去。

一间同样的脏而湿的屋子,五六个工人挤住了一张破方桌,在赌钱,各人将他们汗血换来的金钱,一注注掷下去押在桌上。一支颤跳的烛。光亮的照耀着。

"阿三来了。"在阿三走进来时众人说。

"押啊!管什么阿三阿四。"庄家说。

"二吊钱天门!"一个工人,大声的说。他是输了,手上的青筋,一条条的涨起,脸也红了,额上的汗,米粒大的从毛空(孔)里溢出。

"两毛上门!"阿三也押上一注说。他虽没有许多钱,但他总想做出有钱的样子,不肯少押,恐怕人家嘲笑他。

庄家是赢的。"多押好了没有?"他很高兴的说。"我要投色子了!"他说着将色子投到桌上。色子是四点。"四落底,自拿二,天得底。上门末第二。"他很自然的唱着歌诀(诀),自己拿了第二付牌。将牌上的点子,仔细的看了看。他在将看时,提心吊胆的,在看了之后,就觉得放下了心。很自得。

坐在台面上的人，多忠诚的慢慢看他的牌。站在后面的人，多心急的想知道对他有关系的牌的点数。

"八点！"输钱的工人，——坐在天门的，掷下牌高声得意的说。

"九点！"上门叫。"我们一定赢了。"阿三说。

"六点！"下门叹息的声音。

这时大家多注目庄家手里的牌了。他们好似许外鸦看着橱内的一块鲜肉。庄家微微一笑，"天方八！"他说着将牌用力的掷在桌上，随即将下门和天门的钱收了，配钱给上门。

坐在天门的输钱者，丧气的站了起来。垂着他红红的脸，吐了口气道："你们来罢，我钱都输完了！"他升了个懒腰，无声无臭的走了出去。

阿三收进了赢的两毛钱，就坐在输钱者的位置下。

许多人赌，只一忽的时候，每人的脸色，时常变更；乐的不一刻变成苦，苦的不一刻也能变做乐。他们受着钱的主使，变更他们的脸色。

在半小时以后，先前坐在天门的输钱者，又来了。"输干了回家！"他这样的说着，从衣袋里拿出来了八九吊钱，仍旧的押去，但押第一次，两吊钱，又是输，"只有六吊钱了，押上了完事！"他嘴真颤抖的说着，用力的将钱掷在桌上。不幸啊！拿出牌来，只两点，又输了。"咳！"他自己将自己的手打了一下道："好不利市的手！——半月的工钱，又去了！"他拿出支烟来，狂吸着，自恨而且悔过。但这是时常有的事，他输一次就悔丧一次，以至于他自己立誓。不赌，但不过是暂时的，过了几天，有钱而在烦闷到极点时，又心心念念的想去输了。

阿三的钱也快输完了，庄家这天大赢。赢到足满时，将牌一和道："天晚了，我要回去了。"他说完，将钱袋起，高兴的对众人点了点头走将出去。

众输家相视呆立了半天，多长叹的回各人的家去。"老周，你输多少?"阿三对最输,输了半月工钱的那个工人说。

"半月工钱!……"老周一字一句的说:"你呢?"

"还好。"阿三勉强自骗的说;"不算什么,只输两块钱。"

"明天见吧!"老周弯了弯腰说着就走。

"明天见!"阿三答礼说。他走到洋货店买了一双丝袜,到他相好老钱那里去。

一条狭小的胡同,在左角,深进去一个小门,就是老钱的家。阿三在黑暗中,这时街上的行人,已没有什么,只剩些微明的星,悬列在空中。阿三七高八低跑到钱家,轻声的击起门来。

"谁啊?……"一个妇人细小轻浮的声音。

"我!——快开门来!"阿三轻急的答。

"这时又来了!"妇人细声的说着来开了门。

他们两人关上了门,一同走进屋里去。

"为什么好几天不来?"老钱说。——一个二十来岁的私娼。

"实在是没有功夫。"阿三说着将丝袜慎重的给老钱。

"我不过是说得玩的,你当起真来了。"老钱接了丝袜,微笑的说,她似乎有些乐意,不似先前的冷淡了。

阿三搂了她道,时候不早了,我们睡罢。

一层层灰黑色的幕,罩上了世界。

自然揭起了黑色的幕,只余些灰色的斑纹。阿三因要上工去,一早只得也就勉强的起来。脸也不洗,跑到街上,喝了两碗小米茶,吃了几个烧饼,就急急忙忙的上工去。他因为夜中的荒淫,以致全身多觉得懒懒的,头也觉得比平时重了些。

他又走到杏仁茶担旁了。

瘸二远远的看见阿三无精神地走来,这时天已不早了。他想:"这小子又有毛病。"他就高声的问道:"阿三,你昨晚又住在老钱那里了罢?"

阿三不做声的走到担前。

癞二看见阿三身上表也没挂，就问道。"表呢？——当了！"

"没有当，修理去了。"阿三说。

"骗谁来！"癞二说，"废话少谈，拿钱来！"

"一个钱没有。"阿三哀求的说："明天再——"

癞二笑了。"我早知道还有一个明天。"他很正经地忠告："我是替你说好话，钱二那里少去，她真不是一个好东西，只要谁有钱，她就爱谁。——"

"不见得吧？"阿三踌躇的说："她昨夜说她还要嫁我呢。"

"哈哈！……"癞二大笑的说："你真是一个痴孩子，她不这样灌米汤，她那里来饭吃？这种私娼，碰着谁多是这样说的。并且老钱是私娼中最不好的。我劝你还是少去好！"

"是了！"阿三答应一声走向工厂去。

"咳！……"癞二看见阿三走远了说："这孩子是好不了了！一天比一天荒唐！吃，喝，嫖，赌，一齐来。可巧有碰上了老钱。——无耻的私娼！他说她要嫁他，倒是一对呢。"癞二噜噜苏苏的说着。挑了杏仁茶担。回家享他独有的家庭幸福去。

从癞二的宣传，以至他——阿三的同伴多知道了老钱要嫁他的这件事。但大家听见了这种消息，多摇头叹息道："堕落的一对！……倘是他们成了夫妻，这种的堕落的行为，是永远的洗不去，而同时也是永远的不改悔！——我们希望这件事不成功，或者老钱嫁一个好些的丈夫，阿三娶一个好些的妻，那末或者他们因有人管束而改悔他们以前的行为啊。"

在老钱第一次对阿三说她要嫁他时，实在不过是他的口头语；但在那天晚上，她一夜都没睡着。她自己着实与自己商量了一夜。她的身体是恶浊的，而她的心，时常是清明。她想："我的年纪也不小了，父，母，兄，弟，姊，妹，是一个都没有。私娼固然是极恶浊的生活，但也出于无奈！我终想得着一个终身伴侣。但是，好些的男人，多因为我是私娼而不要我。坏些的男人呢，我又觉得有些靠不住。阿三虽是一个荒唐的，但他总算有一定的职业，倘是我嫁了他，规劝规劝他，他或者也能改悔。……"他这样反反复复的默想了半夜，她决绝的想："倘是有嫁人的机会，自然是嫁人好！并且阿三现在虽是荒唐，但我看他，到也是一个有为的少年工人。——倘是阿三要我，我一定嫁他！"她想到这里，心上很觉快乐，好似在黑暗弄里走，忽然看见了一星灯火；于是他也就沈沈的睡去。

在那夜，阿三同样的睡在床上思想："老钱嫁我是很好的。她虽淫荡，但也出于无奈；嫁了我，或者也就能改悔。——我又无父母，又无兄弟，我自己还是早早的想法。虽然同伴这样的嘲笑我，但嘲笑由他嘲笑，我们只要好好的不再荒唐就是了。并且我的荒唐，也是出于无奈，我在烦闷，无聊，寂寞到极点时，也没有一个亲近些的人来安慰我，我只得自寻些一时的乐趣自解罢了！将来她嫁了我，或者也就能安慰我。……我一定娶她！"他这样想，他好似在久行的海程而在迷路中，得着了陆地。也就很宽心的沉沉睡去。

第二天，阿三下了工，就有几个同伴拉了他去吃酒。但他一心的要到老钱那里去，只吃了几杯，就骗众人说要去大便，就一直跑到老钱处。

现在老钱对于阿三，虽又加了一层爱感和希望。但伊对于他，不似先前的轻狂了。"你今天又喝了酒罢？"她见面就问阿三。

"是的。不多，"阿三坐在老钱身旁说。

"酒总以少喝为妙，非但费钱，又伤身体；以后少喝，知道不知道？"老钱亲热的对阿三说。

"知道。"阿三答。他从来没有听见过老钱的规劝，今天老钱这样的规劝他，他觉得比平时特别的温柔而且多爱感。

"你一定能嫁我？……"阿三踌躇了一刻说。

"我一定能嫁你，倘是改悔你以前的一切。——不赌钱，不喝酒，不荒唐。并且要勤勉的做工。"老钱迟疑的说。她很自耻，因为她的心虽这样的清白。但没有表现出来给大家知道；她也是一个堕落的，而要教导人家；这种话，是人人不信任的。她接着决断的对阿三道："我也立誓改我以前的淫荡行为！——但是你……"她呜咽了。"……要知道，我……以……前也是无奈啊。……"这种话，她从来没有对人说诉过，这是第一次。她好像经历万难的孤儿，寻着了母亲；在未说话以前，心一酸，泪珠已经开始的抛下了。

"我知道啊！……我的苦处，正和你一样。"阿三替她擦着泪说："我也能立誓以后不荒唐了。"

"我们最好早些就结婚。因为——"老钱擦干了泪说。

"对的！"阿三答："但是我们总得请两个媒人。"

"那是一定！"老钱说："在你同伴中，请两个就得了。"

"对啊！——"阿三站起来说："我和瘪二商量去。"他说完就走。

他跑到瘪二那里，刚巧瘪二在门口。

"我有一件事要请求你，"阿三对瘪二说。

"借钱，是不是，"瘪二笑着说："没有！"

"不是，——"阿三答。

"那末什么呢？"瘪二说着想。

阿三红着脸道："想请您做个媒人。"

"好，好！……这种事我最爱管。"瘪二拍着手说："但是，是谁家的姑娘？"

阿三迟疑的答道："就是老钱！"

瘪二立刻吐了吐舌尖，摇手道："我不作这个孽！……人家说：做媒人是好事。像这种媒，做了是作孽。你想，各人荒唐各人的不够，还要姘成一块荒唐。阿，弥，陀，佛！你另请高明罢。……但是，我劝你：老钱那里，还是少去的好！——"

阿三红着脸道："那末失陪了。"他别了瘪二，又去请求别个同伴，但别个同伴，也多不屑。而所说的，也多同瘪二一样。于是他只得失望的回到老钱那里去,将这事说了一遍。

"这倒没有什么关系。"老钱说:"只要我们两人自己愿意,媒人倒也不在乎此。——"

"对啊!"阿三答。

于是他们就这样简单的结婚了。

结婚后,他们也很相安。老钱不似先前的淫荡了,她每日也到丝厂里去做工。阿三也不似先前的荒唐了,他每日,做完了工,什么地方都不去,就回家,和老钱谈论谈论。他们在烦闷时,也就能互相安慰,不至于发生意外了。

两年后,他们也有了一个肥白可爱的孩子,他们已经组织一个小小美满的家庭!

他们的同伴,现在对于他们是很信任的了,他们——他的同伴们,多互相议论道:"这真奇怪!或者也许是天缘,两个荒唐人,碰在一起,倒都改悔了。并且他们组织的家庭,比别人的更美满!"

但是,这是很合理而且平常的事啊!

# 柳　絮

## 一

　　一个杂院里，许多人家住着，已觉得很喧闹了；而院子左角仅余的一间小房子，在早上也被一个憔悴的老人预定了去。

　　下午，人们多在预备安稳地度他恐怖中的中秋；憔悴的老人，带着一个很简单的家庭：——善于高谈而且骂人的老妇，背着一个小小的包裹，这是他的妻。一个忠厚而时时愁叹着的中年男子，负着一个很大很大的铺盖；一个什么多没有拿着。只在吸着纸烟的二十左右年纪的男子，是在咒骂着战争的：这都是他的儿子。最后，是他三个女儿了：一个二三岁大的哭着在十三四岁大的女子手里；后边跟着一个七八岁大时时嚷着脚痛的女孩。——他们一群，在人们因忙碌着的不注意中，走进了他们所预定的小房里。

　　老妇一脚踏进了房，将包裹放在地上，当椅子坐下了。大儿子掷去了铺盖，长叹了一声；接着二儿子坐在铺盖上，无意的咒骂。大女儿放下了手里的孩子出神；二女儿嚷着脚痛，三女儿哭着一屁股坐在地上。憔悴的老人呢，只靠在门上深思。

　　"怎么好！——"妇人瞧着老人说。旁边尖大的哭声，打断了她的思绪："你还哭什么？——你们这一群，不是要我的命么！——"说着，在衣袋中拿出一块剩下的糕，给了哭着的孩子。孩子，立刻吃着住了声。

接着她瞟了老人一眼说:"——什么也没有,以后的日子,怎么过?"

"难着啦!"憔悴的老人无力地答。"咱们不比种田的,将来太平了,还能回去种田。——反正,家里是什么没有了!就说太平了,没有本钱,还能回去开铺子不成?——"

"房子也没有了!"大儿子叹息着说。"我将铺盖抢出来之后,走不几步,眼瞧得咱们的房子是已经在烧了。"

"自然,——反正多完了!"憔悴的老人说。

"以前的不必提了,以后呢?这日子怎么过!"妇人嚷着。"咱们这许多人,不得吃么?——饿了谁好?"

"我是饿得受不得了!……"二儿接着说。

"难道你一个人饿,我就不饿么?"妇人高声带着骂的语气说。

"比在船里要舒服得多了!……"大女儿拍着自己的腿说。

"你到底带出来了多少钱?"妇人跺着脚问。

"难道你还不知道家里有多少现钱?"憔悴的老人,将他衣袋里所有的多倒了出来。"你看:——这是八块钱,——这是二十多个角子,——这里是钱!——"他数着。

"就剩这点儿?……"妇人惊惶地说:"怎么好!"

"可不是么!"憔悴的老人叹息着说:"不然,到存着百十来块钱。可巧,打仗的前几天,进了九十多块钱的货。——现在,……现在可不是给了他们——(指兵)了么!……"说时现出差不多要哭的神气。

"——老天爷,我的运气怎么这般低呵!……"

"现在还有什么说的?哭也没有用!"妇人气冲冲地说:"拿来,——给钱我!……"

"拿去!……"憔悴的老人将钱给他妻说。

"你这老不死的!"妇人指着她丈夫骂:"你是越老愈糊涂!早不进货,晚不进货,打仗了,你就进货了。——以后的日子,我看你怎么过!不吃饭能过活得了么?——荣根,来:去买一块钱的米,再买点儿菜，咱们好吃饭。——干饿着，算什么？"

荣根，——她的大儿子，接着钱道："买什么菜？"

"你活到这大，难道菜多不会买？"妇人骂："要你们这些够什么用？青菜不是菜，豆腐不是菜，……这日子，难道还吃鱼肉不成？"

荣根无辞的出去了。

"带个篮子，反正得用。"妇人嚷。"在什么地方烧呢？"问她丈夫。

"厨房有好些炉子，预备房东用的。"老人答。

"柴呢？"大女儿呆视着他父亲说。

"可不是么！……还是荣花想着了。"妇人拍着腿说："荣干，还不追你哥哥去，叫他带买柴！"

"我去，我去，"荣干说："给我几个铜子。"

"要铜子干什么用？"妇人问。

"买烟吸，——"荣干说。

"放屁！……"妇人骂。"什么日子，还吸烟！"

"以后不吸了！"荣干求着说："只买一次。"

"拿去，你们这班要债鬼，以后……"妇人说着给了他几个子。荣干接着，飞跑的去了。

"我来望望新来的客，……"此时，房外有一个妇人的声音笑着说。笑声未完时，一个妇人已竟走了进来。"你们不是新搬来的么？"

"是啊，"主妇笑着答。"你贵姓？"

"我姓钱。"妇人答。"我就住在隔壁房里。"

"我们新来，什么多没有预备，也没有地方坐。"主妇说着将铺盖拍了两下。"你这里坐，大姊。"

"不必客气。"钱大姊说。"你从那里搬来？"

"我们是新从宜兴搬来。"妇人答。

钱大姊惊异的接着问道："宜兴不是正在打着么？……"

"可不是么！"妇人答。"现在，外边时势怎样？——我们这几天在船里糊里糊涂的，——"

"听说还在打着呢！咱们这儿离着远，听不见罢了。——可是，有人说，慧山上就能听见炮声。——"钱大姊细声地恐怕地说。"你们那里怎样？"

"咳！说起来话长！……"妇人叹息了片刻。接着说："我们全多完了！抢的抢完，烧的烧完！不然我们无锡来干什么？实在，家乡是没有存身之处了！"

"咳！——可怜，可怜！"钱大姊现着悲怜的神色叹息着说。

在她们言谈中，已经挤进来了好几个妇人。内中一个高声的问道："你们怎样逃到此地来的？"

"你们看见打仗么？——"又一个问。

又一个问道："兵还要放火？"

不一时，众人你一句，我一句；伸着头围拢来杂乱地问。

"我讲给你们听！"妇人休息了一下说："十五那天，——是上月十五。人家多说，要开仗了。我们那里是划在战线之中，我们害怕得不得了；立刻，就搬进城去。过不——"

"搬进了城，不就好了么？"听众中一个问。

"陆大姊，你太急了！听他讲！"一个阻止她。

听众静默之后，妇人接着说道："——过不几天，又听见人说，报上说，双边已经讲和，不打了。实在，那两天很安稳。我们就仍旧搬回去。谁知道到了十一那天，街上又多嚷说要打仗；我们以为又是上回这样的谣言，就没有理会；而且，街上人家多说是谣言，全没有搬。天啊！……谁又料得到十二早上，就来了好些兵！没有一刻时辰，将满街抢了一个光；直到晚上，为着兵要调戏妇女，我们一家子就躲在一个大松坟里。——"

"兵真要奸淫的吗？"一个听者恐怖的问。

"谁说不是！"妇人接着说。"我们那里，出了好多件呢；而且，末了多伤死了!"

"可怜!……"又一个听者说。

妇人接着说:"——有十一点罢?我们在松坟里,眼瞧得大炮是在放了!枪,百子炮这般响。实在,比百子炮的声音,还要密得多,——老天爷啊!那炮实在比什么多响!我们是从来没有听见过的!我们觉得,地多在动着。那时,我们骇得石人一般,哭多哭不出来了。我们的三女儿荣叶,——(她指了三岁大的女孩一下)骇得怪声的叫的起来,我们又怕被兵们听见;幸而,她也骇呆了,叫了一声,也没有哭。那时,狗没有主儿似的一边吠了起来。远远的,只瞧见我们的村庄,是在烧了!可怜!老天爷啊!我们的房子是烧了啊!那时,实在天倒了似的。我们,实在死人般一点主意多没有了。可是,炮声愈来愈近;我们只得逃了;可是,两条腿比铁还重,那里走得动;到后来,她们不能说是走,实在是扒(爬)了。整整走了一夜,才走了十几里地;炮声还是那般近;想来他们一夜也退了不少路。直饿冷到天明,来了十几个穿黄衣服,拿着红十字旗子的人,我们以为是兵,骇得多抖着挤在一块儿;谁知道是来救我们的!我们那时,碰见了观世音似的,跟他们走到一只大船上。船上的人,已竟蚂蚁似的了。那时,也管不了什么,我们也就挤了上去。那船走了好久好久,直到昨天夜里;才到了这里。——我们想:现在是没有家的了!房子,已烧了;东西,多抢了!听说无锡是好地方,就想在这里寻一点事做,过这下半辈子。"

"你们在宜兴是什么生意?"一个问。

"我们是开山货行的。——"她说时,荣根兄弟们走了进来。

"下午实在买不到菜。"荣根将米和菜放在地上说:"好容易,买到了这篮青菜。"

"我实在饿得受不得了!"荣花说。"咱们,赶快烧去罢。"

"碗筷呢?"六七岁大的荣叶问。

"是啊!……"妇人说。"又得买,——"

"我借给你，"一个听者说。"明天再买吧。今天，先用着我的；等忽儿饭好了，你们就拿来。"

"谢谢你，"妇人带着笑意说着同她两个女儿上厨房煮饭去了。——听众们，也渐渐地散去。

## 二

晚上，月儿虽是那般地可爱，用伊慈祥的光彩，普照着一切；但他们的家庭，更现着惨淡，而且寂寞。自然，他们多很想去寻他们三四天没有得到的暂时的睡中安乐了。荣叶们只是闹着要睡，荣根就将铺盖展了出来，分了两处铺在地上。

"这精湿的地，又不是地板，怎么睡得下！"荣干吸着烟很自由地靠在墙上说。

"照你得怎样办？……"妇人怒目的瞟了荣干一眼说："有得睡就算不错了！"

"可不是？"荣花擦着眼皮说："二哥，你想前几天的黑夜，是怎么过的？……"她说着代她妹子解去了衣服，同自己三个人和头和脑的眠进一条薄被中去了。

"你们睡挤点儿，我也得睡在这里呢。——你，——"妇人看了她丈夫一眼接着说："——同荣根们三人睡得了。"

憔悴的老人，深思着始终没有留意她们的言语。半晌，只微微叹息着道："去年的月儿，和今年的月儿是一般好。可是，——"他说到这里住了；只呆视着树枝中的月儿。

这时，觉得很静默的。荣根他们兄弟姊妹，多已睡着了，只有憔悴的老人，在默视着月儿；妇人呢，还在理着她的包裹。

"你瞧着月亮呆想些什么呢？"妇人无意的问。"还不想睡觉么？"

"我虽说困得一点儿神思多没有，但是睡那能就睡得着。"憔悴的老人慢慢的一字一句的说:"可怜我五十岁的人了,以后的日子,怎样过啊!"

"以后的日子,实在是难!……"妇人抛弃了她手里的东西说。

憔悴的老人长叹了一声,坐在地铺上,摘着胡须道:"难极了!咱们两孩子,在家吃惯闲饭的,什么事也做不了;做点小卖买,或是挑担把小担子,他们又不能。——可是,无论如何,亦得有本钱啊!这里咱们头一次来,又没有亲戚,又没有朋友,向谁借钱去?而且,又有这三个女孩子,只吃不能做事的。——真是,这次苦了咱们这般人了!到不如种点田呢,——你说,如何办好?……"他注目着他的妻。

"我亦没有法子啊!"妇人哑声拍着大腿说。"叫我一个女人家,那里又来的什么法子?——本来,咱们这两个孩子,没事的时候太舒服过了;现才还能吃得了苦么?"

"咳!……"憔悴的老人咬着牙说:"实在以前太舒服快乐了!……"

"多是你老不死害的!"妇人将手指指到她丈夫的面前说:"你看,——"她随手指了指地下睡着的一群。"这些个东西,睡到死狗似的,谁又代咱们分点儿心事?他们只知道张着嘴要吃,是实在。——这班东西,养着他们做什么?"她说到这里,休息了一下。她瞟了她丈夫一眼,只见他还是在呆思着,接着高声咒道:"多是你这个老不死的!——"

憔悴的老人,猛然一惊道:"你可怜我罢,又是我的什么不好呢?……"

"反正是你害人!"妇人接着说。"以前,我叫你替荣根他们寻个地方学生意,你这个老不死的,是一定要叫他们上什么学,念什么书;现在呢?书没有念好,反到学上了一身的懒骨头;下等点的事,是不肯做,高尚的事,那儿寻去?……"

"实在,是我一时糊涂。"憔悴的老人忏悔地说:"以前,替他们买点儿田种种,或是学个生意;现在倒不至于这样一败涂地了!——可是，谁又料到念书是这般没有用的？以前，只知道念了书，是能做先生们的；运气好，还能做官啦！"

"吓！……你这老糊涂！"妇人冷笑着说。"做念书的先生们，得有家产守着！运气好，固然能做官作富；运气不好，可不是仍旧是一辈子的穷先生！……"

"现在，也没有法子了。过得一天，就算拾到一天。我是得睡了，你，也睡罢。"憔悴的老人说着，整个儿的躺了下去睡了。

"睡就睡。末了，总有一天度不过的日子！……"妇人说完，也就睡了。

## 三

几天以后，在他们的家庭中，只有叹息和咒骂，以及孩子的号哭声了。

"还不是你害人么？"妇人咒骂着伊丈夫。"现在怎么办？大哭小喊的，这日子我不能过，不如早点儿死了，到也干净！——你不要老不开口！怎么办？难道你一辈的不开口不成！"妇人跺脚说。

"叫我也没有法儿啊！"憔悴的老人幽幽地说："现在做什么事多得要本钱。而且，——我问过人了，就是进工厂作工，亦得要有保人介绍；咱们新来，又没有亲戚朋友，谁保咱们呢？"

"别的不用说。今天不得吃么？"妇人高声的嚷。"没有米了！……"

憔悴的老人呆蹲着，只不做声。荣根呢，和他父亲般只默默地叹息；荣干坐在地上微微地咒骂着；荣花站在门口瞧着对过厨房里烧饭；荣叶只拉着妇人的衣服嚷饿；最小的荣枝，站在地中心哑声的仰着头哭。

"你不要老不开口！"妇人走近她丈夫大声的说："总得有个办法！——"

"有什么办法！——过了一天再说。"憔悴的老人，转身来对荣根道："根儿，你把我的夹袍子拿去当了。买点儿米回来。过了一天再说！……"

荣根在地上杂乱的一堆中，检（捡）了一件夹袍子；匆匆的走了出去。

"明天呢？"妇人退后了一步问："你有多少夹袍子？……"

"还管得了明天么？"憔悴的老人愤愤地说："谁能料到以后的事？明天亦许死了呢！"

"哼！……"妇人冷笑地说："你死了，难道我们也死不成？我们，就是你死了，也是你的责任。"

"我自己多管不了，还管你们？"憔悴的老人说着蹲在门口。"我没有劲儿，再替你烦了。——"

一个下午，又是这般在愁烦中默默地过去了。虽然，他们今天和平常一样是没有饿着像冬天的雀儿噪叫着过去；但是，他们心上多存着："明天呢？……"一个痕迹；并且，一个悲惨的结果。自然，年青的人们，虽是间或在预料将来的结果，或者明天的一切；但是不过薄弱地像水面上的沫泡，一闪间就消灭的；更加在他们现在的欲望已竟满足之后。——有经验的老年人，可是不同了。他们不注意现在而着重在将来的结果；无论如何，今天终可以安妥地度过的。"明天呢？……将来呢？……"这像车轮般时常在他们心上周而复始的盘过。——憔悴的老人和他妻，呆呆的相视着默坐；他们深刻的思量到绝处时，像车儿撞到墙上，倒下了；一切多停止着，只听见地上一堆人们的鼻息声，在他们耳边荡过；——一切多离开了他们，他们是为着听鼻息声而暂时在生活着。

"你们今天一天悲叹噪闹着些什么？……"隔壁居住的钱大姊跑了进来说："唷！——两个人这般呆视着干什么？"

他们惊醒了。"咳！……"老妇人长长的叹了口气，四围望了一下，另换了一节生命似的说："——以后的日子，怎样过？"

"说些什么？没头没尾的话，我不懂。"她问。

"没有钱罢了！……"妇人高声的答。

"这日子谁有钱？"钱大姊感叹的说。

"我们是实在没有钱啊！"妇人说。"我们现在，实在一个钱没有了。"

"实在是难！你们这许多人吃，吃多吃穷啦。"钱大姊摇着头说："不过，你们也寻点儿事做。"

"是啊，我们是这样想。"妇人说到这里，停了一停接着道："可是，寻什么事做呢？我们那两孩子，又是吃惯闲饭的；以前在家，成天只玩着，什么也不做，——他们，——多是他，"她指了她丈夫一下。"要叫他们念什么书，到时今，字是识得两；可是，谁又请教他们呢？而且，自以为识了两个字，下等点的事，就不愿意做了；并且，也不能做！要做个小生意卖买罢，又没有本钱；做工罢，非但他们不愿，到什么地方做去呢？况且，这里一个亲戚朋友多没有，借贷亦没有地方。——大姊，你替我想这日子怎么过？……"

"实在！……"钱大姊瞧了瞧地上睡着的一堆道："这许多人！——但是，养着这三个孩子干什么？我们女孩多了，就不养她；生下来，就给人家了。要许多只能吃饭的女孩子，干什么？到了是人财两空。——"

"已经生了，也没有法子。难道真能生下来就把她弄死？给人家罢，到底是自己养的，有些儿舍不得，"妇人迅速地说。"——就是给人，谁又要呢？"

"我到有个法儿。但是，——"钱大姊迟疑的瞧着妇人的脸说："——可是，你愿不愿呢？"

"什么法儿？好大姊，你告诉我。"妇人恳求地说。

"现在只要有钱，我什么多愿了！"憔悴的老人忽然接着说。

"你就得啦。"妇人瞟了她丈夫一眼。"大姊，你告诉我，什么法子？"

"我告诉你。"钱大姊轻声地告诉她道："要这些女孩子干什么?——"她迟疑了一下,接着说:"把那大的,卖了,不好么?……"

"我到底有些舍不得呀?"妇人摇着头说。

"可不是你不愿意么?"钱大姊拍着手说:"——但是,我替你想,还是这般好!……"

憔悴的老人,闭着眼乱摇着头说:"我愿意饿死,那里舍得……"

"吓!……"钱大姊冷笑了一声。"你这许多儿女,不也得饿死么?与其饿死,还不如照我的法子好罢?而且,你女儿亦非但吃不着苦,比你养着她,还得快乐自由得多!——除了这法儿,还有什么法儿解得了饿?况且,女孩子养着干什么?将来还不是人财两空,给人家的?……"

他们默然了半刻。憔悴的老人,只闭着眼在摇头。妇人俯着头深思。钱大姊只注意着他们。

"荣花。——"妇人喊了一声,没有听见荣花答应,就对钱大姊道:"——但是,谁又要呢?我又没有熟人。"

"谁还不要?只要有人,就有人要!"钱大姊走近了她一步说:"我们那个,他(指她丈夫)在上海什么地方多熟;他就能替你去办。你要愿意,你就可以带着荣花同他一块儿去;你只说带她到上海亲戚人家借钱去,就得。——你说好不好?——你要愿意,就这样办。决定不能把当你上!——"

妇人默想了半刻道:"我们相商起来再说罢。"——于是,他们这会议无形地散了。

## 四

第二天。一早,妇人带着荣花和钱,预备上海去了。临别时,妇人对她丈夫儿女说:"最多,我三天就回家;我到了亲戚家,就写信给你们;钱大姊借给咱们的两块钱,买点米和菜,亦过得几天了。——"

荣根们叮咛着道:"妈,无论碰着碰不着,总得早点带着荣花妹妹回来，就是饿死，咱们骨肉亦得在一块儿呢！"

"自然，"荣花很高兴地代她母亲说。

"姊姊，"荣叶拉着荣花的手说："你福气好，妈带你上海玩去。你回来时，得带点什么给我。"

"自然，"荣花答。"可是，你在家得好好儿的，不要哭。"

她们走了，憔悴的老人不觉凄然蹲在墙角，暗暗地擦着泪珠。

果然，第三天的晚上，妇人带着钱回来了。荣根们围着她问荣花时，她只说姑母爱荣花，将她留住了，荣根们也就各自睡去。

"一共得了一百三十块钱。"妇人告诉她丈夫。"谢了钱家三十块钱，化了十块钱旅费；这里，剩下了九十块钱。——好像听说，他们拿出来一百八十块钱，钱吃没了五十块钱。——但是，我可不信有怎么回事。万万不至于的！——"

憔悴的老人只是摇头叹息着。

他们在谈论时，忽然走进来了住在同院的两个吃鸦片的。

"好！……"出于意外的，一个长的吃鸦片的指着妇人嚷："你不知道卖买人口是有罪的么？——"

"好好儿说，你不要这般嚷。"其余一个阻止他。

"奇怪！……"妇人站了起来说："我卖我的女儿，与你什么相干？"

"吓！……"长的吸鸦片者冷笑着。"谁又知道是谁的女儿？——咱们不用多说，上衙门去！……"他一把拉住了妇人。

"干什么呢！"憔悴的老人，颤抖着走了过来。"有话不好说么？"

"咱们好好儿商量。"其余一个吃鸦片的拉开了说。"人们多，听见了不便。"

"这不奇怪么！"妇人怪声的嚷："我的女儿，你们做得了主？……"这时，钱也跑了过来，"我讲给你听，"她一把拉住了钱说："他们没头没脑的，要上衙门。——"

"我听见了！"钱说着拍吃鸦片的一下说："哥儿们，你们外边站忽儿，我替她谈。"这时，两个吃鸦片的就走了出去。钱于是对妇人道："他们来，也不过想点儿好处的。——"

"想什么好处？……"妇人紧接着问。

"卖买人口，是有罪的呀！"钱轻声的告诉她。"这亦没有法子，给他们几个钱得了。要不然，他们嚷起来，知道的人多了，更不好办。"

"可怜，我卖孩子的钱！……"妇人呆着出了半天神。"可是，得多少钱呢？"

"我打听打听去。"钱说着跑了出去，和吃鸦片的呢喳了两句，又走了进来，将嘴接到妇人耳旁，极微的声音道："他们要十块钱呢。"

"天啊！……要这许多么？……"妇人惊骇的嚷。接着轻声对钱道："劳你驾，请你说合说合。——这是卖孩子的钱啊！——我们这一家的下半辈子，多靠这几块钱做活呢。……"

"你拿五块钱来，我替你说合去。"钱说。

"二块钱罢——"妇人摸着衣袋说。

"不成，不成，我说不了，"钱微笑着连连摇手，做出要退出门的势头。"照我的数儿，还不知说得妥说不妥呢；那点儿，谁看在眼上。——办不了！……"

妇人着急地一把拉住了钱道："我给你！——"说着她给了钱五块钱。"咳！——可怜！……"

钱接着走了出去："伙计来！——"同着二个吃鸦片的，到很远的弄里，每人给了一块钱；两个吃鸦片的，争论了两句，也就走了；钱，得意着拍了拍其余的三块钱，轻唱着小曲走了回来。

"劳驾。——实在，你是个好人，帮我的忙！"钱回家后，妇人感激地这样道谢。

"笑说！——"钱正经的答。"这是应该的！"

"咱们是要睡了。"憔悴的老人一切多不在意般说："可怜我只记着荣花，不知这时在干什么呢！……"

# 英兰的一生

## 自 序

英兰的故事，在我小时就深深地印在脑中；我时常想将这个故事写出来，不过总未曾得着机会。

去年我从北边回到故乡，在乡间住了不到三个月，就感到像英兰这般的女子，层出不穷地只和我的耳目接触。因此，我就下了一个决心，要将这个故事写出来。

现在我很自喜，这个故事竟写成功了；同时我又很愧恨，我不能将这件故事写成一篇从容体贴而富有浓厚感情的文意，不过我觉得我所写的，尚没大失真实。这也稍足以自慰的。

总之：这篇东西，是我很诚实地说我自己所要说的话。

十五年，一月，十七日作者序于无锡。

## 第一章

只要曾经来游历过一二次的，谁多承认这里——梅村是一个风景很好而且幽静的地方。

你们看啊！前面离着太湖不远了，像天般幽静广大的湖，好似在微笑着，朝夕对着他们，做他们的镜子；还有终年做他们靠背似的山，很青翠的好似一把美丽的羽扇，冬日替他们挡着风；夏天呢，又替他们遮日光。山边一堆一堆的松林，含着雾，好似一块块云；被风吹着在奏着沉勇的音乐。鹰鹫们，成群的在碧蓝的天空飘转；莺燕们，在深林里唱和着，赞美美丽的春；而美丽的春，领袖着万物，在对我们微笑。

沿着山是一条澄清到可以见底的小溪。溪水似细密的音乐之波般，在汩汩地合拍的流。溪前一排古旧的农屋，像一条板凳。带着蜘网尘灰木立着，这时天已将晚了，太阳在山腰里渐渐地躲过去。村人们多在忙着蚕的养育，因此在这小小的一块中，异常的静寂；只让燕儿们呢喃地穿梭似的一来一往，箭一般速，忙碌的建筑他们的新巢。

这是农家最忙繁的时候，每家差不多是没有一个人是空闲着的。妇人们多忙着哺蚕。孩子们，多来回的在采桑。男子们呢，只忙着田里的耕种和收拾。

英兰就是产生在这美丽之乡，这时的英兰正在六七岁活泼可爱的时期。

耕林是英兰的父亲。一个壮伟勤劳的农夫。但他的性情却很急。好似一个皮球，只要一句话不合时，他就能跳得很高，和人家斗闹起来。

英兰的母亲耕林夫人，是怎样一个慈善幽静的妇人，谁多知道的，只要和她谈论过一二次，她能够把一个陋脏的小家，治得非常整洁，虽他们的家，是非常贫困，像一只空了的纸匣一样。英兰的衣服补了无数块，像一件袈裟一样；可是，她母亲仍旧能替她洗到很清洁。

英兰有三个姊姊。英梅是最大的一个,她只能记忆到,大姊,是做童养媳去了。二姊三姊,英菊和英芙,是和她一样地活泼可爱的,时常伴着她游玩的。

英兰只觉得她所过的是很快乐的日子。但旁人却抚着她玫瑰色的小脸儿说:"可怜的小英兰,她第一步就走着了坏运!……"

的确,小英兰是时常处在苦痛中的。因为在这个村里,男孩子比女孩子被看重。耕林夫人连养了三个女孩子,耕林已经异常的不快活了;谁知第四个——英兰,又是一个女的;直使耕林气恨到要将新生的英兰,抱进育婴堂去;幸而慈善的耕林夫人阻止了他。但从此,耕林对于英兰就异常的不喜,冷淡,有时还要无故的咀(诅)咒她。

以下这些事,多发生在英兰有记忆之后了,所以小英兰的心上,时常留着些痕迹。

这时小英兰刚交七岁。——一个春天极美丽的清晨。小英兰在梦中被一只山羊追醒了,将她深红黑色像橘子似的小脸,从棉絮堆里伸出来看时,他父亲耕林,正坐在竹椅上将一个个小酒杯这样大的团子,夹进嘴里去;她母亲耕林夫人,在拣菜;她两个姊姊,英菊和英芙,是站在父亲一旁,等着父亲夹团子给她们吃。这时,淡血色的太阳,从破纸窗里射进来,成功各种颜色。英兰从她的记忆里知道,倘使她在人们多起来之后再起来,她父亲一定能够寻了许多可骂的地方来骂她咀(诅)咒她;因此,她不敢就爬起来,只呆视着在地上闪闪的圆的阳光。有时,她尖小的目光,注射着她父亲,在她父亲斜过眼来,视线将要及她时,她就做着还在睡的样儿,紧闭着眼睛。

她非常的恐惧,因为她忽然看见她父亲将头斜向她来了。她立刻将眼儿闭上,她听见她父亲凶狠狠地在对她母亲说了:"兰儿这个小懒东西,——到这时候还没起来?哼!谁都起来了!——"

"小孩子累了,多睡忽儿,随她去罢。"她母亲柔声和气地说,"菊儿,芙儿,快采桑叶去啊。——"

"唉！……"英兰听见她父亲这般长叹了一声。她更觉惊恐，她知道每在叹息下，接着就是骂或咀（诅）咒了。她就慢慢地慢慢地，将被蒙上头去。她的小耳朵，贴在被口处，听她父亲咀（诅）咒了。

"我早说将她送育婴堂去，你不肯。"英兰听见她父亲大声在质问母亲。——这句话，她时常听见父亲这样说。但她终不能懂得"育婴堂"这三字是什么。这句话，就是她父亲发怒的起首。 "——总之，——来，"父亲怒声了。将碗用力的放在桌上说："我问你，养这些女孩子干什么？——"

英兰非常的惊骇，身子慢慢在颤抖起来了。她听见她两个知趣的姊姊，英菊和英芙，相呼着躲开采桑去了。

她慈爱的母亲，在柔气的答了："耕林得了！——你吃饱了没有？——饱了，田里去罢。——孩子已经生了，养着吧，还有什么法子！自己生的，自己疼得了，耕林。——你饱了么？田里去罢！——"

"我看见她们就有气！"她父亲很大的声音。在英兰听来，响到霹雳似的可怕。"都走开！——这年头！这样坏的年成！要这些个只吃不做事的？男孩子，他能传宗接代，我愿意养。这些个女的，要她们干吗？——赔钱货！最可气的是兰儿，我看见她就有气。明天给人罢！我不要。……"

"给谁呢？"她母亲苦做着笑声说："小孩子也吃不了多少，随她去罢。——哈哈！谁说女孩子一定是赔钱的！你看，现在纱厂丝厂，各处开着，那一处不是女孩子家吃饭赚钱的地方？——"

"好，好，……"父亲冷笑说："我不管了，你叫她们一个个都做工去。——"

"年纪再大点儿，自然能叫她们做去，"她母亲微声的辩。"已经养出来了，又怎样呢？……"这是母亲的老话："随她们去罢！"

"哼！……"她父亲站了起来，"什么时候了！英兰这个小东西，还不起来！——"小英兰很恐惧，她听见父亲重大的脚步声，走向她来，她像一只小鼠，被猫捉住了，伏着不敢动。她恐怕她匆急的呼吸声被父亲听见了，逼着不敢随便呼吸。

"把这个小懒骨头抓起来！"她父亲要来抓她了。

英兰是怎样的恐惧啊！她好比衔在猫嘴里的老鼠，静候着以后的解决了。

这是她唯一的救兵：她母亲弃去了手里的菜，跑了过来，陪笑着拦住了她的父亲道："得了，得了，——小孩子家，又没有错失，打她干什么呢！她又不懂得人事。——你饱了么？还吃么？团子有呢，我取去，今天的团子做得不错罢？——饱了？时候不早了，下田去罢。"

"我非得打她两下出气不可！"父亲狠狠地说着。英兰从破败的棉絮洞中，看见她父亲取了把锄头，噜苏着去了。

英兰渐渐地又将头从败絮里伸了出来，在她父亲走了之后。她偷视着她两个姊姊，在搬桑叶进来，母亲在替蚕并且铺叶。

英兰仍旧闭着眼睛，做着睡的样儿。其实她小小的心是在思量。她想："为什么父亲这般恨我？——我生得不体面？……我可厌？或者，——我又没有对他顽皮，对他无规矩。为什么他不爱我？爱姊姊们？——"她这般想，小小的心像风筝般飘荡升降着。"嗄！……我知道了！舅婆不是说的么，我爸爸属虎，我属羊；虎不得吃羊么！一定的！一定的！所以父亲老要吃我似的，这般凶狠！……"

英兰想着，一眼看见英菊和英芙每人捧着一小碗团子在吃了。她想倘再不出来，要吃不着团子了，就装着刚醒来的样儿，吁呢了几声，方才喊道："妈啊，——冷么？我要起啦。"

"醒了么？兰儿，今天怎么这时候才醒？天暖和着呢，快起罢，不早了。"她母亲随便地说。"起罢！——大家都起来了，还有两个团子在锅里呢。——快起！快起！别给姊姊们吃了去。——"

英兰很迅速的爬了起来，将她的破衣服穿上，穿了鞋子，就跑到母亲身旁。她回想到刚才她母亲的帮助她，她就对她母亲起了非常的爱慕之念。

"这小了头!"英芙骂英兰。她的姊姊们,时常顺着父亲来骂或者咀(诅)咒她的。"懒透了!这时候方才起来,爸爸说的,什么不给你吃。"

英兰惟一的护符,是她母亲了。"妈,她们俩骂我。"英兰拉着她母亲的衣服告诉。

"芙儿,——为什么又去骂她?"她母亲说着英芙,又摸了摸小英兰的小脸儿道:"兰儿,别听她们,自己到厨房拿一点水,洗了脸,将锅里剩着的两个团子吃去罢。"

英兰听着母亲的话,到厨房洗脸去了。她自己在缸里取了些冷水,将脸布蘸了蘸水,抹了两下,就将锅里的团子,取了出来吃。她不取到外边去吃了,她知道母亲护了她,她两个姊姊一定得报复的。

她味着味儿,将两个团子吃了,抹了抹嘴,回到她母亲那里去。这时英芙和英菊,玩耍去了,耕林夫人,已将蚕叶铺好,坐在阳光下补缀破裤子。

"妈,——"小英兰这时非常快活。她所怕惧的父亲是田间去了,而凶狠——有时对她凶狠的姊姊们,也玩耍去了,只有她亲爱的母亲在这里,她可以很安乐的伴着可爱的母亲了。她将她嫩小的一半红一半黑的手臂,抱着她母亲的颈问道:"姊姊们呢?——"

"她们玩去了。"她母亲答。"得了,你不要去同她们一起玩,等会又骂你。这里坐忽儿罢。"她母亲说着,拉了一张小竹椅,给她坐。"团子吃了么?"

"吃了。"英兰还在味着味儿说:"今天的团子,好吃极了!妈妈你做的团子好吃呢。"

"好吃罢?"她母亲微笑地摸了摸她的小脸儿说:"乖点,坐着。明儿我还做,做了多给你两个吃。——你看,那里,"她指着山边,"有人爬山呢。"

"对!对!"英兰看见了指手说:"不是三个么?在爬呢。"她注目着山边在爬山的人。直到转过山腰去。"妈,过去了!过去了!……"

英兰静坐着,很觉无聊。她小小的心,不觉就又想到早上的问题上去了。"父亲为什么这般恨我?——我长得不好?…父亲这般不爱我是为什么?唉!为什么他爱两个姊姊?"她小小的心在思索着。在以前,她只知道父亲是要打她骂她的;近来她能联想到:父亲是因为不爱她,所以要这样。但她还不能了解父亲是为什么不爱她。——"问妈,妈是什么多知道的!"她非常快活,她在无意中想到了这条路了。她知道妈是随便什么事多知道;以前她不懂得的随便什么,只要问妈,妈就能很明白地告诉她。于是她问了:"妈,——"她站了起来,伏在她母亲膝上一字一句的颤着头问:"为什么爸爸不爱我?"

耕林夫人忽然听见英兰问她这句话,不觉惊异地笑了。问:"你怎么知道爸爸不爱你?"她说着放下了针线,将英兰抱着坐在膝上。

"我怎么会不知道呢!"英兰亲着她母亲的脸说:"你想,爸爸老骂我;可是姊姊们,就是有了不好的地方,爸爸亦不管。——为什么我没有错处的时候,爸爸也要骂我?他看见了我就骂!"

"你只要乖点儿,爸爸就能爱你。"耕林夫人捧着英兰的小脸儿,笑着说。

"不对,"英兰鼓着嘴对她母亲说:"我什么不乖?我不说么,爸爸看见我就不乐意。为什么?妈。"

"我告诉你,你亦是不懂得。"耕林夫人说。

"嗄!是了!……"英兰又记忆起早上所想的了。"上回舅婆告诉我说,爸爸属虎,我属羊。你不说过,老虎是要吃羊的么?一定!爸爸是老虎,看见我这只小羊,要吃罢,又不能真的把我吃了,所以一见我就有气。——明儿,我躲向舅婆家去罢!"

"不是的,……"耕林夫人大笑着说。

"那为什么呢?"英兰捧着她母亲的脸儿问。

"我告诉你。"耕林夫人收了笑声,搂着英兰说:"你为什么不投个男孩子？因为你是个女的，所以爸爸不爱你。"

"姊姊们不也是女的么？爸爸怎么爱她们？"英兰听见她母亲所说的，是出于意外的，而且她丝毫也不懂得。

"唉！——"耕林夫人微笑着说："因为你两个姊姊多是女的，所以爸爸才不爱你呢。倘使你两个姊姊是男的，那时爸爸也能爱你了。"

"为什么呢？"英兰问她，更觉不明白了。

"老生女孩子不厌烦么？"耕林夫人拉着英兰的小手说："得了，说了半天，你还是个不懂。"

"那么，——妈，"英兰转着她两只小眼珠说："我再问一句，为什么欢喜男孩子，不欢喜女的？"

"那自然！"耕林夫人郑重的说："女孩子不及男孩子值钱。你看，人家多爱男孩子。男的大了，给讨个老婆，就能生孩子，传宗接代。女的终是人家人，养大了，早晚得嫁给人家。就像你罢，养到十七八岁，得吃多少米！化多少钱！可是，到大了，就得嫁给人家做媳妇；可不是白养到你这么大？"

"嘎！……"英兰一知半解地又问道："女孩子，就不能不嫁么？"

"得了，不说了！"耕林家的大笑了一阵。"怎能不嫁呢！吃什么？难道父母一辈子养你！"

"种田不好么？"英兰奇怪着问："爸爸一个人种田，不养咱们这些个人么？"

"胡说，愈说愈远了！"耕林夫人要笑，又做着庄重的说："那里听见有女人种田的？什么事多是男人做的！什么钱多是男人赚的！没有咱们的分！"

"那么，女人干什么用的呢？"英兰问。

"女人么？"耕林夫人答。"女人养孩子，管家事，——就像我这样的做——懂么？"

"嘎，嘎，原来这样的，……"英兰有些懂了。"那我愿意做男子呢！"

"本来，谁不叫你做一个男孩子？你要成了男孩子，不要说我，爸爸都得不知怎般爱你呢！"耕林夫人微哂着说："得了，——兰儿，下来！"她将英兰抱了下来。"蚕又要饲叶了，我采桑叶去，你在这里看门，我一忽儿就采来了。"说着采桑叶去了。

英兰坐在竹椅上，呆呆地思索着方才她母亲所说的。她自己老问着自己道："我为什么不是个男孩子？我要是男孩子，爸爸得怎般爱我！"从此，她小小的脑，深刻的印上了这节故事；并且，从此她对于男孩子们，是异常的敬慕了。

英兰默默地思量着，直到她母亲和姊姊负了许多桑叶进来。

虎儿，是英兰惟一的好伴侣，年纪也和英兰仿佛，虎儿帮着家中采了几次桑叶后，来寻英兰了。他走到耕林家门口，看见英兰默默地坐着，就转到英兰身后，将手遮着英兰的眼睛。

"谁啊？"英兰喊，"我可要——不是姊姊？"

"你猜，我是谁？"虎儿逼着笑，装着怪声说：

"哈哈！……"英兰大声地笑了。"不是虎儿？——猜中了啊！——虎儿，放手！"她在一笑之中，将刚才的事全都忘了。

"是我！"虎儿也笑着放了手。"咱们外边玩去。"

"走！本来我闷得很呢！"英兰说着，两人携着手跳跃着玩去了。

他们一对活泼的小人，多么可爱！他们先走到河畔，虎儿爬到小树上去，采了两条柳枝，每人做了一个柳球，舞着唱了：

"娘舅娘舅，

山青水绿清明过！

桃花开，

一朵朵；

杨柳垂，

丝幽幽，

李花杏花红白球。

蜜蜂嗡嗡,

蝴蝶双双;

花儿柳儿草样多!

燕儿飞过,

天上风筝点点无数;

哥儿姊儿弟儿妹儿笑呵呵;

大家采了杨柳做娘舅。

你的娘舅少,

我的娘舅多!

……"

他们这般来回地唱着。许多同村的孩子们听了歌声,多集将来了。每人做了一个娘舅,舞着唱。

在许多孩子的歌声中,虎儿和英兰渐渐地躲向河滩玩水去了。

他们坐在河干的石上,四只小圆眼睛注视着水底水草里的游鱼。

"英兰——"虎儿搂着英兰的小颈儿说:"你看,水草里的鱼儿,多么自由!——"

"自由极了!"英兰思量着说:"咱们为什么不做鱼儿?鱼儿是多么自由!"她说着,忽然想起了什么似的,捧着虎儿的手问道:"我想着了,虎儿,鱼儿是男的女的?"

"你怎么问起这个来了?"虎儿很觉奇异的说。"是女的罢,——我亦不知道。"虎儿说着,站起来道:"你坐好了,我问妈去。——"

"得!得!得!不要去问了。"英兰一把拉住了虎儿问:"那你是男的是女的?"

"我么?——"虎儿迅速的答:"我自然是男的!——你呢?"

"我么?你别管我是男的是女的。"英兰斜着头问:"为什么男的比女的可爱?"

"那我又怎会知道！"虎儿注视着水里追游着的鱼儿。"你怎又问起我这个来了？谁告你的？"

"你爸爸爱你么？"英兰迅速的问。

"自然爱我的！"虎儿也迅速的答。

"你妈呢？"英兰又问。

"妈么？"虎儿紧握着英兰的手。"更爱我了！——你怎样老问这个？——"

"可不是么！"英兰眼圈儿一红，要哭了，又恐怕被虎儿看见不好意思，就装着仰着头看天上的飞鸟。

"干什么哭呢？"虎儿惊呆了说。

"谁哭呢！"英兰将手来遮着眼睛说："你们男孩子是多么好！谁都爱！可恨的我是个——"

"英兰！——"小英兰听见她母亲在喊，就离开了虎儿，跑到她母亲那里去。虎儿只注视着水底的游鱼，很不明白的胡想着刚才英兰所说的。

"干什么呢？"英兰跑到她母亲那里，拉着她母亲的衣角说。

"少在河边玩，坠了下去怎么办？"耕林夫人拍着英兰的头说，忽然又见英兰的眼圈儿红红的，便问道："为什么哭？谁打你来了？"

"没有哭，亦没谁来打我。"英兰抹着眼睛说："我正仰着头看鸟儿时，柳叶落在我眼角里了。"

"来，来，"耕林夫人拉着英兰说："咱们后边烧饭去罢。一忽儿爸爸回来，看见你在外边玩闹，又得骂你了。——"

英兰跟着她母亲到厨房里帮着烧饭去了。

不多时，饭烧好了，耕林也回来了。英兰很恐惧地跟着她母亲，躲在母亲身后，渐渐地爬上椅子，和他们一起吃饭。

耕林本来并没有注意到英兰，只很奋勇地将一口口白饭吞向肚里去。

在农家吃肉，是很难碰到的！今天耕林夫人看见隔壁李大娘家杀了只猪，就向她买了一斤肉，煮了一碗红烧肉。英兰看见两个姊姊每人夹了一大块在吃了，她也就伸出筷要夹去；但被她父亲看见了，就对英兰用力的钉视了一下，骂了：——"你这个小懒东西！到什么时候才起来！还吃肉？肉是给你吃的东西么？——有饭给你吃，就算好的了！——"

　　英兰连忙将筷缩了回来，她是怎样的惊恐！"为什么姊姊她们好吃肉，惟有我就不许吃？……"她想着心一酸，眼泪要淌到饭碗里去了。她只得慢慢将衣袖来擦，又不敢哭起来。她虽然看着一碗肉发馋又不敢去吃。他只得夹了些老盐菜来下饭。她又听见父亲指着她对母亲说了。

　　"我说，——"耕林对他妻说话时，总冠着这两字。"我早叫把兰儿送进育婴堂去，你不肯，现在一个一个都大了，要这么些饭桶干什么！"

　　"随她们去得了！"耕林夫人照例的这么说："已经生了，又有什么法子呢？"

　　"我说，"耕林已经吃完了，放下了筷说："隔壁冯家，要雇个放牛的小孩，我说还是叫咱们英兰去得了。晚上睡自己家来，白天就吃了他们的。——你说好么？你答应了，后天就叫她起工。"

　　"随你便得了！"耕林夫人说。"你要叫她去，就叫她去。——我，亦随便的。"

　　"那么，后天一准叫她去得了。"耕林说着，站了起来吃烟去了。

　　耕林夫人虽然有些不愿意英兰放牛去，但她丈夫的主意，又不能不听。只得随她丈夫打主意去。

　　英兰听见她父亲要叫她放牛去，她实在异常的恐慌。"牛是怎样的凶大啊！——"她想。"我一定不能放牛去。"她要声明她的苦衷，又恐怕父亲骂她，"还是等会对妈商量罢。"

　　英兰依依地拉着她母亲的衣角，心里的不愿，又不敢当着父亲发泄出来;直等到她父亲喝完了茶,荷着锄头出去后,方才对她的母亲道:"妈!牛是怎样凶大的东西!我不能去放他,等会他发起性来,不得被他触死!"

"那能这样!"耕林夫人搂着英兰说:"兰儿,还是听了爸爸的话,放牛去罢。不然,你爸爸更得看见你就骂你了。"

"我不能去!"英兰鼓着嘴说。

"你还是放牛罢。"耕林夫人说。"放牛多么自由,一天到晚,在外边玩着;不比在家里老被爸爸姊姊们骂。好么?而且,一到将夜,你仍旧好回家来玩了。——怕什么呢?就是隔壁的冯家。"

"那一个冯家?"英兰的意思有点活动了,说。

"冯家你都不知道么?"耕林夫人拍着她的小手说:"就是老同你一块玩的虎儿他家。"

"嘎,就是虎儿他家。"英兰的意思更加活了些。"可是,虎儿家的牛,不有虎儿放着么?"

"虎儿家不有两个牛吗?虎儿一个人放不了,叫你帮着他放去呢。"耕林夫人说。

"放去就放去罢!"英兰说着想:"放牛是男孩子的事,我去做男孩子的事,不更好么?……"

当耕林夫人在替蚕时,她就逃了出去,一直跑到冯家虎儿面前,一把拉了虎儿。

"干什么呢?"虎儿惊异的问。

"跟我来,我告诉你呢。"英兰拉着虎儿一直跑了出去。"咱们柳树下去,我告诉你呢。"

他们两人一直跑到河畔的柳树下,坐在石上,虎儿问道:"现在好说了,告诉我,到底是什么事?"

"你猜一猜看。"英兰微笑着说。

"我那里猜得着呢。"虎儿说。"快告诉我,——说呀,说呀,到底什么事!"

"我告诉你罢。"英兰拉着虎儿的手说:"从后天起,咱们能老在一块儿玩耍了。"

"胡说!"虎儿不信地问:"你怎么知道?"

"我老实告诉你罢。"英兰拍着虎儿的手说:"吃饭时候,我爸爸说,叫我替你们放牛呢。"

"真的么?"虎儿拍手欢笑着问。

"谁骗你来!"英兰郑重地说。

"那,——哈哈,好极了!——"虎儿欢快到极点了。"从今以后,你一早就来得了!"

"可是,"英兰疑虑的问:"这两天你为什么不放牛去呢?"

"这两天么?——牛在田里做着呢。明天就能完了。"虎儿说。

英兰就和虎儿两人将放牛时怎样玩耍,走什么路径,……等等,多计划好了——恐怕家里要喊,就分别归家去。

英兰很欢乐,她以为后天以后,可以躲避父亲和姊姊们的讥骂,而且时常可以和可爱的虎儿在一起玩耍了。

"放牛小孩,——唅,放牛的!"英兰回到家里时,耕林夫人采桑去了,只剩菊儿和芙儿在骑着小长凳,做木马玩,她们——英菊英芙看见了英兰,这般讥讽她:"唅,——放牛的!"

"我不和你们闹,"英兰说着,一个人坐在门旁,等候着母亲,——英兰非常的可怜,她只听着她们的讥骂,不敢来反抗,她知道只要她母亲不在场,那反抗非但无用,更加可以增加她两个姊姊的话锋。"反正,"她幽幽地对着芙儿说:"爸爸不爱了我,就谁都能骂我了。……"

"谁叫爸爸不爱你的!"英芙很速地答。"——放牛小孩,——放你的牛去罢!"可怜的小英兰逼着气,默然地坐在门角,等候母亲的来到。一忽儿,她看见耕林夫人负着一大堆桑枝来了,她就迎上去帮着她母亲来托。

"妈，我不去放牛了！"英兰候她母亲坐定了，伏在她母亲身上说。

"躲开点儿，——为什么又变卦了呢？"耕林夫人推开了英兰说："帮着我扒桑叶罢。"

"我不，"英兰拉着她母亲的衣袖说："为什么姊姊她们说我？"

"又说你什么来了？"耕林夫人柔声地问。

"她们说我是放牛的。"英兰告诉她母亲。

"随她们说，你只当没听见得了。"耕林夫人说了，骂英菊们道："你们两个都比她大，为什么老说她？——菊儿，你十来岁的人了，还这般小孩脾气，——下回再说她，我可要打了。"

"妈，——"英兰又说了："爸爸不爱了我，连姊姊们都这般对我了。"

"得了，得了，"耕林夫人安慰英兰说："下回你老跟着我得了，躲开她们点儿。"

英兰又想起吃饭时爸爸的阻挡她吃肉了。想起了这事，心上又觉得异常不平起来。"妈，我想，"英兰又拉着耕林夫人的衣袖道："为什么爸爸许两个姊姊夹肉吃，就不许我吃？"

"什么时候爸爸不许你吃肉？"耕林夫人问。

"妈，吃饭时候，你没有看见么？"英兰推着她母亲的手臂说："吃饭时候，爸爸不许我钳肉吃，——今天烧了这么一大碗肉，我一块都没有吃着。"

耕林夫人这时忙着在哺蚕，不去答应英兰，英兰只在咕噜咕噜诉说着，说了半天，不见她母亲答应，就无聊地走出大门去；正碰着虎儿在和王家一只小黄色狗叫做阿花的玩，就也和进去玩耍了，他们将阿花狠狠的打着时，阿花一枝箭也似奋力的跳向主家去了。

虎儿和英兰手拉手大笑了一阵。他们看见东头孤坟上，有许多大些的孩子在放风筝，他们也就跑了去看。

在这里一群的孩子中，是谁都欢喜和小英兰在一起玩的。他们都喊着英兰来帮助他们无力的拉住系风筝的线。英兰就拣着风筝比较大些的线，帮着拉住了。英兰很觉奇怪，这一个很大的风筝，非但能够飘上天去，而且拉着线时很觉得重。

他们兴趣很高。许多的风筝，飘荡在碧蓝的天空，像凤鸟样多。他们比着谁放得高，将所有线都放完了。英兰们很觉荣耀，因为他们放的风筝是最高。他们想：倘使他们也能像风筝般高飘到碧色的天上，可以俯视着一切，这是何等畅快的事。

在他们高兴到极点时，一阵很大的风，忽然地吹来。这一群中，立刻呈出可发笑的举动来。风过时，他们的风筝更觉重了。有的风筝，很速地顺着力倒坠了下来；有的线中断了，风筝像出了笼的鸟儿似的飞去了；有的在号喊着说风筝重极了，连人多要被吊去了。英兰们拉着的风筝，幸而有虎儿来帮着拉，算没有被吹去。风过后，他们玩着的一群，都笑了一阵，他们恐怕接着还有大风来，把他们好玩的风筝吹去，就都收了线归去。

可怜的小英兰，又碰着了一个意外之灾。她放过风筝之后，回到家里时，父亲已经回来了。她轻轻地走到她母亲身旁，她看母亲在替蚕。这时英菊英芙们采桑去了。她看了看没有什么可做的，就也帮着姊姊们采桑去。她们的桑田就在屋左，是很近便的；她来回的负了几次桑枝。采好后，又帮着扒了半天桑叶。桑叶都扒好了，只等候耕林夫人将桑叶铺给蚕吃了。这时，英兰坐在小椅上看最下一匾蚕的吃叶。她父亲耕林呢，坐在离她不远的地方，在看小书。母亲在饲着叶。英菊在和雪儿——一只美丽的小猫玩，英芙在摘着桑叶枝上未曾熟透的桑子吃。

"我今天很觉得累。"耕林首先打破了寂寞的空气发言说。

"早点儿吃了晚饭睡得了。"耕林夫人随便地说。"菊儿，把锅里的饭取出一碗蒸着，其余加三铜勺水，烧泡饭罢。你就先烧去得了。"耕林夫人对英菊说。英菊也就答应着，喊了英芙一同去了。

"我这时候就想睡了。"耕林抹着眼睛说。

"今天又为什么会这般累？又没有做什么可累的事。"耕林夫人对她丈夫说。"我看你有点不舒服罢？你觉得怎样？——"

"那里不舒服！"耕林说。"昨天夜里没有好好儿睡，——多被那个（指的鼠）闹的！我还恐怕那个来爬宝宝（育蚕的多喊蚕叫宝宝，）弄得翻来覆去睡不着。等你起来替蚕饲叶时，才睡着了。你想，那时有三点多了，睡到天亮，才睡着几个钟头？今天又做了一天工，一个人有多少精力！不得累么？——"

"可不是么！"耕林夫人说："昨夜我也被那个玩意儿闹得睡不着。亦不知那里来的这许多那个。咱们有了这个猫儿，还不怕，仍旧一夜到天亮爬着。可恨透了！幸而还没有碰宝宝呢。"

"什么那个？"英兰轻轻问耕林夫人。

"你小孩儿不知道的，不用管！"耕林夫人答。

"妈，——"英兰说，——她在无意之中，犯了养蚕家的忌了。——"不是老鼠么？老鼠不得吃蚕么？——"不等她说完，她父亲厚大的手已经着了她小小的脸；接着第二下又来了。幸而有她母亲的手帮着，不然第三第四……下又来了！可怜的小英兰痛到大哭起来，她还不明白父亲是为什么打她。她不知道养蚕家是有许多忌讳的，照老话说，犯了忌，蚕一定得照着那忌讳，发生不好的情形。

英兰伏在母亲膝上痛哭着，她听见她母亲劝解说道："得了，打了两下算了罢。——小孩不懂得。说错了，打两下亦就完了。"母亲说着又拍着英兰道："英兰，不要哭了。再哭，爸爸又打。"

"还哭么？"耕林将英兰小鸡似的一把抓了过去，英兰惊惧到失神了，好似一只小绵羊，被虎衔在嘴里似的，哭多不敢作声，只呜咽着，被她父亲抓过去掷在床上。"还哭？"耕林张大着眼睛骂："我蚕没养好，你先替我发利市！——"说着又打了英兰一下，"倘使今年我的蚕有什么，打死你这小贱骨头！"耕林骂后仍旧去坐着，怒气冲冲地看书。

英兰是怎样的悲苦,忍着痛,又不敢哭,只呜咽着钻进被头里去,将头蒙了。"我又没有做坏事,爸爸就打起我来了!……"英兰想。她始终没有了解她爸爸为什么打她。

英兰呜咽到睡去,她也没有吃晚饭,一直睡到第二天早晨。

英兰去放牛的第一天。她因记念着今天是要去放牛了,所以在很早的时候,她就醒来。她推开棉絮看时:天色灰白着,只从纸缝里透进很淡的灰白色光来,晓光映着窗纸,好似朦胧的月夜。都睡着呢,只有她母亲是在替着蚕。壁上挂着的一盏豆油灯,没了油,在将熄的时候。英兰就轻轻爬了出来,要穿衣服了。

"英兰,"耕林夫人看见英兰要在穿衣服了,就喊。"早着呢,还可以睡一忽。"

"我起来了。"英兰穿着衣服说:"我醒了半天,再睡不着了。"

"你就起得了。"耕林夫人随便地说。

英兰起来了,穿好衣服,就跑到耕林夫人身旁去,"妈,你怎么起得这般早?"

"你不见我有着事么?"耕林夫人问:"你今天又为什么起得这般早?"

"我么?"英兰坐在她时常坐的那张竹椅上,抹着眼睛道:"我老记着今天要放牛去了,心上少了什么似的,睡也睡不着了。"

耕林夫人很迅速的将蚕叶饲好了。英兰呆坐着,在想牛的种种。

天色渐渐地在亮了,可以看得出光亮好似有音节地一刻一刻明亮起来。邻家的鸡在很长调的啼了起来,接着远近的鸡也多在乱啼。雀鸟儿们也开始噪杂起来。

"英兰,"耕林夫人做好了一切,拉着英兰的小手儿说:"走,跟我后边烧早饭去罢。"

英兰跟着她母亲在烧火,她看着她母亲将柴打老乌结,她也来学着打;可是试了好几次,没有成功;她就将柴弃了,仍旧来默想着牛的种种。一直等到她母亲将早饭煮好了,方才将这思想丢开,跟着耕林夫人到外室来。

耕林和英芙们都在起来了。英兰坐在英芙床沿上，问英芙道："我今天起来得很早么？——"

"谁不知道你今天是要放牛去了。"英芙说。

英兰知道倘使她再辩论下去，一定又给她们一个讥笑的机会。而且，父亲在场，她是一定不能得到胜利的，就很知趣的躲向蚕床旁边坐着了。她看着她父亲耕林在穿衣服。"倘使牛也像爸爸这么可怕，……"她看了她父亲一眼想。"那么，我死也不愿意放牛去了。——牛是怎样凶大的东西！不知牛亦像爸爸这样可怕么？……幸而是有虎儿伴着我呢。——"

父亲姊姊们都洗好了脸，耕林夫人已将早饭开好了，他们就集在一桌吃早饭。

"英兰，"耕林斜视了一下英兰，"吃过了早饭，就到冯家替他们放牛去。明天你起来后，一直到冯家去得了，冯家有早饭给你吃。你一直可以吃了晚饭回来。放牛可得当心点儿，不要放牛逃了，要是牛逃了，或被人家偷去，可是，哼！——把你卖了，亦赔不起人家一只牛，——听见么？"

英兰答应着许多是，直到她父亲吃完了，提着锄头出去后，方才问她母亲道："这时我该去了么？"

"吃完了，自然该去了。"耕林夫人摸着兰儿的头说："去罢。——到了冯家看见冯家大叔和大婶，都得叫一声。看见姊妹兄弟们，亦得叫一声。比你长些的，就是哥哥姊姊，短的，就是弟弟妹妹。第一不要和冯家小姊妹们相骂。牵着牛，自己亦得当心，不要放牛吃了人家的菜，不要放牛下水；下水，牛就得逃，听见么？——不早了，去罢。"

"我都知道，妈，我去了。"英兰说着，跳跃着去了。

"早去，早回。"耕林夫人喊。"吃完了晚饭，就回来，不要在外边乱闹。"

"知道了。"英兰答着时已经跑到冯家门口了。她细细思量了一下,就走了进去。

英兰看见冯大叔冯大婶虎儿……等都在吃早饭呢。她就照着她母亲所说的,对着每个人都恭恭敬敬叫了一声。

"英兰,来!——"冯大叔喊,——冯大叔本来是很爱英兰的,不比她父亲对她这般凶狠。

"大叔——"英兰微笑着走了过去,靠在冯大叔膝上。冯大叔拉着她的手,玩弄着她的脸道:"你帮我放牛,得好好儿。——每天和虎儿同出同进,可得好好儿。——"

"我都知道。"英兰说。

"我以为你忘了呢。"虎儿说。"谁知你今天这么早就来了。"

"怎么能忘了呢,"英兰说。"我老记忆着这件事呢。今天一早,就醒了:心上好像失了什么似的。——快点吃你的早饭罢!吃完早饭,咱们好放牛去。"

冯大叔们听着都笑了。"这小孩到很有趣呢。她父亲有了这么好孩子,还得时常骂她们,比咱们来儿们好多了。"冯大婶说着将英兰搂过去。

英兰靠在冯大婶怀里,眼看着来姊等很嫉忌似的看了她两眼。在这桌子四围坐的人,英兰是都认得的,靠着冯大婶坐着的一个女孩子是来姊,坐在虎儿一旁的是安妹。她们都是她的游伴。

英兰忽然起了一个新奇的思想。她看见来姊们穿的衣服,都是很新的;而她自己所穿的,都是些破旧不堪,补到无可再补的衣服。她不明白为什么。她想,只好仍旧将这个问题告诉母亲,等候母亲的解决了。

"咱们走罢。"虎儿吃好了早餐抹了抹嘴喊英兰。

"走!——"英兰和虎儿拉着手跳了出去。

他们跑到牛栏里。英兰不敢去牵,只靠在牛栏旁调笑着。"牛的性儿顶好的,怕什么呢。"虎儿说着,将两只牛都牵了出来。

"你牵着试试，怕什么呢。牛不会咬人的。"虎儿笑说着，将牛鼻绳给英兰，"你拉着。"

英兰很觉恐怕，她自己看自己是这样的渺小，牛儿是如何的笨大。他两只弯弯的角，大到像她手臂一样。她一个身子，只及到牛儿一只腿样大。虎儿将牛鼻绳传给她时，她畏缩着，终有些不敢去接。

"这牛儿和善极了。怕什么呢？看我，——"虎儿说着，搂着牛的颈子，亲了亲牛面道："你看，不咬我罢。"

"我看着他这么大，多可怕。"英兰笑着说。

"不怕的。"虎儿说着，站上栅门旁的木桩，跨上了牛背说："这牛是养乖了的，没有什么可怕。难道我骗你不成；我还能把当你上么？"

英兰靠在栅门上，咬着手指，只摇着头笑。

"唉！——"虎儿从牛背上跳了下来说："你们女孩们，是胆子小！——"

英兰听见虎儿说她女孩子胆子小，心上很觉得不平，提起了勇气道："谁胆子小？骗你的，——你把绳给我。——"英兰说着，试试缩缩接了一条牛鼻绳过来道："走罢，随便你爱到什么地方去，我跟着你走。"

"咱们骑上牛背走。"虎儿说着要来抱英兰到牛背上去道："我抱你上去。"

"那可不能。"英兰摇着头说："要是在牛背上坠下来不得跌死？——我不能。"

"那里能坠下来呢。牛背阔，不像马背似的很狭；而且，牛儿又走得很慢。只要横坐着，坠下来亦跌不痛。——你不信试试。"虎儿说着，硬要将英兰抱上牛背去。

"我可不能上牛背去。"英兰摇着身子说："你坐在牛背上得了，我在你后边跟着。"

"还是你女孩子胆子小罢？"虎儿说。"我亦不骑了，咱们就一块儿牵着走罢。"

他们两人每人牵着一只水牛,沿着小溪走向东边山脚去。这时正是春早,天气非常高爽,太阳射着他黄弱的光,刚在云堆里钻出来。小草儿带着朝露,含笑地在摇摆着。远处的柳林,含着烟,像一条条雨丝。小鸟儿们在树林里唱答着。桃花片像小蝶般随着微风吹向小溪里去飘流着。溪里的鱼儿们穿梭般时常从水底穿到水面来吐沫。虎儿采了两根柳条,给了英兰一根,来做牛鞭。

他们顺着溪走到一个三面环水的大松坟里。"咱们就在这里罢。"虎儿说着,他们就将牛放在大松坟前的空地上吃草。

"咱们做什么呢?"虎儿对英兰说。

"可不是么。老这么站着,不厌烦么?"英兰问道:"以前你放牛,是拿什么来解闷的?"

"以前么?也不过骑着牛背满处跑罢了。"虎儿想了想道:"咱们寻野兔子罢。这松坟里有野兔儿呢。而且,还有野鸡。有一回,我看见打野鸡的打了好几个野鸡去。"

"好极了!"英兰乐到拍手说:"咱们捉一个野兔儿回家养着不好玩么!"

他们走到松坟里,满处寻兔儿了。石桌底下,金丘破洞里,都寻到了。没有半只兔儿,到惊动了躲在草窠里的野鸡,飞了出来。虎儿和英兰都拍着手赞着野鸡的美丽。"那里有野兔儿呢!"英兰寻了半天,不见有兔儿,说。

"不要忙,难道这里野兔子都没有了?慢慢儿寻,终能够寻到的。只恐怕寻到了窠,看见了兔子,咱们俩亦是捉不着他。"虎儿说着在寻,忽然,看见金丘背后有一个很大的洞,就怪声的喊道:"英兰快来,窠在这里了。"

"可不是一个兔子洞么!"英兰拍着手说。"可是兔子在里面呢,使什么法子叫他们逃出来。"

"我有法子呢。"虎儿说着,折了两枝很长的柳条,用裤带结着,接成了一条很长很长的;就顺着洞通了下去。通了半天,不见有兔子,他们很失望的将柳条要拉出来时,离着不远的地方,有许多兔子在草堆里钻了出来。他们弃了柳条来追,追了半天,都钻到不知什么地方去了。他们爬到草堆里看时,原来也有一个很大的洞在呢。他们相视的大笑了一阵,仍旧回到牛旁去看了忽儿牛。

他们坐在乱石上谈论了忽儿,很觉无聊,英兰忽然想着编花篮玩;于是虎儿折柳条,英兰去采了许多红红绿绿的野花;他们两人就将柳条编成两只不成样儿的花篮,篮里放了许多野花。虎儿看了看太阳已在山顶上了,各处的烟囱多起了炊烟。"走罢,咱们要回家吃饭了。"

她们拉着牛回家去。在道上,英兰问虎儿道:"你怎么知道这时候要吃饭了?"

"我自然知道。"虎儿很得意似的说。"你只要看太阳在山上的庙尖儿上时,就是家里吃饭的时候了。"

他们回到家里时,饭虽已烧好,因为等冯大叔从镇上回来,还没有开。英兰就和虎儿在堂屋里玩。

因为冯大婶说英兰怎样怎样比来姊好,所以来姊对英兰就起了嫉忌之心。来姊看见英兰来时,就拉着安妹道:"咱们一块儿玩,不要同那个穷丫头玩,她是咱们家雇她来放牛的呢。"安妹自然是听她姊姊的话了。所以英兰回来之后随便替她们说什么,她们总是不答应她。英兰非常的难过,她想:"她们——来姊和安妹,原来是同姊姊们一样的啊。……"

最能使英兰要悲苦自恨到落泪的是:倘使她偶一留意时,终能听见安妹依着来姊教她的话,在她背后说着:"你家穷,我家有钱;我们穿得好,你是穿破的。穷丫头!——放牛去罢!放牛丫头!"……等等。而且在吃饭时,英兰时常可以觉到,倘时她拣一样较好的菜吃时,来姊和安妹总得看她两眼。

饭后，英兰仍旧同虎儿放牛去。她非常爱虎儿，因为随便什么事，虎儿都能帮她抱不平的。他们一路谈讲着走到松坟里时，看见另外有一个八九岁大的女孩子，在放着几只羊儿。英兰和她谈讲了一刻，知道她是叫燕儿，就住在西村呢。她们立刻就结成了好友。

"你爸爸爱你么？"英兰忽然想着了什么似的问燕儿。

燕儿红了红脸道："我爸爸么，不爱我。"

"你妈呢？"英兰拉着燕儿坐在黄石上又问。

"我妈亦不见得怎样爱我呢。"燕儿答了问道："你呢？——"

"爸爸不爱我，可是妈妈很爱我呢。"英兰说。"你有姊妹兄弟么？"

"我有两个哥哥，一个妹子。"燕儿答着也问道："你呢？——"

"我只有三个姊姊。"英兰说着想了想又问道："你爸爸妈妈爱谁？"

"爱我两哥哥。妹子还好，最不爱的，是我。"燕儿答着照例的也问道："你爸爸妈妈爱谁？"

"谁都爱，就是不爱我！"英兰答着又问道："爸爸妈妈为什么不爱你？——"

"那我又怎样得知道！"燕儿答着停了停道："我好像听见我妈妈说过，女孩子是养着没用的，不比男孩子将来兴家立业，能做一番事业。或者就为这个。——你爸爸妈妈呢？"

"是啊！——"英兰答。

"咱们做女孩子的，本来是苦的呢！"燕儿说着，看见两只羊在斗着，就拉了拉英兰道："你看羊儿在斗呢。"

这时有两只羊在用角相碰着，角同角碰着时，发出很清脆的声音来。

她们把两只羊分着拉开了，就坐在石上互谈起她们在家庭间的苦痛来。虎儿坐在一旁很同情地听着。

她们直谈论到太阳坠过了山，方才分别了牵着牛归去。

一次，虎儿和英兰吃了一个很大的惊骇。微雨的次日，虎儿和英兰骑上了牛背，——现在的英兰已经学会了骑牛。要走向山脚下去时，虎儿忽然想着了雨后，松坟里的松针堆里，是能产生出很多的松菌来的，就回到家中拿了一只篮来，预备到松坟里捉菌（乡里人采菌都叫捉菌）去。

他们骑在牛背上，唱答着来到松坟里。将牛放了随便他们去吃草。他们，就到满处松林底下松针堆里去捉菌。菌子得了雨露的滋养，一夜天，就很速的生长成伞的样儿，一只只躲在松针底下。英兰和虎儿欢呼地将一只只菌掏了投在篮里。不半天功夫，就采到了半篮。他们捉菌捉得高兴，将放牛的事，完全忘了。

"虎儿，——"英兰寻到了一只极大的菌，喊。"来，来，来，看！这只菌，大极了，有碗这么大！"

"我看，"虎儿从别的松林下，跑过来时，目光无意的四面看了下，觉得少了什么似的。"牛呢？——"虎儿惊慌的喊。

"牛不在吃草么？"英兰说着抬头看时，不见了牛。"牛上那里去了！——"

虎儿和英兰两人惊骇得不得了，弃了菌篮，满处来寻牛。"把牛失了，怎么回家呢！"英兰哭声说。

"不要是别的孩子和咱们闹着玩，将牛牵回去了？——不然，藏在那里？"虎儿说着寻到河边。"英兰——"虎儿怪声的叫："牛，逃下河去了！……"

英兰跑到河边，果然，看见两只牛浸在水里。"这，这，这怎么办呢！"她愁虑的说。

"我去牵上来。"虎儿说着要爬下河滩去。

"滑，——坠下去，更了不得！"英兰拉住了虎儿的衣服，不放他爬下去。

"那怎办？——不牵去，牛永不能上来。"虎儿跺着脚说。

"我想想……"英兰呆想了片刻道:"有啦。——你有裤带么?"

"有,——你要?"虎儿将裤带解了下来,给英兰道:"你要裤带干什么用——?"

英兰接了虎儿的裤带,拉了一拉道:"不成,太细了。——"英兰说着又思索了片刻道:"裤带还你。你折一枝长长的柳条给我。"

虎儿也不懂英兰要柳条做什么,只听着她的话,折了一支柳条给英兰。英兰就将柳条的尖端,叫虎儿执着,自己执着另一端道:"你拉着好好儿走下去罢。"

虎儿微笑着照着她的话慢慢地走了下去。要拉牛时,牛游向河心去了。

英兰和虎儿只瞧着河心里的牛发呆。要是回家去报告罢,又恐怕家里责骂。他们相视着只出神。

他们看见远远来了一只小艒艒船,看看摇近来了,就哀求着船夫将篙子钩着了牛鼻绳;拉给了虎儿,虎儿就和英兰两人用了全力,将牛牵上岸来。他们就牵了牛,背了一篮松菌归去。

因为下午牛要到田里去,英兰在冯家吃过了饭,就归去。她走到家门口时,听见堂屋里很热闹的在谈论着。她在门左探视了一下,原来是大姊英梅回来了。她非常高兴,就跳着走了进去,对着在坐的都叫了一声,就靠在她妈妈膝上。

"英兰,——"大姊英梅喊她。她就走到大姊那里,靠在大姊身上。"好几个月不见,英兰都长得这么大了!——"英梅说着眼圈红了。她摸着英兰的头道:"我的身子,实在是卖给了他们了!我老记忆着家里,不能回来!……"

全室的人,多默然相视着。耕林叹息了一声,不语地提了农具走了出去。

耕林夫人长叹了一声道:"做女孩子家,本来是苦的!我从十五岁进了这扇门,直到廿八岁,你们公公婆婆归了天,才算出点儿头;整整吃了十三年的苦！可是，仍旧得养男抱女的还儿女债，那有清静的一天！——做女孩子家，本来是苦的！……"

"唉！——"英梅叹息着，将手巾擦了擦泪，摸了摸英兰的头道："但愿你们将来有好日，不要似你姊姊似的……"她呜咽着说不下去了。

英兰英芙和英菊，都抱着奇异的观念，看看英梅，再看看耕林夫人。

"你亦不用苦。——"耕林夫人坠泪说："总是我做娘的不好，将你送进老虎窠去！可是，——唉！又要说起！——本来我不赞成这头亲事，都是你那无情无义的爸爸，不听我的话，将你糊里糊涂送去了。……梅儿，熬着罢！他们家景总算还好，总有熬穿头的那天，等公婆死了，就好了。——成儿对你还过得去么？——"

英梅脸一红，只将手巾来擦泪。

"对着我，什么话不好说，还怕羞？"耕林夫人坐近了英梅说。

"谁知道他的心！——"英梅慢吞吞说："瞧着将来罢！——俗话说得好：'穿破丈夫三条裙，那知丈夫是什么心。'我想我的苦日子还在后头呢。——但愿英菊们不要学我的样，像我这么似的，亦就罢了！……"

"英梅，熬着罢。"耕林夫人说。"总有熬穿的那么一天，好日子在后头呢。——"

"这两年咱们家的景况怎样？"英梅问。

"咱们家么？"耕林夫人答。"唉！——还不是那样！——"

"唉！咱家怎没有出头的一天？"英梅又坠泪了。"我想我这么一个人，活在世上，真没有趣；还不如早点死了好。早死早灭早超生。我自己罢，活在世上吃这苦处，家里罢，又这样。……"

"别烦恼了！"耕林夫人拉着英梅说："这么年纪轻轻，说这些话。得了，好久没回来了，邻家玩玩去，——"说着拉了英梅闯乡邻去了。

在晚上，英梅是和她母亲和英菊一床睡的，英兰呢，是和她父亲和英芙睡的。他们都睡上床了，英兰是因为记念着白天她母亲和英梅所说的，小小的心像受了什么攻击似的，睡不着。她听见父亲因为一天的苦力，上床已睡着了。英兰翻了几个身，将要入梦时，又听见母亲在说了。

"梅儿，——"耕林夫人喊。

"妈，——"英梅很迅速的答应。

"这回你能在家多住两天了罢？"耕林夫人问。

"唉！——那儿能呢！"英梅长叹着说。"后儿就得回去落茧子呢。——这忽儿吃了人家饭，身子得受人家管了。……"

"唉！——做人总不要投女人！做女人，是说不了的苦！……"耕林夫人微声说："你别以为我在过着什么好日子，我这辈子是白活了；你们年纪正轻，有一番事业可做呢。"

"妈，——你说的这话。"英梅说。"我的苦处，还在后边呢！……"英梅说着渐渐地呜咽了起来。接着，竟哭了。

"梅儿，不要想了，睡罢！——梅儿，不要哭了，睡罢！——得了！梅儿！不要哭了！睡罢！总是我做娘的不是，将你送进老虎窠里去了！……梅儿！……梅儿！——总是为娘的不是！…"耕林夫人安慰着梅儿。

"妈，不要说这话。……总是我的命……命……命苦！……"英梅更哭得利害了。

英兰伸着小耳朵听她们说着。她小小的心失落了什么似的惆怅着！……

## 第二章

英兰过了几载活泼的生活，现在已成了一个很美丽的小姑娘了。

自从她添了一个小弟弟之后，她母亲似乎对她渐渐地冷淡了起来。倘使她对着她的小弟弟有了什么咀（诅）咒时，她母亲就要骂，有时竟要打她；并且她母亲现在不再帮着她来骂姊姊们了。母亲的心实在已经完全移到小弟弟身上。

使谁都烦闷的，是黄梅里的雨。天天下着，没有停止的希望；尤其使农家抱着不安的情状。天倘使老这样下着雨，——只要再接着下半个月雨，秋收就要无望了。他们眼见得雨很兴奋地落着，山上的瀑布不绝地泻下，溪里的水渐渐地在满起来。

谁的脸上都现着忧虑的色彩。小孩们只逼在家里，不能出门游玩了。农人们看着秧多浸在水里，不能去插，只叹息着。妇人多替着男子们忧愁，和管教孩子们因不能户外游耍去而只在家里噪闹的烦恼。

雨丝像箭般乱打着，耕林衔着旱烟筒，坐在天前椅上，远视着门外发呆。耕林夫人坐在她丈夫的对方，乳着她新生的男子英松，在叹息着。英菊英芙和英兰，默坐着眯着眼在要睡。

最能使人烦恼愁闷的是阴雨！无论怎般心高气昂的人，随你怎般有兴趣，抱乐观，只要遇着阴雨，立刻可以失了常态，甚至觉得无一事可做，心上老遗失了什么似的惆怅；同时，周身觉得不安适起来。

"唉！——"耕林叹了口气，将旱烟筒里的灰烬击去了，再装上一筒狂吸着。"老这么下雨，怎得了？眼瞧着秧被水淹黄起来了！再下两天雨，秧是没用了！——"耕林说着看了看远处的天。"你瞧这天，乌白成一片，那里有好的样儿？——没有望了！……"

"唉！——"耕林夫人拍着英松的背。"我的老天爷！可怜我们穷人，就将太阳显出来罢！照这样老下着雨，真非饿死咱们不停么？……"

"得啦，没有望了！——"耕林将烟筒向桌上一抛，长叹着躺上床去，将被来蒙了头睡。

耕林夫人抱着英松，"胡胡还——胡胡——我的小宝宝要睡了——胡胡……还嗳……"说着，一只手在英松背上轻轻地拍着，在屋内转着走；直到英松睡着了，才停了，将英松眠在摇篮里，然后在针线笸里拿出一只鞋底来，坐在靠门旁的椅子上做。

英菊和英芙都伏在桌上睡了，英兰很无兴地将头抬起来，抹着眼睛四下里探视，接着就在母亲的针线笸里，拿了一把剪刀，寻了一张草纸，坐着在剪；剪了半天，剪成了七个人，一乘梯，和一把扫帚；就寻了些浆，将这些东西贴在壁上；贴好了，不语地坐在她母亲身旁，呆瞧着山上泻着的瀑。

耕林夫人看了看房内的四周，喊道："菊儿们，醒来，——醒来！……菊儿，——"

菊儿和芙儿都被耕林夫人喊醒了，伸了个懒腰问道："干什么？——"

耕林夫人视了她们一眼，说道："这大的人了，闲着不想做点儿事！真是愈吃愈懒！不将自己的鞋子赶快做！我是再没有功夫来替你们两人做鞋子了，将来没有穿的，我可不管。"

英菊和英芙被耕林夫人说着，就寻着了她们的针线笸，抹着眼睛，伏在桌上做鞋子。"这天真闷极了！还下着雨！——"英芙伸了无数的懒腰说。

"唉！——"英兰看着她们都有事做着，只她一人呆坐着，无聊极了，这么高声地叹息了一声。

"干什么呢？要疯？"耕林夫人看了英兰一眼骂："等会儿惊醒了弟弟，看我不打你的！——这大的孩子了，不是七八岁时候，仍旧这般糊里糊涂，小孩子脾气。玩着没事，亦好跟着姊姊们学做鞋！——"

英兰听着她母亲这般骂，嘴里也在叽里古噜说了些不知什么。她很觉得无趣，就寻了几张纸，做了几只纸船，放在门槛外的雨水里；看着小船飘流,玩了一刻,觉得没什么趣味,就站在门槛上弄着水玩。

"我对你说的话,你到底听见了没有?"耕林夫人拉了她进来,恨恨地说:"这么大的孩子了,还弄水玩?对你说话,直是耳边风。——早晚我得把你打发出去。进来!不肯做事,你就安心坐着!……"

英兰走到耕林夫人身旁向她身上一靠,鼓着嘴,拉着耕林夫人的衣袖。问道:"打发我那里去?"

"你别管,尽有地方可以打发你去。"耕林夫人不觉微笑了一下说:"冯家,……"

"呀!……冯家小媳妇。"英芙听见耕林夫人说了,接着笑着说。

全室多哄然地笑了。在这沉闷的雨声中的一笑,好似黑暗天中电光的一闪。

英兰脸儿红着,要去打英芙;英芙笑着,逃到她的母亲身后。"得了,不要将弟弟闹醒了。——"耕林夫人喊止了她们。她们仍旧各归各的坐去。

很速的!仍旧恢复了静寂沉闷之境。

英兰只呆坐着看雨景。雨是有恒力地很调和的下着。鸟雀们都将嘴藏在颈子里蹲在树枝上。树枝们受了长久的雨的压迫,都无力地垂着;枝梢在摇摆着。灰白的云无尽期地在拥推着。间或有一两只孤鸟,伸着头,长鸣着飞过山腰去!四围的松林,像云雾充满了的一块。小溪边有几个穿着稻草衣的渔翁,冒着雨在网鱼。

不到五点钟时,天气已经夜了。黑暗一层层罩了上来。耕林夫人看看天色不早,就放下针线到厨房烧晚饭去。

英兰跟着耕林夫人烧好了晚饭,开了出来,耕林也起来了,呆坐着仍旧狂吸他的烟。他看见耕林夫人将饭开了出来,不语地狠命吃了几碗饭。饭后,他们也不管早晚,多抱着不快之感,睡上床去。

雨又接连着十多天,在这十多天中,农人们好似经过了一个极长久的世纪,是充满着烦闷,忧虑,如同处在井中一般。

久别的太阳,在一天早晨,无意的带着他黄弱的光在充满着水气的天空中现了出来;渐渐地,在将云雾驱开。这是出于人们意料之外的,太阳竟有仍旧现出来的一天。人们觉到了这无力的太阳光,立刻就兴奋了起来,去收拾农具,预备田间工作了。小孩们都赤着脚在麦场上的水中来回走着欢呼。就是久躲在林中的鸟儿们,也多抖擞着羽毛,开始唱叫了起来。

水稍稍退了,农家就赶紧插秧,不到几天后,农家的秧都插好了。以前被水淹着的一片汪洋,现在成了一片的秀绿。农家们多得意着说:"真是天无绝人之路,竟放晴了!照这样风调雨顺起来,今年还得大熟呢!——"

谁知秧插好之后,天就一直不雨,农家虽多昼夜不绝地车水,终觉无济于事。田土渐渐现出裂纹来,看看稻多要焦黄起来了,农家们多集募了钱来迎神请龙;忙了一阵,也不见有滴雨落下来。以前是驱不了的密云淫雨,现在是过不完的青天烈日,渐渐河水也枯旱了起来,这时农家知道绝望了,都唉声叹气的守在家里,静等着以后的一切。

因为着田里的收拾看看将要绝望,耕林就每天在家里噪着说吃饭的人多,将来是不堪设想,全得饿死了。耕林夫人自然也愁闷着,只尽着她丈夫喊,骂,噪。英兰们骇得只躲在外边挑金花菜等来做饭菜。只要在她们父亲面前,就口都不敢开,甚而至于饭都不敢和耕林在一起吃;因为父亲看见了她们宏大的食量,就得忧虑,接着海骂起来。

"都走!都走!——"耕林又在同耕林夫人闹了。"没有这许多粮米吃的!"

"怎么办呢?"耕林夫人抱着英松,慢吞吞说。"实在亦没有法子啊!……"

"没有法子?——"耕林拍着桌子说:"到年底米吃完了,看怎么办!——大家一块儿饿死?"

"饿死亦就一块儿饿死罢!"耕林夫人叹息来说:"天要饿死人,不怕人不饿死。"

"哼！——"耕林站了起来，走到门口遥望着稻田，叹息说："你看，稻不多焦黄了？秋天还有什么收成！没有收的，还得这些口子吃着，有千金家产，亦得吃完！我看把家里藏的些米吃完了，怎办罢。"

"还是求着老天爷下点儿雨来。可怜，莫非还有几成收拾。要不然，唉！——"耕林夫人乳着英松，在屋里转着说："亦不只是咱们一家。瞧着罢，人家怎样，咱们亦怎样，预备着逃荒罢。"

"哼！——"耕林微哂着说："逃荒？带着这些个小孩亦是难！——我终不懂，要这些个女孩子干什么用？——英兰生的时候，我就说：女孩子养不了这许多，把她送育婴堂去得了，你不肯，现在呢？——这许多只吃不做事的，你说罢，你有什么法子？"

"我又有什么法子呢。"耕林夫人冷笑着说："要嚜，——将我卖了。——"

"将你卖了？"耕林笑了说："你又值几个钱？——不要说这种不关痛痒的话罢。"

他们在理论着时，走进来了一个四十来岁的妇人。

"唷，——姑妈，你怎么来了！"耕林夫人一眼看见那妇人走进了，就迎上去陪笑着说："什么风儿吹你来的？真好久不见了！"

"姊姊，——"耕林叫着妇人。"城里来么？——里面坐罢。"

"我老记念着家里，要还来瞧瞧，总是没有功夫；今天趁着回城去，到这里来弯弯。"姑妈笑着说。她随着耕林的手势，坐在天前左边的椅上。"你们这两天可好罢？"

"谢谢你，家里还算安吉。"耕林夫人陪着姑妈坐了说；"你近来可好？"

"还过得去。"姑妈说着，一眼看见耕林夫人抱着的英松，就走了过去，摩弄着英松的小头道："这孩子倒很大了！你看，白胖得有趣。——不管别的，咱们家爸爸亦算养了孙子了！在泉下，亦该得乐回子呢。——"她说完，仍旧回到原座坐下了。

"你来了茶都没有人去泡。"耕林夫人喊了几声英菊，不见答应，说。

"不用泡茶，我不口渴。"姑妈说着问道："英菊她们呢？"

"她们么？"耕林夫人答。"许是挑金花菜去了罢。"

"我去，——"耕林说着，兴冲冲地提了茶壶泡去了。

"姑妈，你从那里来？"耕林夫人问。

"我么？"姑妈说。"我前天从城里回家了，今天上城；忽然想着到这里玩玩来。"

"这回你好住几天去罢。"耕林夫人说着，将睡着了的英松眠在床上。

"那里能够呢！"姑妈微笑着说："吃人家的饭，得受人家管，那能这般自由！"

"现在你还在周家？"耕林夫人跑到近姑妈的一张椅旁坐下了。

"可不是还在周家？"姑妈答。"有空，你上城来玩，就一直到我那里得了。"

"要来玩的。"耕林夫人说着，一想，又笑了道："有了这些个业障，又那里能脱身。有了英松，更离不了啦，明年再讲罢。"

这时耕林已经泡了茶来，倒了一碗给他姊姊；自己也倒了一碗喝着。问道："你好久没回来了，今天又怎么想着了家？"

"我亦实在走不开。"姑妈说。"听说今年咱们这里稻不见得好，有这话么？到底怎么样？"

"唉！提起了，亦是闷人！他，——"耕林夫人指了指耕林说："这两天不是为这个老在家闹着。"

"难道你没有看见田里那个样儿？"耕林忧虑着说："河里的水多枯了，还有什么法子？一点儿都没有望了！要不然，我能在家里闲着？这两天真是忙的时候呢！"他提起了这事，就哭丧着脸。说着，拿出烟筒，装了筒烟狂吸着道："姊姊，你想。黄梅里尽下了一个月雨，看看天好了，将秧插好，就一直到现在没有下过一滴雨，咱们这里，又是高田，到如今连河水多枯了，还有什么法子？等着饿死罢！"

"那你预备怎么办呢？"姑妈细看着门外远处的田说："到秋天没有收拾，不真得饿死？"

"有什么法子呢！"耕林叹息着说。"稻全枯死了，现在就是下雨，亦来不及了。我现在预备了些瓜种，要是老天爷可怜咱们穷人，等两天下起点雨来，我就想再将田翻一下子，种几亩地瓜，再种点菜。种好了，亦能卖几个钱。——要不然，老这么早着，种什么亦是不出，怎了呢？这些口子！——等着罢！……"

耕林夫人接着对姑妈道："可不是为这个，这两天他在家里寻事斗气。"

"唉！——"姑妈叹息着说："要说，一家这些口子，亦是难。年成好，还觉得费力，不要说荒年了。"

"姊姊说的话真对！"耕林拍着手说："你想，菊儿等这三个，就够受用的了。一吃，就是三碗；可是一点什么不会做；又是个女的，要她们这些个干什么用？兰儿生下来时，我就想不要她，她妈一定不肯，说是要养着。——养着，就养着罢。现在，可要起命来了！"他咬着牙道："我非得想法子叫她们走不可！——"

"自己生的，自己不养？——"耕林夫人接着说。"已经生了，弃了她不心痛？到底是自己的一块！反正，将来逃荒我亦领着她们的。"

"还是我说一句公平话罢。"姑妈豪笑着道："你们俩说的话，都太过了。自己养的孩子，自己不养，又叫谁养去？除非自己怕养就不生。可是，孩子们老养在家里，不比家里有钱，亦不是事；我以为菊儿她们，亦大了，得想法子叫她们拣一件事做做，自己养活自己，不好么？——"

"对啊！——"耕林不等她说完拍着手说。

"叫她们做什么去呢？"耕林夫人叹息说。

"什么事不可做？"姑妈斜过头向耕林夫人说："你看，城里那些纱厂，丝厂，挑花，剪网，什么不是女孩子家做的事！"

"没有人领着亦是难。"耕林夫人说。"菊儿罢，有了人家了，下半年就得打发她过去。芙儿年纪差不多，亦能帮着我做点事了；而且，自生了英松，家里的事亦很多，我又得乳孩子，一个人干不过来。要噢，——还是打发英兰外边去。——可是，唉！这小小年纪就要叫她出去，我实在亦有点舍不得！……"

"英兰今年几岁了？"姑妈接着问。

"十二岁。"耕林夫人答。

"十二岁了？她都十二岁了！日子真过得快！"姑妈惊叹的说。"要说十二岁的孩子，外边去亦不要紧了。——"

"对啊！"耕林跺脚的说。"我最不喜欢英兰，就想法将英兰打发出去得了。——"他问姑妈道："姊姊，你有什么法子想没有？"

"我么？——"姑妈想了想道："我在城里的时候，有好几家太太们，托我寻丫头；你们要是舍得，我就把她带去。反正有吃有穿。——"

耕林乐到跳出来道："好极了！好极！就烦你把她带去。——"

"你们要是舍得，我就把她带去得了。"姑妈慢吞吞地说："——可是不关我的事，将来不要又说我做姊姊的将你们的孩子给骗出去了。——"

"这怎么说的！那里能够！我们还得感激你不尽呢。"耕林诚切的说："就一准了。姊姊，拜托你，明天将兰儿带去了。"说着对耕林夫人道："——把兰儿的衣服给收拾收拾。明天好跟着姊姊去。"

耕林夫人只听着不作声。

"你同她商量好了，只要她舍得，我没有不肯带她去的。"姑妈相着耕林夫人对耕林说。

"她没有不舍得的。"耕林说。"她不舍得，我亦得这般办！"他对耕林夫人轻声道"你到底怎么着？替你说把兰儿的衣服收拾收拾，听见没有？"

"唉！——"耕林家的叹息着迟疑了半天，方才吞吞吐吐道："兰儿还小呢。…"

"什么小？"耕林愤怒的跳了起来道："十二岁的人还能算小？——你不愿意，我亦得这般办了。否则，你领着她们过活去，我不管。——"说着火喷喷地坐在椅上。

在一个小静默中，英菊英芙和英兰提着一篮金花菜谈笑着跳了进来。她们无意中看见姑妈，高坐在上面，就都叫了一声，靠着她们母亲坐下了。

"呀！——"姑妈瞧着她们说："兰儿都这么高大了！……"

"到底怎么着？"耕林怒击着一下桌子问。兰儿们都骇呆了惊视着他。

"随你罢，——"耕林夫人微喟着说。"你的孩子，自然得由你吩咐，等等我就收拾去。——"

全室都静默的相视着。

"那么，一准这样得了。姊姊，托你。"耕林对姑妈说。

"自然，——"姑妈答着。

"你什么时候去？"耕林又问。

"我想明天一早趁班船走。"姑妈答。

他们谈论了半天就吃晚饭。晚饭之后，姑妈和耕林在谈着天，耕林夫人就抱着不快，在拣出英兰的衣服，包成一个包；预备明早英兰好跟着姑妈去。英兰在一旁看着，便觉奇怪。就问道："妈，将我的衣服包成一个大包干什么？——"

"叫你明早跟姑妈上城去。"耕林家的答。

"上城干什么去？"英兰惊异的问。

"做丫头去！……"耕林夫人感慨的答。

"做丫头？——"英兰一呆，问："什么丫头？"

"就是到人家去帮人家做事，人家就给你吃，给你穿。——"耕林夫人包好了包，拉着她的手说。

"那，——我不能去。"英兰要哭了。"我又不认得人家，——我不能去！"

"兰儿，你就去罢。"耕林夫人拍着英兰的手说："你爸爸叫你去，亦没有法子。你要是不去，爸爸不打你？——还是去罢！"

英兰只摇着头伏在耕林夫人膝上哭。

"我的兰儿，——"耕林夫人摩着英兰的头说："还是听你爸爸的话去罢，你要不去，爸爸又得发恼打你。而且，你在家亦没有什么好处。今年收成不好，将来大家还得饿起来呢。——英兰，听我的话罢，你好好儿跟着姑妈去。——"

英兰大声的哭着道："饿死，我亦不去！——"

"放屁！——"耕林奋击了一下桌子，汹汹地走了过来骂英兰："我要叫你去。不去！走你的路！我养不了你们这许多！——我非得打你这个小贱东西不可！——"耕林伸手要打了。

耕林夫人挡着道："去就去，——又打她干什么呢？"

"你们又多闹什么呢！——"姑妈说着慢慢走了过来，拉开了耕林，将哭着的英兰搂着，坐在床上；对耕林道："什么事又要你犯这么大气？你就那边坐忽儿去，等我来劝她们。——"

"我看你去不去！"耕林咬牙着指着英兰说："你真敢不跟姑妈去？看你有命没有命？——"他说着愤怒地走到夭前椅子边坐下了。

"我的英兰，不要哭，听你姑妈的话。"姑妈说着拿出一块手巾来，替英兰擦着泪说："跟我去是再好没有的了。——"

"我不能去。"英兰抹着泪轻轻地说。

"呆丫头！——"姑妈拉着英兰的手说："跟我去，反正得比家里自由，快乐；不信，你去了你就知道我对你说的都是好话。——我告诉你：一则，今年这种荒年，你亦得体谅体谅你父亲。二则，到城里去了，自己亦受用；有好的吃，有好的穿，比在家反正得好。城里是多么好玩！而且，你要是不去，你父亲得怎般恨你。看，刚才你父亲那个样儿，不已经得要打你了么！好丫头，还是跟你姑妈去了好。听见没有？——"

英兰默然地思量着，她异常的为难。"不去罢，在家亦是得受爸爸的罪；亦没有什么好日子过。而且，爸爸是一准不许的。要是去罢，——唉！"英兰想。"离了妈妈；这般好玩的家，又那里舍得呢？并且，亦不知道到底上那里干什么去，亦没有一个熟人，——"英兰细细盘算着，终于想不出一个主意。她偷眼看了看父亲，坐在那里凶狠怒恼的样儿，又不觉惊怖起来。想道，"唉！——瞧爸爸这个样儿，我要是不听他的话，在家亦没有什么好日子过，管他妈的，到那里说什么话！——去就去罢！"她想着又看见她母亲默坐在那里，想道："我要离开妈妈，——唉！我可爱的妈！那里舍得呢？——可是，眼瞧得自从弟弟养了，妈妈对我就大不如前，愈来愈冷淡了。将来，还说不定亦那般对我呢！……"她想到这里，偷眼细细看着她妈，不觉又哭了起来。

"兰儿，哭什么呢？——"姑妈替英兰擦着泪痕说："我的好孩子！你不要尽哭，告诉我，那里不愿意？——乖孩子，还是听你爸爸的话，跟你姑妈城里去罢。在家姊姊多，亦有什么好处。——"

英兰只是呜咽着不做声。

"到底愿意不愿意？将主义（意）打定了。——我的孩子。"姑妈摩着她的头说："还是跟我去的好。"

"问她干什么！"耕林远远说着，击桌道："不愿意亦得把你带去，——敢不去？试试看！……"

"兰儿，到底怎么着？你就说啵！——"耕林夫人无力似的说："听你爸爸的话，你不去亦得去。"

"去就去啵。"英兰勉强的说，泪珠接着抛了下来，伏在床上哭着。

"我说，兰儿这孩子是听我话的。"姑妈拍着英兰的背说："好孩子，不要哭；跟你姑妈去，是再好没有的了。我还不带姊姊她们去呢。——好孩子，不要哭。——城里是很好玩的呢！"

"英兰，——"耕林夫人搂着英兰说："还是好好儿跟你姑妈去。实在，在家亦没有什么好处。到了人家，只要听人说话，谁不爱你呢？——听见没有？过了几天，就好回家来玩的。——不要哭了，早点睡，明天一早好跟着姑妈去。——"

"对了，早点睡，明天好早点起，"姑妈说。"城里好玩呢！……"

英兰睡到床上。左思右想，终觉为难，就呜咽起来，直到夜午，方才累了入梦。

第二天早晨，英兰无精打彩跟着大家吃过了早饭，耕林家的已将她的包裹收拾好了。她，只拉着耕林夫人的衣角，恋恋不舍地只叫着"妈——"

"天不早了，兰儿，咱们走罢。"姑妈兴冲冲地说着来拉英兰，英兰不语地提了她自己的包裹；在她放开耕林夫人的手时，心一酸，泪坠了下来。

"好孩子，有什么苦呢？"耕林夫人跟着她们走，说："不是去了就不能回家的。"

"走罢，班船快开了。——我们走了。"姑妈说着携了英兰走出门去。耕林夫人和英菊英芙，都跟在后面送她们。

"兰儿，——"耕林夫人对英兰说："到了人家，得听话，自己的衣服，常换干净一点。做事，要勤。不要同人家噪闹，碰人都得和气。——听见没有？"

"我……我都知道！"英兰呜咽着答。

她们一群一直走到河干。耕林夫人又分付了英兰许多话。看看船要开了，方才领着英菊和英芙归去。

英兰遥望着她两个姊姊跟她母亲归去，是何等的羡慕。她想："我这回跟了姑妈去，不知何时才得再回来呢！——而且，到底上那里去？城里我一个人都不认得的！——"她想着又在坠泪了。

船渐渐移动了，到了河心，船夫勇奋的摇了起来。英兰眼看着她所住的房屋,慢慢地向后退着。她忽然看见河干的一棵老柳,就是她时常和虎儿在玩的地方;想起前事,又叹息了一回,她看看她们的房屋,又看看老柳。船是走着,渐渐地她亲习的一切隐进烟雾中去了。

英兰蜷坐在船的一角,思潮如船的在摇摆起落着。她觉得前途茫茫,好似飘荡在无方向道路的云雾里。家是已经退到看不见了。何处是安身着脚的地方?现在所碰到的一切,人和事物,都是不认识的;只有姑妈,是比较的熟悉一点。现在是只有跟着姑妈了!姑妈好比似海里的一座灯塔。一切——周围的一切都是黑暗的,只有这是光明的一条路啊。

"英兰,——"姑妈只见英兰很无兴地坐在她身旁,就拉着她的手说:"为什么这般不高兴?你怕坐船么?有什么不舒服的地方?——"

"没有什么不舒服。——"英兰很无兴的答。

"那么你又为什么呢?"姑妈捧着她的脸问。

"不为什么。"英兰微声的答。"我不过老觉着心上不快。——我自己亦不知是什么回事。"

"我的好孩子。"姑妈安慰她道:"你不是舍不得家么?唉!在家又有什么好处呢。姊妹又多,你爸爸又不爱你;况且,今年荒年,下半年都没有什么吃的了!在家等着饿死?你父亲一个人养你们这些口子,亦是怪可怜的;你亦得体恤他。自己在外边,帮人家,又有得吃,又有得穿,什么不好?出去了又好积几个钱。——你在家里有谁爱你呢,还是出去了自己养活自己,自由得多。——"

"唉!可不是么!——"英兰叹息着说。"自从有了弟弟,妈亦不如以前爱我了。"

"可不是么!"姑妈拍手说:"还是听我的话,好孩子。听你姑妈的话,终没有错。"

英兰叹息着。想道:"已经出来了,思家亦没用,还是听姑妈的话,到那里再说。……"她想了想,也就将烦恼驱散了一半。就和姑妈谈论起城里的情形来。姑妈将城里的如何热闹，如何富丽，一件件告诉英兰。英兰听着，城里这般好法，也就高兴起来。

吃饭时候，她们就到了城里。船靠在一座很大的桥旁。姑妈和英兰跟着众人挤上了岸。英兰从有生以来，从来没有离开家乡到城里来过。她只听着人们说，城里是怎般好玩，何等华丽。她意想中的城市，也不过和别的乡镇一般罢了。这时，她时常念慕着的城市，竟站在她面前；她方才相信人们时常对她说的确是不虚。城市的热闹，真是出于她意料之外的，人们的多，竟好似乡村间的草，走路时终能时常碰着的。而且，人们的服装，不是乡间的人们补一块裯一条，都穿得好比新郎新娘这般体面。尤其是房屋的高大，像乡间大王庙似的广阔；可是高度，她没有相当习见的东西可以来譬喻了。街中还有两个轮儿的车，飞也似的跑着。再有，——这种最奇怪了！两个轮儿顺立着，一个人骑在上边，不会倒；而且走起来比什么都快，比飞雀都快些！这时的英兰，欢乐极了。她两只眼睛，像太阳般忙着浏览。

英兰盲从着姑妈，最后走到了一所很大的房子前，一转弯，竟大踏步的走了进去。英兰看着这很大的房子，有些惊惧，不敢就走进去；因为她时常听见她母亲说，城里的大人家是怎般有规矩，不比乡里穷户人家，要进就进，要出就出的。

"怎么着？"姑妈看见英兰迟疑着不走，就问。"跟我走啊！怕什么呢？——"

英兰脸一红，颤抖着跟着她姑妈走了进去。她只觉着穿过了一条很长的巷堂，暗到像黑夜这般的；只有两边一个个透出很热闹声音的门是亮着，在她眼边经过。差不多走了半巷个堂，姑妈弯进一个门去，经过了一个天井，拉过帘子，走进一间屋里去。英兰也跟着走了进去。

"李奶奶你来了？"英兰看见一个和她差不多大的女孩子，穿得很体面的，迎上来拉着姑妈说。

"我来了。"姑妈笑拉着她的手说："秋桂，太太在房里么？"

"在房里呢。——"秋桂笑说着拉着姑妈的衣角，走进左耳房去。

"英兰——"姑妈踏上了房里的地板，又回过来对英兰说："你在外边坐忽儿，等会我叫你。"

英兰答应着坐在中间椅子上。她细细察看了回这间房子，她只觉既高大又美丽。墙面上都雪白；一根根柱，巍立在壁里，亮到发光。

"英兰，——"姑妈喊英兰。

"来了，——"英兰拉着姑妈的手跟着走了进去，她一眼看见了房里有两个人在。一个，年纪大些的妇人，靠在一张榻上；一个十六七岁的女孩子，坐在一张方桌前的椅子上在弄骨牌。

"这是太太，这是小姐，——英兰，叫呀。"姑妈指了指她们，叫英兰叫。自己就坐在靠旁门口的小方凳上。

英兰照着她姑妈所说的叫了一声，很觉难为情，小脸儿红了起来，靠在姑妈身上。

小姐回头过来细细看了看英兰，对太太道："妈，你看这小孩到顶体面的。"

"是啊，——"太太说着问姑妈道："这孩子叫什么？"

"叫英兰。——"姑妈带笑着说。

"几岁了？"太太细视着英兰又问。

"今年十二岁了。"姑妈又答。

"十二岁的孩子，要算高大的了。"太太说着，喊站在房门口的秋桂道："秋桂，替我捶腿来。"

"是啦，——"秋桂答应着搬了一张小凳，坐在榻前轻轻地替太太击着腿。

"英兰比咱们的秋桂体面呢。"小姐看看秋桂又看看英兰说。

太太小姐以及秋桂，都注目瞧着英兰，兰儿被她们看到不好意思，红了脸一笑，伏在姑妈身上。

她们都轰然地笑了。

"到底乡下小姑娘脸嫩,怕难为情。"太太笑着说。"你们不要老瞧着她了。"

"她有爸爸妈么?——"小姐问姑妈。

"小姐说得好,一个人怎么会没有爸妈呢。"姑妈笑着说。"她爸爸妈都活着呢。只因今年荒年,她姊妹又多,实在养不了这许多;没有法儿,叫她出来帮人家糊张嘴。——"

"这孩子倒顶好的。"太太无力似的摩着太阳窝说。"等忽儿你领她到胡姑太太那里,姑太太一定能爱她的。——"

"本来是胡姑太太那回来了要叫我替她寻个小丫头,我才把她带来了。等一忽儿,我就送她去呢。——"说着,姑妈对英兰道:"你在这小凳上坐刻儿,我去泡点饭;咱们吃了饭,好到胡姑太太那里去。"她说着站了起来,叫英兰坐下了,自己走出去泡饭去了。

英兰坐在凳上,恐怕她们又要说她,就面着墙角。等了一刻,将眼斜过去偷视她们时,太太躺着睡了;秋桂也快要合眼了;小姐,只在弄着骨牌。她就回了过来细细地看着房里的一切。她只觉得这种美丽贵重,是她有生以来,就是在梦中也没有看见过,像杀羊时羊肚子里流出来的红红绿绿的一切。

"英兰,"她姑妈站在房门外喊:"来,咱们吃点儿东西,等会好到姑太太那里去。"

"来了,"英兰答应着走了出去,跟着姑妈到间很大的厨房里去吃饭。

她们吃过了饭,洗过脸,就一同到姑太太那里去,英兰也不知道走了多少路,只觉得跟着姑妈出了大门,转了无数的弯,又走进一所大房子里去;穿过几个院落,走进了一个月洞;月洞里面却是一个小花园;她们沿着廊走到了一所小洋房面前时,洋房里跳出一只小洋狗来只对着她们乱叫一阵。英兰骇得只向姑妈腋下钻,幸而又一个中年妇人闻声走了出来。

"唷!我说谁来了呢,原来是李奶奶。"那妇人看见了姑妈说着。

接着喊狗道:"花儿,去!——"花儿也就摇着尾儿跳进去了。

"胡奶奶,"姑妈拉了拉那妇人的手道:"好久不见了,姑太太在家么?"

"在家呢。——"胡奶奶指着英兰问道:"这是谁啊?"

"这是我侄女儿。"姑妈说着,和胡奶奶拉着英兰走了进去。

"太太在楼上呢。"胡奶奶说着,她们一同跑到楼上。"太太,舅太太家的李奶奶来了。"胡奶奶走上了一步,对着东首的一间房里说。

"谁啊?叫她进来。"房里一个嫩小的声音说。

她们就都走了进去。英兰的小眼珠,对四方一转,觉得比刚才那个太太的房更要华丽洁静些。一个瘦黄的中年太太,整个儿坐在一张皮椅里;手里拿着一本书在看。

"姑太太。"姑妈对那太太请了一个安。"我们太太问你好。"

"原来是李妈。坐罢。"那太太点了点头问道:"你家太太这两天好?——"

"谢谢你,她这两天很好呢。"姑妈说着,坐在房门旁的小凳上。

"这是谁啊?——"那太太指着英兰问。

"这是我的侄女儿。"姑妈笑着说:"上回姑太太不是叫我寻个小丫头么?这是我的侄女,因为今年荒年,家里没有吃的,我把她带来了。——"

"你倒还记着呢。"太太就将目光移到英兰身上道:"很好,你留在这里好了。她家有什么人?——"

"她爸爸妈都活着呢。"姑妈说。"还有三个姊姊,只因家里穷,她爸爸养不了这许多女孩子。"

"你今年几岁了?"太太问英兰。

"我今年十二岁了。"英兰很觉难为情地答。

"你叫什么名字?"太太细看着她问。

"我叫英兰。"英兰答。

"这孩子倒顶好的。"太太转头对胡妈说。又对姑妈道:"这个孩子，我倒很爱她；你留在这里罢。"

"是了。"姑妈答着笑了一阵道："终得靠姑太太教养，不要说她娘老子感激你不尽，就是我亦得感激姑太太呢。"

"胡妈，"太太对胡妈道。"你去寻两件大小姐的旧衣服，领她去洗个澡，替她换上。"

胡妈答应着领了英兰走出去时，姑妈就告辞了姑太太一同走下楼来，走进一间下房去。下房里还坐着三个妇人，在谈笑；看见她们走了进去，都站了起迎着她姑妈。姑妈，就一个个指给英兰认，这是张奶奶，这是王奶奶，这是于奶奶。她们就在床上乱坐着，乱七八糟讲了一阵。最后，姑妈拉了拉英兰道："时候不早，我要回去了。英兰你就好好儿在这里。太太，少爷，小姐们说的话，你就该听。叫你做什么，你就做什么。听见没有？——"她说着站起来要走了。

"姑妈，——"英兰牵着姑妈的衣角要哭了。

"什么？——"姑妈问。——"好孩子，好好儿在这里，总得听人说话。知道不知道？"

"姑妈，——"英兰落泪说："这般生，我一个人都不认得的。——"

"好孩子，你等两天就熟了。"姑妈说着对众人道："众位姊姊们，我侄女儿年纪小，终得姊姊们包涵教导。我可要去了。"姑妈说着又替英兰说了许多话，竟自去了。

"现在一个亲近些的人都没有了！……"英兰看着她姑妈去了，心一酸，泪接着落了下来。

从此，英兰在胡家做了一个小丫头。

英兰非常的忧虑，因为起先太太是很喜欢她，胡妈们对她也很爱护；可是不几天，太太对她渐渐地凶狠起来，一个不留心，就很得骂她，甚而像要打她的那个样儿；而胡妈们对她，也冷淡了许多。更加她最所怕惧的，是那些小姐少爷们。就是无事，他们都得将她取笑，或打着玩。她想，将来他们更加得不知怎么对待她了！可是她现在好似一只已经进了笼子的小鸟，吃着他们的食料，只得由他们玩弄，指使，欺侮着。

一个体（礼）拜的早上，英兰一早——比谁都早，就起来了。自己先跑到厨房里洗了个脸。这时，厨子张师父也已起来，在烧着早饭；她就坐在张师父一旁没七没八瞎讲着烤了一刻火。——她来了几天，和他们也渐渐地熟悉了。就先到太太房里，扫地，抹桌，洗茶杯，刷鞋子，倒痰筒，等等……；收拾了一阵。看看一切都妥当了，就轻轻地走了出来。——因为这时老爷太太还睡着呢，再照样的将大小姐的房，也收拾洁静了；就还到自己房里，拿出梳头家具来，梳好了头，归置好了，就跑到小洋房前草地上，一个人想着。在家里时，虽没有好吃好穿，可是很自由的；现在，就不然；什么都得照着人家说的做了！爸爸虽狠，可是有时候他们这一群更凶呢。她想到这里，不觉坠起泪来。这时，花儿和她很熟了，摇着尾从远处跳了来，和英兰玩。英兰摩着花儿的背道："花儿，我还不及你呢！……"她又想起以前人们都说，城里是何等好玩；但她来了这么几天，连门都没有出过呢。她同花儿玩着，这般乱想。等了等，觉得起来了半天，肚子有些饿了，就跑到厨房里去吃两碗粥。她刚要吃第三碗时，听见胡妈在喊道："英兰，——大小姐起来了。"英兰就放下了碗，一直跑到大小姐房里。这时，大小姐还睡在床上呢。听见走路声，就问"是谁？"英兰答应着，大小姐叫她去打脸水；英兰就去取了一盆脸水来。等了半天，比英兰大二岁的大小姐方才起来；摸了摸水，随手击了英兰一下头道："浑蛋！怎么取来这么冷的水；换去！——"

英兰托起脸盆道："取来的时候，很热的；取来了半天，不就冷了么？"

"放屁！——"大小姐又重重打了英兰一下道："谁叫你老早取了来？"

英兰也不敢辩，忍着痛去换了一盆面水来。

"叫胡妈来替我梳头。"大小姐想想还有点气愤，又打了英兰一下说。

英兰忍着泪，跑到下房去喊了胡妈。想起还有一碗粥没有吃，就回到厨房；摸了摸粥，早已冷了；端起来就吃。吃不到半碗，听见楼上又在喊了；就三脚两步又复跑到大小姐房里。

"叫你去喊胡妈的，你把她喊来了，你自己就不来了。"大小姐骂。"你这小东西，又不知在底下干什么事。可恶东西，站在这里！敢动！"

英兰站着好似木偶道："我因为盛了一碗粥，怕冷了，去吃粥的呢。——"

"什么？"大小姐站了起来又打她道："我们都没有吃呢，你到已经在厨房吃了。"

"得了，随她去。"胡妈劝。"一个小孩子不懂得，下回叫她不准如此就得了。"

"好！好！——"大小姐坐下了说："等等我不告诉太太打死你这个贱骨头！"

"英兰，"对面房里太太又在叫了，"取脸水。"

英兰答应着，到太太房里拿了一只脸盆下去取脸水。趁便就将剩着的半碗冷粥吃了，托了脸水到太太房里；侍候着太太起来，擦好脸，就到厨房里将她们母女的点心早饭托了上来。

太太和大小姐吃着早饭时，英兰站在一旁侍候着。太太问道："两个少爷起来了没有？"

"起来了罢。——"英兰答。

"这时候在那里玩着呢？"太太又问。

"我亦不知道。"英兰答着，替大小姐添了一碗粥。她非常惊怕，恐大小姐将她先吃早饭的事告诉太太，她直立着看着大小姐的嘴，是否要说。其实，大小姐忙着吃早饭，也没有功夫来说，而且，方才的事，或者早已忘记了。

"英兰，去看看两个少爷在那里呢。叫他们不要在外边闹。"太太说。

英兰答应着，满处去寻了一阵。看见两少爷在后园池畔玩呢。英兰就喊道："大少爷二少爷，快不要在池边玩，坠下去呢，太太叫我来寻你们的，叫你们不要乱闹。——"

"你管得着么？——"大少爷和二少爷同声的说。

"我可要告诉太太去。"英兰说。

"敢？"两个人说着都要来打英兰了。"你要告诉太太，我们不要你的命！——"

英兰就逃着跑到楼上，将他们在池畔玩的事告诉了太太。

"你快点儿去叫他们上来。"太太急着说。"要是坠在池子里，怎么办！快去，快去，胡妈她们呢？怎么亦不管他们！——英兰，快去！"

英兰答应着跑到少爷那里喊道，"快来，——太太叫你们呢。——"

"好！好！叫你不要告诉，你去告诉了。"他们兄弟俩说着，就跑来将英兰乱打了一阵。"我们不去怎么着？"

"就去罢，太太叫你们呢。——"英兰只得随他们打着，也不敢回手。

"不去怎么着？"他们俩掐着英兰说。

英兰被他们掐得要哭了，就逃走道："得，得，——我不管，我告诉太太去。"她一直逃到楼上，对太太道："太太，我叫他们，他们不来。——"

"怎么不来！"太太着急说。"快叫胡妈去，把他们两人领来。——来，这小丫头，叫你做这么一点小事都做不了。——快去！"

"是了！——"英兰答着，下楼去寻了胡妈，方才将他们兄弟俩叫了来。

"怎么我叫英兰来叫了你们，你们都不来？"太太问他们。

一个大些的大约有十一二岁光景,对他母亲道:"英兰只说叫我好好儿玩,又没有叫我到这里来。而且,她还打我来了。——"

"可不是么!"小的接着说:"英兰打我好几下子,我的手还痛呢。我本来就要来告诉妈了。"

"好,好,"太太移过她尖利的目光,对着英兰道:"原来这样!我说我叫他们,他们怎敢不来。你这小丫头,竟敢打起少爷来了。好,好,——来了只这几天,就这么可恶,将来还了得!——"太太说着,已经站了起来,去取一只鸡毛帚。——

"太太——,"英兰摇着手说:"我,我,……我没有打他们,还是他们打的我。……"

"放屁!——"太太用力的使鸡毛帚打了英兰一下道:"难道他们还说鬼话?"接着狠命的打了英兰几下。英兰痛到蹲在地大哭了。

"还哭?——"太太说着又打。

英兰虽痛着,只不敢哭;蹲着呜咽。太太打完了,到房里梳头去了。人们都散了,她就轻轻地走到房里,伏在自己床上大哭了起来。这是她有生以来第一次被人这般狠命的打,就是她父亲也从来没有这般狠命打她过,她回想到母亲那般的爱护她,现任她在外边受这般苦楚,而且是这种冤屈的事;在家里时常和虎儿放牛折柳玩着,多么自由;现在虎儿仍旧在家游散着;她好比关在笼里的鸟,受着人家的管束。可恨的姑妈竟领她到这里来过这种苦痛的日子。她又想到姊姊英芙和英菊是仍旧能在家伴着慈爱的父母;独有她,要出来吃苦。她要想逃回家去,不要说家里不认得,连姑妈处去的一条路都忘记了,只得困在此受她们的打骂了。……她愈哭愈利害起来。可怜的小英兰,现在她是一无援助,好比孤立在海中心的小岛,备受着四面的围击。她又好似云中的一只孤雁,何处是靠得住的归宿呢。

"英兰——"胡妈从外边走了进来,看见她这么痛哭着,道:"不要这么尽哭了,等会太太听见,更得打你,——本来那些大少爷们,太太爱到衔在嘴里怕化的,你那里够得上打他呢。下回记着,不要去碰他们。不比在乡里,同伴玩的孩子;他们是少爷,你是个小丫头。——"

"唉!胡奶奶!"英兰抬起头来说。"我那里敢打少爷们呢?实在……他他……们打我了!……"

"下回你就少同他们在一起。"胡妈说。"得了,快不要哭了。太太最忌的是哭,要是给她听见了,还得狠狠的打你呢。不要哭,一忽儿就得开饭;开饭的时候,太太看见你眼睛红着,还得说你咒她呢。——得了,不要哭了,起来罢。——"

英兰只得抹干了泪痕,掠了掠发,仍旧走到楼上去侍候她们。

从此,她们是时常要打英兰了。

英兰再觉苦恼的,是在晚上,得从楼上走到厨房及她房里,须得经过很黑暗而可怕的场所。她又不敢声张,只壮着胆,一股勇气冲过她所怕的处所。一个晚上,大约有十二点光景了。她侍候了最后的太太睡上床之后,将门自内而外一重重关,走到楼下,要回到她睡的处所去。她在穿过客厅时,听见长桌上响了一响。这时,全宅的人都睡了;她非常的惊骇,只将眼一撑,提了鼓勇气,终算冲了过去;走到花园旁的廊时,看见假山旁一只很大的东西,跳了过去;这时她再没有勇气可提了,觉得心一惊,毫毛一根根的直立了起来;好似有什么东西在她后面跟着追她;接着,她的心就很速的颤跃起来。她就拔脚的跑,一直跑到她房门口,冲了进去。

"干什么呢?"房里的人都睡着了,只有王妈还醒着,她听见惊惶的声音,便问。"这般大惊小怪!"

"王奶奶,可……可了不得,骇……死我了!"英兰一直跑到王妈床前,惊骇得话都说不出了。

"什么呢?——"王妈问。"倒骇我一跳。"

"什么事大惊小怪?"张妈也被骇醒了问。"我正好睡呢。——"

英兰定了定神道:"我从楼上下来,客厅里是在响着;走过假山时,看见很大的黑刺刺的一个东西,在跳着。——骇得我——"

"不要胡说八道了。"胡妈也醒了,翻了一个身说:"得了,睡罢。不要说神说鬼的,太太知道了,又该骂了,左不是是你眼花罢。"

英兰听着胡妈的说话,不敢再响了;只去铺好了床预备睡。

"英兰——"张妈大笑了一阵道:"你看见什么?不要是狐狸精罢?这大房子里,狐狸精多着呢。我可也曾看见过一回,也是黑刺刺的,有大狗这么大;晚上,就出来了。——"

"可不是么!"王妈也笑着说。"夜里还得出来压人呢,比什么都重!你这般一个小丫头,要被他压几回,就得压死,——"

"真有的么?"英兰非常骇怕,一双小眼珠四壁转看了一周说。"可了不得!——"

"谁骗你呢。"王妈接着郑重似的说。"他还得亲人家的嘴,摸人家的头。——可怕极了!"

"得了!"胡妈对英兰说:"不要听她们的,你好好儿睡你的得了。这里那来狐狸精,她们都骗你。你刚才不是眼花,就是看见一只大猫。——王奶奶,你们多大年纪了,还得骗她?骇她这么一个小孩!——睡罢,不早了,不要咬舌了!——英兰,睡罢,不要听她们的话,明天一早就得起呢。——"

"睡了。——"英兰答应着睡上了床。等了半天,总觉得睡不着,她只记念着刚才王妈所说的,她非常恐惧,恐怕狐狸精来亲她的嘴,或者来压她。她就将棉被来蒙了头。同时,又很觉得热,翻来覆去只是睡不着。听见客厅上的钟,已经打了一下,她接着又听见屋外好像有什么东西在响着,立刻她的心很惊惶的跳荡了起来。她逼到无可如何了,方才喊了一声。"王奶奶,——"谁都睡着了,没有人答应她,她更觉恐慌了,又喊了许多"王奶奶,——"

"干什么呢?——"王妈没有醒,到把于妈喊醒了:"你这小丫头!"她懵懂地骂:"半夜三更,闹什么魂!人家不要睡么?——"

"我……我怕呢！"英兰微声说，要哭的样儿。

"怕什么呢？这个孩子！"于妈骂。"这么半夜三更，闹你娘的魂！再闹，我明天告诉太太。"

英兰既恐怕，又恨。不觉又想到白天太太打她的事，就呜咽了起来。心上一苦，把怕的事倒忘了。直哭到没有了余力，方才渐渐睡去。

英兰所感受的痛苦，是与日俱进。到后来，就每日总得受一二次的痛打。太太把她当做出气物，每当着气愤的时候，或者赌钱输了，就拿她来出气。少爷们呢，把她当做一个玩具。有的时候，和她玩耍着；有的时候，就打着她来玩。她也不敢反抗，只得随着他们处置。她到哀苦的时候，就躲在床上哭一场。这次，又是她的意外之灾。

一个冬至的早上：她在天刚微明的时候，就起来了。因为昨晚太太临睡的时候交代她的，叫她一早起来后，就得将客厅上房……等都收拾起来。她记忆着这件事，在天还未亮时，已醒了；睡在床上，瞎想了半天；看看天有些微明，就爬了起来。这时天气非常之冷，她将衣服穿上身时，好比着了一件冰衣。她抖抖的坐了一刻，就满穿了起来，着上了鞋子，开门出去。风像无数的针，从衣缝里一直钻进肉里去。她打了个寒颤，就到厨房里想去烤火；谁料到开开厨房门一看，连大司（师）父都没有起来呢；就仍旧还到客厅上，四面看了看，满处用鸡毛帚收拾了一下；就拿了脸盆到厨房取水去。一看，水缸里满冻了冰，拿勺柄打也打不破；就到天庭里井旁边去吊了一桶水，吊绳的冷，冷到像一条冰一样。她将水吊了出来，将手靠嘴唇呵了半天，就端到客厅里；拿了一块抹布，在冰冷的水里绞了起来，将满处抹干净了，于是再到太太房里，大小姐房里，照样的擦抹干净了。她看看各样都舒齐了，手指也麻木到像不是自己的手指了。这时，天已大亮，张妈王妈……等都已起来。园里，已满照着太阳。英兰觉得冷得非常，手指冻到心在酸痛着；脚麻木着，来到花园里太阳底下烘太阳。不一忽儿，楼上又在喊了，英兰又奔走着替她们取脸水，梳头，开早饭；直到将要中午时候了，英兰既冷又饿，肚子觉得饿到空洞洞地难过。把上半天的事都做完了，方才得到厨房里去吃早饭。这时早饭已经盛在缸盆里了，她盛了一碗粥吃时，已经冰冷的了；没法，也只得吃了两碗；又复连忙跑到楼上去侍候她们。因为今天是冬至，太太们的头，更加梳得慢；直到二点钟时，方才将头梳好，就忙着开饭。英兰将饭开好，站在一旁侍候着添饭，她身上穿的衣服单薄异常，很觉寒冷，在颤抖着。

"英兰。——"太太吃着饭一眼看见英兰站在一旁颤抖着，说："你干么只是抖擞着？——"

"我……我冷，"英兰无神地答。

"放屁！——"太太骂："你这个东西，贱骨头！不打不成人，非得打不可。你想，穿这么些衣服，还冷？等等给人家看见了，还得说我待你刻薄，衣服都不给你穿；其实，不知是你装样。——还抖擞着？——"

英兰只得忍着冷不敢抖擞，"唉！——"她眼看着他们——太太小姐大少爷……等，在吃着很暖热的暖锅：她侍候着受冻，甚而至于抖擞都不许抖擞，她异常觉得难过，她想："人们是一样的，为什么他们这么坐着吃，而我呢，得替他们添饭？因冷着抖擞，都得骂我？唉！在家里受这苦么！——"她正在想时，小姐吃完了一碗饭，在击着碗喊她添饭，她并没有觉到，直到小姐愤怒到喊了。

"英兰，——"小姐击了好几下碗，不见英兰答应，就骂："你这个小丫头，想什么呢？连添饭都不来添了！——"

英兰被她喊醒了，连忙去接碗时，头上已经被小姐击了一下，"小浑蛋，愈吃愈呆了！"

饭后，许多人都忙着晚上的祭事，英兰伴着小姐们在装小盆。装好了几盆虾，火腿之类；因为做团子的粉和好了，就都挤到后边做团子去。中屋走到一个人都没有。坐在桌子底下的花儿，看看一个人没有，就钻了出来，爬上桌子，将装好的一碟火腿，满吃了；摇着尾跳向院外去了。

她们一群将团子做好了，回到中屋时，看见火腿碟里的火腿一片都没有了，就都噪嚷了起来。有的说一定被花儿吃了，满处寻花儿时，不见花儿的影子，有的说被小猫吃了，可是全宅子是没有猫的，于是她们的视线，就都集到英兰身上。

"哼！——"太太眉毛一立，手一扬，指英兰道："除了你这个贱丫头，还有谁？"她说着时已经打了英兰一下嘴唇。"一准是你偷去吃了。"

"对了！对了！——"小姐等都附和她。"除了她，还有谁偷吃呢？——"

"我没有。"英兰惊颤地辩。"刚才我一直不是跟着太太在看做团子么？——我真的没有。"

"除了你还有谁？"太太转身说。"我这时候忙着，也没有功夫来打你；没有别的，今天就罚你没有晚饭吃。——"

果真，他们在晚饭时；太太分付王妈们，不许给晚饭英兰。并且说，倘谁叫她吃晚饭，就罚谁一个月的工钱。自然的，太太说的谁敢不听！结果，英兰饥寒了半天，而希望了好几天的冬至夜饭，竟没有得吃；还得忍着饥寒直侍候到太太等睡。都睡了，她觉得实在饿得难受，就轻轻地跑到厨房门口，想进去盛碗冷饭吃；心里又是骇怕，又不敢拿灯，只瞎摸着。摸了半天，摸着了门环，可恨，可又被大师父给锁上了；只得忍着饿回到房里钻上床睡。她想想又气，又饿，又冷，就哭了一阵，哭到心懒时，听听人们都睡着了，只有窗外的风，怒号出各种可骇怕的声音来。

渐渐地，英兰做丫头的经验稍微有了些；而且对于这般暴酷的境地，也成了习惯，不以为苦了。照这般随便地过了好许多时候。但一次，又发生了一件更可悲苦而且使她永远不会忘记的，终于因此脱离了丫头的生活而还到家里去的事。

一天早上，太太起来后，忽然觉察到昨晚睡时放在桌上的饰器中少了一只镶宝戒指，而且是她最所心爱的那一只；就满处乱寻了一阵，只不见有戒指。胡妈及英兰等听见太太失掉了戒指，不约而同的都会集了来，你一言，我一语，纷纷议论着。

太太思量了忽儿，首先述她遗失的经过了，她道："我明明记得，——"她说着，同时，演着手势。"昨天我睡的时候，——那时谁都睡了，只有英兰在关窗户。——将戒指耳环……等都放在这里靠床的桌子上的。怎么今天一早就会没有了？——"

"对啊！这一定不能是外贼，要是外贼，不把桌上的全给偷了？"于妈接着诒相地对太太道："太太，你细心访察得了，戒指一定还没出门在家呢。"

"话是对的，"胡妈现出惊怕的样儿道："可是，咱几个人都在这里，谁又要偷一只戒指呢？——"

"不要是太太你放忘了吧？"王妈接着在寻的样儿说。

"那怎能够呢！我亲手放的东西，难道睡了一夜就忘了？——没有的事！"太太思索的说："就是放忘了，总在这间房里；可是什么地方都寻到了，怎会没有！——"

"咱们再寻寻看，或许掉在什么地方；总不至于真的偷了。——"胡妈又说。

她们这许多人就又满处寻了一阵。什么地方都寻到了，只不见有什么戒指。

"那里有？"太太很生气的坐在床上说："一定是给人家偷去了！"

"可不是！真奇怪，没人拿会上那里去呢？"胡妈说。"太太，昨天你到底戴了没有？"

"自然是戴的。"太太自信的说。

"昨天太太吃饭的时候，我看见太太是戴着的。"于妈说。

"可是会上什么地方去呢？"胡妈眯着眼说。

"真是奇怪！从来没有少过东西。"太太说。

她们都静默了忽儿。各人想着各人的。

"这不是奇事！"——于妈说。"我以为——可是我不知道你们赞成不赞成。——现在时候还早，大家都没有出过门；要是谁偷了，准还藏在那里；咱们就搜一搜；搜着，那最好没有了；要是搜不着，亦是表表咱们的心迹。——"

"好极了！——"众人不等她说完，就附和着。于是她们一群，就一齐涌到下房去。

各人的箱子里，床上，包裹，帐顶上，褥子底下，棉被里，甚而至于破鞋子里，……等等：满处搜过来了，闹得一个乱七八糟，终于不见戒指，她们也就停了从新议论起来。

"这个戒指是我最所心爱的，竟给偷走了！"太太愤怒地说："我非得寻着不可！"

这时众人都很惊恐地想脱掉自己的嫌疑。

"奇怪！会跑什么地方去？难道能生了翅膀飞去不成？"于妈首先说。"照太太说的：说是昨晚咱们都睡了的时候还有着。那一定是今早失掉的！——反正我今早一早就洗被，没有空；而且太太房里，我也不大去的。……"

"可不是么！"胡妈也接着说。"我非得等太太梳头的时候，才到太太房里去呢。"

"我一早忙着小姐少爷们上学，也没有一点的空。——反正偷的人肚里得知。——"

英兰站在一旁，听见她们说着，自己又不敢说；并且今早实在只有她是在太太房里收拾的，她自觉众人的口气，渐渐移向她来，她惊颤着好似待决的犯人了。

"奇怪！真的能长腿溜了？我想反正有人偷的。"太太说着心一动，想起来什么似的，就转过头来问英兰道："你早上擦桌子的时候，我好像听见你在看什么似的；——那时戒指还有么？"

太太说着时，众人的视线就都集到英兰身上。

这时英兰惊惧到面色也变了，迟迟地答道："我……我也没有留心啊！——"

"哼！——"太太冷笑了一声，"每天早上只有你是在我房里的，除了你还有谁进来？……我想还是你的大分。——"

"我那敢呢——太太。"英兰要哭了。

"于妈，——"太太怒声说。"替我搜！——把她的衣服口袋里满搜一下。"

"可不是么！"于妈说着搜英兰的衣袋。"太太房里，只有她是时常在那里的；别的人，非得太太喊时才去呢。——"于妈将英兰身上满搜过了道："太太，没有什么。——"

"没有？——"太太又思量了一下道："把看门的高升喊来！——"
于妈答应着兴匆匆去了。

英兰更觉恐惧了。她想到别天从没有出门一步，可巧今早是出去买过三个铜板头绳。她知道今天的苦楚，一定又是免不掉的了。

不多时，高升来了，很恭敬的站在一旁。太太便问道："今早有人出去过没有？"

"没有，——今早我一直是坐在门口。"高升说着思索了片刻道："只有英兰是出去过一次的。我问她为什么出去，她只说是买头绳去。"

"吓！——"太太对英兰钉了一眼，又问高升道："出去有多少时候？——"

"没半个钟头，就回来了。"高升答。

"我知道了，你去罢。——"太太说着对英兰道："跟我来！——"她说着就走。英兰只得抖擞着怀着恐惧，跟太太走到中屋。

"你到底偷了没有？"太太坐定了问："直说，现在藏在什么地方。你说了，我不打你。"

"太太，我真的没有偷。——"英兰哭声的答。"我要偷他干什么用呢？——"

"吓吓！——"太太可怕的冷笑了一下。"除了你，还有谁？快说出来！我没有功夫等你！——好！好！你这小浑蛋，愈来愈能干，竟偷起东西来了！——"

"太太，我实在没有偷！——"英兰哭丧着脸跪了下去说："我能赌咒；我要偷了，天打死我。"

"什么？你的嘴到真学老了！——"太太变大了声音说："我看非得打，就不肯招了。——于妈，把鸡毛帚拿来！——"

于妈去拿了鸡毛帚来，对英兰道："得了，你就实说了罢。到底藏在什么地方，免得皮肉受苦。"

"于奶奶，我真的没有偷，又叫我招什么呢。"英兰堕泪说。

"除了你，还有谁？嘴还这样硬！"太太接着鸡毛帚说着，不管什么，将英兰乱打了一阵。嘴里只问着："你说！——你说！……"

"我实在没有拿，太太！——"英兰哭喊着，痛到在地上打滚了一阵。她只觉得竹鞭如雨点般在她身上着过，立刻一条像着了刀痕的痛。她只觉满身痛着，什么都遗忘了。

"藏在什么地方？"太太打到无力再打了，就停了手问。

"我，……我实在没有偷啊！……"英兰痛哭着答。她将手摩着在痛的地方。

"你还没有偷！"太太狠眼钉着英兰问："除了你，还有谁？——我问你：到底藏在什么地方？"

"得了，英兰。"于妈在一旁不关痛痒的说："免得又皮肉受苦，太太又费了力，她又这般痛，实说，太太房里的东西，除了你还有谁偷呢？"

"唉！——"英兰凄惨的长叹了一声道："我实在没有偷，——太太！……你你……就是打死了我，我也……也没有偷！……"

"好，好，——难道我屈说你？——"太太又打了她一鞭，对于妈道："去寻根绳子来。我今天非得要我的戒指不可！——"

"英兰，你就说了罢。——"于妈对英兰说了，去拿了一根绳子来。

太太亲自动手，将痛哭着的英兰，紧紧系在柱上；将鸡毛帚一扬，问英兰道："说！——藏在什么地方？——"

"我……我的太太，我实在没有偷！"英兰膜拜着手说。

"还没有偷？——"太太说着，又用竹鞭将英兰乱击了一阵。

英兰这时身体失了自由，只好随她击着；只用手来护着脸，哭着喊："阿哟，啊！……"

无情的鞭子，随意的着了英兰的手；英兰将手一缩时，第二鞭又着了她的鼻子；鼻子里就流了许多血出来。英兰只掩着鼻哭："我的妈啊！……你在家……里……又又怎会料……料到你女儿在这里受……受这般痛苦？……我的妈啊！……"

太太停了手道："我这时要吃饭了，也没有力再来打你，你好好儿等着罢！——"她说着对于妈道："我肚子倒打饿了，饭没有好，拿粥来吃。——"她说着就回到房里去。

英兰哭着，抹着鼻血，看看又哭。"我的妈！——我还是死了，免受这般痛苦！……好狠心的姑妈，你……你你将我送到这里来了！……"她被绳系着又不能行动，只得将绳渐渐向下移，移到柱根，就蹲在地上抹着鼻血痛哭。

太太回到房里，气鼓鼓地坐着吃粥。想想那只心爱的戒指，很觉心痛；预备吃完了粥，再去拷问英兰，匆匆地吃完了粥，去洗脸，一底（低）头，偶而看见痰盂里有一颗光亮的东西，细细看时，可不是那只心爱的戒指！一阵惭愧，脸就血红了起来。她看看房里一个人没有，就用筷子将戒指夹了出来，洗干净，藏在衣袋里；坐着想了想，也不声张，就回到中屋喊了胡妈来，问道："李妈还在舅太太家么？"

"听说已经回家去了。"胡妈答。

"英兰家去不是要坐班船的么？你赶快同英兰收拾收拾东西，送她到班船上。打发她回去！——这种丫头，我不要用！"太太指挥着。

胡妈答应着。英兰呜咽着道："太太——你的恩典！放……放我回……回去罢！"

太太不顾地走了进去。胡妈就替英兰解绳。

英兰活动了一忽，洗了个脸，收拾好了东西；辞别了太太，就和胡妈趁班船去。英兰在辞别太太时，对她道："太太，你搜搜包裹里有戒指没有！——"

太太心上异常自愧。可是，仍旧答道："谁知道藏在什么地方，——走！——"

胡妈送英兰到了船上，告别回去了。英兰在船上想着从来到现在所受的苦痛，一直呜咽到家。

船靠了岸，英兰看看四围久别的房屋树木，仍旧无异，她提着包裹只太息着归去。

"英兰回来了！——"她一路所遇着的人都对她这么说："又高又胖，真是吃外边饭舒服！……"

英兰不答，只太息着一直跑到家门口。家人都笑乐着道："英兰回来了！——"

英兰只见爸和妈仍旧这般，菊姊和芙姊，都夫家去了。

在晚上，英兰很详细的将做小丫头的经过，哭诉给她母亲听。耕林夫人只拍着她道："我的英兰，苦了你了！——"

## 第三章

英兰自从城里回家之后，就帮着耕林夫人做些家务细事；还有空的时候，就托邻家到城里带点网来做。这时她已是十五岁的大小姐了，与旁些女子一样，渐渐地现出女子成人时的状况。这时虎儿也是十六七岁的人了；他对着英兰，就时常现出恋慕的意思。英兰心上自然也异常爱虎儿，不过面子上，总有女儿常有的羞态罢了。当她同虎儿在一处谈论时，她总能想起小时她母亲说的一句话："——送你冯家去！——"同时，她私心祷盼着这句话的能实现。

每天晚上，英兰总燃着一只油盏，坐在油盏底下做网花。她静坐着，手里在做；心上时常在预料着她将来。她总觉得后顾茫茫，如孤雁般的无着落；同时联想到她几个姊姊的身世，觉得自己的将来也是一无生趣。想到绝处时，也只得叹息着将这念弃开。"到什么时候说什么话。反正凭着命走罢！……"这是她想到最后的结句。

在晚上，英兰伴着孤灯做网花时，虎儿时常过来伴着她。他们对坐着，也没什么多说的。两人只觉心上有许多说不出的私情罢了。虎儿时常要坐候到英兰做完要睡，或是他母亲来喊了，方才肯离开英兰，回去睡。英兰虽嘴里是时常在叫虎儿回去睡，但心上惟恐怕虎儿就过去睡了。她就是一时不遇着虎儿，她能觉得好似失了什么似的不快。

在这里村上的人们，嘴里虽不说，心上都已默许他们俩将来一定是能够成功一对小夫妻的了；而且人们都赞许他们是一对很好的配偶。只不过稍有些贫富之分；但这许是小节，不至妨碍他们的姻缘的。耕林和他妻，也是这般想。就是冯大叔，也有这种意思，只不过冯大婶却以为耕林家穷，而且虎儿的婚事，她也已胸有成竹的了。

一个暑天，他们合村的人，都搬了些椅桌在场上吃过了晚饭，就在场上乘凉。乡下人们的晚饭是很早的，不过城里人们吃点心的时光；所以晚饭吃过的时候，天光还很明亮着。英兰因为天气热，不高兴做网花，也就搬了张长凳，坐在场上和耕林夫人谈笑着。这时虎儿也已吃完了晚饭，摇着扇子，笑嘻嘻地走了来，坐在耕林夫人凳上。

"虎儿，饭吃过了么？"耕林夫人含笑着问。

"吃过了，——"虎儿答。"兰妹妹，你干什么今天不做网花了？"

"这般热的天，谁又高兴做这捞什子。"英兰笑着怕羞似的问道："你们姊姊这几天上城么？要是上城，请她替我把做好的带去了，换点回来做。"

"原来都做好了。兰妹妹，我真佩服你，你手又快，又巧；这么些的网花，不多时就做好了。"虎儿说着笑道："谁配了你，就得发财了！——"

"虎儿，你再说，我可要——"英兰做着有气的样儿说："我好好儿问你，你倒说起这话来了。"英兰说着站起来就走了进去。

"得了，兰妹妹，——"虎儿赔着不是，跟了进去说。"我说着玩的，你就当起真来了。——我下回不敢说了，你就不用有气。"

"谁有气呢？"英兰坐在床上说。

"没有气，怎么气进来了呢？"虎儿说。

"你说的话，真有趣，什么叫气进来了？我本来要进来了。"英兰微笑说着。"那你又为什么跟了我进来？外边这么好风，不乘凉去？这里怪热的！——"

"我到不觉得热。"虎儿说。"得了，好妹子，我下回再不敢说这话了。咱们外边乘凉去。"

"呀！——"英兰噗嗤一声笑了道："我不是叫你乘凉去么？谁不叫你去？干么要同我一块儿？"

"你不去，我亦不去；就陪你在这里。"虎儿也坐下了说。

"真是魔！"英兰就仍旧到场上去。虎儿也就跟了出来，对坐在竹椅里。

"我给个谜你猜。"虎儿说。"红灯笼，绿灯笼，放了就腾空。——这是什么？"

"我又怎会知道呢？"英兰做着冷冷地的样儿，试虎儿来取笑。

虎儿拉了拉英兰道："我的好妹子，你今天又为什么这般冷冷的对我？难道我有什么地方待错了你？——好妹子，你说，什么地方犯了你？"

"我说，虎儿，"英兰四面看了看没人，轻声对虎儿。"我的哥哥，"

她无意中叫出来了，脸一红，连忙接着道："你就不要动手动脚了。人家看了，不是样；现在咱们年纪多大了，不比小时候，你不听见他们已经在说咱们？——"英兰说到这里，脸又一红，停了一下道："你就留心着罢，就是有什么——不好说的，放心上得了。——"

　　"唉！——"虎儿想起了心事说。"这事反正亦不用说，——可是，我的妹子，——"

　　"等着罢！——"英兰微喟着说。"瞧你我的命得了。我看我的父亲母亲都成，只有——唉，你怎样这般笨？——真可恨！——"

　　"那，妹子怎办呢？——"虎儿跺了下脚问。

　　"我看你妈有点儿——"英兰说着止了。

　　"我妈？——"虎儿说，"我——"他说到这里，看见耕林夫人走了来，就改口道："是什么？"

　　"你说的什么我又忘了。再说。"英兰说。

　　"'红灯笼，绿灯笼，一放就腾空。'——是什么？"虎儿问。

　　"我想，——"英兰只想着方才没有结果的谈论，虎儿现在所说的，完全都没有听清。

　　他们默然相视着。看看天色已夜了，耕林夫人连叫着英兰进去睡觉；而冯大婶也远远在喊虎儿归去。"虎儿，明儿再说罢，"英兰对虎儿说着，搬了凳跟着耕林夫人进去睡了。虎儿也就无聊地归去。

　　耕林夫人很能明察到虎儿和英兰的心事，她也曾和耕林商量过，耕林总说"冯家富，咱们穷，咱们出庚帖给他们是很为难的；倘使他们拿咱们的庚帖退了回来，不失掉面子么？"耕林夫人听他说得很对，也就搁下了。

　　这是给虎儿开口的一个最好机会。一天，虎儿的舅婆来了，和冯大婶坐在场上谈论着拣豆。虎儿荷着锄，从菜园里回来，经过她们前面，就站住了；放开了锄头，蹲在地上帮着她们拣。

　　"我说，大小姐。"虎儿的舅婆拣得腰酸了，坐正了；看了看虎儿道。"虎儿的年纪，也大了，该替他配亲了。——"

虎儿听着脸一红，不语地蹲着听下文。

"是啊，我天天留心着呢。"冯大婶也放了豆，坐正来了说。"妈，现在配个媳妇，真不容易。又得体面，又得面子好，门当户对，真不易呢。——"

"你说的话也不错。"虎儿的舅婆笑着说。"可也得赶紧点儿，你看这孩子，两只眼睛顶花的，准同他父亲一样，也不是个好的；不要闲着又同他父亲似的，爬墙跳屋闯起祸来。——"她说到这里哈哈地笑了。冯大婶和虎儿也都笑了一阵。

"我是赶紧在留心。"冯大婶说。"可是，妈，你老人家肚子里有没有门当户对的替你外孙儿做个媒？"

"我么？——"虎儿的舅婆摩着额说。"咱们家东首，朱福家有个女儿，叫桂仙的；那孩子很好，听说还没有人家呢。——"

"桂仙？——我想想，……"冯大婶想着道："是啦，我看见过，那孩子是顶好的，而且长得也不错；她家同咱们家也差不离，可是我看见她的时候，还很小呢。——"

"你几年没见，长得顶长大的了。"虎儿的舅婆说。"今年也十六了。——"

"好极了！"冯大婶拍着膝盖说。"这回你回家，我就同你一块儿回去；瞧着好，咱们就向她们家要庚帖，占一下子。"

"就这样办罢。"虎儿的舅婆对冯大婶说着，又对虎儿调笑道："虎儿，你要配了桂仙，真是你的福气。——多么体面的一个小姑娘！……"

"哼！——"虎儿不语地哼了一声。

"哼什么呢？"虎儿的舅婆听见了虎儿哼一声，不觉奇怪问虎儿道："难道你还不愿意有这么体面的小女儿？——"

"我谁都不要！——"虎儿愤然地说。

"你就不娶媳妇么？"虎儿的舅婆瞧着他问。

"我不要什么桂仙，"虎儿愤然地说着，站了起来离开去了。

"虎儿怎会这个皮气?"虎儿的舅婆看着虎儿走远了,对冯大婶说。

"他么?……"冯大婶微笑着说。"他有别的心愿呢。"

虎儿的舅婆凑近了冯大婶问道:"他有别的什么心愿?难道看中了谁?"

"他看中了英兰了。"冯大婶说。

"英兰是谁?"虎儿的舅婆微声问。

"就是隔壁耕林家的小女儿。"冯大婶说。"那孩子今年十五岁,倒是很好,皮气亦好,脸蛋子亦可爱;以前,在咱们家放过牛,老同虎儿和在一块儿玩,两人顶和爱的。——可是,我有点嫌她家太没有根底,所以这件事也就老没有提起。"

"英兰家的父亲活着么?"虎儿的舅婆问。

"父母都活着呢。"冯大婶说。"要说她家耕林和英兰的妈,倒也是顶好的人。"

她们母女提起了这件事,也不拣豆了。虎儿的舅婆道:"他们俩既然都愿意,你就成全了他们得了。——耕林家夫妻,也是很老成的。"

"可是,——我终以为她家太没有根底了。"冯大婶思量着说。

"她家里穷,怕什么呢?又不是嫁女儿,只要小姐体面,能干,就得了。"虎儿的舅婆说。"英兰是怎么样的一个人?有便,你就指给我看看。"

"英兰那孩子是顶好的,妈,你看见了,也一定得爱她。——"冯大婶说着,将豆都放进篮里,抹了抹脸上的汗道:"太阳都快射过来了,咱们进去罢。"说着同虎儿的舅婆走了进去。

虎儿记忆着她舅婆所说的,一天没有心绪做什么,只时常在英兰门口张望着英兰。可巧,英兰今天是跟着她母亲镇上玩去了,直到吃过了晚饭,英兰到东首田间去看菜,虎儿才算遇着了她。

"我寻了你半天,亦不知上那里去的。"虎儿看见英兰,提了只篮到田间去,就在后方跟着问。

"我上市去了半天。"英兰走着回过头来问:"你寻我有什么说的?"

"等等我告诉你。"虎儿跑上了一步,同英兰并着肩说。"唉!——

话长着呢!……"

他们两人同步到耕林夫人种的菜地里。英兰看了一看，就俯下身子去拔着菜间的杂草。虎儿靠近着英兰，帮着她拔。

"到底什么事？寻了我半天。"英兰很疑虑的问虎儿。

"你不知道，等我慢慢儿告诉你。"虎儿说着四面望了一下，又靠近些英兰低声道："早上我从田里回来，我舅婆同我母亲议论着，说替我配什么亲事。——"

英兰听着心里一惊，连忙接着问道："配谁？"

虎儿道："我舅婆那里有个叫做什么桂仙的，可是我当面就对舅婆说，不要；我死亦不要，要是能成了，我就同她斗命。——"

"干什么呢？"英兰无力似的说。她心上异常难过，好像有小针刺了一下，可是仍旧做出庄重的样儿，苦笑着对虎儿道："你舅婆给你配亲，还不好么？干吗又要斗命？"

"好妹子，你也说起这话来了!"虎儿急着拉了英兰一下道。"我好……"

"不这样怎么办呢？——"英兰无兴的说。"难道我又有什么法子。"

"为此我所以来和你商量，你倒说起这话来了。唉！——"虎儿长叹了一声。

"你干急，也是没有用。等着罢!"英兰说。"咱们慢慢儿商量着罢，一时，急也急不出什么来。"

"好妹子，你想想看，有什么法子没有。可怜，这也不是我一个人的事。"虎儿恳切的看着英兰说。

"你想罢，我也实在想不出什么来。"英兰说着，也没有心思拔草了，就提着篮子回去。

英兰很觉奇怪，她在走过冯虎儿家的门时，虎儿的妈冯大婶，和一个老年妇人，很注目的打量她；她本来想去和冯大婶谈论两句，一想一个不好意思，就很速的走了过去。

英兰睡在床上，反复思量着白天虎儿所说的，异常忧虑，倘使虎儿所说的要成为事实，那末，唉！她后顾真是不堪设想了。她想到虎儿对她的爱护，以及虎儿性情的和顺，在少年中，直是拣不到的；要是这个位置被另一个人占了，自己呢？而且，倘也像几个姊姊一样，那竟是一无生趣了。……

谁料到这件事，非但不成事实；反倒出于意外的，他们所希望的将要成为事实了。

经过了不多几天，英兰伴着耕林夫人做着网花，看见耕林从外边匆匆地跑了进来，问耕林夫人道："英兰不是九月半生的么？可是，我将时辰给忘了，到底是什么时候生的？"

"你问它干什么？"耕林夫人一呆说："我好像记得是子时。"

"对了，对了，是子时。你提着，我亦就想起来了。"耕林说。

"你问它干什么？"耕林夫人放下了针线问。

耕林道："虎儿的舅婆，说咱们英兰顶好的，要个八字和虎儿去占占。"

英兰听见了这句说，心上立刻起了一阵异味的感念；热血一上涌，脸立刻鲜红了起来，抛开了网花，躲进自己房里去了。

"这时候，她们还要带镇上占去呢。"耕林说着匆匆地走了出去，买了张庚帖，将英兰的八字写在上面，就一直差邻家阿二送到冯家去。

阿二跑到冯家门口，碰着虎儿就笑嘻嘻地对着虎儿的耳朵轻轻地道："英兰的庚帖，送来了。"

虎儿听着心大跳起来，脸一红溜了。

虎儿和英兰的婚姻，谁都赞成了；只要占吉了，就能定下。冯大叔就诚诚信信拿着庚帖到镇上占去。

全镇都知道的，范瞎子的算命占卦合婚是最灵验不过的。冯大叔一口气跑到他门口时，许多人是在候着命相。冯大叔等了半天，一个个命相完了；轮到他时，他就坐在卦桌旁方凳上，将虎儿和英兰的八字传给范瞎子，道："先生，请你合合利不利。"

"恶！——"范瞎子接着，抬了抬眼镜，细细看了一下；将有很长指甲的指头数着；嘴里咕噜着甲乙丙丁……等。算了一下，抬头对冯大叔道："男是虎，女是羊，照这看起来，就有点不合。——"

"是，——"冯大叔一呆问："可是能配不能配？"

"我合一下看。"范瞎子叽哩咕噜合了半天，冯大叔等得有点不耐烦了时，方才斜过来摇着头，对冯大叔道："占不吉。男的有五重火，女的有五重水，水火不相容；倘合终凶。而且，女的有三重伤官，倘若配合，于乾方终有不利。这两条命，真是格不相入；倘然配合，必定是两败俱伤。"

"可有什么法子没有？"冯大叔听着很觉没趣问。

"没有什么法子。"范瞎子捋着胡须道："我劝你另寻佳偶，不要误了。"

冯大叔一场没趣，取了庚帖，付了占钱，失望的步行回去。

"怎么样？占吉了么？"冯大叔回到家里时，众人都迎上去问。

"不成！不成！不成！"冯大叔一叠声说着，坐下了将范瞎子所说的，源源本本讲给她们听。

"那不成了。"虎儿的舅婆说。"再说罢。占不吉，倒不是玩的。等等你就仍旧叫阿二送过去罢。"虎儿的舅婆，又对虎儿道："这是没有法子的，占不吉，有什么说的！反正这有缘法。"

虎儿如同受了一个焦雷，不语地躲向后边没人处堕泪去了。

英兰同虎儿商量过好几次，终归没有美善的结果。这件事，就成了他们极可悲观而且时常占据了他们心田的一个重要问题。直至于他们恍惚着，做随便什么都不安宁起来。英兰明知这件事是绝望了。她想到了她终身的不可知，无凭靠，就时常落着泪。现在，她不愿意再看见虎儿，她见了虎儿时，就能记忆到这件事，使她心分裂成一片片。

正在英兰恍惚的那两天，姑妈又来了。看见了英兰拍着她肩头道："几个月不见，又长了好些了。真是一个很体面的大小姐了。"

姑妈在英兰家里住了好几天。一天晚上，耕林夫人，姑妈和英兰吃过晚饭，围着一张破桌子，在谈论些家务事时，渐渐讲到英兰的婚姻了。耕林夫人先将和虎儿合婚占不吉的事告诉了姑妈；姑妈听完了，就接口说道："是啊！英兰的年纪，也一天大似一天了，该得替她好好儿招个夫婿；也是她的终身大事，不要年纪搁大了，将来不好找人家。"

"我也这么想。"耕林夫人思量着说："可是，寻个好好儿的夫婿，也不是易事。虎儿这门亲事，倒顶好的，可又占不吉。慢慢儿留心着啵。"

"我心里倒有门好亲事呢。"姑妈微笑着说。

"是谁？"耕林夫人问。

"就在我们那里，吕桥，有个吕长发，他家三儿子，要配个亲；不论贫穷，只要小姐美丽，能干。吕长发现在做了地保了！家里真富有着呢！不要说田，牛都有三四只。要是兰儿给了他家，这才是兰儿的福分；真是一世吃穿不尽呢。"姑妈不绝地说。

"咱们这人家怎配得上地保呢？"耕林夫人说，"还是留心别的罢，不要真真象牙筷配了穷人家，高攀不起。——"

"这是什么话。"姑妈拉长了语气说："我不是早就替你说了么？不管贫贱，只要女孩子体面能干，就成。你不信，咱们兰儿他准得要呢。"

耕林夫人想了想道："那末就请你姑妈做媒，说合得了。"

"你不信，我去，这事终得能成功。可是，可得先小媳妇过去；等一两年并亲。"姑妈说。

"这在乎什么。"耕林夫人说。"现在那一家不是先做小媳妇后并亲的。就是咱们，那一个不是小媳妇子出身。只要人家有底子，男孩子成人，就得了。你到底认得他家么？他家的底子怎样？也得打听一个明白。"

"就在我们那里，我怎会不知道他家的底细。"姑妈说。"我不是告诉你了么，既有势力，人家也有钱的；男孩子也顶能干。可是，他家是很做人家的。而且，也是很有规矩的人家。"

"只要是这样就成了。"耕林夫人说。

"谁骗你呢。"姑妈一斜头说。"难道我做姑妈不要侄女儿将来有好日过，把她送进火坑子里去，你放心，决不能似做媒的花言巧语，是想赚几个,吃几顿的。我不是说的么,英兰配上了他家,非但是英兰的福分,也是你们做父母的光荣。"

"那是自然。"耕林夫人说。"反正全靠你能把这件事给说妥了。不要说是英兰,就是我们,也得感激你不尽呢。"

"这话又从何说起。"姑妈说。"明儿我把庚帖带了去,尽我的力量说合得了。要是占吉了,我老姑妈也增了不少光彩呢。——哈哈!"她笑了一阵,又道:"我看英兰,将来到是一个有后福的。"

"这件事,自然得烦姑妈你给帮忙出力了。"耕林夫人说。"等等耕林回来了,我和他商量好了,就得请你劳碌一番了。英兰年纪不小了,这件事倒真得赶紧呢。"

"我自然得出全力来说合呢。"姑妈回过头对英兰道:"你要配给了吕家,真有后福在呢!可是,将来可不要将你姑妈忘了。"

英兰听着她们所说的,低着头;一肚子不高兴。想着了以前姑妈送到城里去受这么大苦,现在不提起,到又咬舌来了。恨到只趁着姑妈不留意,瞪视她几眼。这时她姑妈对她说,她只当没有听见站起来,一直跑到床上躺下了。

"怕羞呢。"姑妈调笑着说。"女孩子大了,终得嫁的。那一个女的没有夫婿;有什么可羞。只怕你将来还得乐到嘴都合不了呢。——"

英兰也不答她,伏在床上;想起和虎儿的前情,心像刀割般痛着,不觉堕起泪来。她只怪自己命苦,命不好;将来的痛苦,多着呢。

英兰趁姑妈不在一旁的时候,就对母亲耕林夫人讲起了这件事。"你又要听她咬舌了,她说的话,真不能信。"英兰对耕林夫人说。

"谁啊?"耕林夫人问。"她又对我说什么来着?"

"昨天姑妈替你说的那事。"英兰很觉不好意思说。"妈,你想,她的话能信么,上回领我到城里去,去的时候,不是说了个天花地乱;弄得爸爸千信万信。害我吃了这么大苦。妈,你难道已经忘了?现在又听她的话!——唉!妈,你再要听她的话,我这条小命是准得送在她手里了!"

"你小孩子家懂什么。"耕林夫人说。"虎儿那事,你就不要希望了。占不吉是没有法子的。——可是,英兰呆孩子,天下除了虎儿,就没有好男子了?男大当婚,女大当嫁;你这大的人了,也得想想终身大事。——"

"妈,虎儿的事,你也不用提起了;反正是我命苦。——"英兰轻声说到这里落泪道:"可是,我总不能到人家做小媳妇去。看姊姊们,那一个现在是好过着的?妈,你又要来害我受这苦了。"

"可是,英兰,"耕林夫人接着辩:"现在的妇人,谁不是小媳妇出身?而且,乡下——就说咱们这一路,就是有钱的人家,都是小媳妇;没有就正娶的。风俗在了,咱们也改变不了。本来做人家媳妇,初起总得受点苦;难道一飞就得上天?熬到将来,公婆死了,就有好日了。就说我,初来的时候,受多少罪过,痛苦;现在,可不是算熬穿了。"

"唉!——"英兰默然长叹着。

"我的孩子,多苦些什么呢!"耕林夫人安慰英兰说。"我自然也得打听打听人家的好坏,才把你送去,你也不用愁着,妈妈,我终不能害你的终身;你放心得了。——好孩子,你不用发愁。"

"唉!……"英兰叹息着说,"总是我的命苦罢了。"

英兰吃过了晚饭,一个人在河畔柳树下对着清白的月儿叹息着思量。"我将来的日子,不知怎般过呢!……"她想。"以前所吃的苦,过去了不用说;将来呢?几个姊姊,不是小媳妇么,这般的受罪。实在一个女孩子家,活着也没有什么趣味。——唉!——同虎儿的事,又是这般结果,就说这村上这么些个少年,有那一个是及虎儿这般可爱皮气好的。将来难道还有这么好运气会碰到虎儿这般的人?——唉!可恨的范瞎子,你只轻轻说了这么几句不关痛痒的话,谁知人家的好姻缘,就活活的被你分拆开了啊!——可恨的姑妈,害我一次,还不足;还要来害我?我这条命,不用说,是送在她手里的了。妈妈呢,又这般忠厚的;我一个女孩子家,又有什么好意思将我这话都说出来。唉!——"她想着,一无可依靠,而将来的生活,又茫茫渺渺不可知;真如孤飞着而又失途的晚鸦,这般空旷的天空,路又在何处呢?随着飞飘流么?还是自己寻条新的路?"唉!——做女儿家,又有什么生趣,受这些罪过;还是死了罢!……"她想到这里,泪珠簌簌地抛了下来。她仰视着天空微明的小星,可怜的暗淡着,同自己一样的无兴,同时晶亮的月,也被薄云遮盖了;微风过时,巢里的小鸟啾啾的乱鸣着;还间或有一两只孤鸟,因失伴迷路而长鸣出悲凄之音。

"随着命运罢!……"最后英兰想。"反正,人怎么痛苦,终有最后的一个结局。等着罢!她又想到自己与虎儿。她因为自己的终身,或者已经许给别的人了;她和虎儿的一切,已成过去的陈迹,将来呢,各人凭着各人的命运走罢了。她不欲为了自己再去苦虎儿,于是她决定以后总归躲开,不欲和虎儿接谈,免得更添出他们愁苦悲惨的材料。她听见远远地耕林夫人在喊了,就抹去了泪痕归去。

从此,英兰处处躲开虎儿,不使虎儿与她再有接触的机会。但她的心,是怎般酸苦着!

虎儿很觉奇怪,他若干天没有碰到英兰了。更觉可痛的,是偶尔远远地看见了英兰,英兰就会立刻有意的躲开去;竟寻不到有一个密谈的机会。起先,虎儿的心自然和英兰一样的悲痛着,他以为英兰有了别的同伴,所以有意的躲开;不过渐渐地他觉到英兰竟和以前两样了;脸上也少了笑容,更加在远远地看见他时,就更觉失了常态。可是若干天后,终使虎儿因不耐而寻了别一个伴侣。

英兰虽然很自信她策略的成功,虎儿竟已有了另一个恋人;但她的心,更是剧烈地悲苦。她只预祝着虎儿和现在的伴侣,不要仍然和她一般的结果;至于她自己呢,只等候着命运来支配罢了。

姑妈和耕林夫人的计划,竟成功了。和虎儿占不吉的庚帖,竟和吕长发的三子叫做梅生的八字,在范瞎子手里合成了一对。姑妈很觉荣幸,因为他们的美缘,是她手造的。耕林夫人也很快活,她以为现在竟做了地保的亲家,地保儿子的丈母娘。耕林吃醉了酒时,也时常以此事在一般邻人前自豪。只有英兰，微闻了这消息，悲惨非常。与虎儿的，现在固已成了一个故事，以后的呢？……

英兰和梅生的婚事定妥之后，吕家就时常来催，要叫英兰过去，实行做养媳妇。耕林夫人自觉有些不舍，无奈碍于面子，而且以为女孩子迟早终要夫家去的。更加耕林，只欢迎英兰的早走，可以省掉他一年不少的米；虽然英兰能做网花来赚钱，非但所得的不会给他，也觉得不补失；因此，竟决定在九月初九重阳那天，将英兰送过去。

日子过得很快，一天一天像飞的过去。英兰的愁虑，也跟着日子一天天增加。转眼，已是九月初了！这时，耕林夫人是忙着替英兰添补些衣衫，免得过去后给人家看不起。姑妈是每天高坐着谈说这件事的美满。英兰只愁坐着思量，什么事都懒得做。"等着罢！"她想到无可如何时，总拿这句来做结句。"反正我只有一条命，以前的苦，都吃过来了呢！"

最可使英兰心痛而悲观的，是虎儿现在竟也来调笑她了。"现在都预备好了么？"一次她偶然碰见虎儿时，虎儿调笑着的神气，对她说。"不久，就高迁了啊！"虎儿说完，竟漠然地去了。英兰如无数小针，在刺着她的心。出神了忽儿，暗暗地落着泪。"谁是可靠的啊！……"

初八了！明天，就是英兰到夫家去的日期了。英兰急到像衔在猫嘴里的老鼠，但也无法来反抗；只默坐着叹息坠泪。

耕林夫人将各样都办舒齐了，只等着明天的轿子来，就能将英兰送过去了；她就跑到愁坐着的英兰一旁，对英兰轻声道："好孩子，苦（哭）什么呢？"

英兰只是哭着，不答；渐渐愈哭愈苦起来。

"好孩子，哭什么呢？"耕林夫人低声下气的说："女儿大了，总得出门的，有什么可哭的，女孩子大了，谁不得嫁人？起初有公婆的时候，吃点苦，将来公婆过辈了，就好了。做小辈的时候，谁不是低声下气，听从着长辈的。——这是你的终身大事，还得快活呢。一来身子有了着落，不得快乐？反倒哭起来了！快不要这样，去了一样时常能回来玩的。而且，吕家是很有钱的，后福在将来呢。只要你将来不要看不起你的穷妈，也就算不虚生了你这么一个。——"

"唉！……"英兰只叹息着不答。

"你有什么，对我说得了。"耕林夫人拿出手巾来替英兰抹着泪说。"对我，还有什么不可说的？不要尽哭，有什么，对我说，哭得我怪心酸的。——"

"妈呀！——"英兰更哭得说不出话了。

"不要哭了，我的孩子。"耕林夫人拉长了语气说。"又有什么可苦的地方，你就说罢。"

"把我送进野人窠里去，将来的日子，怎么过啊？……"英兰鸣咽着说。

"你说这话，"耕林夫人苦笑着说，"去的时候，一个都不认识；过了几天，不都熟了么？将来还是你一辈子吃饭的地方，是你的家呢。"

"得了，妈。不用多说了。"英兰叹息着说。"反正我的命，注上得受多少苦，逃也逃不了。我认命了！……"

"你这时胆子小着，将来你就能明白我所说的不错了。……"耕林夫人没有什么可说的，就拿这句话来做了一个结梢。

英兰一夜没有好好合眼，自己也不明白是想了些什么。到第二天一早，她起来了，只随着她母亲分付着做一切所要做的。她母亲很精细的替她梳了一个头，吃过了一顿很丰富的饭。饭后，哭着的英兰被她母送进一顶围着红布的小轿里。两个轿夫，不容她和她母亲细细辞别，就很速的抬起英兰，匆匆地跑向吕桥去。在途上，英兰苦苦地呜咽着，轿夫笑着说道："小姑娘，别哭了，甜在后头呢！……"

## 第四章

英兰被两个轿夫一直抬到吕桥，在吕长发门口停下了。英兰脆弱的心，一阵的乱跳，惊惶无主地，像小孩子手里玩弄着的一只小蝴蝶。她觉得轿子是停了，接着听见一阵爆竹欢呼的声音。他孤坐在轿中，静着，身子跟着慌的心头颤抖；只等着有人来主使他。不多忽儿，轿帘开处，一个穿得花花的妇人，嘻皮着脸扶了她出来，同她走进吕长发的门去。他只低着头跟着那妇人走，眼睛看着自己的脚尖前几寸的地方。她觉得四周围许多人在看，而且批评着她："年纪还小呢。""脸蛋子倒长得很可爱的。……"有的说。

英兰只不作声，但脸，只渐渐热红起来。她跟着那妇人，从人堆里步了进去，好像已经走到堂屋里了；她感觉到这里的房子，未必比家里好，或者竟还要简陋些；地是七高八低，连砖都没有的。

英兰这时的心，像枯水似的一点波痕都没有，其实，他也没有着意思量的余地。他全身一切的机能，都好似已经停止着了；只有脚，自然而然在跟着那妇人走。

"这是公婆。"妇人说着停止了。他看见自己脚前，有一块红呢铺着，她不由自主的一抬眼皮，微微偷看时，许多人围着噪嚷。堂上坐着一对半老男妇，她木立着，可不知现在要做些什么；直到那妇人轻声对她耳朵说道："跪下去拜呀！"她就照着妇人的手势，拜将下去。

"这是大伯，大伯姆；这是二伯，二伯姆；……"妇人嘴里连环的说着，叫她拜。有时，对方也在回拜，她也莫明其妙，竟将自己的本身都要遗忘掉了；只如木偶般，又好似做猴儿戏的所牵的猴儿，只随着那妇人所说的行动。

大概都已舒齐了，那妇人就同她到一间极狭小的厢房里去，坐着。从此，她整天只像木偶般，除了吃饭是和合家一处吃之外，也没有机会同人家谈论过一句什么。有时，只有一个嘻皮笑脸的小姑娘，来说她取笑；或者有些人，在房门口探头偷视一下，跟着笑话声去了。

她过了几天的木偶生活，渐渐熟悉起来了；一家的人，也都大略有些认得，一半固然是听着旁人的叫唤而知晓，一半也由他自己推想而来的。

瘦长而有些胡须的，是公——吕长发。他时常咬着一支旱烟筒，默想着的。婆，——长发的妻，可是一个很肥胖的妇人。他说起话来，异常粗速而且带着些骂气。应保，大概是大伯，一个忠厚的农人。他没有一些空闲的时候，总在田园里工作着的，但是短小圆脸的大阿姆，倒是一个能干尖俐的妇人。二伯来福，是一个平常的农人，没有什么特别皮气。二阿姆也是很厚直的人，不过说起话来，是很流利脆速的。顶小的一个男子，约来有二十岁上下，粗厚笨大而又毛紧的，是叫梅生；人们时常把他调弄到发火来取笑的！这个大约就是她未来的丈夫了。还有一个十三四大的女孩子，是惟一的小姑爱保。

从英兰观察出来，她们各人有各人的职务。二阿姆是终日手不离梭的坐在木机上织着布。大阿姆烧饭给一切人吃，空下来做针线，长发的妻，只督察着他们；有时，也帮着他们做些什么。爱保因为年纪小，只送着田间的饭，和玩耍；或者随便说些批评的话。长发老在街上吃着茶，斗牌应酬。应保等兄弟三人，是做着田园的工作。

英兰在听见她未来的丈夫梅生说话或者无意碰到他时，就异常觉得羞涩。有时，也趁着机会偷视他丈夫。她只觉得他是一个长大而可畏惧并且粗笨可憎的男子。同时，她又联想到虎儿了。她觉得梅生没有一处是及得虎儿的。说起话来，憨呆到好像老牛。直使她自己觉得将来命运的可悲。——不过，她在家里时，早已料想到现在的无趣结果了！所以，倒可不觉得十分苦楚，只按着她所要做的来渡这悠悠长久的光阴之海。她的心，实已很早枯，只机械式的勉强过她应过的日子。

几天之后，长发的妻，就将英兰所每日必应做的事分付了她；早上起来后，收拾户内的一切；相帮大阿姆烧饭；下午倒便壶马桶；以及田间的送饭；……等等，以外的事，由她随时差唤。

英兰想这种课程，实在比在城里做小婢时都要严格吃重些；可是长辈说的话，如何能反对，不照着做？只得按着婆所说的工作罢了。

在分付课程的次日，早上：英兰一早和在城里做小婢时这般早就起来了。英兰自以为这是很早很早的了，可是她起来时，大伯姆已在烧早饭，二阿姆也早坐在机上织布了。她照长发妻所说的，各处收拾了一下。他扫地扫到二阿姆的机旁时，二阿姆看了她一眼，愤然的说道："这里我早扫过了！——"

英兰不敢回答，只仍旧拿了扫帚到长发房里去扫地。

这时长发和他妻和爱保，还深深地睡着。英兰将地扫到一半时，一张黑暗笨大的床上，发生了翻身格格的声音。接着喊道："英兰，——"很严重的声音，是长发的妻在喊。

"娘娘，——"英兰就停了手，照例叫了一声。

"到这里来做小媳妇，可不能同在家比！"长发的妻说！"这时候，什么时候了？才起来扫地！我难道家里少人吃饭，请你吃饭来着？你看她们俩什么时候就起来煮饭织布了？你这时才起来？照这样可不成！享福，只好请你回家去享；这里可不是享福的地方！——这是第一回，亦不必说；下回再照这样，——那可不成！……"

英兰听呆了，木立着，长发的妻，似骂非骂的话，像流水般不绝。"来不几天，就这样了。——将来呢？……"英兰这般想。在这几天内，英兰已经看见长发的妻对大阿姆等的手法了；所以她也预料而且竟预备着将来长发的妻，拿更严狠的手段来对付她自己。

"站在这里干什么？"长发的妻说完了不见英兰有动作，就说："没有什么做的么？把菜地里的草去拔了！——"

"是了！——"英兰答应着，到菜地里拔草去。英兰拔着一本本青的草，叹息着思量。她现在又走上了一步恶运！将来的结局，不知怎样呢；能在长发的妻手指里溜过，已经是很困难的事了；而且，梅生的可憎，将来又怎样能舍得自己来和他同室？她又回想到她在家里时去拔草，和虎儿追着他的情形。她的泪不禁随着起落的思潮坠了下来。她觉得现在的一无生趣，和将来的没有指望；一个人如独处在云雾里，前途暗迷，到底向何处走呢？她实在觉得自己的一生，真如一本他所拔的草这样无价值。以前的已经过去了，以后的日子长着呢！可是，——梅生——想到他，她竟觉自己的将来，或者更要比现在困苦艰难些。"我的终身，是又害在姑妈手里了啊！……"他想到绝境时，就蹲在墙脚下哭泣了一场。停了一回，就无趣地站了起来，下死劲的跺了一下脚，咬着牙道："得了，我这条命！——等着罢，只像轧豆般随着命轧去；反正，最后总拼着一死罢了！"她恐怕脸上的泪痕给她们看出了，就将衣角细细擦了一阵，像浮萍般飘荡了回去。

英兰糊里糊涂地不觉已经走到了门口，她恐怕自己的眼睛是红着，就做着将手来抹着眼睛走了进去。

"你上那里去的？"快嘴的小姑爱保，看见了英兰走进来问。

"娘不是叫我拔草去的么？"英兰哑声无兴的答。她看见众人都挤着在吃早饭；可已没了余位了。

"她一定在什么地方哭来着。"爱保指着英兰对大众说。"你们看，她的眼睛不红着么？"

"我那会哭呢？亦没谁打我；干吗要哭？"英兰抹着眼睛辩。"我在菜地里拔草时，一个小虫飞在我眼珠子里了。"

"可不是哭来着，还辩什么呢。只听你的声音，已是哭哑的了。"爱保羞着英兰说。

"哼！"长发的妻冷笑的说："我说你几句，你就得躲开哭去了。日子长着呢，我看你将来还得上吊寻死！"长发妻说着一斜头道："灶下有昨天的剩泡饭呢，吃去罢！"

英兰只得默然走到厨下，盛了碗隔夜泡饭坐在灶下吃。

"来了！"英兰吃着冰冷的隔夜泡饭想："连吃都没有好的吃了啊！——"她吃了一饭碗，虽然觉肚子还没有饱，可是这种隔夜冷泡饭，也再吃不下了；就将堂屋里许多的碗筷收了进来，洗了一阵。接着大阿姆也走了进来，拿了篮子等，喊着英兰到长发妻的房里取了些米，又到园地里取了些菜，淘米洗菜去。

她们走到河滩时，已有许多人在淘米洗菜了，大阿姆同着英兰就坐在石栏上等着。

"应保家嫂子，"一个在洗着菜的妇人回过头来喊："洗菜来了。"

"洗菜来了，"大阿姆答。"长根家姊姊——你比我早。"

"早什么呢，"长根家一抬头说。"你看，太阳已经这般高了。"

"那个，——站在应保家后边的是谁？"靠着长根家在淘米的一个妇人，看了看英兰轻声的问长根家的。

"谁啊？——"长根家的一回头笑着对那妇人道："那个么？——就是长发家新娶的第三个小媳妇。你还不知道么？"

"哦！——"那妇人就回过头来钉着英兰细细地瞧："唷，顶体面的！——"

英兰知道她们是在指着说自己了，异常羞涩；脸一阵的红了起来，就转过身去。可是，耳朵仍旧很注意的听着她们在说。

"可不么，"长根家说。"看她样，也是顶聪敏的。——可笑梅生那个呆子，到娶着了这么一个好媳妇，倒是有点儿呆福的。"

"真是！"那妇人叹息着说。"呆子交运了！——"更细的声音，英兰还能隐约的听见。"可是，——这个小孩可怜，将来好好得受点儿苦呢。"

"得啦，富二家嫂子，"长根家推了那妇人一下说："你的嘴真个是快，人家在后边呢。……"

"怕什么？我不也是小媳妇出身？"大阿姆说着看见河滩上已经让出了两个位置，就同着英兰走了下去，蹲着来淘米道："做长发家小媳妇，不是容易的；反正我们这位顶漂亮的小婶子，将来亦得尝尝这个味儿。——就说我，从十五岁到如今，吃了多少说不出的苦；嫂子你们，反正都该知道。吃！做长发家的媳妇，真不是容易的！"

"谁说不是！"富二家接着说。"可是，谁家小媳妇是好过的？我们可不也是这样的么！"

"咱们能算苦的了？"长根家说。"我看咱们吕桥最苦的，要算东边儿吴家的了，真是睡没有好的地方，吃没有好的东西；还得一天到晚在田里做，还得给那老吴婆一天到黑打骂；那日子，才真不好过呢！要像咱们这样，已经算好的！——"

"谁不是做小媳妇出身？"富二家说。"反正凭着命，命好，碰着好点儿的婆婆；命坏，就碰着凶点儿的。将来熬到老东西死了，不就过好日子么？"

"现在你不就是在过好日子了？"长根家洗好了菜，在水里沉了沉，站了起来说："你的孩子，不已经五岁了么？不过几年，你也得做老东西了！"她说着哈哈地笑了。

"要说'人'，就是坏东西！"富二家的说，"咱们做小媳妇的时候，吃了苦恨婆婆；将来要是有一天自己做了婆婆，谁不就摆起婆婆的架子来！"

"那自然，"长根家将篮放在石条上站住说："反正是一辈还一辈，谁不是养媳妇出身？谁将来不做婆婆？先吃苦，甜在后头呢。——"

"可是你说这话也不对。"应保家接下去说。"凶是凶，善是善；好说话的婆婆，尽有着呢。——只有我们那死不了的，这般凶恶！不瞒嫂子你们说，我从天没明的时候就起来，直到睡，那有一忽儿闲的时候！真是，怎样命不好，配到他们吕家来了！——"

"嫂子你的出头日子也快了。"富二家说。"我看——不是我嘴狠，你们那也快了；有朝那一天嫂子你做了大人，哼！——"他笑着用狂尖的声音，"——做小辈的，可也不是好做的！"

"得了，嫂子。"应保家笑着板起脸说："当心我又得收拾你。——"

"可不是么，应保家嫂子福气在后边呢。"长根家正色接着说："就说应保多么会做，皮气又好，不知我这嫂子修了几世才修到的。"

"你可亦打趣起我来了。"应保家笑着对长根家说："你譬自己罢。你看你们长根，多么能干，又能挣钱；我们比得上么？——不是我说自己家的坏话，我们那兄弟三个，那一个不是呆里呆气的？那一个及得你们家长根；得了罢，别说了。"

英兰只蹲着将菜来洗。她恐怕她们又换过目光来说她，只是低着头，默听她们所说的，心里只在盘算着。"——我们那兄弟三个，那一个不是呆里呆气的？——"和"可笑梅生那个呆子，倒娶着了这么一个好媳妇！——"这两话：以前英兰已经感到梅生的呆了，现在人家也在说梅生呆，于是她的预想，就算证实。——从此她对梅生更觉得可憎而且自悲她的身世了。——她将菜洗好时，应保家也已将米淘好了。一群人就说笑着各人归各人的家烧饭去。

长发家早已分付过了，英兰是帮着大阿姆烧饭，因此，英兰在上半天，就伴着大阿姆在厨下烧饭。

英兰烧着火，大阿姆炒着菜；大阿姆将菜烧好了，就和英兰坐在灶下谈讲起来。

"三婶子，——"大伯姆喊英兰。

英兰第一次听见人家叫他三婶子，羞涩到无地自容了。她自以为仍然是一个年纪很轻的姑娘，现在，竟有人叫起她婶子来；于是她的脸接着立刻鲜红了起来，头也渐渐低了下去。她想不答罢，又恐怕大阿姆见恼，但又拿什么来答应她呢？"好大阿姆！"英兰怕难为情的说："你下回就别只叫我三婶子了，怪难为情的。你想，我这么一点小孩！——下回你就叫我英兰得了。——"

"那那能呢！"大阿姆笑着握着英兰的手说。"还怕羞么？——咱们说正经话。"

"你就叫我英兰得了。"英兰重复的说。

"我说，三婶子，"大阿姆问。"谁给你做媒做吕家来了？——"

"唉！——真命苦！——"英兰听见着，提起了一肚子的悲惨，不觉叹息说。但同时一想觉有些不妥，就连忙缩住了，换过语气道："还不是我们的姑妈么！——"

"你的姑妈是谁？"大阿姆抢口问。

"我的姑妈么？——"英兰叹息着答："就是——我姑丈就是文平。——"

"哦！——就是她，文平家？"大阿姆恍然的说。"真是一个坏娘们！我说一个月前，她老到这里来同老东西——"说到这里，她探头看了看，没有别的人，方才接着道："——浑在一块商量。"

"你亦认得她么？"英兰问。

"我怎么不认得！"大阿姆答。"她就是我们村上人。——一个坏透了的人！她专靠这弄两个钱过活呢。——"

"唉！——"英兰忍不住了要说些什么，探头张望了一下；但仍然迟疑着瞧着大阿姆不敢说。

伶俐的大阿姆，已经窥破她的隐衷了；就做着亲热的样儿，拉着英兰笑说道："怕什么呢？咱们说说，又不和外人讲；我是顶直不过的。——"

"唉！——说起来伤心！"英兰将柴放进灶里去，注视着灶里燃着的火，只叹息着出神。

大阿姆也一眼不瞬的瞧着在要坠泪的……英兰，轻声的安慰她道："去愁他干什么！事情已经这样了，亦不必再去愁苦他，总是咱们命苦，受这魔难！——好婶子，你就不必去想他了。过一天，是一天，到什么日子说什么话。——"

"唉！——还提起他干什么！没有什么可说的。"英兰用火筷敲着柴灰里的火星，木然说："以前吃的苦，已经过去了，不用提；可是以后呢？……唉！我想，也不会再有什么好日子呵！……"

"在吕家想过好日子么？"大阿姆斜着头说："真没有指望呢！就说我，来了这么好几年，真没有过着一天好日子；有什么希望！不要说别的，那老东西的凶横，就够受的了！这时候我们年纪都大了，她亦不好意思真的怎么样，初来的时候，还得打呢！——三婶子，不是我咬舌，你等着罢！现在你初来，客气。——"大阿姆说到这里郑重的口气道："哼！——总有那一天给颜色你瞧！"

"等着罢。"英兰掠了掠头发说："反正我拼着这条命，一个人只有一条，反正，我将来亦没有什么好处。——"

"我看你也怪可怜的。"大阿姆拍着英兰的肩头说。"咱们的命，亦差不多一般苦呢！………"

她们在细细的谈讲着，把自己的任务都忘了只尽着将柴送进灶口里去。

"呀！——快别尽烧了，三婶子。"大阿姆嗅着饭锅里已在飘出一阵阵的枯味，连忙站了起来去看，开开锅盖看时，只见饭都现着微黄了。"这怎办呢，三婶子。"她着急着说。"饭都烧黄了，等等又该受老东西的气了。"她说着回到灶下，将灶里的余烬拿冷灰来盖没了。

"那怎么办呢？"英兰呆视着大阿姆说。"不又得骂么？——咱们俩的罪过！"

"随她骂去罢。"大阿姆去将饭乱抄了一阵。"这，又有什么法子？"

果然，在饭时，长发家的看见了饭就骂了。"今天的饭，是怎样烧的？——不都烧黄枯了！"她问。

大阿姆站着不响，只当没有听见，斜视着在机上织着布的二阿姆，英兰只一眼不瞬看着大阿姆，脸上现着惊惶的样儿。

"今天的饭，可不是烧黄枯了。"长发和他三个儿子，都坐着先吃了。长发吃了一口，这么说；说完，仍旧吃将起来。

"今天的饭，烧得太香了！"梅生吃着也这般说了一句。二阿姆不禁要笑将起来。大阿姆也要笑了，但不敢笑，只转了个身。"呆子！——"英兰瞟了梅生一眼想。她触着心事，非但笑不出，要坠泪了。

"呆子！——你媳妇来了，饭都烧香了。"长发家指着梅生咬牙说着,气鼓鼓地坐着;也不吃饭,只看看英兰,又看看大阿姆。说:"今天饭怎成这样儿了?"

大阿姆听见长发家的问了好几句,只得答道:"想来是枯黄了罢。"

"哼!——你们俩上那里去了?"长发家的又问,但等了半天,只不见她们回答;就接着道:"想来是你们睡着了罢?"她冷笑了一阵。"两个人烧饭,能把饭烧枯黄了;真少见!要你们一个个吃饭的?——"她说到这里,仍旧不见有人回话;就拿起筷来对她们道。"还不都来吃饭?冷了好热?"说着也就吃饭。

二阿姆停了机拉了拉大阿姆一同要去吃饭;想顺手来拉英兰时,一眼见只留着两个位子,再没有英兰坐的了:就缩住手,自己管自己吃去。

英兰这时非常难过,心一阵酸痛,泪跟着落了下来;又恐怕给长发家的看见,只要想回到厨房去时,听见长发家的在说了。

"英兰,——"长发家的含着一口饭说。"昨天剩的饭,还有呢;你去吃了罢。"

英兰也不答应她,就一直来到厨房,坐在灶下泣将起来,她觉二次没有坐位给她,这是长发家的有意将她除外了。她知道以后她只能一人在厨下吃着;而且凡是隔夜的,剩下来的,都是她的食料。本来她早上就没有吃饱,现在更觉饥饿起来;无法,只得将缸盆里的隔夜泡饭,在锅里热了两碗。热好,盛起来看了看,抹去了泪痕,要拿筷往嘴里送时,一想,又非常觉得不平;而且她从来不大吃的隔夜泡饭,又来得脏酸。"——都是姑妈害我的!——早晚一死,还不如早饿死了痛快!"她想着赌气将碗放下不吃了。但不忽儿,她又想道:"搁到晚上,还不是我来做晚饭吃?还是早唤了罢!"想了想,就托着一碗冷泡饭坐在灶下和着泪吞下了。

英兰现在的小姑爱保,是一个很嘴健的女孩子。随便谁的事,而且无论什么事,只要被她知道了,她就能去告诉长发家的。长发家也非常

211

信任她的话。因此英兰们见她，非常的怕恨，而且时常避开她；但英兰愈避开爱保，爱保愈寻候她得利害。

在稻的登场时候，农家是很忙碌的，整天没有一刻的空闲，仅仅只有晚饭后一时的休息，众人是聚在堂屋里谈讲着。

晚饭后，各人一抹嘴，做各人所要做的。长发很命的咳了两声，吐了几口痰，在衣襟里拿出支旱烟筒来装了筒烟，燃着很命的吸将起来。长发家的拉过爱保，替她整理着衣衫。二阿姆因为要见好长发家的，抹了抹嘴，坐到布机上织起去了。梅生们兄弟三个，放下饭碗，就出去村上和调去。大阿姆将碗筷收拾好了，托到厨房里去，都放在灶上，一转身仍旧走了出来。

英兰的命运，一日坏似一日；但她只好似海里飘荡着的花瓣儿，随着风浪互击着等候着命运来支配；倒也不觉得怎般苦恼。她独自在厨房里将长发家命她特制着个人吃的野菜粉粥，和了些他们剩下来的菜汁，尽命的吃了一饱。就独自在油盏低（底）下将方才大阿姆收进来的菜饭碗，都洗了；吹息了油盏，走向外边来。走到堂屋的屏门口时，听见堂屋里些人都在议论着她。她就缩住了脚，躲在黑暗地方细细地窃听着。

"英兰会做什么呢。"大阿姆的口气说。"要她在厨房，非但不会帮我做点什么，反到碍手碍脚的。我亦用不着她！——"

"好，好！——"英兰听见大伯姆这般说，更不就走出去，听着她们下文。

"本来这小丫头会做什么。我一看见她，就有气。"长发家的接着说。"我早就说这么个小丫头，要她没有用，还顶生气的。喏，多是他——你爸要她；弄来了，只吃饭不能做。"

"得了，又推我身上来了。"长发含着烟筒说。"谁家小媳妇不是这么大，就过门的？而且，就是你同那老婆子商量下的事，又与我什么相干？——钱倒化不少呢！"

"别说了！"长发家的说。"我说，应保家媳妇，——英兰这丫头，我亦不叫她帮你烧饭了。——"

"我说，妈，"大阿姆不等长发家的说完，就接着道："您不提起，我亦不敢同您老人家多说什么，您提起了，我亦不能不说了。——我本来早就想告诉您了。老天爷啊！实在英兰跟我在厨房，又做了什么事！一天到晚，只在厨房玩着闹罢了。有时，她还得偷偷摸摸的呢。——"

英兰听到这里，悲愤到要哭了；他想跑出去和大阿姆辩一下；又有些恐惧，只得仍旧缩住了蹲下去抹着泪听。

"她来的时候，看她就不是一个好的；果然是这样的东西！"长发家的说。"明儿我亦不叫她到厨房了。——可是，叫她干什么好呢？……"

"是啊！——"大阿姆说。"我罢，烧着饭；二婶子织着布，亦不必她帮忙；针线，她又不会；实在做什么好呢！……有啦，田里这两天不很忙吗？英兰这么大人，也有点力儿了，还是相帮着做点田里事罢。——"

"可不是么！……你不提起，我也忘了。"长发家很速的接着说："这几天稻正登场，不正忙着么；本来少两人做呢，譬如雇短工，这么大人了，什么不好做，挑稻，打稻，……她这时在那里呢？——"

"哼！——"大阿姆冷笑了一声说："她算抢着帮我洗碗呢。那一回洗得清爽，总得我去洗二回；我又不好意思阻住她不洗，随她洗去罢，反正明天我洗二回的。——我看看去，这时候不出来，还许睡在灶下了。……"

英兰听见要寻她来了，连忙转进她自己小屋里，假睡在床上。大阿姆走到灶屋门口，只见乌阵阵一个火星也没有，一摸门，也上好了。心一动，恐怕英兰躲在附近听壁脚，就燃着了一只油盏，满处照了一下，连英兰的影儿也没有；她愈加疑心起来，直寻到英兰房里，一眼看见英兰已睡着在床上了；就推了几下，英兰方才假装伸了个懒腰，爬了起来，只抹着眼皮。

"你睡着了？"大阿姆说着细看英兰是否真睡的样儿。

英兰只装出如梦初醒的样儿，胡说着。大阿姆也就信以为真，定了心，同着英兰走到堂屋里去。

英兰走到堂屋里，就拿了只自己的鞋子来，坐着做。长发家的只瞟了英兰两眼问道："你在那里？——这半天！"

"我在洗碗。"英兰简单的答着，仍旧做。

"我说，英兰，——"长发家的注视着英兰说。"这两天田里忙了，明天你也不用帮大阿姆做饭；至于扫地那些个，就让你二阿姆做去；你帮忙着做点儿田里事罢。帮着他们挑挑稻子，也不是什么费力的事。好么？——"

"随妈你分付得了。"英兰无兴地答。

"好孩子，我知道你是很听话的。"长发家的做着笑脸说。"就这么办罢。英兰，将来收成好，我还做一件新棉袄你穿呢。——好孩子，睡去罢；明天好早点儿起来下田做去。"

英兰忍不住要哭了，一转身道："妈，那我去睡了。——"她走到自己的小屋子里去。也不点火，就钻在床上睡了。

英兰睡在床上，想到方才大阿姆所说的，不觉又气又愁；就在被中呜咽起来。她想到现在的境遇，是一天坏一天起来；好比走一条路，愈走愈狭，不知将来走到什么狭到走不过去的去处呢。本来她以为长发家的虽然凶狠些，但大阿姆等还和她很和气，今天听见了大阿姆一套和长发家所说的，方才明白大阿姆的和气更是假的；而且更刁恶不过！于是她觉得自己好似一只绵羊，四围都是些狠恶的狼虎在伺着她。——她真是一个孤立无援的小羊了！甚至她觉得就是母亲的可爱，也是不可靠的，她来了这许久，也没有来探视过她；她虽很想归去，但她知道是这一种空的希望，决办不到；而且长发家的也一定不会肯放她回去的。今天长发家的竟要叫她做男子所做的苦工了。她还是一个童心的女孩子，怎受得这样非分的劳苦。她真觉绝望了啊！她又想到虎儿的可爱，和虎儿父母的和气；很能使她的心像小刀子来一片一片的割。她非常痛恨姑妈，可恶的姑妈，竟送她到这黑暗的地狱里来，使他受这般无可告诉的痛苦。她更恨范瞎子，可恶的范瞎子，他一句不关痛痒的话，竟送掉了一个女子的命运！她又感到梅生的丑笨无情；她既是他未来的妻了，而他眼看着英兰的苦难，不援助她；虽然，他也是无能为力啊！

英兰睡在床上这般思想着，如睡在针床上般苦恼；但她已是笼里的小鸟，只没有方法来提拔自己出这个深潭。最后，也不过将这些所想的在一场哭泣中抛过罢了。

长发家所分付的，谁敢不遵行呢？英兰虽怎般的不愿；但第二天，仍旧只得预备照着长发家所说的去做罢了。

英兰哭泣了半夜，很疲乏，第二天醒来时，天已大亮了。她很恐惧，恐怕长发家的先起了，又骂。连忙穿着起来时，还好，大家还没吃早饭呢。

英兰洗了脸，就在锅里盛了一碗粥，托着坐在门口吃。吃着时，不觉又就想起昨夜的事来，情不自禁的又坠了两滴泪。这时，二阿姆正洗好了一篮子衣服走来；走到英兰一旁，看见英兰在坠泪。便站住了问道："三婶子，大清早起的，怎么又哭起来了？"

"谁哭呢？"英兰苦笑着说。

"得了！"二阿姆调笑着说："我远远儿就看见你抹泪来着。——为什么？三婶子，谁说你来着？"

"谁也没有说我。"英兰说着不觉叹了口气。

"没人说你，怎又叹起气来了？"二阿姆说。"三婶子，我劝你不要闷着；自己寻点开心，看穿点儿；尽愁着干什么？愁坏了身子，是自己的。更没有人来可惜！你知道么！——"

英兰听着心一酸，泪珠接连着抛了下来。"唉！——二阿姆，承你的情，可叫我又拿什么来安慰自己呢？你是明亮的，这种日子，叫我怎过法？上的要打要骂，下的还要扇小扇子。唉！……"

"你还是看穿点儿,别尽去愁他。真的,愁坏了身子,没人可怜;那时候,更得苦了。"二阿姆说着探头一看堂屋里没人,接着道:"本来吕家媳妇,不是易做的。应保家你看她面上顶和气的,心里真险着呢。我来了就吃她不少的苦。你记着,就少同她说话。比爱保更可怕!——"她说着时一眼看见爱保走了出来,就换口道:"你今天有衣服洗么?"

"我没什么洗的。"英兰说着尽命将碗里的余粥喝完了走进去。

从此英兰就每天跟着应保们做田间的工作。比较以前,自然是更苦了;整天挑着稻走,或是打稻;每到夜晚停工时,英兰的肩头和腰,就酸痛到被打过一番般。

一天,长发家同着爱保回娘家玩去了。——这可算是英兰等三人惟一空闲而可稍为(微)游乐的时候;好比猫走后的鼠子。

英兰看见长发家的去了,也就不高兴再到田里做去。她想,力作了许久,今日算得着了一天的休息;就在四邻闯着谈论了半天。

吃过午饭,英兰坐着和二阿姆谈论时,忽然大阿姆从外边闯回来对二阿姆道:"顺保回来了。"

"那一个顺保?"二阿姆随便着问。

"还有几个顺保?"大阿姆冷冷的答。"左不是胡家的顺保啵。"

"隔邻胡顺保回来了?"二阿姆惊喜的说。"我看看去。"说着站起来就走。

"谁?胡顺保,"英兰也站了起来问。

"你不认得的。——跟我来。"二阿姆说着就拉着英兰一同走到胡顺保家去。

"唷,顺保姊姊,你回来了!"二阿姆看见了顺保就笑着拉了顺保的手说。

"我可不回来了么?二嫂子。"顺保笑着说。

英兰细细看时,原来是个穿得很漂亮的姑娘。

"这是谁啊？"顺保一眼看见了英兰问。

"这是我们新娶的三婶子。你不认得罢？"二阿姆说。

"唷。你们新娶了三婶子了！我怎没知道？——好，呆子亦有了媳妇了！……"顺保说完细细看了英兰一下道："真体面！——你们家一个强似一个。"

英兰被她说得不好意思，就躲在二阿姆背后。

"可不是，"一旁一个穿绿的妇人说。"不过男的可一个不如一个。"说完大家都笑了。

"这回你好住几天去了罢？"二阿姆问顺保。

"有几天空呢。"顺保答。"厂里丝没有了，终得等个多礼拜。——"

"好！——他们还都说你不会回来了。他们的嘴，真是可怕。"二阿姆拉着顺保坐在一凳说。"我早就说过，顺保姊姊，不比别人，那会干这事；可不是现在到底回来了。"

"谁说的？——"顺保哼了一声道："自己的家，怎不回来呢？有本领在外边姘人和调，谁管得了？要逃？真没有那事！看我逃不逃。不像金妹似的，胆子小，偷偷摸摸，又怕人说，逃了，上那当！——你们放心。我准不干那事，做得出，就不怕人说；随他们说去罢。我站起来是一个，躺下亦是一个；我干我的，他们说他们的，——吓吓！还怕他们说这些个飞话，就别做人了！谁能像他们的姊姊妹子这般正气！我本来就是邪气的！怕邪气的，就别在我面前，染着了，可不是玩的。——得了罢，我看说我的自己没有瞧瞧自己的尾儿呢，别前面吹，后边就穿。我们是不怕人说的。——做到，就不怕人说；怕人说，亦就不做了，哼！……"

"得了！得了！……"二阿姆笑着去掩着顺保的嘴说："我不过说这么一句，你到似黄河决了口子，没有完的时候了。"

"你提起了，我也不过说说罢了。"顺保推开了二阿姆的手说："我在城里，怕没这闲话听见；还得比你多听点儿呢！"

"好好！——"二阿姆着急说："我无心说了一句，你倒见气了。——"

"谁见气呢？"顺保一嘻说："这点儿要生气，就不用活着。"

"是要到城里浑浑去。——"站在顺保左旁的一个老妇人嘻着嘴说。"你看，顺保城里去做了年多，嘴都学利了。——"

"是啊！三老妈，你瞧不上眼了罢？"顺保迅速的说。

"我说着玩的，你又把我捉住了。"老妇说。"我年纪虽老，倒爱听你这流利话呢。"

"三老妈，明儿你也上城浑浑去，学个老八哥儿回来。——"顺保说着，哄堂的都笑了。

"劳你驾，到又打起我的趣儿来了。"三老妈笑着说。"你在家多耽搁几天，我已经够学的了。"

"咱们走罢。"二阿姆拉了拉英兰对顺保道："走了，——我们家来玩。"

"忙什么呢，不坐忽儿去？"顺保站了起来说。"真是！照这般认真，我们五婶婶真得爱死你了。"

"赦了我罢！"二阿姆说着拉了英兰一直跑回家去。她走到家门口时，一眼看见大阿姆和前村的金贵对立着私语；心一动，要缩脚时，可是已被大阿姆瞧见了；要退回去，又觉不便；只得涨红着脸走了进去。接着，大阿姆的脸色也就鲜红起来，假装着高声对金贵道："——听见没有？可别忘了！明天上城，就替我带回来。——要好的，太红了，也不好。"

"知道了。——"金贵说着转身走了出去。

大阿姆和二阿姆都觉得很不好意思，想拿些说话将方才一刹间的现象遮过去；又都无从说起。幸而英兰没有觉察到，还只拉着二阿姆的衣袖问道："顺保是谁？——"

二阿姆借着英兰的一问，正是遮方才的机会；就拉着英兰的手道："顺保就是那边胡家的小女儿，她妈要同她配人家，她一定不肯；去年就到城里进丝厂做工去了；你看，去了不一年，嘴也学利了，人也变体面了，穿也穿得漂亮了；比咱们做人家牛马的不强吗？身子又自由，要怎样就怎样！……"

"呵！——"英兰听着想："我为什么不到城里做工去？要到这里来受这般苦？…"她想着也不再往下问去了，只默然地去拿了自己的鞋子做。其实，她只深深的思量着顺保的漂亮……等等。小小的一颗心，早被顺保引诱去了。

这时全屋静默着。二阿姆就坐在小凳上纺起纱来。大阿姆也就坐上了二阿姆的织机，织着布玩。

"是自己的身子好！"大阿姆叹息着说。"你看顺保多么自由？穿得花枝似的！——咱们呢？……"

"可不是！"二阿姆答。"咱们这辈子是没有指望的了！"

全屋默然，各人在想着各人的念头；只有粗厚如拍的机声，和着细长如歌的纺纱声，是很调和的在奏着；间或，隔杂些英兰怨沉的叹息声。

二阿姆纺着纱看看在叹息深思拿着针不动的英兰，不觉也就回想到以前她自己做养媳妇时的苦痛。现在，虽已很苦痛了；可是比着以前好多呢。于是就对英兰道："三婶子，我唱个山歌你听。"

"你唱。——"英兰说。"我正闷得很呢。——我顶爱听山歌。可是，不会唱。你教我。"

"好，我可不唱了。"二阿姆说。"我唱给你听着解闷？——"

"好姊姊！你就唱个我听罢。"英兰坐近了二阿姆推着她说。

"你不要推，我唱。"二阿姆说完咳了两声，唱了——道：

"灯红酒绿是新年，游山赶市乐绵绵；只有养媳妇在门角把米打，手冷脚疲腰还酸；打出白米大家餐，只有我冷饭残羹过新年。

"杏花开时懒洋洋，养媳妇在后园种菜忙；早浇水来晚拔草，收得菜来未曾尝。

"桃红柳绿是清明,家家女儿去踏青;养媳妇在田中把田锄,意疲力尽不得归。

"四月里来养蚕忙,早饲蚕来夜采桑;可怜春蚕作茧自缚身,养媳妇身上无衣裳。

"五月将过暖洋洋,养媳妇无事学插秧;日晒水浸日似年,欲哭少泪意更伤。

"炎暑六月热难当,添水拔草事更忙;家家女儿摇扇吃凉果,养媳妇渴来苦瓜尝。

"……"

二阿姆唱到这里,止了。

"还有么?"英兰问。

"有还有,可是我忘了。"二阿姆答。实在她是触起了以前自己的苦处,不愿意再唱下去了。

"啊!可惜!"英兰叹息着说。"这么一个好歌,唱不完!——你怎么把这下半支给忘了?——做小媳妇,真是苦!……"

乡村农家最忙烦的时期,是养蚕。英兰到吕家的第二年,这几年因为农家育蚕都赚钱的原故,长发家的就买了许多蚕种,养了好许多的蚕;因此,更使英兰一天到晚奔走着忙了。白天,得采成担的桑叶,还得替蚕,拣蚕。夜里,忙着铺叶,更没有睡的时候,连吃饭的功夫也没有了。照这样经过了二十多天,蚕上了山,方才渐渐地空闲了些。可是,又要忙着落蚕茧了。

一天,长发家发生了一件重大的事故,使英兰得着了不少的恐怕。

这件事故,连英兰都不大明白底细;虽眼见的实事,她是记忆着的;而这事的起由,还是邻家谈讲起来的。

本来大阿姆和前村的金贵是表兄妹,而且已曾有过一次爱恋的经过。据说,谁都知道的,不过不说穿罢了。而在近来呢,又有旧情重提的意思。

在蚕将要上山的那天罢，大阿姆因为头痛睡在床上。应保为着桑叶的交易，镇上去了。夜晚，长发家的等都已睡了，只剩着英兰和二阿姆坐在满放着蚕箔的堂屋里，预备再铺了一次叶睡觉。英兰因为已有许多天没好好睡的原故，只伏着瞌睡。二阿姆坐了一忽，觉得口渴，就喊了英兰，一同到厨房里去。二阿姆拿着火，英兰抹着眼在后边跟着；到厨房去的路，是要经过大阿姆的房门口的。她们走到转角处，二阿姆一眼看见大阿姆的房里走出来了一个男子般的黑影，二阿姆一惊要喊时，却转念想到应保今天没有回来，心上一明白，没有喊出来。英兰却急声的喊道："谁啊？骇死人了！……"

二阿姆连忙摇着手阻止英兰。水也不喝了。就拿着火拉着英兰一同到堂屋里来。

"干什么呢？真骇死人了！"英兰同二阿姆坐停了说。"不是贼么？咱们照照去。"

"不要嚷了，那里来的贼！"二阿姆轻声哼了一声。"偷了东西，我赔，不要寻根究底了，闹起来，不是玩的；你就安静点儿罢。"

"到底是谁呢？"英兰怀疑的轻声问。

"好婶子，你不用管了。"二阿姆答。"闹出去可不是玩的。谁管闲事，各吃各的饭。"

"到底什么事？"英兰愈觉可疑，拉着二阿姆问："告诉我，我准不闹出去。"

"你问他又干什么呢？难道你还不明白！"二阿姆说。

"我怎会知道？"英兰说。"好姊姊，告诉我。我准不能再告诉第二个人。我立誓。"

"我告诉你！……可是，你不能说出去。"二阿姆极微的声音道："不是偷东西，是偷人来的。"

"什么？"英兰还有些不懂，问。

二阿姆道："你去细细想罢。我可不能再告诉你了。"二阿姆又做个手势道:"——还不懂吗?……"

英兰想了一刻,不觉点头道:"恶!……我知道了。——不是黄桂花?——"

"什么黄桂花?"二阿姆微笑着问。

"黄的姓,桂是——"英兰说。

二阿姆不等英兰说完就摇手微笑道:"对!对!——你可别传扬出去。——不是玩的!"

"自然,"英兰说。"我那里会做这等事,你放心得了,我决不能多话。——这是什么事!………"

无巧不巧这件事过了几天,又一事件发作了。——英兰因为疲乏的原故,夜里睡得像死人一般。可是,在梦中被门外的喊声给惊醒了。她醒来时,以为是贼的事故,骇得将头钻到半床,气都不敢出地静听着。忽然,人声大作。她就钻出头来。

"好!好!——"一个气急的声音,像是应保。"你干什么来着?"

英兰很觉奇怪,因为想到应保昨晚是没有回来的。

"谁啊?"又一个人喊着问。——是来福的声音。"不是应保!"

"捉住贼了,——你们快来。"应保急声的喊。接着一阵闹的声音,别的房里也在燃火了。

英兰惊惧到只抖擞着。听见人声更喧闹了起来,就也穿了衣服,爬了起来。她听见人声都聚向堂屋里去了,也就慢慢地走到堂屋屏门后边。看时,全家的人,除了大阿姆都起来了,围着一个男子在乱七八糟的你一言我一语的噪嚷着。英兰就轻轻走了出去,站在众人的后边瞧。细细看时,原来被捉的男子,就是金贵!

"你半夜三更到这里来干什么?"应保抓着金贵的胸襟狠纠纠地问。

"问他干什么呢?非奸即盗!"来福击了金贵一拳说。"把他关起锁在柱子上,明天问他。"

"奇事!奇事!"长发家的说。"我想金贵家有几个钱,也不至于要做贼，为什么半夜三更到这里来。——应保，你说今天不回来了，怎半夜三更又跑回来？可是真巧，碰着了他！"

"我本来不回来了，可巧碰着前村张铃，他说走夜路回来；我一时高兴，就跟他同回来了。谁知走到门口，正好碰着金贵这贼小子走出来，我就一把将他抓住了。——"应保说。

"你抓住他的时候，他手里偷什么东西没有？"长发深思着问。

"什么也没有拿呀。一个光身子！——等我问他到底干什么事来的。"应保击了金贵一下嘴巴问道："我问你到底干什么来着？"

金贵只不做声的蹲了下去。

"哼！……"长发摇了摇头，不语地只在屋内转着走："别问他了，放他走罢。"他阴幽幽地说。

长发家的以至于爱保等，都默然有些觉察了。只有应保，未曾明白，只当金贵是偷东西来的，就将金贵交给了来福，寻了一根门闩，狠命的将金贵打了一阵。直到长发家的说情时，方才将打到半死的金贵轻轻给放走了。

一场噪闹经过之后，各人也就归各人的住所睡去。

英兰刚刚到床上时，就听见应保房里闹了起来。

"好，好！原来是这么回事，这时我倒想起来了！可恨，只轻放了金贵。"应保觉悟似的说。"你这贼人做了这事还得上吊来害我？"应保愤怒的声音。"幸而我来得早，不然叫我有嘴说不清！——"接着就噪打了起来。而且，还能够听见应保家细细的哭泣声。

直闹了半夜，方才渐渐个安静了。从此，应保和他妻，就不和起来。而应保家的对于英兰和来福家的，更冷淡；而且时常留心着要寻她们的错处。

天渐渐暖热了起来，在六月中旬，更热得像在蒸笼里般。应保家的替长发家说："柴是将近烧完了，英兰闲在家里没事，叫她到山里捆点山柴回来烧。"长发家的听见了，自然极赞成；立刻就知会了英兰。

这样热的天，太阳像火焰一样照炙着一切。英兰提起扁担草绳，拿着镰刀，到小山上捎柴去。

　　英兰四面回顾着，只有自己一个人是在烈日下工作。他蹲着将未长成大的，一把把草来捎着。无情的太阳，像火球般在她背上来回地烘，她热到气都呼吸不转，汗珠一颗颗像泪珠般流着。她虽觉热闷得异常，但不敢停手；因她倘回去时少捎了柴，那谁都可以指骂她了。她只得忍着她的痛苦，努力来捎。

　　她捎到一堆盛乱的草堆旁时，一刹间，前面草堆里虎虎地游出来一条很大而红色的蛇，好像要向她扑来的样儿。她惊惶到怪叫一声，抛了镰刀，狂奔下山来。惊怖的心，和她的脚，同时无主的运动着。也不敢回头，一直往后奔逃了若干功夫，以为已是经过了一个极大而长的危险时期，脚酸软到跑不动了，心也慌荡到将要跳出腔外了，方才站住了。回头看时，什么也没有，蛇更不知什么地方去了。才定了定心，觉得自己的衣服，像水里出来的一般，被汗湿透了。眼见前面有一个小松坟，就走进了松坟里，坐在断碑上休息。回头望时，原来仍旧还在半山，离开蛇的地方不远，恐怕蛇也跟了来躲在自己一旁，就四边察看了一下，觉得没有什么，方才坐定了；心也就渐渐安稳了。可是恐惧经过，接着悲惨追了上来。心一酸，就蹲在松阴下哭将起来。她想自己是现在最悲苦的一人了！她孤立着，非但没有人来援助，更加小小的蛇，都来欺侮她了。于是她觉得各物都在欺侮讥笑她，可恨的阳光，更有意罩住着她；松风微微的在唱着讥笑之歌；小鸟在枝上乘着凉调笑她；薄薄的云，像嘻着嘴在偷视她哭丧着的脸，无援的英兰就蹲着大哭了一阵。她又想到自己的无靠，就是母亲，现在也不来张望她，只放她一个在这苦恼之乡里。又想到几年前和虎儿在松林里放牛的景象，虎儿，现在已娶了吗？倘使和虎儿成了配耦（偶），……唉！——她的命运是被姑妈和范瞎子两人遮盖住了啊！……她觉自己的前途，已绝无希望了。

　　英兰在松林里苦苦哭泣了半天，凄惨的长叹了一声，将湿透了的衣衫来将泪痕抹了；叹息着在松林前折了一支竹头，打着杂草回到方才捎草的地方去。恐怕又有蛇来玩弄她，就在周围用竹子乱敲了一阵。寻了半天，方将镰刀寻着。看看所捎的草时，还不到半担。恐怕回去了长发家的看见只捎这一些草又要骂，看看天倒将晚了，就努力的再捎了些草，捆好了挑着归去。

英兰挑着草走到门口时，碰着长发家的和大阿姆爱保站在门口摇着扇子受风。

"去了这半天才捎这一点儿柴？"长发家的看了看英兰，脸一沉说。

"草儿还小，捎不着。"英兰答着将柴挑了进去。

"谁说草儿还小！"长发家的说。"你这东西偷懒；不打不成人！"

"哼！——"大阿姆嘴一动说。

"什么？"长发家的问。

"你瞧她的脸儿多红着呢。"大阿姆幽幽地说。"左不是在松林里睡觉罢了。"

"对啊！"爱保接口说。"她那儿是捎柴去的。比咱们都舒服，松林里睡觉，又凉快，又有风。——"

"是啊！"长发家的说。"要她吃饭来的！——这东西，非打不成人。我问她去。……"长发家的说着火斤斤地进去寻英兰去了。

英兰病了！她因为愁闷疲乏而病。可是，她病的第一天，长发家的还在堂屋里海骂说："好好的，有饭吃，有衣穿，又不做什么，怎会病？懒得做事罢了。吃得这么既肥又大；开着马桶盖照照，比来的时候，胖多少了？还得装病！——"

英兰睡在房里听见这话，很增进了她愁惨的病态。这时天气还很热，她抱着病独睡在一间狭小黑暗低湿无窗的小房里，一张像棺材板堆着些乱絮的床上，独自呻吟着。更可厌恶的，蝇，只嗡嗡地在她耳边噪闹着，成群的蚊子，伸着它们的利嘴，当英兰是一个粮仓般，只吃着她。英兰只糊里糊涂，热到像在蒸里一般。头脑，只在要涨开似的痛。

她也将自己的生死抛开了，只像一块死的肉般躺着。

夜半，英兰稍稍觉得清爽些，自己扑扑自己的额角，也觉退了些热。这时，方才感到蚊子的可恨了。她小小一个身子，像在蚊群里似的；许多蚊子，围着她咬。她要挥赶罢，非但挥去又来，而且手一点劲儿没有。"唉，蚊子啊！——"她无法应付而哭泣了。我一个苦难的人，你们还是这般欺侮我！可怜我，就少咬我几口罢。我将死的人了！你们等我死了，我的肉都给你们吃；现在，可怜我，你们就赦了我罢！……可怜我，我就死了罢！免得活受罪。将来苦的日子还多着呢！——老天爷，可怜我，我不想活了；你就快点让我死了到干净！……"

英兰自怨自恨哭了一阵，觉得口渴了，起来想点着灯到厨房喝点水去，摸了半天，火柴又摸不着了；摸着火柴，燃着寻油盏时，油盏没谁拿进来。口渴着要迫她去取水喝；只得用着全力，爬了起来。站到地上时，头像风中的风车，一晕，差点儿跌倒；幸而靠在墙上。她就伏在床上定了定神，方才沿着壁渐渐摸出去。脚无力地轻到像灯草，只抖擞着。摸了半天，方才走出了门。再向前走时，谁知离了墙，脚一轻，坐了下去。

"谁啊？——"英兰一跌的声音，倒将长发家的惊醒了问。

"我。"英兰无力地答。

"你是谁啊？"长发家的又问。

"英兰。"英兰答。

"干什么呢？半夜三更，闹你娘的魂；人家不睡么？——"长发家的说。"干什么呢？"

"我口渴，厨房喝点儿水去。"英兰答。

"哼！——"长发家的怪声的说。"好！——白天懒得做事，睡在床上假病；半夜就出来偷饭吃。——我亦不同你多话，明天问你。"

英兰不答，只慢慢爬过了一个小天井，摸着了厨房的门，才站了起来开门进去；摸着了水缸，狠命的喝了一顿冷水，就照样的回到房里来睡。

苦人的病，不必要医生诊治的，随你不卫生，也会渐渐地好起来；而且，好得很快，不几天，英兰的病竟好了。她只叹息着道："老天爷啊！难道我的痛苦还没吃足？还得活着承受吗？……"

本来梅生的对于英兰，是毫不相关似的非常冷淡，梅生也有一个现成的情人，是就在附近。梅生时常和他情人聚首的；而且梅生心目中的英兰，还是一个未成人而未可顾恋的女孩子；所以对她很觉冷淡。不过英兰的对于梅生，虽很觉他笨呆得可憎；但英兰以为梅生，虽如此可憎，将来终于是自己的丈夫，——一个终身的靠山，所以倒很有些爱护的意思。可是，英兰渐渐地感到梅生对她的冷淡，也不觉地冷淡了起来。

壮年的梅生，看着英兰渐渐地长大起来，竟有成人的样儿了。而且，脸儿也很美丽得可爱。于是渐渐生了爱感，不似以前般看不起了。有时，梅生碰着了英兰，看着无人，也要动手动脚摸摸她。英兰呢，虽然觉得梅生的可憎，不愿意他但自以为将来自己的身子都是梅生的了，也随他去。可是祸根就种在这里了。

梅生因为他的情人新近出嫁了，很觉得愁闷；终日愁坐在家里，什么事都不高兴做了。而无可制止的情欲，只驱逼着他。

祸事爆发了！长发家的和爱保回舅婆家去玩的那天。——长发等都下田工作去。大阿姆等只趁着长发家归家去的机会就都镇上玩去。只剩英兰，躲在房里做鞋子，梅生很无聊地在堂屋里徘徊。

有力的情欲，真如烈火般烧到梅生不能制止了。在这时候，他忽然想起了英兰，而且联想到全家只有英兰一个人在。于是，就走到英兰房里。

英兰意料不到，忽然梅生竟会走了进来，立刻，脸儿逼到鲜红，羞涩地低着头。

"一个人闷么？"梅生问英兰。

英兰只不答地低着头做鞋。

"怕什么羞?"梅生坐近了英兰说。"将来咱们终是……"

"你就外边儿玩去罢。"英兰羞涩地将鞋子来遮着脸说。"爸,大伯,他们都在田里做,你干什么闲在家里胡闯?"

被情欲所驱的梅生,不等英兰说完,就拉着英兰的手抱着她吻了一下。

"干什么呢?"英兰急声的说:"尊重点儿!——我可要喊。"

"得,别嚷。"梅生气急地说。"咱们早晚——"

"那可不成!"英兰用力的要推开梅生,可是被梅生用全力的抱住,丝毫抵抗不得。"我可要嚷!——我可真个要喊起来了!给人家听见了,咱们俩都不好意思的!——我真要……"

"好妹子,别嚷了。反正将来咱们亦脱不了这个。你早晚是我的人了!——"梅生求着。

"不成!"英兰满脸涨到鲜红说。"这算什么?我不能从你,你真——咱们……"

梅生情急了,不管英兰是否愿意就硬做。

这时的英兰像一只小鸡,又羞涩,又害怕,又苦痛,又不敢喊;恐怕人家来看见了笑话;可又没有力量来抵抗。

经过了一个很长的暴酷时间,梅生飘然地躲了出去。

但英兰这时苦痛惨凄极了。她明白自己一生是绝对没有希望。"连他,——唉!这个狠心的都来欺侮我了!将来还有什么好日子过!……"她这样想。她感到没有一个人怜惜着她,更加现在的生活是何等的痛苦!尤其梅生的对她无礼和残暴;这是更能勾起她灰心的。她觉得前面黑暗着,是再没有希望的路可走了。就痛心的呜咽着。"早晚终是死啊!活在世上,受这罪!——上回这般病,不死;是要叫我再受些罪过和人家的欺侮?……"英兰想到这里,不觉触动了一个死的观念。"死了,什么都完了;也没有人欺侮了,也不似这般受罪了;睡着了一般,多么自由！——唉！上回的病，为什么不就死了呢！……"她想到这里，忽然又想："除了病，就没有别的死法么？——上吊，——投河，——吃火柴，……"她想到了这层，不觉死的观念充满在她脑里。

英兰想来想去，觉得自己一无生趣；又复想到刚才梅生对她的暴酷，觉得更是死了好。哭着，竟就想死了。"死了罢！——还是死了安逸！……"她想着更哭得苦了。而死念更像小麻绳般紧紧缚住了她，可巧，她一眼看见床上正有一条阔裤带在，就不由自主的将裤带在颈上试了一试；就将裤带缚住了屋下的小梁；一端结了个宽紧结，将头伸进结里试了试，心一酸，泪珠双双流泉般抛了下来。"妈啊，爸爸！——你空养了我一场！这些人逼着我，我是没有法子，只有这条路了！——我的妈，我负你！我……我再辈子报你的恩！——你就算没有我这个女儿，没有养我这个女儿。……我的妈，咱们……谁知我出了门，咱们没见过一回面，就永别了！……"

英兰的死心决了。

英兰哭着站上了床，将头放进结里，想将脚踏开床时；心一轻，又复缩住了，看了看绳子，抹着泪道："我的妈，我可真去了！……你为什么生我这个命苦的人啊！……"英兰试了几次，心一横道："早晚一死！死了快活！苦还多着呢。我就死了罢！……"

"英兰，——干什么呢？"英兰正要踏开床板时，长发家的从舅婆家回来，看见了英兰这个样儿喊，——长发家同着爱保回到家里，只见门大开着，一个人也没有；很奇怪，以为应保家的等都躲在那里；满处寻了一阵，不见有半个影儿，直寻到英兰门房口时，看见英兰在哭着要上吊，就吃惊的跑了进去，把英兰抓住了。

长发家的定了心，抓着英兰的头发问道："干什么寻死？——我什么地方待错了你，要来害我？……你死了好图害我？你倒想得通！……"长发家的说着一面打着英兰的脸，一面抓着英兰的头发，拉到堂屋里；坐着，气急呼呼地问道："为什么要寻死？我什么地方待错了你，你要害我？"

英兰只痛哭着不做声。

"这死丫头，诚心要害咱们吧？"爱保说。

"爱保，"长发家的说。"寻根绳子来。——大的同二的两个东西，不知上那去了。"

"是了，——"爱保答着去寻了根绳子来。

英兰像被捉着的贼般，惊颤着只是哭。

长发家的紧紧将英兰的手系住了，方才放手。这时，大阿姆和二阿姆兴冲冲地从镇上跑回来；一踏进门，一眼看见长发家的已经高坐在堂屋里了，不觉一惊，但也只得走了进来。

"你们俩上那儿去了！"长发家的看见了她们问："好！差点儿出大事！要不是我早回来，英兰早吊死了！——"

她们两人都惊骇地看着英兰，大阿姆凭着勇气道："英兰又为什么要上吊？"

"谁知道。"长发家冷冷地答："英兰不在这里么？问她自己，她自己反正能知道。"

静默了半刻，长发家的才对英兰道："这时候不问你，等爱保她爸回来了再讲。——你不是诚心要害我么？——你要死？也容易，我等等就够死路给你走！……"

## 第五章

寻死而未得死的英兰，受了不少的痛苦，冒了很大的危险；在一个天也未明的清早，从吕家逃了出来；也不认方向，约莫逃了有三三里光景，方才定了定心，站定脚跟。四下里张望时，天色已微亮了。远处的鸡，狗，渐渐接连着啼吠起来。

孤独的英兰的微弱的心，只惊颤着。"逃是逃出来了，到底逃上那里去呢？……"她想。她又恐怕吕家觉察了追来。在惶恐的一刹间，她忽然想起：顺着这条河的路，便是到城里去的路，于是，她无目的地，只被恐怖追赶着，匆匆跑向城里去。

英兰好比一只离伴失道的小山羊，急急地奔逃着尽她所够得到的力量和勇气。她时常回过头去张望着，只恐怕更加比她跑得快些的人追了上来。在每个人跑着追过了她时，她的心就能惊慌地颤跳一阵；并且接着用她不敢直视的目光，斜着偷视那追上来的人：确定了他是无关系的，她微弱的心方始渐渐地安定了。

英兰连奔带逃的到了饭后时分，抬起头来看时，渐渐地可以看见城里隐躲在烟雾里的大烟筒了。可是，有了标的，就愈觉跑得厌气。尤其是那大烟筒，玩弄她似的，她跑前一步，它也好似在退后一步。从一早直跑到现在的英兰，肚子只在叫着饥饿。虽在她步线的一旁，间或有些卖油条大饼的在她眼角扫过；可是，她很明知她囊中和小衣包里是一个有孔的小钱都没有。她的脚酸到提着石头一般重了！她恐怕后方追赶来，也不敢一刻休息，只忍着饥饿的肚子，酸重的脚，尽她最后所有的勇力来跑。并且，她还时常拿"后边追来了啊！……"这句话来鼓励自己。在她间或碰着追着跑过一个老妇，而老妇在问着："大小姐，上那儿去？这般急急忙忙的！"时，她总说着："我赶着上夜工去呢。"——匆匆地跑。

可望不可接的城门，终于涌立在英兰眼前了！于是，她就茫然地走了进去，只无目的地在大街上乱跑着。

英兰转完了若干热闹的大街。虽然有许多可住人的房子，有饭吃的地方，有布买的铺子，有工作的工厂，……等等：但她终未得着一个安身之处。看看天色渐渐地暗淡了下来，她只急到像失了水的鱼儿。最可怕的，要是被追寻者捉住了！那，——天啊！命倒没有什么可宝贵，死了，亦就罢了；零碎的痛苦，是最难受的啊！而且，这次倘是被他们寻到了，更得受尤难过的刑罚。

英兰思量着，浮萍般只匆忙地在街上来回地乱跑着。——忽然，她想到曾听人说过，城里，倘使要到人家做女佣去，是有荐头店代荐的。而且，店里有得给你吃，有得给你住；同时，寻一个适当的处所介绍你去做女佣。所欠下的饭钱，只要有了主家，付着了工钱还她。——英兰想到这里，就满处的寻荐头店。可是，她又不知道怎样的店就叫荐头店。又不好意思去问旁人。

再后，英兰走到一处地方，看见一所沿街的屋里，坐满了些穷妇人，老的，小的，丑的，美的，……都有。她感到这大概是荐头店了。但她又恐怕她的预料是错的，不敢去问，只得在这里门口徘徊着。

"街上走着的大姑娘。"荐头店里的老板——一个肥胖的妇人，看见英兰背着个小包儿，在门口徘徊着，现着进退两难的样儿，便问："你不是要上人家帮人么？"

"是啊，大婶子。"英兰在店门口站住了说："我要寻个荐头店。"

英兰说完，众人都哄然地笑了。笑得英兰涨红了脸儿，以为自己说错了话，要回身走时，听见又有人在对她说了。仍旧住了脚。

"大姑娘，你对着荐头店寻荐头店，不是骑着马寻马么？"老板笑着迎上去，接了英兰的衣包说："我这里就是荐头店；就进来啵。——我们是第一首创老店。不是骗你的话。"

英兰听见了，心不觉一定；血红着脸，跟了老板进去。

"咱们后边去，这里人多。"老板说着，一直将英兰领到最后一间没有人的地方，请英兰坐了。问道："你肚子不饿了？一忽就开晚饭，我们这里晚饭是很早的。——你是那里人啊？"

"我是吕桥来的。"英兰定了定心说。

"吕桥？——吕桥离这里不有六十来里地么？"老板问。"你怎样来的？不是趁便船来的么？"

"我是走来的。"英兰长长呼了口气答。

"走来的？——"老板惊讶的说："到底是你们年轻的人有用。要像我这大年纪，就不成了；看着我是顶肥大不过的个儿，二十里地都走不了。——可是,大姑娘,你从什么时候从吕桥起程走的?"

"天没大亮的时候就走的。"英兰答。"我也没有走惯路,所以直到这时儿才到。呀,累极了!"

"走这许多路,可不得累了。到底咱们是女人,不比男子走得动路。"老板说。"道上没吃什么罢?可饿坏了!——反正不忽儿就有饭吃了。——"

"饿倒还好。"英兰答。"饿过火了。——"

"可是,大姑娘。——"老板迟疑的看了英兰一眼道:"你这大年纪,为什么远离了家要出来帮人?人家像你这大年纪,正是嫁人风光的当儿。"

"唉,大婶子。——你不知道呵!……"英兰痛定思痛,不觉叹息着眼泪不由自主地抛了下来。——一个人在危难过后,终能回想到当时的痛苦而惨凄的。而在困苦之时,只要碰着一个与他稍有同情的人,就能引为知己;同时,将他所遇的危难和所处的困苦,尽量发表出来。——英兰现在也是这样。

"大姊,怎么就这般悲苦起来了?到底为着什么出来的?这样悲苦!"老板惊异地瞧着英兰问。

"唉!——大婶子啊!……"英兰连叹带讲的将自己以前的苦痛和私奔的缘故,细细述了出来。

"可怜!……"老板听到英兰说完了,很同情的样儿说。"咱们做女人的,本来就是苦!——还是一个人在外边儿做做,又自由,又清净,不比在家这个管那个骂,受尽了婆婆的打骂,还得受姑嫂的冷讥热讽。——将来做着存几个放放,防防老:不好么。"

"是啊!——我想,再没有路可走了;要是仍旧在吕家,被她们收拾死了,倒也罢了;可是,唉!大婶子,……活罪难受呵!……我想着没路,只得逃了出来。可是,——"英兰小声的惊颤着,看了看房的四方道:"倘使吕家的人追赶来寻着了我,那怎办?"

"不要紧的。"老板安慰着英兰,"他们不能寻到这里来。地方大着呢,谁知你逃向这里来了。你就躲在后边得了,不必到门口去;要是有人来,我只说没有这样儿的人得了。难道他们好跑进来搜?"

"多谢大婶子,总得大婶子你帮忙的了。"英兰感激的意思说。"还得大婶子替我寻一个好好儿的安身之处。——"

"那,自然!"老板义形于色的说。"什么都有我。一不做,二不休;送佛送到西天。都有我,你放心。"

英兰想了想,又对老板道:"得请你寻一家不大出门的,专做内里事的人家。倘使要出门洗衣服买东西,被乡里人看见了,可不是玩的。"

"包我身上。"老板拍着胸说。"替你寻一个千妥万妥的人家。"

停了一刻,英兰又叮嘱老板道:"大婶子,现在我一个人是飘飘荡荡'举目无亲'的了。现在,只靠大婶子,你算是我的亲人;总得你老人家替我想个安身之处,我一辈子感激你老人家不尽。"

老板不等她说完,接着道:"大姊说那里话。一个人,一辈子就没有落难的时候?大家相帮相帮,算什么;也是应该的。又有什么感激不感激。"

"还有,——大婶子。"英兰接着又说。"你总得替我暗密一点儿;同大家同伴说,别扬说出去。"

"她们准不会多嘴。你就放心。"老板说。

"大婶子啊!——"英兰凄叹的说:"要是被家里寻的人看见了,那,——唉,大婶子!——我是没命的了!……死就死;可是,——大婶子!——刑罚难……难受呵!……"

"你放心,大姊,什么事都有我。"老板说着问道:"——真的,我忘了;我还不知大姊你尊姓呢。"

"我么?唉!——"英兰不觉想着了她的父母,凄然地哭了。

老板想拿些什么话来安慰英兰,可又想不出什么可用以安慰的话。只眼瞧着英兰在痛泣着。"得了,不要尽悲伤了。"老板说。"自己身子要紧。"

"唉!……"英兰抹着泪说。"我母家姓杨,吕是我夫家的姓。"

"哦!——"老板斜着头道:"你就别说这两姓,换一个姓得了。——"

"可又换个什么姓呢?"英兰迟疑的问。

"姓多着呢。"老板说。"你随便换上一个姓就得。——张,王,李,赵,胡,冯,李,……多着呢。"

"我就姓王。——"英兰说着时忽然想起虎儿是姓冯,就也姓冯罢。就换口道:"我——就姓冯罢。大婶子,你说好不好?"

"有什么不好。"老板说。"以后我们就叫你冯嫂子,人家要是问你姓什么,你亦就说姓冯得了。"她笑了道:"可得记好,不要忘了,又说出真姓。"

"我都知道。"英兰说。

这时,外边在喊吃饭了。老板就同英兰到厨房里吃饭去。英兰跟着跑到厨房里,只见有许多人把着碗在吃了。有的蹲在厨房里,有的蹲在屋檐下,有的坐在院子里凳上;都在嗓嚷调笑着。见老板走进来时,都同声道:"王老板吃饭。"

"吃饭了。"王老板说着,同英兰走到厨下盛了两碗饭,一碗菜,就伴着英兰在菜台上吃饭。

她们只吃到一碗时,听见外边喊道:"王老板,有人要老妈子(女佣人)。"

"谁要叫?等一等。"王老板含着口饭说时,外边走进来了一个十五六岁大的女孩子,对王老板道:"妈,就是东街李家的阿福又喊人来了。"

"阿福?——"王老板说。"阿福不要紧的。你就请他进来得了。你说,我正在这里吃饭呢。"

"我叫去。"那女孩说着,就去叫了阿福进来。

"王老板,"阿福贼头鬼脑,笑嘻嘻地走了进来,对王老板说。"我们太太还得要个老妈子。"

"阿福，好久没来了。"王老板调笑着说。"要什么样儿的？粗做？还是细做？年纪大的？还是轻的？"

"你听我说。——这是我们太太告诉我的话，"阿福笑着说。"要好看点儿的，年纪轻轻的；要会粗做，可又要会做细；又要没有皮气的。又要，——"

"别说了，别说了。"王老板摇着手笑了说："你们太太叫起人来，就是这么一大套。上回你来叫的时候，听了叫我耳朵酸；这时，我还没忘呢。——我叫个好的你。——刘婶子来，你，跟来人去试三天。"

"我去？——"刘婶子应声而至。

"你告诉你们太太，"王老板对阿福说："这个，是我们店里再好没有的了；什么都能做，细到鞋头花，做衣服；粗到倒马桶，扫屋子，——"

人们听见都好笑了。

"好，——"阿福打量了刘大婶子一下道："我到眼一看，就是体面能干的。——走，咱们走。——你不是姓刘吗？刘大婶子，咱们就走罢。"说着，同刘大婶子走了出去。

"阿福，"王老板喊。"你告诉你们太太，先试三天工，第四天我自己来上工。"

"是了，——"阿福走着说。"谁不知道呢。"

英兰因为跑了一天，累了，吃过晚饭要紧睡了。王老板就安排他睡在东边一间小房间里。与她同房睡的有六个人，分睡在三条狭板床上。一个是五十来岁的老妇，一个是四十来岁的妇人，一个是二十来岁很体面穿着得也还漂亮的少妇，一个是二十多岁很长的异乡妇人；还有一个，同英兰差不多大，十六七岁的女孩子。她们吃完了饭，都聚在房里；有的拿出鞋底来做，有的在谈讲，有的爬上床要睡了。

英兰坐上床要睡时，和她同床的一个四十来岁的妇人，问英兰道，

"大姊，你姓什么呀？"

"我姓杨。——"英兰答着时，却忽然想起了方才改姓的事，又改口道："不是，我姓冯。——"

"是冯大姊。"妇人又问道："这么青青年纪，有了夫家没有？正是风光的当儿，干什么要出来帮人做苦工？不比我们这大年纪。尽着一身做。——"

"唉，——大婶子，你不知道呵！……"英兰不由自主的叹息着答。——只要有机会，她总想将自己的苦痛尽量说出来。

"有什么为难的事，要出来帮人？年纪轻轻的！说得了，好在咱们同是落难的人。"妇人细看着英兰说。

"唉，——大婶子。说起来，我的命真苦。……"英兰也不睡了，只感叹地将自己的痛苦和为难，尽量的说了出来。到后来，竟呜咽起来了，这时全房的人，也寂然的都注目着英兰听她说。

"唉，——你的命亦真算苦的了！可是，事到如今，还有什么说的。——"妇女叹息着同情的说。"可是，你总是年纪轻，有好日子在后边呢。像我，——唉！……真是没有指望的了！过一天，度一天，度死日。"

"大婶子，你又有什么苦？"英兰说。"像我们年纪轻，苦日子真还在后边呢。……"

"你那能知道。"夫人微喟着说。"我亦是没有法儿才出来的呵。我亦不怕丑。说给大家听听。我家里本来可亦不是顶好的日子。只可恨我们那没良心的，——唉！我提起了多心痛。可不是，我为这个，心口都气成了一个块。唉，事情亦真奇怪！好好儿的四十来岁的人了，交起桃花运来。新近，——这句话就是今年春天。在外边胡闹，姘着了一个妖妇；从此，家里亦不来了，钱亦不拿回来；一天到晚，只躲在妖妇那里，人面不见，事亦不做；见了我，碰着了仇人似的。慢慢儿的，将田地去卖了，供应妖妇化用；真把我气得七死八活。咱们一个娘们，打亦打不过他，骂亦骂不过他，又不好意思老和他闹；再要在家看着它们，气都得气死。一想，还是自己出来做做，弄点饭吃，自己养活自己。反正，一辈子人半世过了，度到那里说那里话；省得在家受他们的无名气。——"

"我不是么。一个男人变起心来，就没有底的；不比咱们女人，还有点回心！"较漂亮的妇人，接着说。"像我们那个杀千刀，同我好了不几年，就将我弃了，要说咱们年纪轻，就再姘不着一个好好儿的男子，非得他们养不成？好才在外边帮人做做，亦饿不死了。没有这些个要债的，到觉干净。一个人做给自己吃，我帮了两年人了，到如今，亦没有饿死，反觉得比有男人的时候舒服。——"

"唉！——"坐在墙角的老妇接口道："你们都还年纪轻，做又做得动，饿不死的。还有许多好日子在后边呢！像我这年纪的老家伙，做亦做不动了，真才叫没有指望了！"老妇人慢吞吞说，"我这条老命！才真苦呢；年纪这般大，死都将死了，还得交这么一部老坏运。——唉！……说起来真伤心，要不是我那不孝的狗贼，我又何必要出来帮什么人，家里苦粥苦饭，有得吃呢，我男的死的时候，——就是大前年死的啵。——"老妇说到这里，将老化眼镜探了下来，嘴抖搦着说："死时，亦留下不少的家业，可恨，不两年多被我那狗才上赌场给输了。田卖了不够，把房子亦押了。慢慢地，将房子里的东西亦多变卖了，弄得我这大年纪的人，没有安身之处；没法，只得出来。躲开他们吧！——唉！——随他们去啵！我逃出了这寨，把房子卖了，我亦不管。好在我这大年纪的人，就快死了，还是出来帮着人过这残年，没人要，就将来死在路头路尾，反正总有做好事的人家来收尸。——真是空的！儿子要他干什么！老话说得好，'儿子一堆堆，不及丈夫一支腿。'真不错的！只可怜他早死了害我，要不然，怎能弄到这步田地。我是年纪老了，要哭，亦没有眼泪，想起来，真是伤心，………"

"你们苦虽苦，终还有个家，只可怜我，——唉！是无家可归的了呵！……"异乡妇人听她们都说着，不觉也就想起了自己的苦痛，落着泪接下去说，——"我们是安镇人，——"

少妇不等她说完，便接着问道："安镇离这里不很远么？——"

"不就是上次打仗的安镇？"中年妇接着问。

"是啊。——"异乡妇人抹着泪说："听我讲，——上月，不知怎么，来了一大群的兵。唉，真可怕！可怕极了！你们没有看见呵，——看去，没有边，像蚂蚁这般多。来了，就将镇上的空房，庙宇，都给住满了；就不肯去。要吃，要喝的。买东西，不给钱；看见好东西，拿着就是他的。还说就要打仗。闹了这里几天，奸，淫，偷，抢，什么都干。过不几天，果然，老天爷啊！听说前面亦有好许多兵来了，就打起仗来。枪呀，炮呀，响得天倒了似的。我们骇得没有法儿，只得同当家的和一个七八岁大的孩子，逃了出来。逃不多路，回头看时，老天爷啊！眼瞧得我们的屋都烧了起来！可怜，我们的窠儿都毁了啊！接着，大兵打了过来；逃难的人又多，把我们三人给冲散了。那时，我又不认得路，瞎走了一阵；在一个小村上住了几天，听说兵过了，再回到老家看时，老天爷啊！……还有什么家呢！一个镇，烧成一堆瓦砾了。寻了半个来月，都没有寻到他们父子俩。没法，想起这里有我一个表姊在，就这里投亲来。到了这里，满处寻不着表姊；身上带的钱，这时亦快用完了，只得寻一家人家做做事，——可怜，唉！……不知这时他们父子俩，是死………是活！"异乡妇人哀哀的哭将起来了。"这……这辈子我……们还……还能见面么？……老天爷啊！……保佑我们活命！……我要再见得他们，……我得吃……吃一辈子长素呵！……"

全室的人，多愁视着异乡妇，渐渐地，一个个都叹息着各个抱着各个的愁苦睡去。

英兰在王老板（那）里住了好几天。她的心，时常慌荡惊怖着。恐怕乡里追来的人，寻着了她。直到第五天，有人来叫婢佣时，王老板才同她到一家人家做女婢去。

英兰现在的主人,是姓张。全家,只有四口人。一个张先生,是全家之主;听说是在一只学校里做教员。一个是张先生多病的妻,张少奶。还有二个五六岁大的小孩。还有一个,是管门洗衣和烧饭的老妈子李妈。

那天李妈到王老板处将英兰叫去时,英兰以为是到一家很富贵的大人家去,谁知不然,李妈同走进了一条狭暗的弄里,径走进一家中等门户人家去了。在穿过第一进屋房时,李妈告诉她说,这是房东胡家,走过了胡家,方才走进了一间中堂,再弯进一间很低暗的厢房,英兰踏进门看时,床前一张藤椅上,躺着一个三十左右的瘦小妇人,伴着两个孩子在读书。

"少奶,叫来了。——"李妈一脚踏进房,对张少奶说着,回过头对英兰道:"这就是我们少奶。"

"少奶。——"英兰照例叫了一声。

张少奶抛开了手里的书本,回过头来对英兰细细看了一下,便问道;"你姓什么?"

"我姓——冯。"英兰想了想答。

"叫什么?"张少奶又细声细气的问。

"我叫英兰。"英兰答。

"这个名字,到顶好听的。"少奶笑着说。"你是那里人?有了夫家没有?"

"我是顾山人。——"英兰答着又想了想道:"我还没有夫家呢。家里,只有爸和妈和几个姊妹。家里人多没有吃的,才出来帮人的。"

"哦。……"张少奶说。"到我这里来,亦没有什么事;只要看看小宝们,相帮着李妈做点儿杂事;有空,做点儿小孩子的鞋,你愿意吗?"

"我什么都愿意做。"英兰答。

"那很好。"张少奶答,"你就在我这里做罢。天儿亦不热,晚上睡,你就同李妈同床睡得了。"

"我那张床大着呢。三人都睡得下。"李妈接口说。

"就这么罢。这时没有事,你同李妈到下房坐坐去。"张少奶对英兰说完,又对李妈道:"李妈,她有什么不懂的,就教教她。"

"是了。"李妈答着就同了英兰走了出来,转过中间,走到她们的下房去。

李妈和英兰在下房,渐渐谈得亲热起来;英兰就将自己的以前,也都讲了出来。并且,和李妈约好。她,是不能出门做事的,恐怕被乡里来寻的人遇见了。以后出门的事,都叫李妈代她做。李妈也就告诉她说,张少奶是很和气的,叫她就安心在这里做着事;将来,总有好日子的。英兰也就听着李妈的话,安心在张家做事。

荐头店的规则,荐了一个人,到第三天便到主家去说合的。倘使主家看中了,就留着当日支工钱;不合,是仍由荐头的带归。到了第三天,王老板照例到张家下工钱来了。

英兰到张家的第三天的早晨,坐在只有一张床这么大的天井里洗衣服。这时,英兰的心绪比较的安定些了。她一面洗衣服,一面在想着。虽觉得后顾茫茫,只要眼前得了一个安身之处,且过一日是一日;比在吕家,受说不出的苦,终得高一点。后头呢,到那时再说得了。——她想到这里,抬头看见王老板走了进来。便嘻着嘴,站了起来迎上去。道:"王老板,你来了真早。"

"不早了,杨大姊。——"王老板说着笑了道:"我又说错了,冯大姊。张少奶起来了没有?"

"早起了。"英兰答。"这时候在梳头呢。"

"你做了几天怎么样?合意么?"王老板走近了英兰轻声的问。

"有什么不合意。谁家我都合意。我有了个安身之处就得。"英兰说。"而且,张少奶顶慈善的。"

"那,你就在这里做吧。"王老板说。"咱们就到张少奶那里上工去。"她说着,领了英兰走进张少奶房里去。这时张少奶坐在窗口梳头。

她的孩子大宝和二宝，伏在桌上玩着玩具。

"张少奶，你起得早；已经梳头了。"王老板一直走到张少奶的身旁说。

"是王老板？"张少奶回过头来对王老板说。"这里坐。"

"谢谢你，"王老板说着坐下了道。"呀！——张少奶，你真好福气。两个宝宝，都这么大了，你看，顶乖的。两人坐着玩，闹都不闹一声。真好福气！"

"还说什么好福气。"张少奶说。"有了孩子，真才可厌呢。老得当心，我的心，都费在他们身上了。我看见了他们就头大。"

"呵呀呀，少奶。说什么客气话。"王老板接着说。"我看着他们就可爱，多么乖；真算小孩中顶乖的了。我碰着好许多的少爷小姐，都没有这般乖的。就像胡太太家的两少爷，多么淘气。看见人，就发皮气，没有这么会闹的。我要去，就怕他们两少爷。"

"我们这俩不淘气。"张少奶接着说，"你没有看见他们淘气呢，淘起气来，谁亦管束不了。"

"少爷在家么？"王老板想着问。

"他么？——"张少奶一抬头答。"一清早就出去了。八点钟，学堂里就得上课。"

"真是辛苦，这么一早就要起来。"王老板说到这里，想想没有什么说的了，方才提着正题，问张少奶道："真的，少奶。英兰大姊，你用着合意么？"

"我用着到顶合意的。人亦不错。——"张少奶答。

"是啊。"王老板接着说。"你张少奶要人，我自然得送个顶好的来。英兰年纪虽轻，做事是顶能干的。什么不会做！我听说你张少奶要人，总得送一个顶好的来。没有错的。"

"可是，英兰她愿意在我这里做么？"张少奶问。"老实说，做我这里的佣人，是很苦的。——"

"呀！——少奶，还说这客气话！"王老板接着说。"像少奶你这般好说话的，现在真少见了。谁家的太太奶奶们没有点儿皮气，——真是，我们的英兰大姊，运气好，碰着了少奶。你这般的主家，还有什么不愿意的。那没，少奶，就叫英兰大姊在这里做得了。就今天上工得了，今天是二十二。——"

"很好，就今天上工得了。"张少奶答着又问："多少钱工钱一个月？"

"少奶，你还不知道。"王老板说着笑了道："总是那个老价钱吧。反正，你少奶不能少给。"

"二块？——"张少奶说着站了起来，在床前方桌钟座上拿了二块二角钱，给王老板道："这两块钱，工钱。这二角钱，一点儿小意思，你买碗点心吃罢。今天二十二，算十九上工的。英兰不来了三天？"

"我还要钱？这两角钱，我不能拿的。少奶，你真会客气。"王老板笑说着将两角钱袋了道："准这样得了。——英兰大姊，咱们下房坐坐去。——张少奶，谢谢你；破费，我下房坐忽儿去。过两天，再来张望你。我可去了。——"王老板辞了少奶同英兰来到下房，对英兰道："我忙着呢，我亦得走了；咱们将这帐算算明白。"

"随大婶子你说罢。"英兰答。

"反正我亦不能欺你。"王老板说。"照老规，我们荐一个人上了工，就得半个月工钱，那时你看见我同少奶讲是两块钱，一个月。付了两块钱，我就得一块。还有，你在我们店里住了五天，我们那里每天房饭钱是两角钱。你住了五天，二五得十，正好一块钱。我亦不用找给你，你亦不用找给我。今天付着的二块钱，就全给我得了。——你懂不懂？"

英兰直视着王老板，只点着头。

"不错罢？——"王老板说着做出很忙的样儿道："我还有好些个事忙着呢，我得走了。——你就安心在这里做罢。一个月两块，十个月亦二十块钱呢。自己做点儿穿穿，亦够了。……"

王老板说着走了出去。英兰也送到她门口，方才回转来，仍旧去洗衣服。

英兰在张家到很觉安心。每天，只要机械式的做她每天的事务，而且张少奶待她到很和气。就是同李妈，也很和好，渐渐地，英兰觉得张家就是自己的家了。也不想再打别的主意，只预备就这样过她的时间。不到几个月，张少奶也知道了英兰的底细，同时因同情而发生出爱护之感来；加之，英兰皮气又好，做事勤劳，也渐渐地当她一家人看待。主仆，不过成了一个空的名分罢了。——这一部分，大概是英兰命运中较好的一幕。

一个秋夜罢？——英兰将大宝和二宝安排睡好了，就同张少奶对坐在房里做着孩子们的衣衫。无意中，张少奶问英兰道："你一辈子人，这般过着就算完了么？——永生做一个孤单的人！……"

英兰听见张少奶忽然这么问她，只呆视着张少奶。问道："少奶，你说的什么？我不大懂得。"

"我说，——"张少奶拉长了语气问："英兰你一辈子人，这般过着就算完了么？"

"不这般过，又怎样过？"英兰迅速的答。

"你不想进一步，……"张少奶看了英兰一下问："——就这么一个人孤孤单单的过一辈子？——"

英兰这时方才懂张少奶问的，只不语地太息着。等了一刻，方才道："还有什么期求？照这般的日子，我已经算很快乐的了！我只望一辈子有像今天的日子过；可不知，老天爷许不许呢！……"

"你就一辈子不想回吕家了？"张少奶又问。

"少奶，——你就别再提这话了；提起，就叫我心酸自苦。"英兰放下了手里的针线，深思着说："我还到吕家干什么去？我再不能进这个笼了！"

"你自己的家呢？"张少奶问。

"我的家里？……"英兰用手来抹着眼泪说："谁不想回家！可是，——我的妈！我又怎样回去呢？……我真忆念着我妈。可又不能回去！我那一天不梦到我的妈，只得将来托人带一个秘信给我妈；就可以等我妈上来会面。——可是，又有谁替我带这个信？自己又不能回去！……我不知我这辈子还能见妈不！——她们还许疑我寻死了，这时她们的心上，或许早已没有我这个人了。……"

"你还想她们呢？"张少奶说。"就把她们抛开罢！没有她们，你亦不会到这步田地。趁早，自己的事，终别去靠人；自己的事，得自己打主意。本来，那时候你不听你母亲姑妈的话，不到吕家去；不就好了么？"

"那里能够！少奶，"英兰说。"我们乡下，男娶女嫁，谁都自己打不了主意；都得从父母主持。而且，一个女孩子家，又有什么好意思自己说这个事。听见了父母在提起这事时，早已脸儿一红，溜了；总得碰运气。运气好，碰着好点的婆婆夫婿；运气不好，那，亦不用说他了。那能像现在城里的小姐们，自己管自己的婚事？在我们乡里，要有这等事，不成了笑话？就得当新闻了！还有什么脸子见人。而且，唉！本来是我自己不好，皮气硬怪了一点，才闹出这许多事来。老实说，像我这般苦恼的养媳妇，多着呢；谁家养媳妇不吃苦的？只不过她们吃了苦不反动，只像木鱼般尽敲着不动：我，可不然，所以闹起一场事来。——人家弄堂里生孩子的，（即小媳妇未与丈夫并亲即产子）多着呢！亦没有说个个要上吊寻死。只怪我自己皮气古怪罢了！……"

"可不是么！"张少奶接着说。"现在的女子，就可分为三等：第一等：是尽受着苦，只忍受着的，像你刚才说的养媳妇一般。二等：就是你这般的人，受不了苦的时候，生起反动来；有能力的，就逃；没有能力弱软的，就寻死。三等呢；就不然了。她们在没有尝到苦的时候，就想起苦的难受；于是自己来解决自己的事，不肯把这主权落在旁的人手里。——"

"乡下人，那里做得到！"英兰接着叹息说。"老实说，乡里还靠女儿嫁的时候弄身钱呢。不是说笑话，谁家女儿不在嫁的时候弄身钱？凶点儿的父母，真想将养你半世的衣食钱都卖出来呢。至于女儿将来到婆家受苦不受苦，早不在她们心上了。乡下的女孩子，大半是这样的。"

"可不是，你明白这个，你亦就不必去记念着她们了。"张少奶说。"还是自己打算打算！——以前，不必说了，以后呢？终得自己打算你自己的终身了！你要是能一辈子自己做给自己吃，最好了；要是不能呢，你亦得计算计算了。"

"唉，少奶！……"英兰红着脸说："又叫我怎么打算？照现在这日子，我到亦知足了。而且，唉！要寻一个好好的伴侣，可亦不是容易的事，碰着好，固然终身的一个依靠，——"

"你又错了，依靠什么呢！"张少奶接着说。"本来一个人要依靠人家，那自然得受人家的管束了。以前的女子，只知道依靠丈夫；所以一辈子没有出头日，只受着人家的管束使唤。本来呢，你要依靠人家，人家自然得这般对付你了。譬如，咱们养一只猪，猪是依靠人们才有吃的，而且自己又不会做什么；将来，自然只得随人家宰割了。譬如鸟儿，鸟儿不会做什么，只躲在笼里依靠着人给它吃；自然得受人家的玩弄了。而出了笼的鸟儿，固然一无依靠，得自己很苦恼的寻食；可是，他多么自由！所以，要自由，就不要去依靠人家；要依靠人家的人，就不能自由，夫妻是什么讲究，本来不过是抱着互助的精神，做一对伴侣罢了。女人的嫁人，不是要寻个人依靠依靠，不过人们一个性的要求；寻一个伴侣。我总听见乡下人说，女子嫁人，是一辈子的衣食饭碗；嫁了人就一辈子有了依靠。因此，她们就都得受人家的管束玩弄了。——"

英兰也不注意张少奶说的是些什么，只深深地思量着她的以后。以前，她蒙蒙懂懂只以为就这般过她的一生了。但听见了张少奶这番话，好似一个哑谜，被说破了；就寻思到以后些问题去。可是现在她的感情，仍然异常薄弱。"寻一个伴侣"这个问题，也不过薄薄的浮云般，在她心上飘过；只一刹那，就遗忘了，而且，也不愿再要求着要得些新的生命。"唉，少奶！……"英兰说了，"我亦不想有更可趣的命运了！只要像现在的日子，我就能很快活，我就，靠着我自己的能力来过这一辈子。我亦不想再去依靠人们，可我，亦不愿意有什么人在依靠我。我很愿意这般孤寂的过我这一辈子，谁是可靠的？……谁亦是靠不住啊！最靠得住的，只有自己个人。我凭着我的力，来换点儿吃的罢了。我真不想再寻一个什么伴侣了啊！少奶！……我，是吃过苦的了呵！……我不要什么亲戚朋友，我亦不要什么丈夫子女，就这般过我孤寂的生活得了。……"

"能这般，到亦顶好。"张少奶说，"只恐怕将来你不能照这话实行。……"

"看我将来自己的命运再定吧。"英兰说。

"可不是，有点儿活意了。"张少奶笑着说。

英兰脸儿一红道："我说的，不过是目前我自己的意思。至于以后呢，谁又能料得到？本来，一个人的心，是很活的；而且，主见亦是时常在变着，谁又能拿得住！——"

"咱们说正经话。一个人孤寂的，也很没有意思。悠悠的命，真长着呢！在这个无味枯寂的世上，总得寻一个同情知心的伴侣。可是，——"张少奶说到这里很正经的面孔道："英兰，这种事总得自己很细密的去应付，不是糊里糊涂可以成功的。主意一错，就得受一辈子的累。"

"到那时再说罢。"英兰感叹着说。"以后的事等着以后再说罢。……"

英兰少情感的心，好比一具锁；自从听了张少奶这大篇话，被开了似的，渐渐地感到自己的单调孤寂；但仍旧像薄云般，只轻轻地吹过，毫没留一些痕迹；只在孤寂的时候，感着孤寂单调罢了。而在孤寂时，英兰的情感，渐渐沸热起来；很想有一个伴侣的意向。但这是一个暂时的另个性情的生命。

英兰很愁虑,自从得到了张先生要到天津去的消息。她明知张先生的家况不见得好,决不会带她同去;但她又很希望或者张少奶同张先生商量之后,竟能将她带去,也未可知。但终于她的希望成了空。不几天,张少奶很决绝的回绝了她,说:她愿意带着她同去,只因张先生说,这里离天津很远,路费很贵;而且天津的生活程度很高,到了天津,不再雇仆人了,都只得少奶自己做了,所以不能带她去,英兰听见了,自然很是凄惨,好似要将她的窠毁去一样。她本来将张家看做自己的家一样,现在,忽然要离开,好比她又进了一条没有方向的路,从新要寻一个安身之处了。而且,离了张家,又去做什么好呢?——自然还是帮人去。可是,帮人未必再能碰着张少奶这般慈善的主人!——因此,她很忧虑。她只希望再后,张先生能将天津去的成议打消,同时她又希望日子过慢些;可是,现实和希望,只成了个反背。张家的搬天津去,决不能打消的了;而日子仍旧是过得迅速,或者比平时更迅速些。

在张家要搬家的早一天,各色都捆理好了;箱子等,都上了夹板,一只只眠在中屋。网篮什物等,都乱放着,呈了一种寂寞可悲的景象。张少奶房里,只剩了一张没有帐子的床,和孤单的一张桌子和两张椅子。一间房间空阔着,好似比平日大了许多。这时,张少奶和英兰默然的对一盏孤灯坐着。全屋承着阴森森的气象。

"明天一准得动身了?"英兰注视着张少奶说。要堕泪的样儿。"我在这里做熟了,真像自己家里一样;这时候你们抛开我走了,叫我浮萍似的,上那里去呢?……真同小孩儿失了母亲似的可怜!我,更是没有家的人!——"

"唉!——我亦很愿意同你去。可是,——唉!这亦是没有法子的事。……"张少奶说。"英兰,我替你说。照你这般浮萍似的靠着帮人家做着吃,依人作嫁,终不是长久之计。而且,多么单调没有情趣!我想。你总得自己打算打算你终身的事。你年纪还很轻呢。日子长着呢!……"

"唉!……"英兰只叹息着。这许多话,更添了她不少的愁绪。

"你自己想想。"张少奶,只注视着英兰说:"你,亦是一个很可怜的人呵!……"

英兰听见了心一酸,泪留不住地尽命抛了下来。"真叫我打不定主意!……"英兰泣了。

两人只相对愁视着。张少奶想想些什么话来安慰英兰,可总想不出些什么适当的话。

"你们明天一准得动身了!"英兰将手来撑着脸,目光定视着墙上的挂钟说:"以后,叫我孤独的人,更得感着枯寂了!——一个人活着,有什么趣味。我觉很没有意思!"

"本来,'人'有什么意思。"张少奶说。"不过既已成了人,就跟着时间做你所应做的罢了。"

"时候不早了,张先生怎样还不回来?——少奶,你早点睡罢;明天可以早点起来。"英兰说着站了起来。"谁能顾到以后。碰着什么事,用什么法子应付得了。——这只钟,亦得带去罢?怎么忘了没有包好。"英兰说着将钟取了下来,用报纸包裹好了。对张少奶道:"这钟放在网篮里罢。——你早点睡罢;我亦得睡了。——我失了什么似的,心上很烦闷。"她说着用希望的目光看了张少奶一下;同时,见张少奶也很愁酸的目光直视着她,微点着头。直到英兰没有勇气而且不忍再留待时,就回到中屋,将挂钟装进了网篮,还到自己的卧房去。

英兰睡在床上思量着,自己终不能决定她自己以后生活所应走的步程。"像蝴蝶般飘荡着,在遇着每个可以停留的处所就停留一刻么?像浮萍般只随环逼着的水跟着风的意向飘浮着么?……或者学燕儿来寻一个伴侣努力的创建一个新的巢?……"她总不能决定她所应走的途径。

"英兰,你愁思些什么呢!"同英兰同床的李妈,只听见英兰在叹息就问。

"唉!——"英兰深深的叹了一口气。

"你舍不得离开他们么?"李妈问。

"李大婶子！……"英兰说。"你知道的，我这么孤孤单单一个人。少奶们上天津去了，我又上那儿去？……那里又是我安身的地方？……"

"可不是么！"李妈说。"少奶顶好说话的，这时候要搬上天津去了，叫我亦很舍不得的。——"

"可是，李大婶子。"英兰问。"明天少奶她们走了，你预备上那里去？"

"我么？我亦不是同你一样，麻雀儿似的落到那儿吃那儿。"李妈说。"我想明儿仍旧到王老板那里，请她寻一家人家做着糊口罢了。——你呢？"

"我么？——"英兰呻思了片刻道："我又有什么去处？我亦想到王老板那里去。除了王老板，我又认得谁？明天少奶们走了，咱们同去得了。"

她们默然了半刻。李妈幽幽地对英兰道："英兰，你们到底年轻，有后福在呢。不比我们是老太婆了，而且，像你脸蛋子生得这般体面，谁不爱？将来碰着了好夫婿，真一辈子吃穿不尽呢！……"

"你又说这话了。"英兰小声的说。"你还要拿这话来开我玩笑？不知我心中，真何等辛酸呢！……"英兰每在听见人们提着了这事，很能勾起她绵绵的愁思。

"咱们说正经话。并不是同你打趣玩。"李妈说。"英兰，你到底不想想你自己的终身大事？难道你就这么浮萍般得了？一个人，终得有根。你家里又不能回去了，难道你一辈子一个在外边帮着人过？我虽也浮萍似的，可到底还有个家在。你呢？——英兰，我替你说的是好话，后日长着呢，总得自己打算打算。你年纪亦不小了，像你这么大，真是风光的当儿。不要到将来年纪大了，后悔，可来不及了。你到底年纪轻，不比我们这大年纪，死都快死了。后日长着呢！我告诉你的，都是真老实话，银钱都买不到的。不是和你打哈哈。你自己细细想一想。"

英兰只不答地不绝的叹息着。

李妈不听见英兰答话，就再叮嘱一声道："英兰真的，趁早自己打主意。到将来年纪大了，后悔可来不及了。你细细想一想。我替你说的话对不对。"

"又叫我想什么法子呢！……"英兰微喟说。

"傻丫头！"李妈说。"凭着自己两只眼去找罢。男人还少么？男人寻一个相配的女人，不易；女人要寻一个中意的男子，可不见得难。凭着你这副叫爱的脸蛋，就找不着一个能干体面的夫婿？怕什么羞！现在是民国世界，大户人家的小姐们，都自己看中了配呢。运气好，碰着一个好好丈夫，下半辈子，就不用愁了。只要自己两只眼睛想想清。别上人当。"

"唉，——难呵！……"英兰只叹息着。悠悠长夜，只跟着英兰绵绵的愁思慢慢地转过。

英兰只觉失掉了什么似的惆怅。她送了张少奶等上车，便和李妈一直到王老板处。她只镇（整）天愁坐着忧思。她同时也感到缺一个知心而同情的并能安慰自己的伴侣；也感到自己单调的孤寂，像漫漫长空一只失伴迷途的孤雁。因此，她也时常将张少奶和李妈所说的来细细咀嚼。但同时，也更增加她的愁绪和烦闷。她真如一只迷途之鸟。"无所适从！"

英兰脱离了张家不过几天罢，又由王老板介绍到一家富乡绅家去做婢女了。本来英兰在张家时将所得的工资做了几身衣服。在第二次到王老板处时，王老板看见英兰装束得很整齐，就告诉她说。照她这般漂亮和清爽，只要有机会，她就能荐她到绅富家做婢女去。富家做婢女，比在贫家做小姐都得舒服些！将来真是"后福无量"呢！果然，一天机会来了。有一家富绅杨中正家，到王老板店里来喊婢女，说：要清爽而且不讨人厌些的。王老板因爱怜英兰的原故，有意要提拔她，就将她荐了去。

据来喊英兰的人自己说，他是叫做刘贵。——刘贵将英兰领到杨家，英兰一路只觉得说不尽的富贵华丽。跟着刘贵一直跑到第四进楼上的一间房门口,只听见刘贵轻声说道:"荫少奶,人叫来了。"

房里一个细小的声音道:"叫她进来得了。"

"你进去罢。"刘贵说着将英兰一推,回转身走了出去。随后,来了一个三十来岁很清洁的妇人,问英兰道:"你不就是刘贵喊来的么?"说着时,也不等英兰的答话,就一开门,领着英兰走了进去:"荫少奶,叫的人来了。"

英兰走了进去看时,只见一对少年男妇,坐在一间很华丽的屋里在斗着纸牌玩。英兰直立着等了半天,等着它们一付牌打完时,方才看见荫少奶回过身来将她打量了一番。问道:"你叫什么?"

"我叫英兰,"英兰答着时,无意中看见荫少奶对面坐着的,大概是荫少爷罢,只用带着欲望色彩的目光细细看着她。英兰一个不好意思,连忙收回目光时,听见荫少奶在说了道:"英兰,你就跟着陆妈,到下房坐坐去。这时候,没有你的事。"

英兰答应着跟了陆妈来到下房。看时,一间很洁净的厢房,铺着两张床。大约就是陆妈们住的了。

她们互问了几句姓名,陆妈就告诉英兰说:"这里的老爷,是叫杨中正。太太,早已亡故了,只有一个姨太太。咱们侍候的是三少爷。一共四个少爷。住在第二进楼下的,是茱少爷。楼上的,是蕙少爷。这里底下的,是芸少爷。他们吃,多在一块儿吃。平常,就各归各。每房有一个妈妈一个丫头。我们这房,本来的丫头秋菊,昨天回去了,所以今天来叫的,你安心在这里好了,反正一天到晚亦没有什么事。做很舒服的呢!

英兰在杨家很安逸舒服。每天,只要侍候着荫少奶们起来后,就没事了。终日只和陆妈在下房谈笑着做些自己的鞋袜。有时,跟着陆妈到各房的下房和些同伴们谈论说笑,或者在少奶们打牌时,侍候在一旁看打牌。

在安逸自由中的日子,是过得很快的。并且,在安逸自由时,便更进一层要要求适意和快乐了。英兰在静闲时，时常能忆到张少奶和她说的许多话。同时，感到自己单调的孤寂。渐渐地，这种感念，就时常刺进她的感觉，不似从前般只像朝雾的无力。

英兰很妒忌荫少奶和荫少爷的相爱。它们俩像春林里的小鸟，时常相依在一处的。她感到这种滋味，——甜到像蜜的滋味，非但她从来没尝过；实是一个新的发现，她很仰慕荫少爷像这多情的美男子，倘是她碰到了——唉！丑笨的梅生！倘使你能像荫少爷这么多情，——唉！又何至于要成功现在的局面！……唉，粗笨的梅生！倘使你用你细腻的情，——唉！——总之：英兰的性情，是渐渐在改变了。

的确，英兰的性情是在渐渐的改变了！而且，改变得很快。她时常感到单调和孤寂，而更感到单调和孤寂的可凄惨；因此，她又进了一个烦恼愁惨之境；终觉身心闷到像有什么遮盖了似的。她每在早晨扫地扫到荫少奶们的床前，看见荫少爷和荫少奶的鞋子同列着时，立刻能使她的心惊觉一下，受到一种异味的刺激；直能使她眼睛定视着那两双鞋，而耳朵也同时精密的听着床上或者在要发现些什么声音。同时间，或又要回想到她在吕家时要上吊之前的一刹间。接着，就要叹息了！心也；酸痛了起来。——渐渐的，什么都可使她嫉慕了。在林间唱答着双双的小鸟，——不止这些，只要是成一对的，无论什么，都是这样和好；只她可算世上唯一单调孤寂的东西了。

"以后——日子长着呢！仍旧这般孤单么？不想想！"在前不过别人来劝询英兰，现在，英兰也时常拿这些话来问自己。"不想寻一个知心的伴侣么？……"经历时常能变移人的志向，以前英兰只觉得世上除了自己，是没有一个人可靠的。就像梅生都如此欺侮她！可是她现在，又感到男子不尽如梅生，以前的见解，是错误的；像荫少爷的对荫少奶，唉！……只要也能碰到荫少爷这般的人！……

英兰每在梳头时，时常对着镜子出神；只叹怜自己这样美丽，而境遇可异常的坏。在镜中，她可以证实平日同伴赞叹她美丽的不虚。她非常怜惜自己的不遇。并且,她想倘使她有好的命运,像自己这般的美丽,难道就碰不着荫少爷这般的人?……

英兰时常将荫少爷来当做多情男子的代表,渐渐地,荫少爷就深深地印进她的心。同时,她又觉得荫少爷待她异常的好,而且有时还用眼睛来挑引她,直使她的心烦乱而且失落了什么似的惆怅。但这,不过是无可决定的非常感知。她也不敢决定,荫少爷是否爱她,而有意的挑引她。并且她还时常能记忆到张少奶对她所说的:"——这种事,终得自己精密的去应付,不是马马虎虎可以成功的;一个失足,就能受一辈子的累!——"即使荫少爷是有意的去挑引她,她也决不会不假思索,就答应他。可是,使英兰怅怅的,是不知荫少爷究竟是有心,还是无意。

这是使她明白这个问题的机会了。在荫少奶到茱少奶家去打牌的那天,房里只剩荫少爷一个人在看小说;英兰因为要拿衣服,就走进了房去;一眼看荫少爷时,谁知荫少爷也眯着眼睛在看她;英兰一个不好意思,低下头拿了衣服就出来。走出门时,听见荫少爷在喊了道:"英兰,——"

英兰听见了,心接连着跳跃起来;只得答应着走了进去,远远地站着。可是半天,不见荫少爷分付她什么。便问道:"干什么呢?——"只见荫少爷脸一红,对她瞟了一眼道:"我这时忘了,等等再叫你罢。——"英兰听到这里,一转身走了出来。

"英兰,——"在英兰刚走出门时,又听见荫少爷在喊了。英兰只得仍旧很羞涩地回进房去。

"干什么呢,荫少爷?"英兰不见荫少爷说什么,便娇憨的问。

荫少爷想了想,答道:"倒碗茶我。"

英兰答应着,倒了碗茶给荫少爷。荫少爷在接茶杯时,似无意,又似有意地摸了一下英兰的手腕。虽英兰平时是怎样的慕荫少爷的多情,但这时她的本性,使她油然生了憎恶,和"荫少爷现在是在欺侮她"的心;不过她不敢立时表示出她的不满,只一回身,飘然地退出房去。

但在这一刹那过后,英兰反感到那一摸的多情和奇趣,使她如吃青果般,渐渐由苦而甜起来;并且觉得余味满口。然而,她又忆起她自己身世的可悲和张少奶所说的:"莫失足啊!——"她自己在规劝自己了。"他明明已有荫少奶在了,——莫上当!……"但她终于不能忘情于的荫少爷的一摸。这种奇趣,是她从来没有感受到过的。她现在回思起张少奶和李妈所对她说的不虚。"倘使有一个人时常伴着我,使感受到这种奇趣!——唉!这种单调孤寂的生活!……"她时常这般想。

英兰感到荫少爷的对她竟是有意了。非但如此,连荣少爷都有勾引她的意思。照严格说,又何止于他们俩!连中正老爷,对她都有些说不出的意思!现在的英兰,真似一只美丽的苹果,许多小孩围着,谁都想抢来吃。

因为和陆妈经过一次长久的闲谈,杨家的底细,英兰都明白了。以下些话,都是陆妈说的:"你以为大户人家就很有礼规么?哼!——更是浑淘淘的。反正你住上一年半载,你就都能明白了。——你可不能说出去,我告诉你罢。谁是正气的?像蕙少奶,——你可不能说出去。——外边都有相好呢!谁不知道,你问拉车的阿二,他都知道;只蕙少爷还睡在鼓里罢了。——老爷,哼!你看着他老,心可不老!这里体面点儿的丫头,谁不得经过他!荣少爷房的秋月,同咱们家荫少爷就有那调儿。咱们荫少爷,更是色鬼。秋菊,走了的那个秋菊,本来同荫少爷闹得顶热的,后来看上了秋月,就把秋菊抛开了。你知道,秋菊好好儿在这里,为什么要回去,就是为荫少爷将她抛了。爱上了别个,气不过,才回家去了。唉!要说大户人家的少爷们,就没有长情。见一个,爱一个;可爱上那个;又把这个抛了!——"这些话,很能使英兰惊觉;想到荫少爷,现在是在勾引她呢;但并不是真的情,看自己长得体面,图个欢乐罢了!同梅生的行动,有什么分别?因此,英兰虽觉得单调的孤寂,但明白荫少爷的多情,不过是一种人工的做作,来做勾引的工具,于是她就时常的躲避开他们,不让他有下手的机会。

英兰很觉奇怪,她在中正老爷房门口经过时,中正老爷喊了她进去,很详细的询问她的家世,英兰自然照样的答覆了。也不见有什么下文,就放她走了出来。她信步到后园门口看时,园里的芙蓉,都开了;一支支直立着。英兰就走近看了一看,同时,采了一朵,想带回去插在瓶里。转到假山洞口时,忽然听见洞里有很亲密的谈话声;细细听时,一个尖细,一个粗浊,可听不出是谁的语气。听到有趣时,直使她的心,颤荡了起来。听出了神时,忽然想起:倘使它们出来碰着了,她那时何以为情?便轻轻的退出了园。还到自己房里去,她想到照如此,陆妈告诉她的,是实在的话了。她又想照这般,自己恐怕终也要免不了的!可是,从陆妈的话里可以得到,谁也不是真情,玩弄罢了。又忆起张少奶所说的,于是她就有了想离开这里的心;只因"离开这里,又上那里去呢?"的意见,所以仍旧搁了下来,没有实行。

　　在荫少奶回娘家去的一天罢,英兰又受了人家的欺侮了。

　　在下午,英兰托点心——是一碗面给独坐在房里的荫少爷时,荫少爷对她眯着眼道:"英兰,你等我吃完了将碗拿出去罢。"

　　英兰答应着,远远地站在房门口瞧荫少爷吃着等。

　　"英兰,"荫少爷慢慢地吃着面,瞧着英兰问道:"你穿这点儿衣服冷么?"

　　"我不觉冷。"英兰无意的一笑。

　　"你的衣服怎都是布的,没绸的么?"荫少爷又问。

　　英兰瞟了荫少爷一眼道:"没有钱,穿绸的?"

　　荫少爷想了想道:"明日我叫少奶做给你。"

　　英兰不答,只低着头。

　　"英兰,"荫少爷没有什么可说的喊。

　　英兰回转身不见荫少爷有什么说的,便怒声道:"干什么呢?——"

　　"唷,好狠!"荫少爷瞟了英兰一眼,微笑的说:"你看,"他将手指上一只戒指,探了下来说:"这只戒指,是我昨天打的。你看好不好?"

"吃完了没有？"英兰无兴的说。"你少爷打的戒指，有什么不好。"

"你爱么？"荫少爷说着站了起来。"给你。"

"我不要这些个。"英兰缩后一步冷冷地答。

"唷！——"荫少爷仍旧微笑着说："我看你这两天有气呢。为什么有气？"

"谁有气？"英兰说。"快吃面罢，冷了。"

"劳你驾，"荫少爷说。"今天少奶不回来了，请你替我把床早点铺好了罢。"

"呵，——"英兰不答地去铺床。

"你看这被好看么？"荫少爷也走近了床问。"你的被，亦这样么？"

"你们盖的被，还能错？"英兰仍然冷冷地答。"我们是没有福气盖这种被儿！"

"你没有福气？谁有福气！"荫少爷迟迟道："你不信，今儿咱们就盖！……"

英兰脸儿一红道："荫少爷，尊重些！"

荫少爷没等英兰说完时，已情不自禁地亲了英兰一下。

"这算什么？"英兰急声的说着便逃出房来。她很愤怒，又不敢反抗。"谁都来欺侮我了！——你们左不是有钱，使唤我；就这般欺侮我？"英兰愈想愈气，没有地方出气，便跑到后园；坐在假山脚哭将起来。

这时，茱少爷家的春桃，到后园来采花；听见园里有幽幽的哭声，很觉奇怪，便满处的去寻。可是，转到后边，哭声到前边去了；寻到左方，哭声又好似在右方；寻了半天，方才看见一个女子，在假山洞口痛泣。

"谁呀？——"春桃走近了看道："不是荫少爷房的英兰姊么？为什么在这里痛哭？"

"唉！——不是春桃姊？"英兰抹了抹泪道："你那里知道？——苦命呵！……"

"干什么呢，英兰姊，这般苦苦的哭！"春桃坐在英兰一旁问；"快别哭，谁欺侮你？——"

英兰抹干了泪，仰头看了看春桃；叹息道："春桃姊，——唉！……"

"你说得了，咱们都是一样的！"春桃细看着英兰的脸儿说："到底谁欺侮了你？"

"谁欺侮我呢！唉！春桃姊？"英兰愤惨地将方才的事，细细地告诉了春桃。末了道："你亦不要见笑。——我的命，本来是苦！到那里，得受人欺侮。"

"英兰姊，"春桃说，"本来这里是浑淘淘的。到了这里，就如进了魔宫。谁是，——唉！别多说了，你亦是明白人。要说咱们是一个丫头，好坏只得受些委屈；又怎样好反抗他们！不是说笑话，姊姊你脸儿长得好，来了就血红的了。好在我脸儿丑，算免了这个。姊姊，我老实说：要在这里，就只能妈妈（马马）虎虎，大家浑淘淘的。可是，唉！姊姊。——我是眼见多了！他们那些个，又有谁多情？左不是来一个，爱一个；爱一个，抛一个罢了。要是真情，咱们亦愿；照他们，唉！弄着咱们玩啵！——我反正亦得离开这里了。——"

"姊姊你上那里去？"英兰很迅速的问。

"我么？"春桃答"我有两个姊姊，在无县做厂呢。不等一个月，我亦得去了。做厂，是很快活的：不比在这里老得受人家的气。多么自由，自己身子，是自己的，谁亦管束不了。高兴做做，不高兴，就不做。这里又有什么好处？——"

"像你这样，在这里到也罢了。"英兰说，"要说在这里做丫头，舒服是很舒服的，亦没有什么事做；只可怕那些个魔！——唉，像姊姊，你就安心的在这里得了；比做厂，总要安逸一些，听说做厂，亦很吃苦"。

"英兰姊姊，你不知道。"春桃凄然拉着一条垂柳出神地说："一人有一人的难处呵！——我一定不能再在这里了，今年我非得离开这里不可。"

"你真的要离开这里了么?"英兰接着问。

"谁骗你呢,我一准得走了!实在,我亦有说不出的苦处,再也不能在这里。再要下去,我——唉!……"

"你肯将我带出去么?——"英兰注视着春桃问。"我早想走了,只可怜没有伴儿呵。"

"有什么不肯。"春桃说,"你真的要同我一块儿出去,我真求之不得呢。可不能骗人。"

"唷,姊姊,我那能骗你。"英兰恳切的答。"你能同我去,我真感激你不尽了。"

"咱们也不必说这些个客套。"春桃拉了英兰的手说。"你既然肯同我一块儿做厂去,咱们今天就说定了。咱们下月三十,就走。我家里有人领我来呢。说定了,可不能反悔。"

"谁反悔?我能立誓!"英兰迅速的说:"就这般得了,——我可作准了。不是说得玩的。"

"那,自然!"春桃说着站了起来道:"咱们等等从长计较。——茱少奶叫我采芙蓉花来的,芙蓉花可谢了;又采什么呢?我得进去了,等等里面又叫。准这般办——咱们晚上谈。"

"我亦得进去了。"英兰擦去了泪痕,说着站了起来,同春桃一路谈讲着进去。

忽然的,有一天王老板叫人来将英兰请了去,英兰也不知是什么事故,要不去罢,心里又很狐疑,就跟着来人,雇了辆车子一直奔向王老板家来,一路上,英兰异常疑惧,虽来人说,并不是她的吕家有人赶来。"或者是妈来了罢!"英兰这般想。

英兰一见王老板要问原因时,王老板已笑嘻嘻地先对英兰道:"英兰姊,请你没有别的事;我很记念你,请你来谈谈心的。"

英兰心一定。道:"没有什么事,我到骇得什么似的,连忙赶来了。"可是仍旧有些疑虑。

"没有什么事,英兰姊,"王老板只嘻着嘴说。"咱们里面坐,这里噪闹极了。"说着,对她的女儿道:"阿媛,去泡壶热茶来。"一面说着,一面同着英兰走到最里的一间。就是英兰第一次同王老板谈论的那间房里。

英兰很狐疑。王老板对她的景像,是从来没有的。坐定了,便又问王老板道:"到底有什么事?"

"没有什么事,请你谈谈心的。"王老板说。"英兰姊,你不饿了么?咱们买——"

"我不饿,你快不要去忙。"英兰连忙说。"我刚吃完饭才来的。我一忽儿就得走呢。"

"呀,英兰姊,这点儿脸都不肯赏?咱们还有什么客气!"王老板一撇嘴说,"我得和你谈谈心。"

这时阿媛已经泡了茶来,替英兰和王老板每人倒了一杯茶。

"咱们喝口茶再讲,"王老板托起茶对英兰说着,喝了一口,对阿媛道:"阿媛,去打两碗馄饨来。——"

"王老板",英兰站了起来去阻止她们说。"别去买什么馄饨了,我一忽儿就得走。"

"呀,——"王老板推开了英兰说。"这点脸儿多不肯赏?一碗馄饨,是小东道;将来你还得好好儿请我呢。"

"为什么?——你说这话,不有缘故么?"英兰一呆,坐了下去疑虑的问。

"什么也没有。"王老板也坐了说。"我请你来不过谈谈心的,好久没有见你,我怪记忆你的。"

"我——"英兰要想说什么,可又缩止了。

"英兰姊,你可不要疑心;我请你来,真不过是谈谈心。"王老板注视着英兰,郑重似的说完,又改一副面像语气道:"英兰姊,杨家是不错罢?"

"唔,……"英兰瞟了王老板一眼点着头。

"可不是,英兰姊,我不能给当你上罢?"王老板很注意似的说。"他家是多么富有阔气,你看,——真是一辈子穿着受用不尽!——"

英兰不等王老板说完,就斜视着她道:"这些个咱们讲它干什么。——反正在一天算一天,他们富也罢,贵也罢;与咱们没有什么相干,他们富贵,是他们的;咱们又不在他们家里一辈子!——哼!……"

王老板狠狠的瞟了英兰一眼道:"啊,这亦不过是我在便中提着了谈谈罢了。——我说英兰姊,你在杨家做着合意么?"

"我想,——"英兰缩住了改口道:"有什么不合意的,这里做工,那里亦是做工;全是气力换来的钱。中意,就多做两天;不中意,就少做两天。——"英兰说着时转了个念头,便笑道:"我是很合意的,这么大富贵人家;一天到晚,有得吃,有得穿;一天到晚亦没有什么事做,还不好么?还要怎样舒服?"

"唉!——"王老板长叹了一声。

"你又叹息什么呢?"英兰注视着王老板问。

"我想,咱们要生在这富贵人家不就好了!"王老板怅怅说。"做他们家的人,多么舒服!咱们一天到黑奔走着,半夜还得计算计算明儿有吃没有。"

"咱们有那福气?"英兰不觉也怅然地说。

"唉!"王老板坐近了英兰一步道:"我们是没有指望的了。像你,这大年纪,这体面脸子,后福大着呢。只要将来得发了,提拔提拔我,就算交情了。"

"哼!——"英兰瞟了王老板一眼,深思着说。

"真的,——"王老板想着了什么似的对英兰道:"英兰大姊,杨老爷杨中正,我从来没有看见过,到底是个什么样儿的人?这般又富又贵又有福气!"

"左不是两只耳朵一个鼻,又不多什么。"英兰笑着说。"我告诉你罢,很瘦长清气的这么一个四五十岁的人。——"

"嘴上面有颗痣的,是不是!"王老板问。

"我想想,……"英兰想了想道:"对了。"

"就是他?——"王老板惊觉了似的说:"曾经托过我一件事的呢。——有太太么?"

"太太早死了,现在只有一个姨太。"英兰答。"丑极了的这么一个娘们,我看看就不爱,——"

王老板笑着道:"本来都得像你这般体面?像你这般美丽的人,本来是很少的呢。——"

"唷,——"英兰羞涩的将手巾来抹了抹嘴。

"馄饨来了。"阿媛托着两碗馄饨一路喊了来。一人给了他们一碗。

"这里没有什么吃的。"王老板对英兰说。"吃两只馄饨,点点饥罢。——"

"王老板,你真客气;我这时实在不饿呢。"英兰拿起筷说:"你既已买了,我亦只得领你的情。"

王老板吃得很快,只几口,将馄饨吃完了;抹了抹嘴。等英兰吃完了,便叫阿媛倒了两碗茶,将馄饨碗收了去。又复对英兰道:"英兰大姊,不是我又多话。一辈子人长着呢!像你这大年纪,真是风光的当儿,别错过了,将来后悔来不及。趁这时候,——我说的都是老实话,不能给当你上。趁早,自己打算打算自己的终身,一个人这般飘荡着,到那儿吃那儿,总不是事,咱们女人,总得有个靠防。像我丈夫在的时候,多么舒服,谁敢说句闲话;从他死了,就不成了;谁都可以欺负了!多么苦?——唉!……这时候你还年纪轻,过两年,你就能明白了,而且,现在年纪轻的时候做得动,总有得吃;将来岁数一大,就不成了。要说一个人,总得有根。你的底细,我亦不是不知道;家里罢,都不能回去了；将来又靠谁呢？英兰姊，你是明白人。"

"唉！——"英兰触着了心事，不觉默然长叹了一声道："王老板，又叫我怎样好呢？我是真没有主意！"

"有什么有主意没有主意。"王老板更坐近了英兰一步说："有机会，就把这件大事了了，不就得。这些话，我亦是为好，看着你孤零得可怜才说的。"

"又有什么机会不机会，到那里说那里话；随着我自己的命跑得了。"英兰很惆怅的说。

"英兰姊，我有句话替你说。——这，亦不过说得玩的，愿不愿在你，你可别多心。我对人家罢，亦不过传传话；对你，也是好意，你可别愿意时，感激我；不愿意时，又见恼我是顶直不过的。——"王老板迟迟的瞧着英兰的脸儿说。

"什么话？"英兰心一动问。

"你别当真，愿不愿随你。"王老板说。

"你就说得了，我怎能恨你恼你。"英兰愈觉疑虑了说。"你快说，我决不能恼你。——说呀！"

"我告诉你，——"王老板说完咳了声嗽，又坐近了英兰一步，差不多可以碰着英兰了。又看看四下没人，方才轻声的道："昨天杨中正叫了我去，——"

"你不是不认得杨中正么？……"英兰迅速的问。

"你听我说，我本来可不是不认得他么，昨天叫了我去，我亦不知是谁呢。"王老板说。"我细细告诉你。——他把我叫去了，我亦不知道是什么事。——"

英兰听到这里，心一动；只摇荡着；就装着镇静的样儿，微哂道："同你今天来叫我不一样？——"

王老板看了英兰一眼，停了停道："我不说了。"

"说到这里，怎又缩住了？我亦有点儿明白了！——"英兰推着王老板道:"你说下去得了。"

"我说你听着。"王老板接着说。"可是,随你愿不愿,你也别见恼。——他——是杨中正的意思。说你顶庄重的,就——他亦不知怎么,你的底细,都知道了。——"

"哼!——"英兰想:"我说呢,那天无缘无故的叫我进去了,顶详细的问了我这么一套。就不怀好意!"想到这里,脸儿也涨红了道:"你说,你说!"

"有什么可说的,反正你亦明白了。"王老板细细察看着英兰的脸色说:"左不是想要收房罢。——英兰姊,你的运儿来了!……"

英兰冷冷地哼了一声道:"怪不得她们都说他人老心不老。——哼!王老板,对不住;你就告诉他:我穷小丫头,万万不敢当;可亦抬举不起。——"

"可不是,你见恼了罢?我也不过替他传话的。本来我那时候听见了这话,我就不愿传。——本来这大年纪的人了,死都快死了,还打这念头。真是想吃天鹅肉!——可是,英兰大姊,你终身亦得打算打算了。——这话,我是卫护你的话。你别多心。……"

"唔!……"英兰默然。

两人默然了半刻。王老板又道:"英兰大姊,——咱们一个人活在世上,有得吃,有得穿,就得了;还顾别的什么。一个人可以往上爬,就该向上爬;我是年纪大了,像你这像年纪;正是爬的当儿。要说,——英兰姊,你别多心。我不过说说空话。杨中正家,多么富贵荣华;想踏进她们家,真才不易呢。要是做了他家姨太太,这真才一辈子吃穿不尽了。而且,又没有太太了,谁不敬重;要怎么着,就怎么着,多么荣耀?将来家产,谁敢哼一声!——"

"王老板,时候不早了,我也想走了。"英兰不耐烦的站了起来说。"谢谢你,——"

"忙什么呢?"王老板怅然的说:"再坐忽儿去。"

"我要走了,来了这么半天,她们得满处寻我。"英兰说着便走了出去。

"明儿我望你去。——英兰姊,自己总得算计算计,趁这时候;将来后悔来不及。"

英兰也不答什么,告辞了王老板;就在门口雇了辆人力车飞奔回去。

一路上,英兰愈想愈气愤。"谁是可靠的啊?……"她想:"谁都看中了我,想,……唉!……"她一路想着,也不觉得,现在,是有人在跟着伺候她了。在她回到杨家门口时,忽然听见自己后方也有一辆车子停的声音;回头看时,心一惊;看见一个人对她细细打量了一下。英兰连忙躲进去,想时,觉得那人似乎是有些认得的,这时心上记念着方才王老板所说的,以为是偶然,也不在意;便匆匆地一直跑回自己房里去。

## 第六章

也不与英兰有考量王老板所说的那问题的机会,不几天罢,英兰就又碰着以后的事故。

英兰很高兴的一天早上,将要梳头时,看见自己结子上的头绳,已很脏了;便兴匆匆地跑到街上绒线店里去买了几个铜子头绳,又复买了两个馒头,回来时,将要走到杨家门口,离开还有四五十丈罢,沿河一只小船里,跳出来了几个大汉,英兰一惊,看时,是不认得的;也就不在意。以为几个大汉,是闯着玩的,谁知走到英兰身边时,竟将英兰围住了!有一个,英兰细细地看时,似乎是曾在什么地方见过的,迅然的,将英兰抱住了。英兰知道出了事,要喊时,已觉有一块轻的东西,塞进嘴里。一刹间,微弱的英兰,已被他们捉进船里去了。英兰在糊里糊涂中,觉船已在行着。最可异的,英兰心稍微定了,张开眼睛看时,唉,天啊!……英兰惊惶悲惨到绝点。冷严的长发家的,傻笨的梅生和长发；高坐在中舱。看自己时，手已被缚，横眠在船底。英兰万感交集，心一冷，将头也眠了下去；全身的机能，多停止了似的，怀着绝望的念头，只闭着眼睛，"唉！——现在，——随他们去罢！……"英兰所能思量到的，仅仅乎这些。"本来，唉！——到处得受人欺侮，不如早死了！……"英兰只眠在长发们三人的脚边，惊颤着。

"哼！——"长发家的只对着英兰冷笑。长发也一声不作，只狂吸着旱烟。梅生，独做着得意的样儿，坐着摇摆着头刁笑。

全舱惨淡的静默着，满藏着哑谜般的神气。只有橹声，是在努力的合拍地叫着，和些船户喊叫的噪乱。经过了很长久的时候，船摇出了水关；只见长发家的方才伸了个懒腰。"哼"了一声，对英兰道："我以为你真是寻死了，——亦有这般一天！我想你总跳不过我的手心罢？……这时候，你还有什么法术？试试！上吊，你手上有的是绳；投河，窗外就是河。——我亦没有什么可替你说的，到家再说。"

英兰存了个必死之心，到也不什么悲惨惊惧。长发家的说了这么一大套，只当没有听见；只静闭着眼，眠在舱底。心里，也一些儿什么不想；像入定的老和尚般。"随他们收拾罢，总只有一条命。"她只有这么一些意念。其外，心上一些儿痕迹没有。

"别假清高了！"梅生说。"原来要私奔？害我们住在小船上候了你一天一夜。"

"这还是咱们的运气呢！正好，她出来买东西。"长发击去了烟筒里的烟灰说。"要不然，真是！侯门深似海，又上那里去寻她这么个人？"

"总是咱们运气好。刚巧，全余会碰着了她。否则咱们又上什么地方去寻她，不便宜了她？咱们真得蚀本，人财两空了。"梅生说。

"照我，一直将她"长发家的说到这里蹴了英兰一脚，"摇到上海卖去得了。"

"又何必将她摇到上海？"长发接着说。"在吕桥就卖不掉？照我，咱们将她领回，亦不用打她，亦不用骂她；将她锁在厨房，等主顾。有主顾，一百二百卖不到？看她的脸儿，到值几个钱呢，真是知面不知心！"

"对啊！这种丫头，要她干什么？趁早卖了干净！省得将来又闹什么玩意儿，人财两空。"长发家说。

"将她卖了，丈母家答应么？"梅生问。

"什么丈母家？——还是你的丈母家呢！你有这般私奔的媳妇，算你阔！——傻孩子！"长发家说。"你别多嘴！卖了，就怎样？谁敢哼一声！要私奔的养媳妇，不卖放她在家干什么？——哼！——"

"准这样得了。"长发又装上了一筒烟说。"要仍旧给梅生罢，我看她这皮气，这辈子亦改不了的了；将她收拾死，看钱面上。——还是卖了好！有钱，难道寻不到这样的丫头？回家亦不用打她，可是，得好好儿锁在空屋里，免得又逃走了。"

"我说，长发，"长发家说，"最好还是摇到上海卖去。照她那付淫浪脸儿，别说二百，四百亦有人要，你说怎样？咱们总得将这本儿好好捞出来。"

"到家再说罢。"长发答。

英兰只似睡非睡的，等候着以后，长发等三人，一路只商量着处置英兰的方法。船摇了好许久时候，来到吕桥靠了岸了。

"捉到了没有？——"船刚靠岸，已经听见是大阿姆的声音在喊着问了。"不是娘回来了？"

"是的。"长发家一路说着，兴冲冲跟上岸去。"捉到了，这个贱货！直候了她一天一夜。"

"阿弥陀佛！……"大阿姆拉长了声调说。"我不说准不能寻死么？这容易呢，寻死！"

"我说准能寻到罢？果然。"二阿姆也说一句。

"得了，得了。"长发家高兴的声音说。"人来了，你们亦该说太平话了。"

一个个上岸去。末了,梅生拉着英兰也上了岸,成群的回到吕家去。

一路的人们,愈挤愈多;在进吕家的门到中屋时,看的人们挤了一院。英兰只低着头,存了个必死的心,热血只阵阵的涌上头部来,脸都鲜红了。

"呀,到底要吃外边饭的。你看英兰姊,城里去了不久,脸儿吃得胖胖的;又白,又美。"一个看的说。

"可不是么。"又有在说了。"咱们亦吃外边饭去罢。没有愁恼,没有心事,多么舒服!不比在家好?"

这时许多人在谈论着,有的讥讽,有的调笑,有的咀(诅)咒着。全场的人,没有一个是同情于英兰的,还有些在对着长发家的道喜。苦恼孤独的英兰,像待决的犯人,只微微抬起眼皮,对全场的人渺视了一周;沉沉微声的长叹了一声,仍旧将眼闭了。这时,忽然感到一种异味的悲苦和凄惨,心像小刀般在割将起来,泪珠簌簌地在抛了。

天暗将下来,看的人们也渐渐地散了。长发家的们舒舒齐齐吃过了晚饭。"得了,现在咱们好舒舒齐齐安排她了。"长发家说着对应保道:"应保,将大门去关了!"又对梅生指着英兰道:"还不将她牵到厨房去。——"

梅生答应着将英兰一直拉到厨房去。一行人,都跟着来到厨房。

"寻根长长的绳子来。"长发家坐在一张方凳上,指挥着众人说。大阿姆去将绳寻来时,又吩咐梅生们将英兰紧紧的缚在柱上。这时的英兰,只像被捉住的小鸟,尽着他们捉弄,也不反抗。她也明知反抗是没有用的,或者更可增进些他们的羞辱;只静候着最后的解决罢了。同时,她很希望最好,她们今天就将她收拾死了,免得零碎的痛苦;和以后的欺侮。最难的日子,恐怕还在被卖之后呢!……

长发家的寻了一支长长的桑枝,舞着试了一试;就迅然的击了英兰一下。"你好,"说着又是一下。"你要害倒我们这家人家,——我到以为你真死了,原来躲在他们家。"更重的一下。"现在你又有什么法术?"连击着说:"你逃,——你逃,——你逃!……我看现在能逃不能逃！——逃！……"

英兰只泣着将身子左右扔着躲桑枝。直打到英兰泣不成声，满身痛楚到像无数的小针在刺；而长发家的也已力乏时，方才停了。长发家的将桑枝投了老远道："我力乏了，明儿再问你。"

"娘，你奔波了一天亦累了。早点儿睡啵。"大阿姆斜视了英兰一下说。

"实在，我是累了。"长发家的长长呼了口气说。"你们将她缚紧了，盛碗饭给她吃，饿死了，不要紧；咱们还得卖两个钱化呢。"

大阿姆听着长发家的话，盛了一大碗饭来给英兰。英兰将手臂遮着脸部苦泣着，也不接碗。

"不吃？——"长发家冷笑着说。"随她去。你将饭碗放在椅子上。她饿了，少不得吃去。"

"你就吃罢。"大阿姆说着照长发家的话，将饭碗放在凳上，将凳搬到英兰面前。

"走，咱们走罢。吃不吃，随她去。"长发家的说着，将大众推了出去，将厨房里的火也吹熄了，自已方才退了出去，将厨房门锁好。都睡去了。

人们都睡了，英兰一人在黑暗的厨房里苦苦哀泣着。这时天气已很有些冷了，只有微微尖利的风，簌簌地从纸窗里吹进来；寒淡的半月，也渐渐地移过来偷偷地从纸窗缝里窥视她。寂寂的落叶，只被风吹着在地上打战，发生阴森森的声音。

英兰思前想后，也不吃东西；只有哭泣，是现在可做的事了。要寻死罢，非但无法可死；身子被缚着，也不得死，只能僵僵地直立着。又累，又冷，又饿。哭到无力再哭，而眼睛里面的眼泪也已干了；就抬起头来，凄绝的长叹了几声。"我的妈呀！你知道我现在在这里受这种苦痛吗？你养了我是为叫我受苦的？——妈呀，你听了姑妈的话，可害了我这一辈子了。——可恨的范瞎子啊！……你，……你，——"

漫漫的长夜，像没有时间的这般难过。但终于，也渐渐地过了。在英兰,好像经过了无数苦痛的世纪,方才看见天色,慢慢地亮了出来。雀噪,鸡啼,狗吠。英兰糊糊涂涂好似在另一个悲苦黑暗的世界。各种,都好似在表现出或者在哭唱出它们的悲苦。英兰好似在梦中,一个黑暗乌阵阵的恍惚的梦中,天虽已在亮了,但仍旧好似在没有亮的时候的梦境。

各人都奇怪了!不过经过一夜,看见英兰已消瘦到同昨天如换了一个人似的。于是长发家的发议了说,倘使照这样,不必几天,英兰就会死的;死了,不要紧,这笔钱何处捞?照这样,不妥,就同合家的人,商议了好几次后,决定照着长发的话。在厨房的一角,铺些柴给英兰睡。至于缚绳的放宽,切不可过;他的范围,只可止于这个铺的大小。而铺的四周,只要可以用以自尽的,就是一只钉,都不能放。并且每天须叫她吃三碗,免得饿死了。不吃时,就打到她吃。

以上的,就是现在英兰所过的日子了。

要死不得死,要活不得活的英兰,时常可以听见她们在商量出卖她的方法与时间。有的说。还是趁早将她卖了,免得夜长梦多。有的说,快年底的时候了,谁有钱办这事?不如过了年再说,亦好多弄几个钱。英兰只要微微听见她们提起这事时,就能如在火上烘的茧儿这么难过。可是,她想来想去,总想不到一个反抗和自解的方法。

"明儿摇你上海卖去了。"有这么一天罢,英兰蹲着思索时,忽然听见在洗着碗的爱保,含着讥讽的色彩这般对她说。"爸爸自己同于二商量好了,叫于三同着三哥同你到上海卖去,总在这几天之中罢。"

英兰听见了,心里一惊;木然的瞧了爱保一下。但这时,爱保已将碗洗好了,飘然走了出去。

"除非你是将来不出去做养媳妇,不嫁人的,……"英兰无聊的咀(诅)咒了爱保一下。接着想,爱保所说的,必有原故。死也在今天,自拔也在今天了!明天,就得被她们摇到上海卖去了啊!——唉!愈跌愈深!要是被她们卖了,不知更得吃怎样的苦呢!——可是,又想什么法子自拔呢。逃?——身子是紧紧地这般缚着。死?——又拿什么来自尽！

英兰只这样盘算着，渐渐地天色已是黑夜了。眼看着她们，都吃过了晚饭，收拾好了厨房，出去睡了。这时，天已很冷，风像被激怒了般的号叫着。英兰冻得簌簌地在抖擞。幸而，燃在灶上的一只油盏，最后出去了人，忘了没有将它吹熄，被风击着在发出阵阵的火焰。

英兰只没七没八愁思着。她也不知现在是什么时候了。她在无意中，忽然看见她手能伸到的地方，有几根火柴；这大概是她们烧饭时落在这里的。就无聊地去取了，在手里玩弄着。半天。在无意中，她忽然惊觉了。"倘使将这火柴燃着了。——"她想："再燃着几根柴，就用这些火，可以将缚着我的绳子烧断。绳子断了，我不自由了么！——"她想到这里，全屋看了一看，没有出路；只有一个天窗。乡下的房子，是很底（低）的。在灶上放一张椅子，就可以接到天窗了，她又想："倘使现在绳子是断了，就拿张凳子，放在灶上；爬上凳子，就可以接到窗了。这扇窗，本来可以开的。开了窗，就可以爬上屋去。——可是，爬上了屋又怎样呢？……有了！屋的后面，不有棵树么；紧接着墙的，就可以沿着树落下去。——逃罢。……"英兰想到这里，看了看手里的两根火柴；心跳了一阵，满身的血，热沸了起来。祷告着道："火柴呀！我的命，也在你身上了啊。……可别熄了！"

英兰将柴另外堆了一小堆，就细心的将火柴燃着，却被风吹熄了。"天啊！——"英兰惊惶地想："只有这一根了。再熄了，老天啊，我是没命的了！——"想到这里，就又将最后的一根燃时，着了，可又手一脱，落了下去。幸而，可巧落在柴上，柴就着了起来。英兰这时再也没有心思去想什么了。不加思索将手臂上的绳，引到火上。居然不一刻，绳被火烧到寸寸断了。"唉！——"英兰凄然的落了两滴泪，站了起来；将火踏熄了。这时，方才想起："倘是有人看见了，——"心就很惊惶地跳跃，身子也颤抖起来；就四面去看了看，没有什么响动，心方始定了；将手上的绳结，用嘴来咬着解了。于是，搬了张凳子，放在灶上；爬了上去，将天窗推开了；又试试，凳子还低些，身子爬不上去；就又爬下来看看，没有什么是比凳子还高些的，只有刀板架，比凳子高上一倍；就将刀板架放上灶头，重又爬上灶；踏上了凳去，再踏上刀板架时，头已探出了天窗。风很大。四下里望时，满处黑刺刺的不辨西东。这时的英兰，也不顾什么了；手一用力，爬上屋去。也不将天窗关好，就在屋上爬到后边有树的地方去。幸而风大，将瓦的碎杂声给遮盖了，这时的英兰，也不怕惧，似吃了狂药似的，只照她现在所能做的做去。慢慢的，爬到后方树边时。正好，树是靠着墙长的，树枝还交到屋面上。英兰就吊上了树枝，紧抱着树，一节节地落下去。落到地看时，不觉使英兰惊骇到要狂叫起来。原来有一个黑刺刺（刺刺）的东西，蹲做一团，在离树脚不远的地方，她还以为是眼花，抹了抹眼睛看时，何尝不是一个人！就轻轻的问了一声，"你是谁？"也不见那人答应。英兰真骇到毫毛直立，要拔出脚来逃，忽然想到："一准是贼，难道真有鬼不成？反正我亦死里逃生，要是鬼将我抓死到也罢了，——"想到这里，胆子壮了起来；便细细去看了一下，可不是个人么！"一定是个贼了。"英兰想着时，对那人道："你拿去得了，你可别嚷，你做你的事，我做我的事。——"说完，也不顾什么，就逃。黑暗的夜，只微微有些月光，从云缝里射出来，英兰也不辨方向，只瞎走一阵。走了不多时候，忽然想起，走过村庄时，是有狗吠的，只能向冷落的去处跑，又复想起方才的贼，倘使进去偷东西将它们惊醒了，察看我不见时；准得四处的追来。想到这里，心一阵的乱跳，便狠命的逃，经过了无数的松坟，墓墟，这时，也顾念不到怕的一事了。虽然有顶面像，尖刀般锐利的风虎虎吹过，和像冰屋里的这般冷。

英兰逃到力乏气也回不过来时，觉得已经跑了好许多路，似乎已经过了危险地处。看看前面，有一条河阻着去路，便站停了脚。想了想，呼了几口气；就决定向左走去，她也不思虑什么，现在所最要的，是尽着她所有的力量来逃。

英兰尽命的只沿着河逃,也不顾脚的酸痛和自己的有无力量。每在碰着前面有拉着纤的夜船来时,便在桑田里躲过他们。英兰这时机械的车般,脚如双桨的走着。好似她一生的使命,只为着现在的逃;也没有别的情事,只要逃,尽力的逃。

英兰只逃着,也不知经过了多少时间,也不顾脚的提不动。还拿手在捧着脚帮着逃,——经过了说不出记忆不到的这般些时间,天渐渐地有节级般的在亮了起来。她从朝雾中看见前面好似有个城在,等到看得见时,可不是么,前面就是城!就是以前她居住的城!而自己,已站在离城不远的地方了!跑不多路,道旁有一只亭子,英兰就走进亭子坐着休息一下。她很奇怪,她现在是坐在这里,——离城不远的地方,她好似经过一个长长的恶梦。它想就算早上她们觉察了追来时,最速,要到饭时方能够追到这里。现在,她是又飞出鸟笼了。"到何处去呢?"她自己不觉问自己。"东西不在杨家么,逃到杨家再说,——"她自己答着,就站了起来,匆匆地一直跑进城,逃向杨家去。

自然,杨家的人们看见英兰来了,并且带着这种疲乏,消瘦,肮脏的样儿,很奇怪;便都来围着问她。英兰就将她这次的经历,细细地宣布了一下。并且说,现在她要带着她的东西,逃到远远的地方去。家里又要寻来的。就将自己的东西,都收拾好了。问起春桃时,李妈说,春桃在前三天有人领去了。并且说,春桃走时,曾留下一个信,说她是到无县做厂去的,住在生一厂后背生德里,到那里问信得了。同时将去的路径,都说明白了。只要这里雇辆车子,一直拉到火车站;买无县票;到了无县,雇上一辆黄包车,一直可以到生德里。英兰听见了,心一定。这时还早,英兰就跑到荫少奶房里,将要走的话告诉了荫少奶。荫少奶自然答应了。荫少爷叫了起来说,在这里得了。难道他们敢进门来抢?他来,我还告他一状痛打养媳的罪名呢。可是英兰想到这里也是不怀好意的虎口,就也不去答应荫少爷,就回到下房;背上了个包袱。在告辞陆妈时,千谢万谢的叮嘱陆妈,叫她不要露出话锋,说她逃到无县去的；即使吕家有人来，只说没有到这里来。陆妈满口的答应了，一直送到英兰门口。英兰就在门口雇了一辆人力车，一直奔到火车站来。英兰知道时光很早，即使吕家觉察了追来，可是这时飞也飞不到城里呢；所以也很胆大，没有什么顾忌。

英兰跑到火车站时，真巧，早车在将要开的时候。便询问了买票的地方，在包裹里拿了些钱出来，买了张票，走上火车去；拣了一只车厢角坐下了。直到火车开了之后，英兰方始定了心。现在，她不怕了。即使有人追，可是无论如何，追不上火车，而且谁又知道她是逃向无县来的？地方大着呢！

因为是冷天的早车，旅客很少；所以英兰只要一眼看去，就可以知道这一群中是没有注意她的人，她自己觉得好像经过了一场长久的恶梦，从被捉至现在。更长的一个梦，从她有了知识到现在。可是现在，恍惚地未尝不仍旧是在梦中！

## 第七章

英兰听着人们说，这站就是无县了；就靠着窗子探头看时，远远的许多烟筒，在喷着烟。她听见人们说过，无县是很热闹的，果然，房屋都是这般高大；人们这般多，都匆匆地来往着；车辆更如穿梭般奔驰着。

车停了之后，英兰恐怕下错了站，问讯了一下；是无县了，方才跟着人群下去，涌出了站，雇了辆人力车；也不管车钱的贵贱，只要能够到生德里，就坐上了车子。

英兰坐上车子后，心里到惊慌了起来。"倘是到了生德里，寻不到春桃——"她想。"唉！——到了那里再说。"

车子奔驰过了许多大街小巷，转过了一个很大的厂，在一个巷口停了。

"这是生德里么？"英兰迟疑的问着车夫，四下里张望了一下。

"是生德里呵。"车夫转着身子，踏着步，气急呼呼地抹着头上的汗说:"你看,这里不有字么。"

英兰就付了车钱,提着包,茫然的走进巷去。走不多路,巧极了,看见远远地站着的一女子,有些像是春桃,走近些看时,——可不是春桃。

"不是英兰姊么?"春桃已经看见了她,迎了上来说。

"春桃姊。……"英兰如在茫茫沙漠里的小鸟,得着了一枝树枝般,亲热的叫着,泪珠不自禁地跟着酸楚了的心簌簌地抛了下来。

"想死我了呵。……"春桃一把将英兰的包袱抢了过来说:"为什么又哭?咱们见了面,在一块儿了,不就该乐吗?——那两天你到底上那里去了?你怎知我在这里?陆妈告诉你的不是?"

"唉!——春桃姊!话长着呢。"英兰呜咽了。

"咱们家里讲去,"春桃说着一把拉了英兰,一直走进一家门里,上了楼,到一间小小的房里去。这时,后边也已跟上来了几个女子。

她们都坐定了,一个女子看了看英兰问春桃道:"这不就是你时常说的英兰姊么?"

"对了。"春桃答。"这就是我时常说的我的英兰姊。"说着时,又对英兰道,"这都是我的小姊妹们,"指了指穿绿的道:"这是我的表姊顺保姊。"又指着一个瘦长的,和一个微胖的道:"这是来缦姊,这是秋波姊。——她们都住在隔房。这里,很热闹呢,今天正好礼拜,我又在门口;要不然,你得寻不着了,——咳!我真天天想你,那一天不在门口望你,今天,你果然来了。真叫我好乐,——你饿么?——"

"唉,姊姊!——"英兰定了定心凄然道:"不骗你说,我几天没吃东西了。……"

"怎么能几天不吃东西?"春桃惊骇的说。"快点儿买点什么来吃。——面好罢?反正便当得很。"

"我买去。"顺保说着匆匆地下楼去了。

"快别,姊姊们又忙了。"英兰感激不尽的说。

"到底怎么回事？英兰姊。"春桃问。"那天我在杨家听说你逃了，而且，什么东西没有带；我就很奇怪。我想，总不至于要逃。后来我出去的时候，知道你的东西在杨家，一定还得到杨家取东西来；我又等不及你，只得将我的地处告诉了陆妈先来了。我真记忆着你！——到底那几天你上那里去了？"

"唉！春桃姊姊，你那能知道，说来话长。……"英兰凄然地将这回的经过，连呜带咽叹息的讲将出来。春桃们多静静地默叹着很同情的听，在英兰讲到被长发家的狠打时，听着的她们，都愤愤地在咀咒长发家的甚至秋波听到愤怒极了，击了下桌子道："英兰姊，长发家的是什么样儿的一个人？我下回碰着了，非得打她两下出出气不可。——"说着时，顺保托着面走了上来。听见她们这般杂碎叹息愤怒的声音，便问道："怎样了？你们都要疯？"说着，拿了双筷和面给英兰。英兰千谢万谢，接了面来吃。

"我下回碰着了那老东西，非打死她出气不可。"秋波又复这样说了一遍。

"秋波姊姊，怎这般愤怒？"顺保莫明其妙的问。"又打那一个什么老东西？街上老东西多呢。"

众人听着多哈哈地笑了。来缦接着就将英兰所说的，又复学了一遍告诉给顺保听，讲到长发家的狠打英兰时，讲不下去了。顺保还在问以后的。"以后的，你问英兰姊自己罢，谁叫你送面来了。"来缦说，"坐着听，——"

"英兰姊姊，以后呢？"顺保又走到英兰旁问。

"忙什么呢，早晚你能知道。"秋波说，"人家好久没吃东西了，又紧着问。——"

"唉！——"英兰吃完了抹了抹嘴说："以后？听我讲。"英兰又复将被打到现在的经过，都讲了一遍。

"英兰姊。"秋波听完叹息了一刻说："你能干，竟能逃了出来。"

"可不是！叫我再没有这胆子逃出来了。"来缦说，"卖，就随她卖去罢。卖到上海，或许到有好日子过，要是被她们觉察了，那——"

"你本来是个没用的。"春桃羞着来缦说，"卖到上海有好日子过？那你卖自己到上海去得了。"

"要说，英兰姊真有本事。"顺保说。"一夜逃了这些路，还得在松林坟墓里经过，不害怕么？"

"哼！——"秋波接着说。"还害怕？那时候什么时候，还害怕？一个人到紧急悲苦的时候，就什么都不怕了。——怕呢，这时么？怕鬼？"

"咳！——"英兰想了想又叹息着说："逃是逃出了虎口，可是他们寻到这里来呢？……"

"不能寻到这里来。我保险，你放心得了，"春桃安慰英兰。"地方大着呢，她们怎能料到你是到无县来的？而且，即使寻到无县来；无县地方大着呢，又怎知道你是住这里。无县寻个人，真如大海捞针这般难呢。——你安心在这里，决不能寻来。"

"对。他们不能料到她是这里来了。"来缦说。"他们还得当你自尽了，或是来回母家去了；还得以为上杨家或是在别的地方帮人去。"

"只恐怕问上杨家去，陆妈告诉了他们，我是到这里来的，那不一寻就寻着了么？"英兰恐惧的说。

"不会！——"春桃摇着头答。"我到这里来，谁都没有知道；我只告诉了陆妈，而且陆妈那人顶好不过的。你叫她不要响起，她死都不能将这事宣布出去。可是，你不叮嘱她，她就什么都得说，她顶老实的。要不然，我为什么只告诉陆妈一个人！"

"怕什么呢？"秋波接着愤愤地说，"什么事都得讲理，在他们家受不了苦，自然只得逃出来了。就是到得公堂，有理说理，亦不怕他们。"

她们说着时，英兰因为疲乏极了的原故，迷迷地要睡了。春桃们就叫她睡在春桃床上，天气冷，尽可与春桃同睡。英兰睡上了床，不一刻，就睡着了。直睡到第二天早上。

春桃因为英兰来了,第二天也没上工,只和英兰谈讲了一上午,吃过饭,恐怕英兰累出病来,又复叫英兰睡了一个下午。直到吃晚饭时,英兰方始醒了。英兰休息了这么许久,精神也渐渐地复原了。到吃过了晚饭,睡时,反到睡不着。

英兰是同春桃同床睡的。她们很亲热地睡在一头,轻轻地谈讲着。

"英兰姊,"春桃说,"还是做着厂,一个人自由多了。你休息了几天,我就带你进去学织布,铁机织布,是顶易不过的;只要接接头,没有什么难处,像你这般聪敏人,学两天就会了,管一只机,就够吃的;要是管两只机,就可以存一只机的钱了。一个人顶少可以管两只机呢。"

"春桃姊,总得姊姊提拔我带领我了。"英兰说。

"说这话呢,咱们姊妹们,有什么客气。"春桃说。"自己做着存两钱,自己眼儿看准;就是一辈子的依靠。反正咱们直说,亦不必隐骗的。"

"唉!——"英兰只叹息着。

"英兰姊,咱们亦不必说什么客套打转弯说话。"春桃又说,"像咱们这年纪,真是风光的时候;别误了,傻姊姊,你想想。像你这样,有什么趣味?到处受人欺!——你又何必这般傻,咱们女人,本来就苦。过一天,是一天;过一天快乐日子,就是拾着一天,谁又能顾到将来?——"

英兰默然的思量了一刻道:"春桃姊,——"说到这里缩住了。

"什么?"春桃随口的问。

"我说出来,你可别多心。"英兰迟迟的说。

"呀!——咱们还有什么话不可说的?"春桃说,"我的事,都可以告诉你。怕什么呢?——你说。"

"春桃姊,"英兰迟迟疑疑的说。"你为什么不肯在杨家?要出来做厂来!我想做厂,总没有在杨家这般清爽安逸罢。而且,在杨家亦不少赚钱。"

春桃听见英兰提着了心事,不觉长长叹了口气道:"要说咱们这般亲热，亦没有什么不可讲的话，尽可以都同你讲。——可是，姊姊你别见笑。"

"姊姊说那里话，我那能见笑。"英兰说。"你说得了。——咱们还有什么不可谈的话？"

"唉！——英兰姊。"春桃只叹息着说。"可不是同你去的时候一样。你是主意老，我没有主意，上当罢了！——有钱家的人，真是没有恒心常情的。——英兰姊姊，我告诉你，你可不要见笑。咳！咱们的主义，是没有准力，一来就上人家的当。我去了不多天，茱少爷就千方百计的来引诱我。只怪我主见不定罢，竟上了他的当。可是有常心，到也罢了；不知怎，又爱上了姨太家的秀弟；将我抛了不说他，更当我眼中钉似的。你想，可气不可气。我想着再在杨家，亦没有什么好日子过，不如离开了，让他们啵。……"

"可不是么？我亦差点儿上了当！"英兰说，"老实说，幸而陆妈将他们的底细早告诉我了，才自己耐住了，算没有上他们的当。"

"可不是还是你的主意老结。"春桃说。"英兰姊，还是做工，自己赚几个钱；将眼睛睁亮些，碰着相当的人，了了这辈子。一个女子没有靠依，总难，英兰姊，又何苦呢。这世界，大家混淘淘；咱们又何必假清高。你还是自己往快乐地方走。过一天快乐日子，就算拾着一天，英兰姊，——咱们过了半辈子苦日子，有得快乐，还不向快乐的地方走？——"

在第二天，英兰觉得身子已很健全了，精神也已恢复，便一清早天在刚亮的时候，就跟着春桃到厂里做工去。

一路上，英兰只见些女子们都提着一只铅桶抹着眼睛到厂里去。跟着春桃走到厂门口时，只见许多人，男的，女的，老的，小的，美的，丑的，都有；成群的追跟着进去。

英兰跟着春桃一直走到布机间里。一踏进门看时，只见一间很大的大房子，无数的布机排立着，每个在发出"括括括括"的声音，合成一个大而杂噪的声音，还有许多在转着的皮带轮，在"无……"地响着。

这时正在日夜班交代的时候，人们像穿梭般来往的忙乱着。春桃带着英兰穿到靠后的两只布机前，只见有一个十八九岁的女子对春桃道："春桃姊，你来了。"说着抹了抹一夜没睡的脸，眯着眼，让了出来。布机，仍旧在括括括响着，这时，就是春桃接手的时候了。

"巧勤姊，你乏了罢。"春桃说着时看见前面的一只布机的梭子，线断了；就将机旁的一根轴一拉，机停了。看看，接上了线；只将轴一推时，机又括括括地在走了。

"一夜不睡不累么？这行饭，真不是好吃的！"巧勤说着伸了个懒腰，在机下提了只铅桶去了。

"你在这里看着我做，不两天你准会了。"春桃对英兰说。"顶容易不过的，没有什么难处。只要纱线断时，接接头就得了。在断的时候，你看我接上几次，你也就会了。最要紧的，就是断了得赶快去接；不然，梭子就得飞出来。梭子飞出来可不是玩的。一个碰巧，飞上眼睛，就了不得。上次东厂不是有个管机先生，修机时，一个梭子飞出来弄瞎了一只眼睛；后来装上了一只假的，——你可别害怕，这也不是常有的事；一个巧罢了。——"春桃说着时看见后边一只机的梭线又断了，便将机拉停了喊英兰道："英兰姊，你看我接线。——"

"你的手太快了。"英兰笑着说。"我亦没有看出你怎么一来，就将机给拉停了。"

春桃不觉也笑了道："你来看——这里不有一个皮带盘么？皮带带着盘，盘转时，机就走了，你这将杆子一拉时，皮带滑出了盘；盘不转时，机亦停了。你要机走，只要将杆子一推时，皮带又滑上了盘；盘转时，机不又走了？——"

"这东西真巧！"英兰细细的看着，乐了说。

"你看。这么一来，线头就接上了。"春桃接着线说。"你看线接上了罢？"说着随手一拉时，机又很爽脆的走了。

"这个东西真巧！"英兰说。"可是这东西怎又会老转着？"

"咱们走进来的地方，你不见有许多人在烧机器么？像火车头这么一个机器。可是，比火车头大多了。锵锵锵地一天到夜一夜到天亮在走着。机器走，这东西亦就走了。"春桃演讲着。"你看，梁底下不是有个大盘子在转着？大盘子上一根皮带，就系到靠地的一根轴上；大盘子转，轴自然亦就转着；这根顶长的轴上，有许多的轮盘，都分别布机上来。那个大盘呢，亦有一条皮带再通到机器房后边的一个最大的盘子上。那个盘子，就连着机器，好比火车头底下的轮子似的。"

"姊姊你怎会知道？你真聪敏！"英兰说。

"我亦是来的时候人家告诉我的。"春桃答，"可不是和你一样。明儿人家问你时你亦就同我一样在演说给人家听了。"说着笑了。

这时英兰看见全屋的女工们，都在嘻嘻哈哈地调笑着。虽然天气是很冷，可是在机场里，到很暖和。人们都只穿着一件单布衫，外面再加上一个棉背心，再难看使英兰不耐的，看见竟有在修机的男工，在和女子们调笑着。可是很奇怪的事，忽然全场又静寂了起来。英兰不知是什么原故，四面张望着时，看见有一个穿西装的年轻男子，很庄严似的直视着四处走了一转；转出去了，立刻机场里又复热闹了起来。"那是谁？"英兰目送了那男子走了出去，问春桃，"怎么他一进来，就一群鼠子见了猫似的都不响了。"

"那个，——"春桃一斜嘴说。"机场总管！"

"什么机场总管？"英兰问。

"机场什么事，都由他管罢了。"春桃说。"我看见他就有气，僵尸似的。吃了饭没事做，这里闯闯，那里闯闯，他自以为是厂长的女壻。——什么东西！"

在饭时，她们——春桃和英兰只站在机边将带来的铅桶里的饭，到机器场旁热水龙头前放了些开水，和了和吃了。

照例在饭时有不到一个钟头的休息。春桃们吃完饭，看看还有半个多钟头方才上工，就在厂里四处玩了一转；回到布机场时，英兰因为站了半天疲乏极了，就坐在地上休息。

"你没有站惯，累了罢?"春桃说，"我们每天整整得站一天呢。早上六点，一直得站到下午六点放工，惯了，到也不觉得怎么累法。——做布厂还算好的，做丝厂，更得苦了！清早三点半，就得起来，进厂，直到晚上七点，好在有坐的，——可是，打盆的小孩，还不得站一天，真苦！打得不好的时候，还得被做工的用热水浇，——做铁机布，还算做厂中顶舒服的呢，"春桃说到这里，听见呜呜地在放气了。道："快上工了。这次放气，就是叫回家吃饭的人们应该来了的记号，你听见二次放气，机就得动了。动的时候，做工的还没走到时，厂门已经关了，没法进来了。"

"这里一共有多少人做工?"英兰问。"我看着真没有数。多极了！"

"有三四百人一班罢？这里一共五百部机，有一人管一部的，有一人管两部的。没有一定。"春桃说。"英兰姊，你就学得了。你会了，咱们两人管两部机。一人两天日工，两天夜工，好不好?"

"有什么不好呢。"英兰说，"做这，到很易。我虽傻，学上两天亦能会了。——顺保姊她们呢？她们不同你一块做么?"英兰忽然想着了她们问。

"她们不同咱们在一处。"春桃答。"秋波是在咱们东边的一个丝厂里。来缦和顺保，就在咱们后背的丝厂里做丝。——"

她们在谈论着时，只见人们已经一群群地在涌了进来，看看差不多人已齐了时，第二次的放气已在响了。响过之后，春桃将机一拉时，又复括括括做下去。

英兰站着看到心灰意懒时，听见又在呜呜的放气了。"这时又放气干什么?"英兰问。

"这时五点半了。"春桃说，"这次放气，就是叫做夜工的人们得预备了。到六点放两声气时，就说做夜工的人们，该来了，到六点半放三声气时，做日工的已走完，而做夜工的亦来齐了，厂门亦得关了。——我告诉你，你不听见人家说：'头回声喊，二回声站，（无人俗语走叫站）三回声坐监来．'你记着这句话，你就明白了，而且亦就不会误时候。——我替你说，实在是咱们厂里的老板楷（揩）油。本来别的厂在拉头回声时，做日工的就能走了。到拉三回声，方才做夜工。咱们厂老板，他的计算好；要照这样中间不得停一个钟头的工么，他就想起了交替的法子。非得做夜工的来接了手，做日工的不能走；照这样一来，不又多做个钟头工？——"春桃说到这里，看见前面只（织）机的布已织完了；便将机拉停了对英兰道："今天真巧，这匹布又织完了。你看我上好了机再走。"说完对坐在窗下的一个男工喊道："二宝——"因为机声的热闹，喊了几声，二宝方才来了。"换布，——"春桃对二宝说完，二宝匆匆地去背了一轴经好的纱来，替春桃换上，一面在调笑着。

"春桃姊，——"二宝换着轴，笑嘻嘻地瞟着英兰对春桃说。"又带来了一个顶体面的大姊。"

"你管么。"春桃狠狠地说。"快落布罢！"

"呀！呀！好狠！"二宝嘻皮笑脸的落着布说。"咱们今天上新世界看戏去。"

"你可别尽笑皮笑脸的同我胡调，看你那贱样儿。"春桃上着经纱说。"你少同我多话，我可不是那些个贱骨头。人多着呢，又何苦来魔我。"

"呀，我知道你是正气的。"二宝只笑着说。"不开栈房不——"

"你就少说。"春桃迅速的说。"你自己开着马桶照照你那个样儿，配么？——"

"本来我们怎配。"二宝说。"顶少得先生们才够得上同你开栈房游新世界呢。——"

"你说这话！"春桃要去打二宝时，二宝已将布落好，笑嘻嘻地逃了。

"不是东西！做厂的男工，都是坏骨头。"春桃对英兰道："你看我上经纱。——"说着就教着英兰将经纱上好了。织起来时，没有一些不对的地方。

"这不是二回声了么?"英兰听见了二回声说。

"是二回声了。"春桃答。"等巧勤来了,咱们同去交了布再回家。"

"交什么布?"英兰问。"交那里去?"

"将这布交收布间里去。"春桃答。"凡做好了的布。就得交去,等等咱们同去。"

这时已在日夜工交替的时候。全场喧哗了一遍,来的去的,像每只机上的梭子这般忙碌,不多时,巧勤也来了,走到春桃前放下了铅桶道:"又得一夜!……"

"你刚做上一天夜工就这般愁烦了。还有九夜呢。"春桃对巧勤说。"这只机又换上经纱了。"

"那只机不半天亦得落了,"巧勤说着看了看英兰问春桃道:"这位姊姊是你的谁?"

"英兰姊,"春桃说,"是我的亲戚。"

"呀,顶体面的!"巧勤说,"英兰姊不亦织布来?——做厂是很苦的!家里有得吃,总别出来做厂。"

"巧勤姊,为着家里没有吃的,才出来学做厂呢。"英兰羞涩的说,"总得姊姊们照应。——"

"呀,——姊姊说的那里话。"巧勤说。

"真的,巧勤姊,"春桃接下去问:"咱们这里有空机没有?初学,只要管一只机就得了。"

"空机多着呢。"巧勤说。"不是英兰姊姊要么?我想想,——就是东边四百三十号一抬(台)机空着一班呢。织着的,是秀弟。同我很要好的,明儿放工的时候,我同她商量好了,就到帐台上工去得了。"

"好极了。巧勤姊,这件事就托你。"春桃说。

"自然,——"巧勤说,"明儿准能办妥,后天上工,——英兰姊学会了么?"

"有点懂了。明天再学上一天就会。"英兰答。

"英兰姊很聪敏，一学就会。"巧勤说，"要说这亦没有什么难处，只要懂几个过门，就好了。——"巧勤说着时看见一个纱头脱了，去系纱头去。

"明天见"春桃拿起织好的布说。"这件事就托你，——劳你驾。"

"我知道。"巧勤说，"明天我就把它说妥了。"

春桃拿着布一直同英兰到交布间，将布向一张很大的台上一放道："张先生，交布来了。"

"到这时才来交布？"张先生——一个年青的先生，很严冷地说着时，慢慢地走了过来；眼睛光从眼镜的玻璃片上，射了出来；细细地对春桃和英兰看了看道："你不是春桃？四百六十四号布机的。——那个又是谁？这么顶体面的。"

"你管么？体面怎样？不体面怎样？"春桃嘻皮笑脸说，"快点儿罢，关厂门了。——肚子饿极了！"

"你肚子饿，我饱呢。"张先生不去接布，只看着对她们说。"你真饿，咱们上天一饭店吃晚饭。"

"看你那个样儿。"春桃一撇嘴说。"快点将布收了，我们可得回家了。劳驾，张先生快点。"

"忙什么呢。"张先生说。"咱们今天真的去不去？吃过晚饭看戏，看过戏咱们就——"

"就什么。——"春桃问。

"就，吓吓……不能说了。"张先生笑着说。

"张先生，你嘴就少作点孽罢。——"春桃嘻着嘴说。"我们是顶规矩干净的。"

"唔，——得了罢。顶规矩干净的！"张先生说。"除了惠山的桂花栗子，就没有一个是干净的。女人总得桂花栗子般，不能碰；碰着，就着刺；才是干净的。你要干净，趁早买个栗子皮披上。——"

坐在帐台上的和坐在墙角椅子上的两个先生，也都笑了道："老张，别打趣了。当心脑袋（指厂长）滚来。"

"张先生说了这半天，够了罢！连你家奶奶都说下去了。你家奶奶不老披着栗子皮儿么？"春桃说。

坐在台上的先生，哈哈地笑了道："老张，好，怪不得你满身是疤，原来是你奶奶刺的。——"

"张先生，收上罢。什么时候了！"春桃着急说。

"收上罢。"张先生说着照例翻了一翻，看了看；对坐帐台的道："四百六十四号春桃。——"

"走罢。"春桃拉了拉英兰匆匆走到了厂门口时，僵僵站着的一个稽查，走上来，先开了开春桃提的铅桶看看；随手在春桃身上摸了一摸。摸过，又在英兰身上满摸了一遍；甚至裤档里都摸到了；直摸到英兰红了脸，方才停了手。

一路上，英兰咕噜道："厂门口这几摸，真要命，有人看见，不羞？什么地方都摸到了！——"

"过几天就要好些了。"春桃说。"你初来的时候，稽查不认得，就得摸得认真些。本来初来的人，稽查得给一个下马威，叫你知道他的利害。"

"刚才在收布间，怎么要他——那姓张的报过数才能走？"英兰问。"还得这般尽胡调！"

"英兰姊，你不知道。做厂，本来不是好行业。"春桃说。"本来，咱们女人，到什么地方都得受人欺侮。交布间里的先生们，最可恶，他同你胡说八道，只得随他去；咱们要是当真，他就尽命的将布看。这里不好，那里织坏。轻点儿罚工钱；重点儿，连布都不肯收。你要随他嚼舌，他就同刚才似的，不看就收下了。他们报了号，坐在帐台上的先生就记下了。到月底，做多少布，领多少钱。"

英兰听着微喟道："唉！总不要生做女人，到什么地方都得受人欺侮！……"

英兰同春桃回到家里，烧了晚饭吃了；看看已是丝厂放工的时候，便到隔壁去寻来缦们。到了隔壁，顺保和秋波同坐在灶下烧火，只不见来缦，英兰和春桃就也都挤在灶仓下烤火。

"英兰姊，学会了么？"秋波拉着英兰同坐在一条凳上，很亲热的问。

"有点儿会了。"英兰微笑着答。"秋波姊姊，你不就在我们后边丝厂里做丝么？"

"对了，就在你们后边。"秋波说。"明儿我亦学织布去。做丝，顶苦不过的。老早起，老晚放工；工钱也不见得多什么。只没有夜工，算舒服点儿。可是，人家说出来总是做丝的，不是正气女人。"

"以前只说做丝的多不是正气的。现在，人家一提到做厂，就摇头了。本来，做厂正气的少。"顺保说。

"你算是正气的，还是邪气的！"秋波问。

"我么？既不能算正气的，可又不能算邪气。"顺保说。"反正同你差不多罢。正气的时候正气，可说不定也有邪气的时候。随着便罢。本来做厂的，有谁是正气的？正气的，只有栗子皮。可是栗子皮，到底得给先生们停了。——"

春桃和英兰听见栗子皮，不觉都哈哈地笑了。

"笑什么呢？——"顺保看着她们问。

"天下的事，真巧。"春桃笑到气也回不过来了说："刚才我们厂里张先生说过栗子皮，你又说起栗子皮来了。难道真有个栗子皮？"

"谁说没有栗子皮，你问秋波姊。"顺保正正经经说。"栗子皮，是我们厂里做丝的。不骗你。"

英兰和春桃看着顺保这副正经面孔，尽说着栗子皮，更笑不可仰了。"你讲，栗子皮是怎样人？"春桃问。

"栗子皮不就是栗子皮。"顺保说。"栗子皮是在我们做厂的，长得非常体面。于是做小工的先生们，都同她胡调，可全被她骂了一场。末了，我们的工账房刘先生，也同她胡调起来了；她不管什么，将刘先生都骂了一场；人家因为她中看不中吃，就替她题了这么一个绰号。后来，终于被刘先生停了。"

"真的？——"春桃问顺保道："来缦上那里去了？怎么老看不见她的人。"

"来缦么？哼！——"秋波接着说。"左不又是同阿二到那里去了。不信，咱们到那里寻去。——"

"我老听着阿二，可到这时还不知道阿二是怎么样儿的一个人。"春桃说。

"左不是一个下等流氓这样儿的一个。"秋波说。"我劝过来缦几回了。她老不听，没有法儿。我时常劝她，别老同阿二在一块。就是要姘人，亦不要阿二这样的。阿二是什么人！一个下等流氓，不值同他和在一块，她不信，迷在这里面；就是劝她，亦是白劝的。——我看来缦总得上当。——还得给阿二卖了呢。我们厂里，那一个月不得逃去一两个？全是被这种人拐卖了的。春桃姊，你有空，也得劝劝她。再照这个样，我可得搬场了。明儿真的逃了，她家里来寻人，还得说同我们住一起的，又得疑心。——"

"可不是么。"顺保这样接着说。"来缦的量也太小。像阿二这样的人，也不值姘他，要姘，也得姘一个好好儿的。——"

"那有你能干，姘着——"秋波说到这里时，顺保尽命了去遮秋波的嘴道："你呢？——"

"今天她上厂做去没有！"春桃问。

"怎么没有去，我们三人同去的呢。"顺保答。"放了工出厂的时候，我就奇怪。觉得我们后边，有两个男子在跟着。我也不敢回头瞧，到底是谁。我想，或者就是阿二，也说不定。我同来缦到巷口时，她只说要买东西，将饭桶叫我带回，她就去了。——"

她们谈讲到这时，饭已经烧好了，秋波盛着饭，顺保拿着菜，就都到房里吃饭去。

在饭后。顺保说，英兰姊来了还没有街上去玩过，还是同到街上走走去，众人也都答应了，就锁好了门，一同到大街玩耍去。在大街上转了一圈，买了些头绳鞋面布……之类，方才归来，分着二起，各归各的家。

英兰同春桃回到房里，想想没有什么可做，也就上床睡去。

英兰只记着刚才所谈的来缦的事，睡上了床，便问春桃道："春桃姊，方才讲的来缦姊；是怎么回事？——来缦姊也不规矩么？"

"又有什么规矩不规矩呢！"春桃说。"做厂的，大半是这样。老实说，老靠着做厂的钱过活，饿都得饿死！谁不在外边胡调弄点外快？可是，也有分等，有的妈（马）虎一点，有的就自大一点——英兰姊，像我，是有背累的了，自己总得顾名誉，不能真的胡作乱为，——英兰姊，还是你，没有挂念；爱怎么着就怎么着；将来自己眼睛看清了，就是一辈子的依靠。——英兰姊呀！咱们趁年纪轻的时候，吃吃穿穿，过一天是一天，老实说，这世界大家混淘淘，过了这辈子就算完，谁不得死？好也得死，坏也得死，又何必这般自苦？英兰姊，你是个明白人，——过一天算拾着一天，谁不欢喜过快乐日子！……"

英兰听了寻思道："唉！可不是么，以前过了这么半辈子苦日子，有快乐，就该走快乐地方去了。譬如那时候死了，这日子，不是白拾着的。唉！又何苦呢。随便怎样罢。随着我自己，爱怎么做，就怎么做。譬如那时候死了！……"

她们两人各人寻思着各人的心事，渐渐地入梦。

不两天，英兰已将织布学会；就同秀弟同管着一部机，每天，同春桃同去同归的去做工。

起先，英兰最不惯的是厂里的男工和先生们的调笑。尤其是放工后那些游民的引诱。可是不几天，英兰也渐渐地惯了，到后来，反感到和异性人相调笑和异性人来引诱的有趣，本来英兰很不愿人们注意她，后来反要装得很美丽，要使人们来注目她。本来她在放工后，倘使有人跟诱她，她就很愤怒地头也不回的匆匆地归去；渐渐地，可不然了，愈有人跟诱她，她愈能做出羞涩的样儿同同伴调笑着使人注意，她的性情，是渐渐地在变移着。

从此，英兰很安心地跟着春桃做厂。每天早出晚归，做她机械式的生活。这也算是英兰一生中比较安逸自由的一个时期。

有这么一天罢，英兰同春桃同在厂里回来后，正在吃饭的时候，顺保和秋波都惊惶的跑了来，上气不接下气地，顺保只惶然地对春桃道："现在可怎么办了？我说总逃不了要出这件事，果然。春桃姊，你说现在怎样办？我是没有主意的了！春桃姊。"

"唉！春桃姊，"秋波接着叹息说。"咱们得商量商量，想个法子。——"

"什么事大惊小怪的？"春桃问。

"还有什么事。"顺保说。"来缦逃了！……"

"来缦逃了？"英兰紧接着说。

"可不是逃了么！"秋波叹息着说。

"跟谁逃的？"英兰很奇的托着饭碗问。

"那又谁知道呢！"顺保答。"左不是阿二啵。"

"我想不见得能是阿二，不像是跟阿二逃的。"秋波说。"或许同别的人逃了，也未可知。"

"除了阿二还有谁？准是阿二的，"顺保说。

"不见得是阿二的，新近你没听出来缦的话锋？好像已经同阿二不对了，或者是被拐诱到上海卖去了！"秋波说。"你看来缦傻里傻气的，上人当！"

"可不是。我早说，她总得逃。"春桃说。"可是你们又怎知道她是逃了？什么时候走的？今天？"

"那里是今天。"顺保说。"昨天她就没有上工，直到今天早上，还不见她回来，本来她每回出去了，第二天一早就能回来的。今天上工的时候，还不见回来；我们还以为她一直进厂去了，我们就到厂里去。满厂寻到，没有寻到她的人，我们还以为她今天起晚了不来了，亦不以为奇，到我们放工回来，想她一定在家了；可仍旧不见。我们这才很奇怪了，就看她的衣服东西时；箱子里，空空的，什么也没有。这才想起她一定是逃了。春桃姊，现在怎样办呢？"

"她在什么时候逃的？"春桃问。

"想来是昨天早上罢，"秋波想了想说。"一定是昨天早上我们上了工，她就带了东西逃走。"

"现在怎办呢？"顺保惊惶地说。"明儿她家寻人来，怎办？只说是同我们在一起的。——唉！……"

"人是逃了，有什么办法？又不是咱们叫她逃的。我看这傻丫头，逃了出去，亦没有好日子过。才不值呢。"春桃说着问顺保道："来缦不是与你同乡么？你认得她家么？她家离你不是很近的？"

"谁说不是。"顺保说。"她家同我住在一个村上。而且，我们两人是同出来的。唉！这怎么办好！"

"有什么办法，"春桃说。"我看明天你得回去报个信，省得将来她家怪你。你以为怎样？——"

"我亦这么想。"顺保说。"明天只得走一趟了。唉！真是害人，弄得我心不定。……"

"来缦家还有什么人呢？"英兰问。

"唉！说起来可怜。"顺保叹息着说："有什么人呢，家里只有一个老娘，什么人也没有了。而且，顶穷的。她娘自己一个人种点儿菜地，卖卖菜过活。真可怜！只有这么一个女儿，现在可又逃了。唉！……"

"唉！……"全屋的人都叹息着了。

"明天你只得回乡跑一趟了。"春桃说。"又有什么法子呢？要说，来缦亦不该这般。家里只有一个老娘。她逃了，老娘得怎样急？真是没有心肝的？看中了，嫁他就嫁他，姘他就姘他；又没有男家，就是老娘前，总能商量。难道老娘不许？又何必要逃！——"

"对啊！"秋波说，"既然做了，那还怕人家；要怕人家说闲话，就别做；既做了，还逃什么？傻丫头！"

"只有上人家当罢了。"春桃说。"跟他逃的那人，真爱上了她，难道就不知道她是还没夫家？为什么不明媒正娶的娶她回去，要同她逃？真是骗她上海去了卖给人家做小，或是卖给妓家去了。"

"我也这般想。"秋波说。"傻丫头，上当了！——来缦本来是个没有主意的人。我想着她，怪可怜的。现在许已经被拐她的人卖了，也没有准呢。"

"我想，你们还没吃晚饭罢？"英兰问。

"谁曾吃晚饭！"秋波答。"谈着，倒也不觉得饿，——唉，来缦呵！顶自由的身子，又何苦！……"

"你们就回去烧晚饭吃罢。"春桃说。"顺保姊，你明天打早就回乡报信去，自己脱了自己的责任。这趟，是省不了的。省得将来老太婆说闲话。"

"自然，只得我回乡走一趟去了。"顺保说。"这也是没有法子的事。不去，又怎办？"

"走罢，咱们烧饭吃去。"秋波说。"提起了，我肚子也饿了，明天我还得上工去呢。"说着就同着顺保匆匆地回去烧饭去。

这件事，倒又很能使英兰春桃和秋波挂心的。直到了第二天，她们从厂里回来时，看见顺保和一个老太婆已经坐在房里。春桃们三人都走进去时，那老妇已抖抖擞擞地站了起来，哭着道："小姐们，——唉！这件事又从何说起呢？唉！……老天爷啊！我只剩这么一个女儿，可又逃了。也不知是谁拐了去的。唉！——我的命这般苦么，一个女儿都不许我有？唉！——可又逃上那儿去了呢？……这个没有心肝的，她竟会抛开我逃了。她也不想我这苦命的老娘。怕我老不死，要急死我么？天呀！……"

春桃等一踏门，就看见一个老妇这样对她们说着，不觉都一呆。只看着她那副着急的样儿。

"来缦妈，可不来了么。"顺保对春桃们说完，又对来缦妈道："这许多，都是我们小姊妹们。"

"唉，小姐们！"来缦妈坐了摇着头说："我们来缦那没良心的，怎会逃了？又不知是被谁拐了的！"

"可不是么！"春桃接着说。"平常看着来缦姊，顶正气的，也不见她有什么人来往，真奇怪！亦不知怎么竟会逃走了。真是料不到的事！——"

"对啊，谁又料到她会逃呢！"来缦妈拍着膝盖说："我要早知道她有这狠心，就是我们俩在家饿死，也饿死在一块；不叫她到城里做厂来了。——唉！谁又料到有这么狠心的人。真是，我做娘的，也是生她的人，不生她的心。——"

"来缦妈，你就看开点儿罢。——"春桃要说下去时，来缦妈就哭声的接着道："小姐，又叫我怎样看开呢。我一共只有这么一个女儿。——唉，小姐们。讲起来伤心！我生了她五个月，她爸爸就死了。家里，又顶穷的。真是！糠饼粉团子，吃辛吃苦养她这么大，不是容易的，我下半辈子的心血，都化在她身上了。直指望有那一天，替她招一个好好的夫婿，我也好靠靠老；那知道她狠心的，现在竟抛了我这么个苦命的老……老娘逃了。……唉！你们想想。她这人还有什么心肝！——小姐们，我这条老命，亦活够了。我想再活着，还有什么意思！……"来缦妈讲到这里，抹了抹老泪。求春桃们道："小姐们呵，——看我这条老命可怜，总得帮着我寻找寻找。我糠饼粉团养到她这么大，真不是容易的。我要找不着她，我这条老命亦是没有的了，你们小姊妹们时常在一处的，总有点儿路用。——"

"来缦妈，"秋波接着说。"要说来缦姊是同我们住在一块的，可又谁知道她的心？现在逃已经逃了，又上什么地方找寻去？真是比大海捞针都——"

"来缦妈。"春桃不等秋波说完接着说："你放心，我们终帮着你招寻。要是能寻到，总是你老人家的福气；寻不到呢，你可亦别怪我们。大家尽力的留心找得了。——"

"是啊，小姐们，总得你们帮忙了！——"来缦妈说着站了起来道："我还得到我小叔那里去托托他，……我去了一忽儿就能来的。——"

"来缦妈，你认得吗？我送你去罢。"顺保说。

"不必你送了。"来缦妈走到楼梯头说："我是认得的，我今天可还得睡在这里。你等等我。"

"知道了，你好好走。"顺保送到楼梯头说："你可得早点回来，省得我们老等。"

"一忽就来。"来缦妈说着，开门出去了的声音。"唉！这，这，这，怎办呢！……"还在抖擞着默念。

顺保回到房里道："可怜不可怜？唉！……"

"来缦这丫头，真不应该。"秋波说。"抛了这么大年纪的老娘，逃走？她的心是什么做的！这般狠！我听了来缦妈这大套，怪心酸的。——不应该呵！"

"可不是么。"春桃说。"你看，娘对女儿的心，是何等慈爱。——紧急得这个样儿，我想来缦这时，不知在什么地方寻快乐呢。可怜她的妈，热锅底里的蚂蚁这般，她亦想得到么？唉！——真是狠心的！听来缦妈说的话和看她那急样儿，真叫铁石人亦得心酸，来缦在外边，亦知道么？唉！——看了这个，就能知道妈妈对女儿的心了。……"

"春桃姊，——"英兰听她们说着，不觉想起了自己的飘荡着一无可靠。虽然妈仍旧活着，但分离了几年，妈到底活着不活着，也无从探悉。在她妈知道她逃了或寻死时的悲急，当然也是同来缦妈现在的景象差不多的；她又怎会料到自己仍旧很安逸的在这里呢。——她想着，悲苦了起来；便喊春桃道："咱们睡去罢。明儿还得做去呢。"

"又忙什么呢？"秋波瞟了英兰一眼说。"咱们再谈忽儿，我们还得等来缦妈回来才能睡。"

"你们等得了。"春桃说。"我们可得回家睡去了。"春桃说着同英兰回去睡去了。

英兰想着了自己的母亲，翻来覆去思量着，终觉不能入梦。只听得春桃睡上床，就呼呼地睡着了。

英兰好容易抛开了一切，将要入梦时；听得有人在尽命的敲门，一惊，醒了，心只恐怖的惊颤着。问道："谁啊？——半夜三更闯来。"

"是我，——"顺保的声音答。

"干什么呢？"英兰听见是顺保的声音，心稍微定了；便起来去开了门。顺保和秋波都走了进来。

"这可怎办了！"顺保匆忙的对英兰说。

"又有什么事了？这个急腔！"英兰看着顺保问。

"英兰姊，——这又怎办呢！"顺保着急的说。"来缦妈去了到这时没有回来，我同秋波等得不耐，就寻到她小叔那里去了；谁知她小叔说，她简直没有去。我想来缦妈这大年纪的人了，城里的路，她又不熟；许失了道。——这怎办？这冷的天，又不认得去，又不认得回来；不冻死么？我又有什么脸子再回乡去。人家不说将来缦领出来卖了，又将她妈给骗走了，谁当得了这罪过？天啊！……"

"怎么来缦妈又不见了？"英兰说。"真是！——她又上那儿去了？干急也没有法子，你们到街上找寻去啵。是你领出来的，总是你的责任。"

"又上什么地方找去呢？我们满处寻到了，不见她的人。这么大的人失了道，不是笑话。"顺保说着叹息道："我也没有什么方法。明天不见她回来，我也没有脸子再在无县了。我也只能逃了。"

"别瞎说了！咱们尽咱们的能力找去。"秋波说："你逃了，责任不都在我身上？难道我不也得学你逃？照这么说，英兰春桃，也全得逃了。咱们全逃了罢！省得我逃了你逃，你逃了她逃。——"

"半夜三更，你们闹些什么？人家正好睡呢！"春桃睡里蒙懂，头从被中伸了出来，说着，看见秋波们多在这里。惊讶道："你们怎么又来了？——"

"你到好睡。人家急死了！"顺保说完，将来缦妈失踪的事，又对春桃说了一遍。

"走了一个不够急；又走了一个！"春桃擦着眼睛说："真要命，这又有什么法子可办！"

"春桃姊，你睡着了，我也不便叫醒你；这时你醒了，还得请你想想法子。你的主意，比我大。"顺保坐到春桃床上说："好姊姊，总得请你想想法子。"

"又有什么法子可想。"春桃说。"今天时候已晚了，干急，也不是法子；明天再说罢。找寻得着，最好没有了；找寻不着，——那也没有法儿，随她去啵。"

"要说这大的老婆，也没有人要。"顺保接着说。"只恐怕这冷的天找不着住处儿，冻死在街头路尾；可不是玩的。又怎办呢？"

"那能就冻死了呢。"春桃说。"睡去罢，半夜三更。——这事，真是笑话！……"

"顺保姊，走罢。"秋波拉着顺保说。"我累极了，眼又撑不开了。——明儿再说。"

"唉！——"顺保长叹了一声。"走罢，明天再说。——没有影儿的事！……"

第二天，顺保一定要拉着春桃和英兰伴她去找寻；但春桃等因为工钱的关系，没有允许，仍旧进厂做工去。终于，来缦的逃走和来缦妈的失踪，成为一件没有结果的疑案；时常印在她们一群的心头。

英兰做了若干日工人之后，渐渐的感到做工也是很困苦的事；老实说，没有做婢仆安逸得多。同时，也感到经济的拮据。每在月终她支到了工钱后，便能使她更感到支配工银的困难。这天，又碰到支工钱的日期了。一心记忆到的，只要看见同伴们都没有心绪，和在谈论着些关系着金钱的困难时；这天，决是支工钱的一天。

许多人，不能计数的许多人，都拥挤在一座四层楼像烟囱这么高的最低一层工帐房门口，一个个争先恐后的进去支了工银，穿心从后门出去，虽然天是在落雨，这些人，仍旧撑着伞站在雨中等候着自己可能进去的时候。

　　英兰和春桃每人撑着一把伞，从桥上走向工帐房去。——从工场到工帐房，是要经过一座桥，她门（们）在桥上，只见无数的伞，像走进荒芜松林中，遍地许多的蕈一样；可是，都在雨中摇荡着。尤其是笨重拖着的雨鞋声，在耳朵四边响着，使人烦恼。春桃在桥上看见工帐房门口，已有这许多人在鹄候着了；而后方，仍旧在源源不绝地笨迟的跟着雨鞋声追上了。"咳！——"春桃忧虑着对英兰说。"今天又得到黑才能到家了。这么大的雨，到那时咱们不得像水老鸦了么？——天凑到今天，又下雨！"

　　"等着罢。"英兰无意的答着。"回家换衣服。"其实这时她的眼线，早已不自主地飞到透平间前了。因为每天——她只要有机会经过这里时，终能觉到有一个穿着西装的中年男子站在透平间前斜视，或竟直视着她。虽她总是匆匆地经过这里的。倘使她有时想试试躲开这条路从河对过走时，她仍旧可以感到他像箭也似的视线，在许多同伴中寻到她时，像蜜蜂或是蝴蝶得到了一朵花，一直目送她进工场。她久想等个机会来探询那男子是谁，但终未得机会。自然的，她不是十年前的她，岂能不知这些意思；但她，只很镇静的罢了。

　　她们——英兰和春桃已走下了桥了，直挤向工帐房前人群中去。春兰站定了时，觉得那男子是站在煤堆上高高的远视着她。英兰虽然无什么意思，可自己都不明白是为些什么，时常要回视那男子。

　　英兰因为在工厂久了，也得到了一种习惯。在工场里，手时常得动着做，脚时常等得跟着手的方向动；于是她在无事时，站着时，总觉不很自由；因此，虽一只手是撑着伞，另一只手，终觉得要做些什么。不是抓抓头发，便摸摸衣衫；脚呢，只交着踏步。——她的视线，仍旧不自主地在看站在煤堆上的男子。那男子渐渐的走近了。英兰站住了；虽然这大的雨，在他雨衣的四角流着。

等了许久，天色已黑了。英兰和春桃方才挤进了工帐（账）房，便一直跑到第三张发工桌前，将工折给了高坐在写字台前灯下衔着纸烟的一位先生。那先生看了看工折，抬起头来，又看了看她们；便在折上写了些什么，在桌上一堆堆的银元中，取了她们应得的；连工折给了她们，目送她们穿出后门。

"要桌上的都给了咱们才好。"春桃将工钱包在手巾里，走出后门对英兰说。

"哼，要疯！"英兰看了看手里的说。"春桃姊，你看这点儿，那够一月化的。唉！——怎么办？真难！"

"可不是，"春桃答。"靠这两个钱过活，总是难的。……这样勤勤苦苦做了一个月，才得这几个钱。"

她们在雨中匆匆地回到家里；换去了雨鞋，拿了些米和菜之类，到厨房烧饭去。

英兰既拿到了工银，到使她忧虑了。她在灶下烘着火，默默思量着。"一块钱房钱。"她这样想："这一块钱，是省不了的。两块钱米。——一个月吃两斗米，总算省的了。——可是，唉！米又贵了，听说一斗米，一块钱还得三十八个铜子。每月吃一块钱菜，要算省的了。油，糖，……五角。——算一块钱罢。还得另用。裤子，是非买不可了。一角八一尺的厂布，五尺得九角，——自己做罢。——那里够呢？唉！人家都穿这般体面的衣服，我呢？——非做不可了。多么寒酸样。可是，——真奇怪！人家同我赚差不多的钱，怎么都穿得花枝儿似的？怎么我，——奇怪！——唉，别想了！"想到这里时，忽然又忆起方才雨中的男子；便不由自主的问坐在她一旁也在深思着的春桃道："春桃姊，刚才站在雨中的那男子，你认得吗？是谁？"

"谁？我没有留心。"春桃回过头问。

"就是时常站在机器间前穿洋装的那个，——高高儿的有三十来岁罢。——"

"我想想。……"春桃想了想道："恶，阿成？"

"谁？阿成。"英兰又问。"干什么事的阿成？"

"阿成，你都不知道么？"春桃烧着火说。"是机间里的老贵。机间的事，全得他管。阔着呢，赚三四百块钱一个月。你问他干什么？"

"我问问罢了。"英兰默然。又深思着说："这人很奇怪，咱们经过时，他老看着咱们。不知干吗？"

"哼！——"春桃斜视了英兰一下，微笑道："你想罢，干什么？反正，——总不过，——别说了！……"

英兰脸儿一红，默默只用火筷将柴挟进灶去。

"你以为他是好的？坏透了的这么一个东西！家里有了一个大老婆，一个小老婆，还是饿鬼似的胡闹。这里体面些的，——别说了。见一个，好一个；好一个，抛一个。真是一个女中贼！不是东西！……"

英兰觉得很不好意思，便劈开问道："春桃姊，为什么咱们付了几个工钱都不够用，可是她们同咱们赚一样的钱，都穿得花枝似的？什么道理？"

"傻子！——"春桃看了英兰一眼道："谁都像你这么傻？谁都有人在后边贴补呢。没人贴补，还不是同咱们一样！赚那两个钱，真不够化的！——"

"谁贴补她们？"英兰很速的接着问。

"呷！——你这傻丫头！"春桃将臂端一推道："不都有男的在？吃男的，用男的；自己赚的，就买些衣服穿。没有男的，就不许有相爱的？相爱的不做给她们穿？——傻丫头，你别尽傻了！谁像你这般清高？我又得说我的老话了。别自己尽糊涂了！好容易做了一个人，不欢乐一辈子，尽像你这么假清高？——自己想想后路罢。一辈子这样？人家说得好：树高千丈，叶落归根，你的根在何处？家里？家里可又不能回了。夫家罢，更不用说。将来你就怎么归你的根？不自己想想！咱们女人，总没有用的；总得有依靠。像你这般飘飘荡荡算什么？一个人有什么乐趣，孤孤单单的！——"

英兰听着，只不语地拨着灶肚里的火灰。思量了忽儿，抬起头掠了掠头发道："又叫我怎么好？——我不是不愿意有，——唉！只可——谁又是靠——"英兰说到这里，摇了摇头；长叹了一声道："春桃姊，咱们在一起这么好久，比姊妹多亲热；难道你还不知道我的心事？——上回我不同你说过么？我的春桃姊！——唉！……"英兰被春桃触起了心事，觉得无限惆怅凄惨；像在茫茫的梦中一样。微弱的心，好比无数的云雾包裹着这样迷糊。

两人默然了一刻。春桃看着英兰道："要说，——英兰姊。你亦是很可怜的一个人！这么孤孤单单，没有一个亲近些的人可以商量商量。可是，——既这样，你自己总得替自己想想以后的了，尽这么着总不是了局。要说，——英兰咱们说正经话，像你这么能干美丽，就配不着一个好好丈夫？老实说，这时你孤孤单单一个，不比在家有父母替你主持了。现在，总得你自己留心，自己看中了相当的，就不了了一件？——难道你真的就这样孤寂的过一辈子？……"

英兰只不语地眯视着灶肚里熊熊的火。"我何尝不想——"她将两只手撑在膝上，捧着鲜红的脸儿说，到这里缩止了。"可是，——"她接着掷了一个草结在灶肚里。"春桃姊！——"她说到这里又缩住了，摇着头道："难呵！……"

春桃看了看英兰，拨着灶里的火灰道："英兰姊，——"很为难的样儿，迟疑着道："我，——"

"你什么？——"英兰疑虑地迅速的接着问。

"我吃过饭回得到——今天许不回了。"春桃答。"到我娘舅家去。——明早我一直到厂。"

"天不下雨么？"春兰说着心一动不语了。

在一个小小的静默中，英兰感到春桃大概在今天又要和情人聚首了。英兰明知春桃有一个很相得的情人,并且感到好像某人,或者就是春桃的情人。每个月中,它们俩总得聚会一两次。但英兰固然有些觉得,同时春桃也明知英兰的切知;终不说穿罢了。

"春桃姊,——"英兰不自主的喊春桃。

"什么?"春桃看英兰时,英兰又不语了;以为英兰要说穿她的隐处,脸儿一阵的红了起来。两人只不说地相对着,各有无限的情绪;要谈讲时,又都不敢先表示出来;但两颗微弱的心,无意的接触了。

"你的心事,我亦早已知道了!……"英兰不由自主的说。"我的,——唉!想来你亦能明了吧?——"

春桃脸儿一红,接着心猛烈的跳跃着;连忙接着道:"要说咱们俩,比亲骨肉都亲热,有什么——"

"是啊!——"英兰接着说。"春桃姊,我有什么为难的事,你都知道。你——"

"唉,——"春桃这时不觉也将心事尽量的勾了起来。——这时她们俩了解同情到恨不得互抱吻着一下。锅内的泡饭,沸到在怒声的响着;她们也未曾觉到,只机械式的只将柴掷进灶膛去。

"我亦知道你的难处呵。……"英兰又说。

"可不是么!"春桃觉得好比一个挤满水的瓶子,被人开了盖,就想尽将她一肚子的忧闷发挥出来。"你想,——唉!我父母替我配的那谁,不知道是一相傻穷的!你问顺保,她就知道。幸而我出来了,搁到这时没有拼亲。他家,亦没有钱娶。否则,——可是,唉!——总有那一天!——英兰姊,我不愿意再说了。咱们同是苦命的人呵!……你,现在到自由了!………"

她们似乎感到现在泡饭已经烧好了,就都站了起来,拍去了衣上的柴灰,去开锅看时;泡饭成了糊了。"唷!——"春桃看了看,但也不注意,就盛了出去,同去吃晚饭。

因为有这次同情的了解,直使英兰得到与外界接触的机会。

春桃和英兰在放工后谈论着归家时，忽然从弄口走出一个年青的工人来。春桃看见了，追上了一步，和那工人很亲密似的讲了几句后，那工人匆匆地去了。英兰明知是春桃的恋人，但忽然的感到好像在什么地方见过似的面熟，可是一时记忆不起。想了想时，也已追上了春桃；春桃脸儿微微的红着，两人也只微笑一下，将方才的事遮瞒过了。

"咱们亦不必客气了。——还得这样儿？谁不知道呢！羞涩些什么！——"英兰微笑地看着春桃说。

"唷，——谁还怕你呢？"春桃眇了英兰一下，"要怕你，他还不给你看见了。"春桃趁这机会，便疑迟的看着英兰道："咱们，——"

英兰不顾春桃所说的，便问道："他同你说什么来着？这般亲热！叫人看着怪——"

"我告诉你。"春桃说。"他约我——"春桃说到这里一笑道："左不是——"很羞涩地止了。

"吃晚饭开——"英兰调笑着拉了春桃说。"能同我去么？——"

"老天爷，嗳，我求之不得呢。"春桃答。"咱们同去。本来我不敢邀你同去，可是现在你自己说的。"

"我不去，骗你的。"英兰说。"一个人不认得，怪羞的。干什么去？你是有公事的，我呢？——"

"唷，这怕什么？咱们俩还——"春桃撇着嘴说："你吃过饭就先回家。——咱们到家再说。"

英兰被春桃逼邀着，只得答应和春桃同去。她们回到家后，都换上了一身较新的衣服；将头发掠得很光洁，说笑了一阵；便锁上房门，走出门来。

"我糊里糊涂，不知到底上那里去啊。"英兰微笑着问春桃。

"你别管，跟着我走就得了。"春桃说着随口喊了两辆人力车道："到马路上多少钱？"

一群人力车都涌了来，没七没八将她们围在中心，八个七个的噪嚷了一阵。最后，春桃和英兰各人坐上一辆，飞也似的奔向马路上去。英兰坐在车上，只见房屋，行人灯火，车辆转也似的从眼角扫过。不一刹间，只听见春桃喊声停时，两辆车已停在一座高楼底下了。春桃不由英兰分说，给了车钱，拉着英兰走进那房屋去。只见里面灯光辉耀，英兰这时也不知如何行动，方才得当；只得跟着春桃奔上楼去。楼上是有许多的门，像鸽棚一样。春桃可很熟悉的样儿，寻了一遍，寻到了一扇门，就推将进去；嘴里还默默的念着："兴三来了么？——"

门开处，可不是方才碰到的工人已在笑嬉嬉地迎将上来了吗。"我等了好久了呢。"他这样说。

春桃微哂着同英兰走了进去，反手将门砰的一声关上了。

现在英兰走是已走了进去了，可是愈想愈觉不好意思起来，只微红着脸，坐在壁角的一张椅上。

这时兴三已倒了两杯茶，一杯随手给了春桃，余一杯恭恭敬敬给英兰道："英兰姊，喝一杯茶罢。"

"他怎知道我叫英兰？"英兰一惊奇，斜过眼看时，猛然的忆起想道："不是在杨家做听差的兴三？——怪不得刚才春桃在说什么兴三来了没有呢。——恶！……"英兰想到这里，很羞的接了茶。

"咱们好久不见了。"兴三看着英兰说。

英兰微笑地不觉道："你怎么亦到这里来了？"无意中触着春桃和兴三心事，两人不觉都微红起脸来。

"兴三，"春桃瞟了英兰一眼说："我们还没吃饭呢。——你吃过么？——咱们叫点什么吃？"

兴三答应着去喊了茶房进来，便问英兰和春桃道："你们吃什么？叫点什么菜？"

"随你罢。"春桃说。"我们不知道有些什么菜。"

"茶房，"兴三便对茶房道："你去喊一个圈子，一个活落，一个三鲜汤；带三客饭。"

茶房答应着去了。

这时正在旅馆上市的时候,很热闹。隔壁房里,有的在兴高彩烈的斗着牌,有的有些女子唱些使人听了发春兴的曲儿。有些男女杂出着些奇趣的欢笑声。直使英兰听了,忘去了以前的单调和孤寂。

"你听,英兰姊。"春桃拉着英兰坐在床上说。"这里多么热闹!到了这里,简直将愁恼都能忘了。你听,——什么都有,比在咱们家热闹多了罢!"

"是啊!我都不知道有这么热闹的地方,"英兰答。"咱们在街上走过时,我总以为,像这样大的房屋里面,不能更有什么热闹的玩意儿了。谁知——"

兴三笑着道:"这能算热闹了么?热闹的地方更多着呢。——咱们一不做二不休,吃过晚饭再听戏去。你去看,新世界,才热闹呢。多少人!"

"对了,咱们吃过饭看戏去。"春桃说。"听说又来了一班做新戏的,好看极了,我久想去看了。"

它们忙着要去看戏,便催了好几次饭,茶房方将饭开了来。它们就坐在一桌谈讲着晚餐。

英兰一面吃着饭,一面想道:"像这样好吃的菜饭,这样美丽的住房,我真做梦都没有梦到呢。——唉!——春桃好福气,碰到了这么——……"

三人匆匆地吃完了饭,便到新世界看戏去。自然的,更加闹热好看了。直使英兰好像又进了一个快乐的生命。戏散场之后,英兰一想时候已不早了,要回家,又疑迟时,春桃便对英兰道:"咱们怕什么。——你就住在旅馆得了。"春桃和兴三便将英兰拉回旅馆。因为亲近的原故,也不顾什么,叫茶房添了一床被褥。兴三和春桃就睡在大床上,英兰一个人睡在一旁的榻上。在睡的时候,兴三还笑眯眯的对英兰道:"你不用害羞。不要紧的。你没有看见工房里住的人们么?两对夫妻都住在一房呢。你安安逸逸睡得了。你睡你的,我们睡我们的。其实——你那张榻好睡么?不好睡,咱们三人睡一床亦没有什么要紧。——"说到这里,春桃狠狠瞟了兴三一眼,兴三方在(才)缩住了改口道:"我看你人小,那榻亦睡得下了。"

英兰也只得羞羞涩涩地睡上榻去。

英兰睡上榻后,万感交集,总睡不着。尤其是四围的热闹,使人兴奋;同时又感到孤寂的更可悲苦,她想:我这等热闹的,……唉!——她睡上床不多时,似乎又听见些什么声音,使她青春的心热烈的颤抖着摆荡着,像摇篮里的小孩,接着自悲青春的无伴,又嫉慕春桃的知道及时行欢。渐渐地使她的心,像在火上燃烧着。到实在疲乏之后,方才入梦。她在梦中,好似得到了同兴三一样多情的恋人,这样的在安慰她。

自然的,第二天她们醒来时已很晚了;也来不及再去上工,就趁机睡了一个晚起;直到中午时分,方才都起来,洗过脸,吃过点心,就都含羞归去。

## 第八章

昨天的热闹,深印在英兰的脑中;同时,更反感到自己的单调和寂寞。似乎她很希望能得到一个同情的伴侣,他——伴侣,或能将自己从深井里似的地方提拔起来,领她到这样热闹美丽像昨晚所经过的一样。

渐渐地,她由期望进了幻想之境。她,好似已经走进了她所希望的地位。她穿戴着市面上最时新的衣饰,她的伴侣这样亲密的陪伴着她;他们微笑着缓缓走进热闹美丽到使人遗忘了一切烦恼愁苦的市场。在这时,有无数各式的眼线,像星光般闪闪地注意着他们,——像群鸦里走进来了一对凤凰。——这样美丽漂亮时新!而店铺里的伙计们,也笑迎着似的，在期望"或者它们能光顾一下。"

英兰得意极了。"像这样，——"她很自然地摇着头想。——可是，她在无意中将这幻想推翻了，仍旧还到她本来的地位。——她旋转着头，四边看了一眼，深深地长叹了一声。黑刺刺充满了灰尘。像浑浑地一个灰色的寂寞的木板房屋里，仍旧独坐着，只她孤孤单单一个；只有一只小小的孤灯，伴着她飘出缕缕绿焰。

"吓，——"她尖酸的冷笑了一声。——自己在讥讽自己。——"别尽做梦了！有那么一天？能够得到安逸，就谢天谢地了。还想——"英兰想着，目光移到春桃睡的一张床上去。春桃上夜工去了，只留着杂乱的一张床。"她不在一块，更叫我感到孤寂了。——这般日子，有什么生趣？……"

思潮像无数的箭，环伺着她射；只觉好似有无数的小手，在分她的感觉。她好似处在有刺的床上，翻覆着，终不能入梦，床，是在和着沉叹——少女的心在燃烧着悲哀的沉叹咯吱着响。

大约是那天罢。——风和日暖的那天：许多工厂的回气声，杂乱的牛也似的接连着吼。英兰提着一只小铅桶，从厂里随着人潮涌了出来。——因为春桃是做夜工，所以没有同行。——她只觉心是在燃烧着；头脑好似盖在蒸笼里的烦闷。她青春的心，被在工场中听见同伴所唱的一支春女曲挑引到燃烧着无可压制，她蒙懂着，随着脚走；转了一个湾（弯），湾（弯）进一条冷落的小弄里去。

一个轻速的脚步，在英兰后方急促轻浮的跟着。"又是那人？……"英兰想着，心一阵的燃烧；脸儿飞红起来，羞涩着不敢回过头去，只俯视着脚尖前数步的地方匆促地走。

"到底是不是老跟着的那人？……"英兰想。她不能止住热燃着慌荡的心，只在酸惊似的颤动着。她不自止地稍微移过头，斜着眼看了跟在后方的一下时，更飘荡了的心思索道："可不就是他么！……"她只觉那少年身上所穿的衣服，是怎样的美丽；层层的光线，穿到她目眩。

少年得着了英兰一瞟的机会，便追上一步，差不多同英兰并行的时候，微微地对英兰道："放工了？……"

英兰脸儿一红，也不答应，仍旧匆匆地向前走。

"唷，——"少年做着低卑的样儿，瞟过一眼轻声的说："为什么老不开口？——"

英兰无意地不觉瞟了少年一下，微微地一笑。

少年以为唯一的的机会，在目前了。便更走近了英兰些。"唉！——"做着期望忠诚的色彩，"老实说。——"少年好似哑叭忽然得了能言语的机能，悠悠地说。"我化了多少心血在你身上了！你——你就可怜可怜我啵。唉，……"他好似一个化子跟着富人在诉苦；而且，也伛着身子这般低卑的样儿。他不见期望者在答话，便激愤了些说："天都知道，我为你，——"可是又复缓和了些，无力的口气道："你不信么，英兰姊？——天知道的！……"

"唷，——"英兰脱口而出问："你怎会知道我的名字？——"她用着惊异而又带些自得的目光瞟了他一下。

"我，——唉！我自从见了你一面之后。——那天，在渡头的那天；连吃饭，我都感到乏味；睡也睡不着。你聪敏人，看我这样儿，你可怜我。——救我罢。……"少年如宣佛号般目不斜视地至诚地说。

"谁问你这些个！"英兰羞涩的红着脸，心酸趣的跳荡了几下。

"天知道的，英兰姊，"少年郑重地又说。

在平时，英兰听见这些话时，不以为奇的；但在感到孤寂的悲哀的今天，直使她微弱的心，惊荡到要跳出腔外来了。

"英兰姊。"少年注视着英兰的脸儿，好像已竟窥破了她的心，就更对准她的弱点攻击道："你就救我罢，英兰姊，除了你，唉！谁又能救我？……"少年喃喃地说着恳求的道："我在东戏场等你，万望你来。——英兰姊，你救我，我在东戏场。——就是横街头东戏场。你可不能失约！……"

英兰看见前面有许多上夜工的同伴们，迎面的来了；又好像后方的脚步声，已不止一个，她很恐怕，恐怕在道上碰着上夜工去的春桃，或其他认识的人们，便假意的对那少年道："你去，你先去；我就来。"

少年惊喜的道："果真你来？可别失约！"

"准来，准来，——你就先去罢。……"英兰默念着。

"可不能骗我，英兰姊。——"少年又叮嘱了一句，弯进一个巷里去了。

英兰怀着迟疑，怅怅地匆匆地归去。

英兰失掉了什么似的，好比处在迷网中的蒙懂着，一直跑到厨下。开盖看时，饭已由春桃烧好在锅里了；便胡乱吃了一顿；稍为收拾了一下，便回到楼上卧房去，独坐在床上惆怅地默思着。

"去么？……"英兰在问自己。"刚才说的，固然是一时骗他的话。——可是，既已对他说了去的话，怎么又不去呢？不害得他在那里老等！——于心何忍。而且，——去了之后，说几句决绝的话，冷了他的心就得。——去一次，就这么一次！"她想到这里又转念道："别去了！谁又知道他是什么样儿的人？上他当！——怕什么！——"她反覆驳自己。"到那里绝了他的心，不结了？反正，——还是不要去的好！倘使到了那里，被他——"

英兰疑迟不决地在小小黑暗的室内转着。"到那里看看去，只要——就得。"她这样想：就照着床前小拼桌上的一方缺角镜子，掠了掠头，抹了些粉，在箱子里拿出一件比较漂亮时新的衣服换上了，又复照了几下镜子；便吹熄了小壁灯，迟迟地走了出去，刚走出了门，转念有些不妥，缩进门来时，可又转念道："怕什么，——譬如一个儿去看本戏。"想到这里，便决定走了出去，喊了辆车子，讲好价钱，坐上，一直奔驰向东戏场去。

英兰坐在人力车上，仍旧很迟疑着；但车子，只尽命往前奔驰，不一刻已经停在东戏场门口了。她下了车仍旧迟疑着,可后方,好似有人在推着她主使她进去。她躲在人们后方跟着要去买票时,看见刚才的少年,在前面分开了人群迎了上来;手里拿着两张票道:"票,已买好在这里了。"不由得英兰开口时,便追着英兰走进门去。这时的英兰,好似进了迷途,不由自主只听着少年的指示,一直跑进包箱(厢)坐下。

虽然戏台上在做着,少年在对她亲密的谈着;她都不留意,她只在思索自己应该怎样应付少年。可是她既胆小,又糊迷;她不能,也没有勇气决定现在自己应该用什么方法来应付他。那少年,可很殷勤地倒茶她吃,问她饥饿不,爱吃什么;像捧着了明珠似的欢欣。

"这戏好么?——"少年看着多心事的英兰在忧虑似的,便恳挚的问。

"呒,——"英兰无力的样儿答。

"你厌烦么?"少年拉了拉英兰的手袖:"这戏,没有什么可看,倒闹得使人心烦。你说怎样?——你吃过晚饭了么?咱们还是到别处玩儿去罢。"

英兰听着好似提动了她一阵不可思议的味儿,很羞涩了起来。不过骑上了马背,只得答应着问道:"又上什么地方玩去?我等一刻,就得回去。"

"咱们走。"男子站了起来说:"外边玩去。"

英兰如受了催眠术般,不由自主地跟着少年走了出去。他们匆匆地一直湾(弯)进了一所很大的房屋,直到开好了房间,英兰方才明白了;心急慌的跳荡着,脸儿涨得红蛋也似红,全身的筋络多紧张了一阵。"干什么呢?——唉,我要走了。"

"英兰姊。——"那少年看着英兰要开门出去时,却已拦门跪了下去。哀求道:"英兰姊。我只要同你说几句话。——姊姊,——你救救我罢。——"

英兰通红了脸，心突突的跳跃了起来。看了看那少年，跺脚道："你……你就起来啵！有话不好说？——你，……是孽障！你姓什么叫什么我都不知道，就——"

少年站了起来将英兰掠到床边，同坐在床上道："我姓张，叫大方，难道你还不知道？"

英兰叹了一声，笑道："我怎知道你的姓名！谁像你这般似的，闲着没事，将我的姓名打听去了。"

"你这忽儿不饿了么？"大方站了起来问。"咱们吃点儿什么？——叫去。"

"别叫去，我很饱的，吃不下。"英兰又站了起来说："我可真要走，时候不早了。"

大方不等英兰说完，又复跪了下去。

"你要怎样呢？……"英兰直跺脚说着，拉了大方起来。"真是魔！唉！——你可要逼死我罢？"说到这里，换着轻顺哀求的口气道："咱们明天再说，难道明天我就飞了？逃了？实在今天我不便。"她说着脸一阵红了起来，很羞般躲向帐后去。

"得了，——好姊姊。"大方不由分说将英兰抱到床上坐了。

两人羞涩的默坐着，互相偷视，青春，强烈的在它们心旁燃烧着。英兰虽几次要走却总被两条长长细轻的青春的丝缚住了。

大约在第三次的相会罢：在热烈的深情中，英兰忽然凄然的记忆起什么似的，深深微喟了一声。"为什么叹气？——"大方听见了便问："难道我有什么地方待错了你，或是你有什么不如意事？"

"唉！——"英兰更深深的长叹了一声，迟迟的道："别提起它了！……"

"你说，"大方恳切的说。"你说得了，——有什么不如意的事，只要我能够办到，就是死，我总能答应替你干，——不是我有什么地方——"

"现在，——唉！——"英兰叹息着说，"咱们糊里糊涂就——谁知道你的心！……倘是你——唉！——咱们非得有个——"

"姊姊，——难道我？——"大方急急地辩。"你还不知道我的心？海可枯，石可烂；我的心，是永远——你还不信么？——我立誓。"说到这里，便诚诚心心咬着字发誓道："倘我张大方，——天知道的，天看见了！——我，将来倘辜负了我的英兰姊姊，老天在上，爱怎般处罚我，——"

"得了，得了，谁信这个！"英兰苦笑着，连忙用手按住了大方的嘴道："反正，——唉！……我的大方，……变心不变心，随你啵。你，总是我最后——"英兰凄然地止了。

"我不已经立过誓了么？"大方安慰着英兰。

"那自然——"英兰微声说："现在咱们在——到将来你厌弃了我，又谁能说定你不抛弃我？——"

"没有这事。"大方诚恳的说。"你还不知道我的心么？——我决不能抛弃你。你不用愁。——"

"我不是说的么？"英兰接着道。"我知这。你现在，决没有抛弃我的心。只怕将来你心要变的时候，你自己都阻止不了自己，别说你了，一个人变起心来，连自己都料不到的呵！……"她说到这里，叹息了一刻。连着道："我们到底是不值钱的女工，将来你要娶了人家高贵的小姐，不知要将我抛到多远呢！到那时候，——唉！像我这样的女工，还在你心上？你还值得同我在一处？不堕了你的身价了！——"

"决不能的，英兰"大方说。"有了你，还娶谁？天下除了你一个，都不是我所爱的了。……"

英兰自从得到了大方——最亲热的伴侣之后，不比以前的多愁烦闷了，好像寻到了一线光明似的。她觉得只要大方不变心，永远像现在一样，那么终身或者还有些希望；因为据大方说，他还没有妻室；而且看他到也是一个多情的人；对于英兰或者竟是真情也未可知。同时，英兰的经济也比前宽裕了。同其余的些同伴一样，打扮得花枝似的，还时常到戏场饭馆去走走。——渐渐的,指上也戴起金戒来了,脸儿整理得比以前更觉美丽了。身心,也很快乐,不似以前的悴憔多愁。现在英兰才感到男子的可贵。——"男子不尽如梅生的傻笨,不过自己的命运不好,早先没有碰着大方这般的男子罢了。——女子竟不能离掉男子,非有男子帮助不可。好似美丽的水,不能没有山来映托。"她时常这般想。

自然的,英兰和大方的感情跟着日子浓厚。它们感到如鱼水的一刻不能相离,它们时常相商着要另行寻觅一处住所,建造一个小家庭。它们一方面计划进行,一方面等候抛离春桃的机会,但因为要躲开众人的注意,英兰一面仍旧每天做工去。

这实在出于她们意料之外的。——"妈,——你怎么还来了?……"有这么一天罢,春桃和英兰——因为近来她们同时做日班,所以仍旧同去同来。——从厂里回来时,春桃忽然看见她妈坐在楼下房东的灶下,她便很惊恐的这样问。

"春桃,你来了,等了你好久啦,"春桃妈看见春桃走了进来,便迎了上去这么的说:"你爸爸亦来了。"

"你们什么时候车来的?——爸爸呢?"春桃问。

"我们吃过饭的车来的。"春桃妈拍着春桃的肩头说:"他等得你心烦,上街买烟去了。——"她说到这里,拉了英兰的手问道:"这怪体面的小姐是谁呀?——"

"是我英兰姊。"春桃不耐烦地迅速的答了又问道:"你们干什么来了?——"

"唷,——唷,……"春桃妈笑着答:"愈学愈凶了,这个样儿!——"

"到底干什么来了?"春桃拉着她妈问。

"你说这话。"春桃妈答。"我到底是你的娘,就不应该到这里望望你。——"

"'无事不上三宝殿,'左不是又——"春桃说到这里使做劲儿道:

"我是，……"她说着愤愤地靠在门上瞧着她妈："——不又是催我回家么？——就算你白来。我是不能回家的。……"

这时英兰看着她们也傻住了。

"唉，春桃，——实在，李家来催过好几回了。逼得我们没法，只能来领你回去。可是，你，老不肯回家，——现在你爸爸来了，看你还有什么说的。而且，——这才可恶呢。亦不知是谁放出来的谣言，说：'春桃这丫头，被她爸爸妈许给城里有钱人家了。……'这句给李家听见了，就早来闹，晚来要；实在被它们吵得没有法子。——给了他家了，早晚得上他家门，又有什么推三挨四的。好孩子，将东西收拾收拾咱们晚车走，这时候亦不早了，你爸爸亦该回来了。——别再误了！"春桃妈抖抖擞擞说。

"别说爸爸，爸爸的爸爸来了，我都不回去。——"春桃说到这里堕着泪，郑重地凄然道："妈，——你真要害我么？……"

"你说这话，怎么叫害你？"春桃的妈走近了春桃说："得了，——春桃，还是大家安逸，你就跟着回去罢。你是知道的，你爸爸不比我；他当个正经领你来了，你要是不听他的话，——反正，你亦得不着什么好处。——终得到家。"

"我不回去。——我不回去！你听见了没有。——"春桃跺着脚呜咽说。"今年我不能回去，要回去，亦得明年，——爸爸怎么着。"

"好丫头，你是听话的。有什么，咱们到家再谈。——又哭什么呢？"春桃妈拍着春桃的肩头说。

"回来了么？——"春桃爸衔着烟筒一脚踏了进来问。"回来了！——"他看见了春桃。

"爸爸。——"春桃见她爸爸来了，便收了泣声叫了一声。问道："你上街买烟去了？"

"到这时候才回家！每天这样么？"春桃爸坐上板凳，冷冷的说。"这时有六点了吧，夜车不是八点？——春桃，快去将东西收拾好，咱们得走。"

春桃注视着她爸爸,迟迟道:"厂里走不开。"

"什么走得开走不开。"春桃的爸爸抢着说。"要走就走,谁管得了?——"

春桃发傻了一刻,又道:"不好等几天么?……"

"等什么?我专诚(程)领你来的。"春桃的爸爸答。

春桃不语地堕着泪,转身走去开了锅盖。

"干什么么?不收拾东西去!"春桃的爸爸问。

"不煮饭吃么!"春桃无可如何的样儿说。

"春桃妈,你替她们泡点饭。"春桃爸说完,对春桃道:"你住楼上么?快去收拾东西去!"

春桃急到要哭了。一转身,奔上楼去。——英兰也就跟了上去。

春桃呜咽着整理东西,对英兰道:"唉,……英兰姊!——这回,是免不了的了!——谁——"她说到这里,看看房门口,轻声道:"谁又知道这俩老东西今天就赶了上来。要不然,——唉!英兰姊,悔不听兴三的话!这时,亦来不及了!……英兰姊,咱们俩在一处久了,这时忽然要分别,又怎叫我舍……得!"

英兰不觉也凄然堕泪道:"春桃姊,——你也不必伤心,回去了,不是不能再来的;过不几天,不就又可上来?到什么地方说什么话,有什么伤心。"

"唉,——"春桃理着箱子,只叹息着。"咱们俩——"她一抬头无力的说:"咱们俩真比亲姊妹都亲热,现在要分离了!……唉,怎不伤情。英兰姊,"春桃说到这里拉近了英兰凄惨的道:"——我的心事,你总能知道。唉!……"

英兰免(勉)强的安慰春桃道:"你亦不用愁烦,一个人总有些悲欢离合的时候,离不久,就能合;你回去一个半个月,就可以上来。——总有那一天,咱们大伙儿又能聚在一处了!现在不知怎么,我到看得顶闹了。"英兰虽这么说，心里也渐觉酸溜溜起来，(。)

"英兰姊。——"春桃水油油的目光，只注视着英兰停了一刻道："我有一件事托你，……你"

"什么事？——"英兰问。

"唉！——"春桃迟疑的看着英兰。

"到底什么事？——"英兰怀疑的注视着春桃问："——你说得了，什么事，我都可以替你做。咱们还？——你说，——"

"唉！……这回是不能不回去的了！……"春桃恨然说："英兰姊，——倘使兴三来的时候，你可不能告诉他，——唉！……你就说，我回家侍候我爸爸的病去了，——你替他说，早者半月，迟到一月，我准就上来。你可别忘了。你告诉他，谁要负谁，有站在——"她说到这里脸儿一红，羞涩的接着道："英兰姊，你不会笑我罢？——你告诉他，可不要把杨家花园里的话给忘了。——我想他总还能记着吧？倘是我走了，他要变心；那我，只有一条路。——唉！……只要他有这狠心。英兰，——以后的，谁又能料到呢？……"她感激的叹息了片刻。"你可别忘了，好姊姊。"她凄然拉着英兰的手。"你告诉他。我回家，不为别事；是侍候我病着的爸爸，叫他不用疑心，有天在头上，我的心像石这么坚，叫他等我一个半个月，我准能上来。以后的，等我上来了同他商量。你告知他，倘是他要弃我，以前的——反正，他都能记着。叫他亦不必悲伤，自己寻欢乐；不用烦恼；不久，我就能回来的。——你都记得么！英兰姊。"

英兰迷迷糊糊只看着春桃的嘴是在动着。直到春桃停了嘴，才惊醒了茫然答应了一声。"我都记得，我告诉他得了。你回去了，亦不必烦恼，自己寻快活。总可以再上来。"

她们相对着只叹息。

"英兰姊呵！……"春桃长叹了一声。泪簌簌地抛着。"我的心，真有什么在割似的难过。我心好比被乱丝捆着，我亦想不出什么要说的了。你，总都能知道，英兰姊。——我回去之后，随便他们将我怎么处置。迟到一个月，我总能上来了，我死，都得到了这里会过你们面才死。——唉！……英兰姊。你等着我，我总就会来的。倘是你要搬场，可亦得留个信在这里。——英兰姊。——唉！我没有什么可说的；总之。——唉，悔不早听兴三的话呵！……"

春桃将衣物收拾好了，只和英兰惨然愁对着。

……

"时候不早了，饭亦烧好了；快下楼吧。"春桃的妈站在楼梯头喊。

"唉，吃过饭再说。"春桃和英兰一同下楼吃饭去。春桃愁默着的只吃了半碗饭。

饭后，春桃的爸爸和妈，不由春桃分说，便押解也似，雇了人力车将春桃装在车里，一直驰向车站去，迷糊着的春桃，临行时凄绝的对英兰道："英兰姊，——那话你可别忘了，……"她坐上了车子，伏在车背上期望地看着英兰。——车子，已开始的跑了。

"——我都知道。"英兰答着怅怅的目送春桃到远处，直到看不见了。她也不知道春桃在何时方才回过脸儿去弃了她们望着前途；好似春桃不知道英兰在何时方才怅然的归去。

自从春桃走后，大方和英兰便公然地同居了。他们的爱情，一日深似一日。英兰也不再做工去，只躲捧着她小小的家庭。渐渐地英兰探到大方是一个世家子，家中也很殷实；同时她也很明白大方的待她竟是真心。她似乎感到大方或者就是所谓"终身的依靠"了。

日子过得非常快，它们俩好比沉在甜密的海中，度着它们快乐的生活；虽然大方因为怕惧他亲属的原故，不能时常来伴着英兰，但英兰对于她的生活，已很满足。

谁知，——唉！……这是英兰的最后结果了。……

大方自从和英兰同居之后，他对于自己的生活，很满足。但是他父亲虽早已死了，还有他母亲，伯母和叔父的管束；所以不能公然的时常恋守在他秘密的小家庭里。

　　大方的行为，渐渐地被他亲属们知道了。最先，大方的叔父均叔听见他友人偶或谈到大方，渐渐的，就时常听见人们在谈他了。并且有人在无意中，告诉均叔说，大方竟在外边租了小房子。均叔听了不成话，就将这许多实情，告诉了大方的母亲。均叔自己，也好好教训过大方几次，可是总未得到些效果；只觉大方还一天深似一天沉向情的一字里去。大方的母亲又因只有大方一个独子，不忍如何狠狠的禁教他。因此，他们——大方的家属，时常议论研究这个问题，有的说：应该将大方禁锁起来。有的说：大方的年纪也不小了，应该赶紧替他配房亲，娶了体面些的妻，决定就能将这条路抛了的。有的说：这件事须得从长计议。倘是决绝做，只怕激出特别事故来。一面慢慢的替他物色一个漂亮些的小姐，一方面随他恋着那人；将来娶了体面的新娘，自然就能将那旧人渐渐地抛弃。——最后商议的结果，就照着最后的方策进行。

　　大方自从同英兰结识后，感情一天好似一天，可是他感到他亲友的对他，也一天冷淡一天；而且他觉得自己对他们，也一天天冷远起来。同时他的亲戚朋友类们碰着他时，大都带着一脸的冷淡讥讽他。现在的下流，有时还现出不值得和他同伴的神气。慢慢的，直使大方成为一个独立而为社会亲属厌弃的下流堕落人物。有几次，大方受了人们剧烈的讥诮之后，他便自己责问自己为什么要入于下流，妍恋一个低微的女工，自己失了自己的人格；就狠狠的咀咒自己行为的不适当。同时，也想自己提拔自己出来，从这里深黑的下流里，可是他这种心愿，总是失败的；到底他为英兰而忍受一切讥骂。

　　有一次，直使大方几乎不能忍受了。他几个朋友公然的当面对他说："你，——大方。这个下流东西，简直不配同我们上流人物一起，只配和些工人们做伴。倘使我们有这样的下流亲属，非逐出他不可！这种东西，岂能容他在世代书香的门第人家？……"自然的，大方是世家子,当然还有些世家的气味;虽然他听见了这些话很愤怒,他也明白,确乎是自己的行为可以被人指骂;总只得忍受着。

大方真苦恼。一方面忍受着众人的指骂,一方面仍旧要维持英兰的情感。因此,他感到无穷的痛苦;还有无数的危险,是在环伺着他,他走进了烦恼迷离之境了。……

大方好比是一只迷途的小鸟。他不知道现在应该怎么去做人;怎样做,方才不被人们唾骂;要做上等人,须用什么方策;怎样做方才能够自拔于下流:——仅仅恋着一个女工,就将上等人的人格失掉?既须继续着英兰的相爱,又欲列身于上流社会,有这个可能性么?应该用什么方法去做?——抛弃了英兰的爱而爬上上等社会去?为英兰而竟甘于下流!……这无数的问题,同时挤在大方的脑中。他自己责问自己,同时也代自己辩驳。——他不能——没有勇气来解决这个问题而思虑,因思虑烦闷以至于病将起来。

大方在病中:愁闷的思虑着他自己应该怎样去做人,方才能够适存在现状的社会里;或者用什么方法将英兰暗藏起来,虽做下流的事,同时列身在上等社会里;——或者竟抛弃了英兰?——还是放弃自己的人格和高贵的阶级伴着英兰一世?……大方迷惑着这许多各样相反的心理,多在对着他征战。——服从谁呢?……

大方的母亲是很慈善而富于道德思想的。自从大方病后,她时常陪伴着大方;趁着大方高兴的时候,时常郑重而带沉悲的坐在大方身旁训教他。她看着大方是时常在思虑中,她就握着大方的手说:"大方——安心的养病,将以外的什么事都抛开。别尽记忆着!……"

"唉!……"大方每次听见他母亲说了些什么,总这般深深的沉叹。

"你到底有什么为难的事?尽这般叹息着!把以前的,都抛弃了罢!以前做的事,以后亦不必提起。以前种种,譬如昨日死;以后,只要别再走上坏路去就得了。——唉,大方!—"大方的母亲凄然地道:"你爸爸亡故了十多年,我辛辛苦苦教养到你这么大,真是不容易。费了多少心血！你想，倘你现在还要在外边胡闹，非但对不起你已经死了的爸爸，就是我，……唉，方儿！你总得及早回头才是。并是，——方儿。你想，自从你走了坏路以后，谁都对你变了样儿；难道你还看不出来？谁不对你冷谈了！甚至你表兄弟们，都说你这般下流，不愿意再同你做伴了；非但你自己走出去没有面光，叫我为娘的都得受人家非笑。一个男子，真得轰轰烈烈在社会上做一番事业，怎将好好清白的身子，自己堕自己向下流去！——大方，你总得听我的话，趁早将那人抛弃了。俗语说得好：'回头是岸！'到那时候，谁会敢看轻你，说你下流？……方儿，你自己细细想想。……"

"唉！……"大方只是叹息着。

因为每天切实的劝导，和回忆到以前被人轻视的原故；大方竟决心的要抛弃英兰。"我情愿辜负英兰，不要负慈爱的母亲和已死了的爸爸！"这是大方对付自己良心和抛弃英兰的武器。

这是大方和英兰最后的相会了！大方病愈之后，抱着"回头是岸"的宗旨，横着弃绝英兰的决心；跑到它们的小家庭里，做一个最后谈判。

"英兰姊。——你饶了我罢！我……"大方跪在英兰面前痛泣着。"我……唉，英兰姊。——"

英兰斜靠在床上，含着无限的悲惨和绝望，木视着大方，她蒙懂着好似在梦中，要哭时，却泪不知躲向什么地方去了。

"英兰姊，——我的苦衷你都明白了？"大方说，"我……再世为你做牛马！……"

英兰惨笑了一下。她悲苦失望到极点时，觉好似进了另一个光明的场所，到觉脑中无遮无涯，将以前的痕迹多驱散了。只淡淡的道："从此，咱们各走各的路得了。可是，——大方。你只要明白是你来——你想旅馆里的光景。——可不是我引导你堕向下流来的。——你只明白这个，我死了都安心。"

"我都知道！……"大方答。

"你还在这里干什么呢？——从此你得好好上进，做点事业，就算对得起我；亦不辜负了我今天这点心念。……"英兰冷冷地说。

"我都知道！"大方答。"英兰姊。——"

"还有什么说的？——走罢！"英兰挥手说。

"英兰姊，你怨我么？……"大方说着心好似冷水浇了一下。

"我不怨你。"英兰随便地答。"我怨我自己。——你还不走么？——"英兰站了起来，将大方推向门外去后，将门闩上了。

"我还有话。——"大方站在门外喊。

"什么话？——"英兰怨声说。"去罢！——"

"你怨我么？……"大方还在说。"她另有相爱的么？——不然，她今天为什么不急，老淡淡的样儿；现在，竟怒驱我起来了。……"大方疑惑着归去。

夜深了！英兰独坐在一盏小孤灯下，将火柴上的红头，一粒粒掐在碗里。"现在脱离苦海的时候不远了！……"她轻声说。她回想到自有知觉到现在的经历，许多情，欲，苦，乐，悲，欢，衣，食，……等等：在她脑中，好似一座剧场；一幕幕重新演过。

许多人围在医院门口看着在被逼吃着药水的英兰。"这人为什么？""顶体面的人，怎会自寻死路？""准又是醋字上来头！"……许多人你一句我一句的惊谈着，都怀着好奇心，要探问究竟。"还能救么？——"有人怜惜她的脸貌，这样问。

"不要紧。"医院里的听差淡淡说。"吃火柴头的，不算什么；每个月我们总得治好几个。"

"到底又为什么寻短见？"又有人问。

"那我怎会知道。"听差说。"左不是，——"

"我告诉你们。——"英兰的房东挤开了众人，看着英兰扬手说。"她，——"她要说时，看见无力的英兰，毒视了她一下，只得默然不语了。

众人看着没有什么新鲜的了,也就散去。

不多几天之后,果然应了医生"死不至于,可恐怕好了亦成疯子,因为中毒很深悲哀过度的缘故。"的话了。市面上,果然多了一个疯状的女人。——英兰!她终日在街上来回地走着,寻找什么似的嘴里呼喊着;虽然天气很冷,小刀子似的风狂击着她;有许多人跟着她调笑;她只终日寻找什么似的呼唤着。在附近的居民,虽在严寒狂风的深夜中,还能听见悽惨的寻找什么似的呼喊声,阴森森地敲着寂寞的空气。

十五,四,廿一日脱稿于无锡。